Читайте романы примадонны иронического детектива Дарьи Донцовой

Сериал «Любительница частного сыска Даша Васильева»:

1. Крутые наследнички
2. За всеми зайцами
3. Дама с коготками
4. Дантисты тоже плачут
5. Эта горькая сладкая месть
6. Жена моего мужа
7. Несекретные материалы
8. Контрольный поцелуй
9. Бассейн с крокодилами
10. Спят усталые игрушки
11. Вынос дела
12. Хобби гадкого утенка
13. Домик тетушки лжи
14. Привидение в кроссовках
15. Улыбка 45-го калибра
16. Бенефис мартовской кошки
17. Полет над гнездом Индюшки
18. Уха из золотой рыбки
19. Жаба с кошельком
20. Гарпия с пропеллером
21. Доллары царя Гороха
22. Камин для Снегурочки
23. Экстрим на сером волке
24. Стилист для снежного человека
25. Компот из запретного плода

Сериал «Евлампия Романова. Следствие ведет дилетант»:

1. Маникюр для покойника
2. Покер с акулой
3. Сволочь ненаглядная
4. Гадюка в сиропе
5. Обед у людоеда
6. Созвездие жадных псов
7. Канкан на поминках
8. Прогноз гадостей на завтра
9. Хождение под мухой
10. Фиговый листочек от кутюр
11. Камасутра для Микки-Мауса
12. Квазимодо на шпильках
13. Но-шпа на троих
14. Синий мопс счастья
15. Принцесса на Кириешках
16. Лампа разыскивает Алладина
17. Любовь-морковь и третий лишний

Сериал «Виола Тараканова. В мире преступных страстей»:

1. Черт из табакерки
2. Три мешка хитростей
3. Чудовище без красавицы
4. Урожай ядовитых ягодок
5. Чудеса в кастрюльке
6. Скелет из пробирки
7. Микстура от косоглазия
8. Филе из Золотого Петушка
9. Главбух и полцарства в придачу
10. Концерт для Колобка с оркестром
11. Фокус-покус от Василисы Ужасной
12. Любимые забавы папы Карло
13. Муха в самолете

Сериал «Джентльмен сыска Иван Подушкин»:

1. Букет прекрасных дам
2. Бриллиант мутной воды
3. Инстинкт Бабы-Яги
4. 13 несчастий Геракла
5. Али-Баба и сорок разбойниц
6. Надувная женщина для Казановы
7. Тушканчик в бигудях
8. Рыбка по имени Зайка
9. Две невесты на одно место
10. Сафари на черепашку

Дарья Донцова

Старуха Кристи — отдыхает!

Роман

Британец китайского производства.

Повесть

Народный детектив

Москва
ЭКСМО
2005

ИРОНИЧЕСКИЙ ДЕТЕКТИВ

«ВКУСНАЯ» книга от звезды иронического детектива!

Представляем всем поклонникам творчества

Дарьи Донцовой

уникальное подарочное издание:

«Кулинарная книга лентяйки»

Дорогие читатели!

Не удивляйтесь, что я, Дарья Донцова, вместо детектива написала кулинарную книгу. Я давно собирала рецепты, а так как мне жаль времени на готовку, то в основном, это оказались рецепты, не требующие больших усилий и времени от хозяйки. За исключением, может быть, пары-тройки необычных блюд типа «Паэльи». Но это так вкусно, что вы нисколько не пожалеете о потерянном времени. Итак, в этой моей книге не будет трупов, но будет гусь, фаршированный яблоками, экзотические соусы и многое, многое другое.

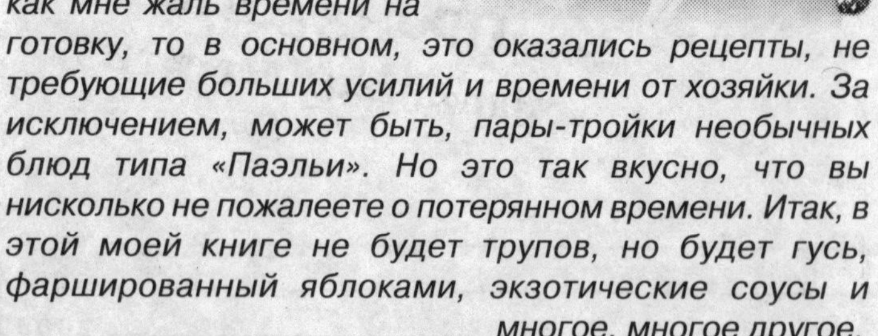

Приятного аппетита!

В продаже с декабря

Старуха Кристи — отдыхает!

Роман

Глава 1

Когда не ожидаешь от жизни ничего хорошего, плохое не заставляет себя ждать. В последнее время мне жутко, просто катастрофически, не везло. Фирма, в которой я в должности «принеси-подай» благополучно проработала целых полгода, накрылась медным тазом. Сотрудников выставили на улицу, посоветовав им обратиться на биржу труда. Я покорно пошла туда и налетела на противную тетку, которая, поджав губы, сказала:

— Вам лучше переучиться.

— На кого? — оторопела я. — Моя специальность чем плоха? Учительница русского языка и литературы.

— Всем хороша, кроме одного, — фыркнула служащая, — филологов, как собак нерезаных. И потом, вы же не хотите идти в школу?

— Нет, — быстро сказала я, — ни за что.

— Могу отправить вас на курсы пекарей, — мрачно завершила баба.

— Вы с ума сошли, — возмутилась я, но потом на всякий случай добавила: — У меня аллергия на муку.

— Понятно, — протянула тетка и стала оформлять бумаги на получение пособия.

С тех пор прошло немало дней, небольшая сумма подачки уменьшалась от месяца к месяцу и в конце концов стала равна нулю. Правда, на бирже давали направления, но каждый раз, когда я являлась в отдел кадров, выяснялось, что место занято, либо требуется человек, безукоризненно владеющий английским, или нужна суперсотрудница, ловко управляющаяся одновременно с компьютером, факсом, телефоном и умеющая водить машину. А я самая обычная женщина, аккуратная, вежливая, способная выполнять поручения начальства, но и только. Может, кому-то и нужна именно такая, но мне просто не везло. Есть еще одна маленькая деталь: при росте метр шестьдесят пять я вешу девяносто килограммов, и некоторые работодатели отказывались от моих услуг, едва завидев мою корпулентную фигуру.

В особенности обидно было сегодня. Пришлось ехать к девяти утра через весь город на какую-то богом забытую фабрику, производившую то ли пластиковые тапки, то ли алюминиевые миски. Кадровиком там оказалась баба с маленькой змеиной головой. Стоило мне войти в кабинет и заявить:

— Здравствуйте, мне сказали, что вам нужна секретарша, — как «кобра» распушила «капюшон»:

— Все, все, взяли уже...

Я вышла в коридор и с горя отправилась в туалет, но не успела закрыться в кабинке, как раздался бодрый стук каблучков, затем голос:

— Ну что, Катя, мы найдем секретаря когда-нибудь?

— Так сегодня должна подойти одна, Вероника Николаевна, с биржи труда присылают, — ответила другая женщина.

— Уже была, — заявила начальница, — отвратительная корова. Килограммов сто пятьдесят небось весит. Я ее, естественно, тут же бортанула. Представь подобное чудовище в приемной. Ужасно, так разожраться, и ведь, похоже, она еще молодая.

Глотая слезы, я подождала, пока противные тетки уйдут, вышла из кабинки и встала перед зеркалом. Оно бесстрастно отразило круглую, похожую на яблоко, фигуру. И вовсе я не вешу сто пятьдесят килограммов, а всего девяносто, и потом, у меня красивые темные, вьющиеся волосы, большие карие глаза, аккуратный носик и изумительный рот, а над верхней губой есть маленькая родинка. Мише, моему мужу, она очень нравилась.

— Нет, — быстро сказала я сама себе, — только никаких воспоминаний об умершем муже.

Но слезы подкатили к глазам и хлынули по щекам, пришлось долго умываться, потом заново краситься. Наконец я смогла выйти в коридор, и тут произошло нечто, выбившее меня окончательно из колеи. Не успела я сделать и двух шагов, как в другом конце коридора показалась живописная группа. Впереди шла дама чудовищной толщины, просто бочка сала, упакованная в кожаный костюм нежно-розового цвета, в ушах незнакомки искрились бриллиантовые серьги, пальчиками, унизанными кольцами, она цепко держала роскошную сумку из кожи крокодила, в тон ей были и туфельки. За посетительницей, почтительно кланяясь, шла кадровичка, та самая, со змеиной головой.

— Ах, ах, — приговаривала она, — милая Ольга Сергеевна, какая радость! Вы сегодня ослепительно выглядите! Просто хорошеете с каждым днем!

Толстуха, ничего не отвечая, сопя, двигалась вперед, когда она поравнялась со мной, я уловила тонкий аромат дорогих духов. Едва парочка скрылась за поворотом, я не удержалась и спросила у охранника:

— Кто эта бегемотиха?

Секьюрити хмыкнул:

— Осторожней языком мели, Ольга Сергеевна жена нашего хозяина. Фабрика принадлежит Леониду Михайловичу Герасимову, да чего там наше убогое производство, у него полрайона в руках.

Я пошла к выходу, на душе было гадко. Вот оно как! Лучший макияж женщины — ее толстый кошелек. Ольга Сергеевна выглядела ожившим мавзолеем, но тем не менее всем нравилась...

Я не сумела сдержать приступ отчаянья, и слезы вновь потекли по щекам.

Пухленькой я была всегда, пять «плавающих» туда-сюда килограммов погоды не делали. Меня с детства дразнили «жиртрест», «промсарделька», «свинокомбинат», а еще добрые знакомые уверяли, что выйти замуж девушке с пышной фигурой просто невозможно. Наверное, поэтому я долго ходила в невестах, особо не надеясь оказаться под венцом. Но потом господь послал мне Мишу, и целых два года я была невероятно счастлива, пока мой муж не скончался от какой-то непонятной болезни, врачи так и не сумели установить, что за зараза извела Мишу, и в конце концов объявили его онкологическим больным, стали усиленно лечить, но... не спасли. Мы с Этти, моей свекровью, остались одни. Вот уж кто никогда не дразнил меня и всегда хвалил, так это Этти, пожалуй, она единственная моя подруга, помогает не только морально, но и материально. Я ни разу не слышала от

Этти слов типа: «Вот новая диета, не хочешь ли попробовать?» — а после ее ухода в моем кошельке всегда оказывается круглая сумма.

Поверьте, мне стыдно брать деньги у Этти, но пока другого выхода нет, никак не могу найти работу, вот сегодня снова «пролетела».

Тяжело дыша, я добралась к выходу, вышла на улицу и чуть не задохнулась от жары. Похоже, погода окончательно взбесилась, на календаре начало мая, а над городом плывет душное марево. По спине потек пот, из-за некоторых особенностей фигуры я не могу нацепить сарафанчик на тонких лямочках, приходится таскать закрытую кофту. И вот парадокс, чем жарче на улице, тем сильней хочется есть, может, пойти к ларьку, который стоит на противоположной стороне дороги, и купить шаурму? Но в кармане всего сто рублей, их надо экономить! Рот наполнился слюной, желудок начал ныть... Решительным шагом я двинулась через проезжую часть, черт с ней, с бережливостью, ну пролежит купюра целой до завтра, и что? Ее номинал увеличится вдвое? Вовсе нет, сто рублей никак не превратятся в двести. Лучше съем шаурму, сяду вон там на лавочке, а потом спокойно подумаю...

Пронзительный взвизг тормозов заставил меня вздрогнуть, я обернулась. Чуть не задев меня сверкающим крылом, мимо пронеслась роскошная иномарка, я не слишком разбираюсь в моделях, для меня все машины на одно лицо, вернее, на один капот.

Сердито крякая, тачка исчезла за поворотом, перед глазами снова открылся вид на дорогу, и я заорала:

— Боже! Вы живы?

Чуть поодаль на пыльном асфальте лежал на спине мужчина. Я бросилась к сбитому человеку.

— Вызвать врача? Милицию?

Жертва наезда медленно села, и я поняла, что дядьке много лет, на голове топорщатся седые волосы, почти белая борода и усы закрывают нижнюю часть лица, вокруг глаз и на лбу сплошные морщины, кожа усеяна пигментными пятнами. Дедушке лет семьдесят, если не больше.

— Не блажи, — приятным, совсем не дребезжащим голосом велел он, — чего визжишь?

— Но вас же машина сбила?!

— Нет, я просто упал, — закряхтел старичок, — жарко очень, давление подскочило, голова закружилась, ну и мотнуло меня в сторону. Хочешь помочь, палку подай.

— Где она?

— Вон валяется.

Я принесла деду тросточку, тот оперся на нее и бойко встал. Ростом пострадавший оказался с меня, а вот весу в нем было намного меньше. Жилистый, сухонький старичок, наверное, следит за собой, может, даже ходит в спортзал.

— Ну, чего уставилась? — сердито спросил он. — Не цирк, вали куда шла.

— А никуда, — неожиданно выпалила я.

— Ну и ладно, — отрезал дедуля, — прощай, нечего на меня глазеть, свалился, эка невидаль.

Внезапно мне стало так обидно, что и не передать словами. Ну почему люди столь неприветливы? Неужели из-за моего веса? На предприятии отказали, даже не предоставив испытательный срок, а дедушка, которому я бросилась помочь, нахамил мне от души. Неожиданно по щекам снова потекли слезы. Обозлившись на себя, я резко повернулась и собралась продолжить путь, но неожиданно есть расхотелось, чувство обиды на весь мир отбило голод.

— Эй, Дюймовочка, постой, — крикнул дед.

Я обернулась.

— Вы меня?

— Да, пошли, кофем угощу, вон там, на веранде.

— Спасибо, не хочу, — с достоинством ответила я и попыталась справиться с отчего-то усилившимся потоком слез.

Дедушка в два прыжка оказался рядом.

— Не дуйся, чего ревешь? Глупо я пошутил, про Дюймовочку.

— Ничего, я уже привыкла к насмешкам.

— Хорош ныть, пошли пирожные есть! — рявкнул старичок, потом крепко вцепился в мое плечо и поволок к уличному кафе. У пенсионера оказались просто стальные руки.

Сев за столик, дед заказал коньяк и влил в мою чашку с кофе малую его толику, я глотнула «коктейль», зарыдала еще сильней и совершенно неожиданно выложила старичку все: про неожиданную смерть мужа, полное отсутствие средств к существованию, невозможность устроиться на хорошее место работы... Дед слушал молча, потом крякнул и резко спросил:

— На любую службу пойдешь?

— Ага, — кивнула я, — полы мыть, мусор вытряхивать, собак прогуливать, кошек стричь, на все согласна.

— Оклад какой хочешь?

— Ну... неважно, — не поняла я, куда клонит дед.

Старик взял салфетку, написал на ней цифру и сунул мне.

— Столько хватит?

— Ой, — вырвалось у меня, — так много? А кем работать? И что потребуют за такие деньжищи? Если интим, то я не могу.

— Господи, — закатил глаза старичок, — кому ты нужна! В зеркало давно смотрелась? Сама квашня, на голове мочалка, морда не пойми какая, ногти обломаны.

Я хотела было привычно обидеться, но отчего-то не сумела и неожиданно для себя улыбнулась.

— Ну и кому же такая красота понадобится?

— Мне, — прищурился дедок, — секретаря ищу, помощницу. Красотки поперек горла встали. Только наймешь длинноногую да стройную, мигом замуж выскакивает или на шею вешается.

— Вам? — весьма невежливо вырвалось у меня.

— А что? — приосанился дедулька. — Я еще ого-го какой, но не о том речь. Тебе нужна работа, а мне тетка страшней атомной войны, с нормальной речью, без семьи, чтоб вся работе отдавалась, любовников не заводила и начальника к себе в койку не тащила. Честная особа, не воровка. По-моему, мы нашли друг друга.

— Но мы совсем незнакомы, — пролепетала я.

— Ниче, какие наши годы, — радостно возвестил дед, — впрочем, у тебя на лбу характер написан: тетеха, но чужого не возьмет. И чем мы рискуем? Месяц поработаешь, а там видно станет, продлим контракт или как. Согласна?

— Да, — ошарашенно кивнула я, сраженная наглой напористостью старичка.

— Супер! — воскликнул дедуся. — Итак, как тебя зовут?

— Таня, Татьяна Ивановна Сергеева.

— Редкое имя, — кивнул дед, — ну а я Григорий Семенович Рыбаконь, фамилия такая, Рыбаконь, ничего смешного в ней нет. Именно Рыбаконь. Ясно?

— Да, — кивнула я.

— Будешь звать меня Гри, — велел дедок, — отчество ненавижу, усекла? Теперь слушай. Я — частный детектив.

— Кто?

— Сыщик, которого люди нанимают для решения деликатных проблем, — спокойно начал объяснять Гри, — работаю я давно, уже больше десяти лет, и сейчас занимаюсь одним интересным дельцем. Кстати, ты детективы читаешь?

— Нет, — воскликнула я, — только классику, а лучше поэзию. Криминальные романы пишут для определенной, весьма недалекой категории людей, примитивных личностей, а у меня высшее образование, педвуз за плечами, стыдно подобные книжонки в руки брать.

Гри крякнул, погладил бороду и продолжил:

— Ладно, ситуация такова. Пришла недавно в мою контору девушка, Настя Завьялова, и сказала, что ее родная сестра Аня, очень близкий человек, покончила с собой. У милиции никаких сомнений не возникло, девица выпила стакан персикового йогурта, в котором растворила большое количество снотворного. Момент Аня выбрала самый подходящий, Настя в тот день решила остаться на ночь у своего бойфренда, поэтому младшую сестричку она обнаружила лишь вечером следующего дня. Сразу после бурной ночи Анастасия поехала на работу, домой заглядывать не стала, за что ругает себя сейчас нещадно. Только ничего исправить уже нельзя, Аня умерла. Ясно?

— Нет, — мотнула я головой.

— Продолжаю, — сказал Гри, — обрисовываю ситуацию. В квартире никого, кроме Ани, не было, ни Настя, ни милиция следов постороннего человека не нашли. Все стоит на своих местах. На стакане отпечатки пальцев умершей девушки, на столе записка, просто классика жанра: «В моей смерти прошу никого не винить», почерк Ани, доказано стопроцентно. За пару дней до самоубийства девушку бросил возлюбленный, некто Никита Дорофеев, Аня очень переживала. В общем, дело закрыли, слишком оно прозрачное, любовь-морковь и дурочка, решившая свести счеты с жизнью.

— Может, она его и правда любила, — тихо сказала я.

— Ерунда, — рявкнул Гри, — эка печаль, мужик ушел, плюнь и забудь. А ты, лапа, не перебивай, слушай внимательно. Позавчера Настя прибежала ко мне и сообщила: «Аню убили, но в милиции дело снова открывать не хотят, найдите преступника, я заплачу вам любые деньги!»

Гри сначала попытался вразумить девицу, но, когда та выложила свои подозрения, призадумался. Доводы Насти показались ему убедительными. Во-первых, похоронив сестру и успокоившись, Настенька стала размышлять. Ее связывала с Аней нежная дружба, а сестра ничего не говорила ей о суицидальных планах, более того, когда Настя уходила, Аня поцеловала ее и сказала:

— У меня для тебя сюрприз.

— Какой? — заинтересовалась сестра.

— Завтра расскажу, — хитро прищурилась Аня.

— Хороший или плохой? — настаивала Настя.

— Замечательный, — рассмеялась Аня, — но все потом.

«Потом» не наступило, Анечка отравилась, и навряд ли это было той самой замечательной новостью, обещанной для сестры. Еще Аня не любила персиковый йогурт, и было очень странно, почему именно его она предпочла для растворения лекарства. Но в принципе все можно объяснить. Напиток из персика обожает Настя, больше в холодильнике еды не было, вот Ане и пришлось воспользоваться этим йогуртом. Замечательной новостью, наверное, было предложенное ей повышение по работе, об этом со слезами на глазах Насте рассказали коллеги Ани на поминках. Оставалось неясным, отчего девушка вдруг надумала свести счеты с жизнью, ужасно, конечно, что она была дома одна... И тут Настю будто стукнуло по голове. Она очень хорошо вспомнила, как, обнаружив тело сестры, закричала, бросилась вызывать милицию и почему-то «Скорую помощь», а затем кинулась в туалет. У Насти больной желудок, и на любой стресс он реагирует всегда одинаково: девушку, простите, конечно, за подробность, прошибает понос.

Настя уселась на унитаз и тут же вскочила, деревянный круг был поднят, и она плюхнулась непосредственно на холодный фаянс.

Потом приехали представители правоохранительных органов, и пошла суета. Похороны, поминки... Лишь спустя несколько дней в голове Насти вспыхнуло воспоминание о холодном унитазе, и она спросила себя:

— А кто поднял круг?

Имейся в доме мужчина, Настя бы и не озаботилась такой проблемой, всем известно, что мужчины, подняв стульчак, ни за что не вернут его на место, это одна из основных тем скандалов во многих семьях. Но Настя и Аня жили вдвоем, они никогда не поднимали круг. Значит, в квартире все же находилось лицо противоположного пола, хитрый убийца, который тщательно спрятал следы своего пребывания, каким-то образом заставил Аню написать записку, угостил ее «коктейлем» и ушел. Но идеальное преступление совершить трудно, негодяй забыл про круг, милиция не заметила его оплошности, что и понятно, следственная бригада состояла из одних мужиков. Настя назвала и имя предполагаемого преступника: Никита Дорофеев, любовник Ани, единственный, кого она впускала в дом безо всякой опаски.

— Знаю, как дело было, — шмыгала носом Настя, — Никита бросил Аньку из-за богатой, родители нашли ему невесту при денежном папе, вот он к ней и переметнулся. Аня сначала переживала, а потом позвонила Дорофееву и устроила скандал.

— Ты мерзавец, — кричала она в трубку, — подонок! Вот позвоню твоей новой пассии, а еще лучше ее папеньке и все ему выложу! Про что, сам знаешь! А! Испугался! Вот-вот, лучше тебе назад ко мне вернуться!

— И что ты про него знаешь? — полюбопытствовала Настя.

— Дерьмо всякое, — отмахнулась Аня, — потом как-нибудь расскажу, сейчас не хочется, слишком противно!

Сложив вместе все факты, Настя отправилась в милицию, но там от нее вежливо отделались, сказав:

— Дело ясное, и оно закрыто.

Но Настя не успокоилась, ей очень хочется наказать убийцу сестры, знакомые подсказали девушке адрес Гри, и Завьялова обратилась к частному детективу.

— Теперь докумекала? — поинтересовался Гри и допил из чашки кофе. — Ну и гадость тут варят, прямо скрючило всего.

— В принципе да, — осторожно ответила я, — но что мне делать надо?

Гри грохнул фарфоровую емкость на блюдце.

— С Никитой поболтать.

— Мне?

— Да. Парня выгоняют из МГУ, у него куча прогулов, к сессии молодца не допускают. Он испугался и начал искать кого-то, кто ему поможет, вот ты и явишься к нему под видом дамы из ректората, которая готова за некоторую мзду купировать беды Дорофеева.

— Я?

— Ну не я же!

— А почему не вы?

— Вот дура! Не похож я на сотрудника ректората, да еще и мужчина, не вызову к себе расположения, а ты что надо, толстая, уютная, не шикарно одетая, типичная чиновница-бюджетница. Значит, так, поедешь к Дорофееву домой, вот адрес, скажешь, что способна решить его проблемы, но тебе нужен точный список Никитиных прогулов. Он начнет называть даты, а ты дотошно выясняй, где он был в такой день, в другой...

— Зачем?

— Если он такой вопрос задаст, нахмурься и рявкни: хочешь дальше учиться — отвечай, мне справки делать, неохота в неприятность вляпаться, напишу — лежал в больнице, а тебя в кафе видели. И особенно обрати внимание на 28 апреля, день смерти Ани, по минутам все выясни.

— Вдруг он меня заподозрит?

— В чем?

— Ну... скажем, что не видел меня в ректорате.

— Дура! В МГУ куча факультетов, студенты в ректорат не ходят, максимум в деканат заглядывают.

— Но у нас в вузе...

— Ты в помойке училась, а это МГУ! Работа тебе нужна?

— Да, очень.

— А деньги?

— Тоже.

— Хорошо, вот адрес Никиты. Езжай туда, он дома, ждет сотрудницу ректората, я уже все организовал, только кандидатуры на эту роль не было. Допросишь его и уходи, спокойно пообещав ему: дело в шляпе. Мобильный имеешь?

— Да.

— А говоришь, плохо живешь!

— Самый дешевый тариф, и за него Этти платит.

— Этти-шметти, — выхватил у меня из рук телефон Гри, — это мой номер, включен всегда, вот визитка. Жду потом с отчетом. Кстати, держи тысячу рублей.

— Зачем? — спросила я, разглядывая карточку, на которой были фамилия и телефон.

— На расходы, шевелись, Дюймовочка, — гаркнул Гри, — не спи, замерзнешь.

Дверь в квартиру Никиты никто не открывал, я перестала звонить, решила постучать, ударила кулаком по створке, а та неожиданно открылась.

— Никита, — позвала я, входя в пахнущую одеколоном прихожую, — это Татьяна Ивановна, из ректората. Вы дома? Никита!

Парень не отвечал, но из противоположного конца коридора доносилась музыка. Решив, что юноша просто не услышал звонка и моего крика, я, мысленно обозвав хозяина разгильдяем, дошла до двери, из которой лились звуки, увидела юношу, сидевшего на стуле спиной ко мне, и вздохнула. Конечно, разгильдяй, кто ж еще? На подоконнике орет радио, на столике работает телевизор, правда, без звука, весь текст подается прямо в голову хозяина, на Никите наушники, ясно теперь, почему он не отреагировал на мои шаги.

Я обошла стул, посмотрела на парня, хотела сказать: «Никита! Снимите наушники, к вам пришли из ректората».

Но слова замерли в горле. Рот парня был приоткрыт, глаза бездумно смотрели в окно, язык, жуткий, страшный, вывалился наружу...

Др-р-р, — ожил мой мобильный.

Словно под гипнозом я вытащила трубку, в ухо ворвался веселый голос Этти:

— Как дела?

— Сейчас не могу говорить, — прошептала я, невольно оглядывая стол, — давай попозже позвоню, а? Я на собеседовании нахожусь.

Что ответить на вопрос Этти? Что нашла работу невесть у кого и теперь стою возле трупа? Трупа? Ой, мама, надо срочно бежать отсюда!

Глава 2

Еле дыша, я дочапала до метро, оглядываясь на каждом шагу. В паре метров от входа в подземку виднелось небольшое кафе, я, забыв о необходимости экономить, вошла внутрь, схватила валявшееся на столе меню и изучила цены. «Салат «Цезарь» — 75 руб., «Овощная фантазия» — 40 руб. Вполне можно позволить себе порцию.

— Слушаю вас, — ласково прощебетала хорошенькая тоненькая, словно зубочистка, официантка.

— Что входит в салат «Цезарь»? — деловито осведомилась я.

— Куриное филе, сухарики, листья салата и майонез.

— А в «Овощную фантазию»?

— Ясное дело, всякие овощи: помидоры, огурцы, редис и майонез.

Я вздохнула, ну майонез-то никак нельзя отнести к овощам, это соус. Впрочем, салатами не наешься! В тарелке небось окажется одна лопушистая зелень. Кстати, вот тут возле названия блюда стоят цифры: 10-250-5-30.

— Простите, — снова обратилась я к официантке, — я не совсем разобралась, что означает эта строчка? Вроде цена «Цезаря» семьдесят пять рублей.

Подавальщица с нескрываемым презрением глянула на меня.

— У нас не дерьмовая забегаловка, — тоном вдовствующей императрицы заявила она, — вы пришли в заведение ресторанного типа, и меню у нас оформлено по правилам. Это вес.

— Чего?

— Порции.

— Простите, не понимаю.

Девчонка закатила накрашенные глазки.

— Десять — это количество сухариков.

— Штук?

— Граммов! Двести пятьдесят — салат «Айсберг», тридцать — майонез, а пять — куриное филе!

Я почесала кончик носа. Да уж, не пожалели курочки! Нет, салат брать не стану, потрачу деньги и уйду голодной!

— Берите «Цезарь», — неожиданно приветливо сказала официантка, — от него не потолстеете, никаких калорий нет.

Кровь бросилась мне в голову, и эта наглая девчонка туда же! Ну отчего все вокруг считают, что мне надо худеть? Между прочим, мода на «грабли» появилась лишь в начале 60-х годов двадцатого века, до этого женщины выглядели иначе. Посмотрите картины великих фламандцев или фотографии кинозвезд сороковых лет двадцатого века. Я просто родилась не в то время, но это еще не повод постоянно тюкать меня. А ведь сколько помню себя, со всех сторон неслись возгласы:

— Тебе следует сбросить вес.

Только Миша и Этти никогда не попрекали меня толщиной.

Муж всегда повторял:

— Танюшечка, ты мне нравишься в любом виде.

— Ну, выбрали? — воскликнула официантка. — Поторопитесь, а то люди пришли, тоже заказ сделать хотят.

Обида просто распирала меня. «Люди пришли». А я кто? Обезьяна? Между прочим, я появилась в этом кафе первой. Наверное, надо встать и, произнеся: «В вашей забегаловке отвратительный выбор», с гордо поднятой головой удалиться прочь.

И достоинство сохраню, и деньги не потрачу, ведь сто рублей последние. Желудок свело, голова закружилась, перед глазами запрыгали серые мушки.

— Принесите кофе со сливками и два пирога с мясом, — велела я, произведя в уме необходимые расчеты.

Мой организм устроен самым диковинным образом: если я попадаю в стрессовую ситуацию, то моментально испытываю приступ голода, могу даже упасть в обморок, если немедленно не поем как следует. В моем случае потребление еды не обжорство, а лечение, я не слишком здоровый человек, очень слабый физически, мне надо постоянно подкреплять свои силы.

Официантка повернулась, виляя задом, пошла в сторону кухни. Я порылась в сумке, нашла визитку Гри, вытащила мобильный. Конечно, денег на счету кот наплакал, я пользуюсь сотовым лишь в крайнем случае, но, похоже, сейчас он настал. Следует немедленно сообщить Гри об ужасной ситуации, в которой я оказалась по его вине. Ну зачем я согласилась на идиотское предложение? Где была моя голова? Оправдывает мой поступок лишь одно: я настолько расстроилась, услыхав очередной отказ от работодателя, что потеряла способность соображать. Нет, служба в качестве подручной частного детектива мне совсем не по душе!

— Алло, — прочирикало из трубки.

Я удивилась, вроде Гри говорил, что это его личный номер. С другой стороны, может, он дал мне домашний телефон и сейчас на том конце провода внучка бойкого деда.

— Добрый день, позовите Григория Семеновича.

— Вы ошиблись.

Я вздохнула, неудачи сегодня просто льются мне на голову, ладно, повторю попытку.

— Алло, — защебетал тот же голосок.

Я быстро нажала на красную кнопочку, надо попробовать еще раз.

— Алло, слушаю, да говорите же!

— Простите, можно Григория Семеновича.

— Сказала же — вы ошиблись.

— Ой, не вешайте трубку. Я сейчас набрала номер семьсот девяносто...

Услыхав цифры, девица вяло ответила:

— Ну?

— Это мобильный?

— Да, мой личный!

— Он у вас давно?

— Я вовсе не собираюсь болтать с вами.

— Извините, но мне дали визитку с этим номером.

— Опечатка, я уже год как приобрела телефончик.

— Значит, Григория Семеновича нет? — тупо повторяла я.

— Может, где и есть, но не по этому номеру.

— Вы не знаете господина Рыбаконя?

Девушка захихикала.

— Кого?

— Григория Семеновича Рыбаконя, вообще-то он представляется как Гри.

— Не-а, — откровенно развеселилась собеседница, — ни Рыбаконь, ни Котопес, ни Жирафослон мне не знакомы. Больше не трезвоньте.

Я положила трубку на столик. Ну и ну, неужели на визитке опечатка? Впрочем, случается и такое, но мне что делать?

— Еще чего желаете? — взвизгнула подкравшаяся незаметно официантка.

Я вздрогнула.

— Нет, спасибо, несите счет.

Подавальщица протянула кожаную папочку.

— Во.

Я раскрыла обложку. «Кофе — 20 руб., пирожки с мясом, 2 шт. — 30 р. Итого: 50».

Выудив из кошелька последнюю сотню, я протянула ее халдейке.

— Держите.

— Ща сдачу принесу, — протянула нахалка, но осталась стоять у столика.

Наверное, она ожидала услышать от меня: «Спасибо, не надо, оставьте ее себе», но я категорически не понимаю, по какой причине нужно давать официантам деньги просто так. Они что, не получают зарплату? Или очень перетрудились, нося из кухни до столика чашку с кофе? Между прочим, мне никто не давал на чай, а уж поверьте, труд учительницы просто адский. Попробуйте сами вдолбить в головы тупых школяров понятие о великой литературе, о Пушкине, Лермонтове, Достоевском. Ты пытаешься вложить в них знания, а они словно через дырявое сито вываливаются наружу. Впрочем, немудрено, нельзя насыпать десять килограммов сахара в мешок, уже до отказа набитый солью. У ребят, спавших на моих уроках, голова была занята Бэтменом, Человеком-пауком, мультиками про Симпсонов, на великую русскую литературу места не осталось. Впрочем, дети — это не худшее, с чем учитель сталкивается в школе, есть еще родители, квохчущие бабушки, истерические мамаши и совершенно невоспитанные отцы, считающие своих чад гениальными. У себя дома эти люди ругаются матом, вытирают нос рукавом, грызут семечки, выплевывая шелуху на пол, но при этом они желают, чтобы школа сделала из их деточек лордов Фаунтлеров и маленьких герцогинь. Коли ребенок пишет «карова» и употребляет известное слово на букву «б» постоянно в качестве артикля, то в этом виновата я, не научила крошку хорошим манерам. Мне хватило полугода, чтобы сообразить: карьера Макаренко меня не вдохновляет! Впрочем, начав работу секретарем, я тут же поняла, что и она не приносит никакого удовлетворения, тупая, нудная служба.

— Держите, — рявкнула официантка.

Я уставилась на груду мятых и липких бумажек.

— Простите, это что?

— Сдача.

Ну и ну! Я дала девчонке сотню и что получила назад! Надо указать ей на ошибку, но я не успела открыть рот.

— Вы дали тысячу, — загундосила подавальщица.

— Сколько?

— Штуку! — рявкнула нахалка. — Наели на пятьдесят, пришлось из-за вас в ларек бегать! Во народ! Ясное ж дело, если жрешь на две копейки, держи мелочь!

Продолжая злиться, нимфа в форме отправилась к соседнему столику, я потрясла головой, потом взяла кошелек и ахнула. В одном из отделений лежит розовая сотенная купюра. Откуда тысяча? Гри! Он же дал мне ассигнацию на расходы! И что теперь делать?

Я схватила со стола салфетку и принялась нервно рвать ее на мелкие кусочки. На визитке указан неправильный номер. Либо в типографии допустили опечатку, либо Гри поменял телефон и забыл внести изменения. Адреса на данной мне карточке нет. Найти господина Рыбаконя практически невозможно, мне следует быстро ехать домой и никому, даже Этти, не рассказывать о произошедшем. Наверное, я бы так и поступила, но вот тысяча рублей! Можете считать меня идиоткой, только я не способна присвоить чужие деньги, тем более такую большую сумму. Во что бы то ни стало нужно отыскать Гри! Ага, легко сказать! Я полезла за сигаретами, сумка у меня страшная, она больше похожа на торбу из кожи, никакой красоты в ней нет, к тому же ее украшают потертости. Только не надо сейчас говорить о новомодных тенденциях, в угоду которым кутюрье рвут отличные изделия, дабы придать им вид одежки убогого бомжа. Измученная руками дизайнера шмотка и сумка, еле дышащая от старости, это совершенно разные вещи. Мне давно следует приобрести новый ридикюль, но я абсолютно не способна выкинуть уродскую торбищу, потому что она — последний подарок, полученный от Миши. Хотя справедливости ради следует признать: мешок жутко неудобный, в нем все исчезает безвозвратно. Ну вот куда подевалось курево? Господи, вдруг я потеряла пачку? Вот беда, она совсем полная, я выкурила только три сигареты и надеялась, что еще два дня могу не беспокоиться о покупке новой. Ну почему мне так отчаянно не везет? Чем я прогневала своего ангела-хранителя? Отчего он бросил бедную Таню в одиночестве плавать в житейском море? Может, тот, кому велено опекать меня, лентяй, лег в тени райского дерева и спит в холодке!

Внезапно пальцы нащупали нечто довольно длинное, гладкое. Слегка удивившись, я вытащила загадочный предмет и обомлела: я держу портмоне, явно мужское, из дорогой кожи. Находясь в состоянии крайнего изумления, я раскрыла его и подпрыгнула на неудобном стуле. В одном отделении лежали три зеленые бумажки, в другом несколько тысячных российских купюр. Каким образом это богатство оказалось в моей сумке?

И тут память услужливо подсунула картину. Вот мы входим в кафе, Гри бодро бежит впереди. Он подскакивает к столику, плюхается на свободное место, бросает свою небольшую сумочку на стоящий рядом стул и велит:

— Живо садись.

Я робко устраиваюсь напротив и ставлю свою, как всегда, открытую торбу на пол у стула. Через некоторое время Гри вытаскивает из своей барсетки портмоне, то самое, что я сейчас держу в руках, вручает мне тысячу и... и... не глядя швыряет кошелек на стул. Наверное, он полагал, что портмоне угодит в распахнутую барсетку, но оно шлепнулось мимо стула, ровнехонько в мою торбу!

Я покрылась потом, вот черт, положение становится все хуже и хуже. Конечно, очень неприлично копаться в чужих вещах, но альтернативы нет. Вполне вероятно, что сейчас я найду в бесчисленных отделениях кучу всяких бумажек, подсказывающих адрес Гри. Кстати, почему портмоне такое твердое? Похоже, в нем лежит картонка, нет, это нечто иное... паспорт!

Я вцепилась в бордовую книжечку, раскрыла ее и с горьким разочарованием отметила: она не принадлежит Гри.

С фотографии на меня смотрел смазливый парень, я не люблю писаных красавцев, они самоуверенны, хамоваты и отчего-то считают, что женщины всего мира обязаны падать перед ними ниц. А некий Аристарх Иванович Бабулькин был настолько красив, что даже на паспортном фото смотрелся великолепно: мужественное лицо с твердым подбородком, аккуратный нос, ясные, большие глаза, брови, разлетающиеся к вискам, четко очерченные губы и картинно вьющиеся волосы. В общем, хорош, словно реклама одеколона или сигарет, не юноша, а пряник, кусочек патоки, съешь такой и станешь маяться изжогой. Со всех сторон Аполлон, жаль, фамилия подгуляла — Бабулькин, и о чем, интересно, думали его родители! Назвать сыночка Аристархом! С ума сойти!

Я начала ворошить странички паспорта, ага, вот и адрес! Живет красавчик в Крылатском, отличном зеленом районе. И что делать?

Я встала, схватила торбу и пошагала к метро. Уж не знаю, каким образом удостоверение Бабулькина оказалось у Гри, только, наверное, Аристарх знает координаты деда с очаровательной фамилией Рыбаконь.

Глава 3

Многоэтажная блочная башня, стоявшая недалеко от метро «Молодежная», мало чем отличалась от окружавших ее сестер. Консьержки в подъезде не нашлось, почтовые ящики тут были разрисованы неприличными рисунками, зато у лифта висел листок бумаги, изучив который гости легко узнавали, на каком этаже находится нужная им квартира. Мне предстояло подняться на восьмой.

Палец ткнул в звонок, дверь незамедлительно распахнулась, на пороге показался мужчина, я мгновенно узнала его, в жизни Аристарх оказался невелик ростом, чуть выше меня, зато лицо его было еще красивее.

— Это кто? — растерянно вытаращил он глаза. — Ох и ни фига себе! Я никого в гости не звал!

Не понимая, чем столь удивила хозяина, я спокойно сказала:

— Меня зовут Таня Сергеева, а вас Аристарх Иванович Бабулькин?

Глаза красавчика, словно нашкодившие котята, забегали в разные стороны.

— Ну... в общем... да! А как вы узнали?

— Что? Ваше имя?

— Ага.

Я вынула его паспорт.

— Вот.

Лицо Бабулькина пошло пятнами.

— Ничего не понимаю, — выдавил он из себя.

— Если разрешите войти, то я постараюсь все объяснить.

Аристарх заколебался.

— Впрочем, — усмехнулась я, — коли боитесь женщин, можно и на лестнице потолковать.

Бабулькин скривил слишком красивые губы.

— Я и не думал пугаться пожилой женщины.

— Какой? — с негодованием воскликнула я.

— Проходи на кухню, налево по коридору, — протянул хозяин.

Мне понадобилось около получаса, чтобы более или менее ввести мачо в курс дела. Естественно, я не стала сообщать ему деталей, ни словом не обмолвилась о трупе Никиты Дорофеева, просто сказала:

— Гри предложил мне работать у него секретарем, но, поразмыслив, я решила: служба мне не по плечу...

Аристарх спокойно выслушал меня, потом скривился:

— Так чего ты приперлась?

— Вы, наверное, знаете Григория Семеновича?

— Ну.

— Дайте мне его координаты.

— За каким чертом?

— Деньги отдать хочу.

— Возьми их себе.

— Это невозможно.

— Почему?

— Они чужие.

— Ерунда.

— Вовсе нет.

— Прихватывай штуку и радуйся заработку, я понял, что лавэ тебе очень нужны.

— Кто? — не поняла я слово. — Лаваш?

— Лавэ, — противно захихикал Аристарх, — бабки, хрусты, капуста, они же денежки. Уматывай.

— Вы правы, — холодно ответила я, — я крайне нуждаюсь, но только в честно заработанных средствах, чужого мне не надо.

— Умереть — не встать, — хлопнул себя по бедрам, обтянутым потертыми джинсами, Бабулькин, — ты откуда выпала? Чучундра в противогазе!

Я решила прекратить идиотскую беседу и встала.

— Хорошо, прощайте.

— Ай, молодца, — одобрил Аристарх, — вали домой, правильно, хватай деньжонки, и адью.

— Обязательно найду Рыбаконя! Мне надо вернуть эту тысячу. И потом, бумажник! Там целое состояние.

— И как ты собралась искать дедка? — вдруг заинтересовался противный красавчик.

Я улыбнулась.

— Может, я и кажусь дурой, но на самом деле таковой не являюсь. Фамилия Рыбаконь очень редкая, обращусь в справку, в общем, какая разница, но не успокоюсь, пока не отыщу деда, благо свободного времени у меня полно.

— Давай кошелек.

— Зачем?

— Отдам его Григорию.

— Вы знакомы?! — обрадовалась я.

— Да.

— Говорите адрес.

— Ни к чему, ну... где портмоне? — прищурился Аристарх.

Я посмотрела на его картинно красивое лицо и решительно ответила:

— Нет. Я лично передам вещь хозяину, вы не владелец кошелька. Если по непонятной причине не желаете сообщить мне координаты Григория Семеновича, то можете просто позвонить ему и сказать обо мне.

Аристарх глубоко вздохнул.

— Давай, давай, не бойся.

— Нет.

— Передам стопудово.

— Нет.

Бабулькин хмыкнул:

— Экая ты недоверчивая.

— Уж извините, — твердо ответила я, — вы не внушаете мне доверия!

Красавец выкатил глаза.

— Я? Тебе?

— Да.

— Офигеть! Ладно, стой тут, сейчас он придет.

— Кто?

— Рыбаконь.

— Григорий Семенович здесь?!

— Где ж ему быть? Спит в своей комнате, косой пенек, — весьма неуважительно сказал Аристарх, — только наберись терпения, эта гнилушка сразу не встанет, пока сообразит, что к чему, прокряхтит, покашляет... Хотел тебе помочь, но коли за вора меня считаешь, то париться тебе тут, пока старый хрыч выползет.

Я прислонилась к стене, Аристарх ушел, потянулись томительные минуты, и тут ожил мобильный.

— Танюшка, — зазвенела Этти, — чего не перезваниваешь? Ну? Как дела?

Я привыкла быть откровенной с Этти: расскажу ей о бедах и делается легче. Вот и сейчас я собралась воскликнуть «ужасно», но тут будто невидимая рука зажала мне рот. Этти тяжело пережила смерть сына, у нее появилась аритмия. Конечно, я частенько «гружу» ее своими проблемами, жалуюсь на безденежье, отсутствие друзей, невозможность найти приличную работу, однако все это, в общем, ерунда. Но как сообщить о трупе Дорофеева? Стоит ли делиться с Этти ужасной информацией? Свекровь разволнуется, у нее может начаться сердечный приступ.

Внезапно мне стало стыдно. Я — свинья, которая использует добрую Этти в качестве жилетки, вечно ною, жалуюсь. А ведь свекровь никогда не обременяет меня, у нее всегда все отлично.

— Замечательно, — ляпнула я.

— Что? — изумленно воскликнула Этти.

— Я нашла работу, — лихо соврала я, горя желанием доставить лучшей подруге радость, — великолепную!

— Ой! Здорово! Где?

— Потом, — зашептала я, — сейчас как раз оформляюсь, дело долгое, муторное, позвоню позднее.

— Вот отлично! — закричала Этти. — Это надо отметить! Приезжай потом ко мне.

— Не могу.

— Но почему?

— Прямо сейчас велят начинать работать, — продолжала я врать.

Вот почему не люблю лукавить. Стоит один раз сказать неправду, потом придется постоянно лгать, чтобы не поймали и не уличили в нестыковках.

— Ты пришла и осталась?

— Ага.

— Прямо сразу?

— Угу, служба закончится в девять, будет поздно, я поеду домой, — бодро соврала я.

— Ладно, — согласилась Этти, — ясное дело, устанешь. В выходные пересечемся?

— Конечно, — пообещала я.

Этти пожелала мне удачи и отсоединилась, я сунула мобильный в бездонную торбу, услышала покашливание и увидела Гри.

— Ну? — заявил он. — Все сделала? Покалякала с парнем? Пошли на кухню, не стой столбом!

Обычно я стараюсь разговаривать с людьми вежливо и спокойно, но сегодня был тяжелый день, наполненный унижением, страхом и отчаяньем. К тому же, солгав из самых лучших побуждений единственной подруге, я была крайне недовольна собой.

Я вдруг бессвязно завопила:

— Никита... квартира... открытая дверь... тысяча...

Гри молчал, когда фонтан моего красноречия иссяк, дед вдруг спросил:

— Ты чего, нашла Дорофеева?

— Конечно, он был дома.

— Никита оказался в квартире?

Удивленная непонятливостью деда, я уже более спокойно повторила рассказ. Рыбаконь пошел к плите.

— Ты того... успокойся, — протянул он, — ща мозгами раскинем и поймем, как поступить.

Я набрала полную грудь воздуха, собираясь сказать несколько гневных, но справедливых фраз, но тут раздался звонок в дверь. С ловкостью молодой обезьяны Гри метнулся в прихожую, потом оттуда послышался незнакомый мужской голос, звук шагов, скрип. Я в полнейшем недоумении сидела на кухне. Наконец Гри влетел назад, его седые волосы стояли дыбом, в глазах горел огонь.

— Слушай, — зашептал он, — клиент пришел.

— Мне уйти?

— Дура! — прошипел дед. — Молчи и слушай. Похоже, заявился денежный мешок, у меня в последнее время дела не очень идут, понимаешь? Народ в основном с ерундой прет, за мужем или женой проследить просят, а этот кадр с чем-то важным причапал. Значит, так! Сейчас идем в комнату и слушаем его.

— Я здесь при чем?

— Ты мой секретарь.

— Нет, спасибо за честь, лучше я отправлюсь домой.

— Дам тебе хорошую зарплату.

— Благодарю, не надо.

— Ты же без денег сидишь!

— Верно, но даже за огромную сумму не соглашусь на некоторую работу и за миллион долларов не стану проституткой.

Гри потер руки.

— Ну, предположим, на рынке продажной любви тебе красная цена двадцать баксов.

— Почему так мало? — возмутилась я.

Гри хмыкнул.

— Объяснять времени нет, но уж поверь моему опыту, на Тверской тебе не заработать, даже не думай об этом.

— Мне и в голову не придет подобное!

— Только что ты сказала про миллиончик.

— Вы меня не так поняли!

Гри нервно оглянулся.

— Потом поспорим, пошли, посидишь в кабинете.

— Нет.

Старичок сморщился и умоляюще протянул:

— Пожалуйста, Таточка.

— Меня зовут Таня.

— Это я так подлизываюсь, — не сдался Гри, — выручи меня. Частный детектив без секретаря — это несерьезно. Наличие помощника показатель стабильности конторы. Я тебе заплачу за услугу, ничего делать не надо, поизображаешь мою сотрудницу, и усё. Сто баксов. Потом домой поедешь! Что тебе стоит, а? Выручи.

Сто долларов за такую ерунду? Сумма меня впечатлила, и потом, что плохого случится от моего пребывания в качестве безгласной свидетельницы?

— Ладно, — кивнула я, — согласна.

— Ты просто киса, — шепнул Гри, вытолкнул меня из кухни, проволок по коридору и впихнул в комнату, оборудованную под кабинет. Сидевший на диване мужчина встал.

— Это моя помощница, Таня, правая рука, — улыбнулся Гри. — Вы не возражаете против ее присутствия, Андрей Львович?

— Нет, — нервно ответил гость, — только мое дело крайне деликатное.

— Не беспокойтесь, — улыбнулся Гри, — мы умеем хранить секреты.

— Да, — забормотал Андрей Львович, — я хотел найти профессионала высшего класса, хотя, честно говоря, слегка удивлен. Вижу немолодого человека, а Таня...

Он замолчал.

Мне стало обидно.

— Вы хотели сказать, несколько толстовата?

Андрей Львович порозовел.

— Полнота для маскировки, — ляпнула я, совершенно не понимая, отчего меня понесло по кочкам, — чтобы никто не догадался, кем я работаю.

— Ладно, — прервал меня Гри, — ежели вас не устраивает мой возраст и Танина весовая категория, можем распрощаться сразу.

— Нет, — испугался Андрей Львович, — я никого не хотел обидеть, просто к слову пришлось. Только дело тонкое и цена...

— Я дорого стою, — пояснил Гри, — если вам не по карману, то могу посоветовать одного из своих коллег, берет дешево, правда, не всегда справляется с заданием, но это уже детали, главное, просит копейки.

Андрей Львович вынул из кармана блокнотик с ручкой, черкнул что-то на бумажке, положил листок перед Гри и спросил:

— Столько?

Старик спокойно написал в свою очередь что-то на бумаге и отдал гостю.

— Нет, вот эта цифра.

Андрей Львович глубоко вздохнул:

— А если вы не справитесь?

Гри пожал плечами.

— Такого еще не случалось. Но теоретически все возможно, я беру гонорар лишь после завершения дела.

Сейчас дадите мне тысячу долларов на расходы. Естественно, я представлю отчет об использовании данных средств: чеки, квитанции, в случае неудачи вы рискуете малой суммой.

Андрей Львович вытащил из кармана платок, промокнул лоб и решился.

— Ладно, я согласен.

— Тогда начинайте, — велел Гри, — я весь внимание.

Андрей Львович раскрыл портфель и положил перед Гри стопку открыток.

— Смотрите, они приходили в течение двух недель.

Гри взял сверху одну и прочитал:

— «Осталось четырнадцать дней...» До чего?

— Сам не знаю, — пожал плечами клиент, — каждое утро я открывал почтовый ящик, а оттуда вываливалось очередное послание. Текст стандартный, менялось лишь количество дней. Тринадцать, двенадцать, одиннадцать... А сегодня вот что пришло.

И он сунул Гри почтовую карточку. Дедок взял ее и пробормотал:

— «Срок истек, осталось ноль дней». А что внизу нарисовано?

— По-моему, гроб! — нервно вскрикнул Андрей Львович.

— Думается, вы абсолютно правы, — протянул Гри, — очень похоже на домовину, надо же, и крестик на крышечке имеется.

— Омерзительная графика, — передернулся Андрей Львович, — и теперь я хочу знать, кто сей шутник!

— Живете один? — быстро поинтересовался Гри.

— Нет, с Верой, это моя жена.

— Почему же вы решили, что открытки адресованы вам?

Андрей Львович растерялся.

— Не знаю, почту всегда вынимаю я, отчего-то подумал, что это надо мной издеваются. Вера не работает, ведет домашнее хозяйство, она нигде не бывает, подруг у нее практически нет...

— А вы что делаете?

— Преподаю в вузе, кроме того, готовлю абитуриентов к поступлению, занимаюсь частным репетиторством.

У меня огромный круг общения, честно говоря, я подозреваю кое-кого...

— А именно?

— Я отказался не так давно от ученицы, — сообщил Андрей Львович, — ее не удалось подготовить даже мне. Поймите, я высококлассный репетитор, у которого поступает сто процентов обучающихся. Но надо начинать заниматься в восьмом классе, за три года до вступительных экзаменов. Школа сейчас не дает никаких знаний. Да, я стою дорого, но натаскиваю ребенка, а потом вталкиваю оболтуса в вуз. Никогда не беру никого за полгода до поступления. Но тут бес меня попутал, приятель очень просил, уговаривал: «Сделай ради меня, хорошая девочка, умненькая, старательная», вот я и поступился принципами. А в результате, — гость махнул рукой, — четыре месяца позанимался, а дальше не смог. Родители очень злились, мать все кричала: «Безумные доллары за час брали, пять раз в неделю ходили, а теперь в кусты?!» Вот я и думаю, может, они решили отомстить? Вы только точно разузнайте, кто именно, а дальше уж я сам разберусь, есть у меня кое-какие приятели, покажут поганцам небо в алмазах.

— Имена, фамилию и адрес родителей девочки скажите, — потребовал Гри.

— Самсоновы, Надежда Павловна, Игорь Сергеевич и Катя. Живут недалеко от метро «Тульская», считайте, самый центр, вот их координаты вместе с телефоном.

— Хорошо, — кивнул Гри. — Работаете дома?

— Нет, — помотал головой Андрей Львович, — по всей Москве катаюсь, от Теплого Стана до Митина.

— И много учеников сейчас имеете?

— Десять.

— Со всеми пять дней в неделю занимаетесь?

— Нет, с Катей просто была экстремальная ситуация. С остальными по три раза в неделю уроки. Но занят я капитально, сами посчитайте, десять детей трижды в семидневку, получается шестьдесят часов.

— Почему шестьдесят?! — изумился Гри. — Насколько я понимаю, трижды десять это тридцать, но у меня проблемы с математикой, может, я что-то путаю?

Андрей Львович мрачно улыбнулся:

— Нет, верно, только мы занимаемся по два часа.

— А тридцать долларов стоит весь урок?

— Шестьдесят минут, — ответил преподаватель, — поверьте, я еще не так дорого беру, кое-кто по полсотни заламывает за академический час.

В моей голове заметались цифры. Значит, десять детей по два часа, трижды в неделю и впрямь выходит шестьдесят часов. Теперь помножим шестьдесят на тридцать. Мама моя! Получается тысяча восемьсот баксов! В месяце четыре недели, в некоторых случается и пять. Ну и ну, Андрей Львович имеет от семи двухсот до девяти тысяч долларов. Ничего себе! За недолгое время, что работала в школе, я получила один раз предложение частным образом позаниматься с «митрофаном», его мать пообещала мне сто рублей за час, ходить следовало к двоечнику по субботам, просто курам на смех заработок, а тут такие деньжищи!

Не подозревавший о моих расчетах педагог спокойно вещал дальше:

— С остальными детьми полный порядок, мы встречаемся давно, абитуриенты абсолютно готовы, могу с уверенностью сказать, те, кому в этом году поступать, легко преодолеют планку. С их родителями у меня полный контакт, никаких проблем. Неприятности случились лишь с Самсоновыми, наверное, это они надо мной издеваются! Надо же, такое придумать! Открытки, гроб... Ну и шутники! Если вы точно выясните, что именно они хамят...

— Хорошо, — прервал его Гри, — все ясно, начнем работу, если возникнут вопросы, обязательно вам позвоню. Таня проводит вас.

— Уж постарайтесь, — вздохнул Андрей Львович, — а то, не ровен час, новую гадость придумают, Вера очень напугана. Вот тысяча долларов, как просили...

Мне пришлось довести Андрея Львовича до выхода. Репетитор натянул плащ и неожиданно улыбнулся.

— Вы не толстая, просто в теле, кстати, я всегда останавливаю взгляд на крупных дамах.

Я улыбнулась, Андрей Львович явно старался понравиться помощнице детектива, наверное, хочет, чтобы побыстрей справились с его заданием.

— Мне же не в балете танцевать, — вырвалось у меня.

— И то верно, — подхватил клиент, захлопывая дверь.

Повернув ключ в замке, я уставилась в овальное зеркало, висящее на стене. Да уж, на балерину я мало похожа, скорей на циркового слона. Чего греха таить, очень хочется стать тоненькой, гибкой, как веточка, да видно — не судьба.

— Таня! — крикнул Гри. — Ты где?

— Здесь, — отозвалась я и вернулась в кабинет.

— Садись, — велел Гри, — слушай.

Потом он схватил телефон, быстро набрал номер и сказал:

— Добрый день, можно Надежду Павловну? Еще раз здравствуйте. Мы с вами незнакомы, поэтому прошу прощения за звонок, но вот какое дело. У меня есть сотрудница, а у нее дочь, которая собирается заниматься с Андреем Львовичем Калягиным, хочет поступить в институт...

Повисло молчание, из трубки до меня долетел бурный писк. Очевидно, Надежда Павловна яростно выражала негодование.

— Можно она к вам подъедет? — вклинился в поток слов Гри. — А то деньги просят жуткие, хочется узнать о репетиторе побольше...

Трубка вновь разразилась противным чириканьем.

— Ее зовут Таня, — объяснил Гри, — уже бежит.

Глава 4

Швырнув трубку, Гри ажитированно воскликнул:

— Поняла?

— Не совсем, — осторожно ответила я, — а что следовало понять?

— Сейчас поедешь на «Тульскую».

— Зачем?

— Как же? Надо поговорить с этой Надеждой Павловной!

Я помотала головой.

— Извините. Я согласилась выручить вас ненадолго,

но и только. И потом, сегодня я уже вляпалась в одну неприятную ситуацию, с меня хватит.

Гри прищурился.

— Давай говорить откровенно. Тебе сколько лет?

— Слегка за тридцать.

— А если без идиотского кокетства?

— Тридцать четыре.

— Смотришься на пятьдесят, — прищурился дедок.

— Спасибо за комплимент.

— Это правда.

— Еще лучше, — чувствуя, как к горлу подбираются слезы, ответила я, — между прочим, вы не найдете на моем лице ни одной морщины.

Гри вытащил сигареты.

— Может, и так, только пока морду взглядом окинешь, устанешь. Женщину делает молодой стройная фигура, если на талии «бублики», а на спине горб из жира, будешь казаться побитой жизнью матроной.

Я встала и пошла к двери.

— Эй, ты куда? — забеспокоился Гри.

— Домой поеду, завтра рано вставать, — спокойно ответила я.

Еще в детстве, слушая язвительные шуточки одноклассников, я очень хорошо поняла: если люди хотят посмеяться над тобой, обидеть или оскорбить, не следует доставлять им радость, не надо плакать, лучше всего сделать вид, что ядовитая стрела не достигла цели. В конце концов народу надоедает пинать того, кто не выдает в ответ агрессию, и вас оставят в покое. Главное, держать себя в рамках.

— Куда это с утречка ты решила отправиться? — проявил бестактное любопытство Гри.

— Поеду в одну фирму, там вроде нужен менеджер по продажам.

— Можешь и не стараться.

— Почему?

— Пролетишь, как фанера над Парижем. Хочешь, объясню почему?

Мои глаза начали медленно наливаться слезами, а противный старикашка вещал без остановки:

— Лет тебе не так уж и много, ты не девочка, конечно, но и не бабушка. Только на приличное место тебя не возьмут, секретарем не посадят, в торговый зал не поставят, глядишься ты пенсионеркой, одета, как чмо, задница — славянский шкаф, на голове воронье гнездо. Поэтому на хорошую зарплату не рассчитывай, вероятнее всего ты устроишься лифтершей, будешь получать три копейки и еще две от жильцов, если согласишься выгуливать в любую погоду их собачонок и притаскивать хозяйкам сумки с картошкой.

Слезы градом покатились по щекам, способность к членораздельной речи исчезла. Увы, нарисованная картина слишком походила на правду, я сама частенько представляла свое будущее именно таким.

Думаете, Гри устыдился и замолчал? Как бы не так! Дедок, увидав крайнее расстройство чувств гостьи, впал в еще больший ажиотаж и затарахтел, словно погремушка в руках у Гаргантюа.

— И какая судьбина поджидает госпожу Сергееву? Нищета, отсутствие семьи, друзей, полная безнадега...

— Зачем вы мне все это говорите? — прошептала я, давясь соплями. — Отстаньте!

— Да затем, что ты дура! Каждому человеку, уж поверь мне, в жизни представляется шанс, всякий может начать жить заново, переломить хребет судьбе.

— Неправда, — пролепетала я.

— Нет, правда, — топнул ногой, обутой в слишком модный для его возраста ботинок, Гри, — просто большинство народа предпочитает кваситься, ныть, стонать, жаловаться на судьбу или, как ты, рыдать, приговаривая: «Ай, ай, бедненькая я, несчастненькая»! А между прочим, Жар-птица-то рядом, хватай ее скорей, не щелкай клювом, улетай в иные края, стань там счастливой, вылези, идиотка, из болота, на хрена ты в нем засела, коровища?

Неожиданно мне стало смешно, воображение мигом нарисовало замечательную картину. Большая птица, покрытая золотыми и синими перьями, взлетает к небу. На спине сказочного создания восседаю я, принаряженная в лучший темно-фиолетовый костюмчик, полученный в качестве подарка на день рождения от Этти. Взмахнув пару раз крылами, пернатое поворачивает голову и красивым сопрано произносит:

— Уж прости, Танюша, я тебе хотела помочь, только тяжеловата ты для меня будешь.

И хрясь, сталкивает меня вниз. Мне никогда не везет, если и встретится волшебное создание, то оно будет с выщипанными перьями, дурным характером и истерическими наклонностями, этакая лысая птичка счастья, вариант для бедных, фальшивое золото производства Таиланда. Одна знакомая Этти купила недавно на «Птичке» котенка, якобы британской породы, выросло из него невесть что, британец китайского производства! Мне по жизни всегда попадаются только поганые экземпляры.

— Где же она, моя жар-птица? — неожиданно выпалила я.

— Это я, — на полном серьезе заявил Гри, — предлагаю тебе шикарную работу, полную приключений, достойную зарплату. Ну что ты теряешь, приняв мое предложение? Решайся! Второго шанса может в жизни и не случиться.

— Да зачем я вам?

Гри почесал затылок.

— Понимаешь, я скоро построю для своей конторы новое здание, в центре, пятиэтажное, найму кучу сотрудников и заткну за пояс «Пинкертон». Но это перспектива, пока я работаю один, и есть дела, которые лучше поручить женщине, такой, как ты, полной тетехе. Ты подозрений не вызовешь, натуральная клуша, какого подвоха от тебя ждать!

— Я не наседка.

— Вот и отлично, значит, ты умеешь перевоплощаться. В общем, решайся, выбирай: либо мыть подъезды, либо яркая, веселая, интересная...

— Согласна, — непроизвольно ляпнула я.

— Молодец! — хлопнул меня по плечу Гри, я невольно отшатнулась.

— Да не боись, — захихикал дедуська, — никакого интима на работе, я придерживаюсь правила: в гнезде не гадить.

Меня передернуло, но Гри не заметил, как покоробила его собеседницу грубая фраза.

— Ну, супер! — воскликнул он. — Несешься сейчас к Самсоновой. Скажешь ей, что живешь бедно, но ради дочери готова на все, кровь свою продашь, чтобы дать девочке приличное образование. Поняла?

— Вдруг она спросит, откуда я про нее знаю?

— Незачем ей этим интересоваться, впрочем, соврешь что-нибудь. Ориентируйся по обстоятельствам, главное, раскрути бабу на рассказ об Андрее Львовиче. Вот диктофон, сунь в карман.

— Но...

— Иди.

— Вдруг не получится?

— Что? Говорить разучилась?

— Нет, но...

— Ступай.

— Врать я не умею, — в полном отчаянии призналась я.

— В твоем возрасте уже пора бы и научиться, — заявил Гри, подталкивая меня к двери, — заодно попрактикуешься. Поверь старому прожженному лгуну, тяжело только в первый раз, потом как по маслу покатит.

Он подождал, пока я нацеплю туфли, и неожиданно спросил:

— Скажи, как я сегодня выгляжу?

Я окинула Гри взглядом и вежливо ответила:

— Просто чудесно.

Дедок радостно рассмеялся.

— Видишь, уже врешь! Не спал всю ночь, печень расшалилась, и сейчас у меня опухшие глазки вкупе с нездоровым цветом лица. Ловко у тебя получается.

Сделав последнее заявление, он захохотал и выпихнул меня на лестничную клетку.

Возле станции метро «Тульская» тянулся унылый серый дом, я медленно потащилась вдоль здания, занимавшего целый квартал. Было душно, и снова захотелось есть, как назло, путь лежал мимо ларьков, из которых доносились умопомрачительные запахи, а шедшие навстречу прохожие, словно сговорясь, ели шаурму.

Глотая слюну, я наконец добралась до гудящей площади и, без конца спрашивая дорогу, двинулась в глубь квартала. Конечно, мои Кузьминки медвежий угол по сравнению с тем местом, где расположена станция

«Тульская», но уж лучше жить там, среди зелени, чем в центре, задыхаясь от бензиновых выхлопов и смога.

Нужная улочка оказалась крохотной, на ней было всего два здания. На одном, скорее всего, детском саду, белела косо намалеванная цифра 3, на другом, девятиэтажной кирпичной башне, красовалась табличка 8.

Я не стала удивляться, куда подевались другие дома с номерами от одного до семи, вошла в подъезд, миновала пустой стол, где, наверное, должна сидеть консьержка, и поднялась на последний этаж.

Дверь распахнули без всяких церемоний.

— Вы Надежда Павловна? — спросила я у худенькой, просто прозрачной черноволосой дамы, одетой в джинсы-стрейч.

Та кивнула и задала вопрос:

— А вы Таня, решившая в недобрый час нанять Андрея Львовича?

— Почему в недобрый? — спросила я.

— Давайте проходите, по коридору налево, — предложила хозяйка, потом спохватилась: — Ничего, если у плиты сядем, а не в гостиной?

— Я сама больше люблю кухню, — вполне искренне ответила я.

В моей квартире кухня, всего-навсего пятиметровая, самое уютное место. Мы с Мишей любили сидеть за маленьким столом, но комната, куда меня препроводила Надежда, оказалась огромной, сплошь забитой дорогущими приборами. Стиральная машина, посудомойка, СВЧ-печка, огромный холодильник и еще куча всего с разноцветными лампочками. Похоже, денег в этой семье не экономили.

— Кофе, чай? — поинтересовалась хозяйка, вытаскивая из буфета здоровенную, под стать кухне, коробку конфет.

Я хотела было сказать про свое высокое давление, но неожиданно произнесла:

— Кофе выпью с огромным удовольствием.

Надежда ткнула пальцем в какую-то кнопку и воскликнула:

— Не приведи господь связываться вам с этим подонком.

— Почему? — задала я первый вопрос и осторожно включила в кармане диктофон.

Искренне надеюсь, что он не подведет и запишет разговор, потому что с памятью у меня не очень хорошо.

— А вы как на мерзавца вышли? — поинтересовалась Надежда, нажимая на каком-то никелированном агрегате белую клавишу.

— Знакомые посоветовали, — ловко выкрутилась я.

— У вас с ними хорошие отношения?

— Да, — изобразила я удивление, — отчего спрашиваете?

— Знаете, как случается, — вздохнула хозяйка, подставляя мне чашку с темной ароматной жидкостью, — вам в глаза улыбаются, а за спиной гадости делают. Зачем бы они вам Калягина рекомендовали, а? Нам его, кстати, тоже, так сказать, друг подсунул. Встречаются подобные экземпляры, якобы из добрых чувств делают гадости, а потом начинают фальшиво возмущаться.

— Кто бы мог предположить, я о нем только одно хорошее слышала.

— Нам Калягина прислал школьный приятель мужа. Мы искали для Катюши педагога, звонили по телефонной книжке и наткнулись на номер этого Сергея. Муж с ним лет пять не общался. Ну, поболтали о том о сем, потом Игорь возьми на беду да спроси:

— Слушай, нет ли у тебя знакомых в Академии менеджмента и дипломатии?

— Зачем тебе? — поинтересовался приятель.

— Да Катька, дочка, поступать туда хочет. Сам понимаешь, в такой вуз без знакомства и соваться не следует.

— Надо подумать, — ответил Сергей.

Через два часа он перезвонил и радостно заявил:

— Ну, не поверишь! Я нашел лазейку для Катюхи, пиши телефон — Калягин Андрей Львович, маг и волшебник, он там преподает и может все.

Обрадованный Игорь мигом соединился с рекомендованным преподавателем и договорился о встрече.

— Вы только представьте, — возмущалась сейчас Надежда, — репетитор заломил дикую цену! Тридцать долларов за шестьдесят минут, сидел с Катюхой по три часа пять раз в неделю! У нас вылетало на уроки почти пятьсот долларов за семидневку! Естественно, мы с Игорем обеспеченные люди и готовы ради дочери на все! Но такая цена!

— Мне называлась иная цифра, — осторожно перебила я, — педагог хочет по двадцать баксов за два часа занятий!

— Не верьте, заманивает! Нам он тоже вначале так заявил, а стал ходить и запел другие песни. «Девочка ничего не знает, надо усиленно готовиться, вы поздно приступили». Ну и чего? Мы с мужем в долги влезли. Да на ту сумму, которая попала в карман этого мерзавца, отличную машину купить можно! И что?

— Что? — эхом отозвалась я.

— В середине мая, — кипела Надежда, — этот гаденыш позвонил и коротенько так сообщил: «Извините, больше заниматься не могу, Катя не тянет, ей не поступить даже при моей помощи, не хочу вас больше в расход вгонять, выберите вуз попроще». Нет, прикиньте, а? И все!

Я молча слушала, глядя, как Надя мечется по кухне, продолжая рассказ.

По словам хозяйки выходило, что Игорь, отец Кати, просто пришел в бешенство.

— Развели нас, как лохов, — ревел мужик, — обчистили и кинули! Убью подлеца! А все ты, Надька, виновата!

Перепуганная жена даже не пыталась напомнить разъяренному супругу, что тот сам нашел репетитора. Она вообще впервые за почти двадцать лет семейной жизни увидела Игоря в бешенстве, муж не злился так даже тогда, когда Надя, поставив возле супермаркета их новенький джип, забыла включить сигнализацию, и тачку угнали.

К вечеру Игорь слегка поостыл и мрачно заявил жене:

— Я разберусь с ними.

— С кем? — робко поинтересовалась супруга.

— С Андреем Львовичем и Сергеем. Ишь, сладкая парочка. Один рекомендует, а другой кидает! Небось доход пополам делят! Кстати, Сережка нам нарочно подлеца подсунул.

— Откуда ты знаешь? — изумилась Надя.

— Да я вот только сейчас понял, — вновь взревел

Игорь, — Сергей тоже, как и я, пытался мебелью торговать. Только у меня бизнес в гору пошел, а у него накрылся медным тазом, разорился Серега, вот и решил из зависти меня долбануть. Ну, с ним разговор впереди! Сначала с Андреем Львовичем разберусь, я его убью.

Надюша попыталась успокоить мужа.

— Игорюша, милый, забудь все.

— Тебе его жаль? — окрысился супружник.

— Сама бы лично утопила гада, — воскликнула Надя, — только я за тебя боюсь, еще попадешься!

— Ерунда, — фыркнул муж, — во-первых, умные люди нанимают сейчас исполнителя. Мразь, вроде репетитора, копейки стоит, чай, не депутат и не журналист. У метро можно бомжей найти, дать им сто баксов, они спокойно Калягина удавят, да еще кланяться мне будут и благодарить.

— Игоречек, не надо, тебя найдут и посадят, — зарыдала Надя.

— Заткнись, — взвизгнул всегда корректный муж.

Но Надежда только сильней зарыдала, ей стало страшно, черт с ними, с деньгами, их заработать можно, а что делать, если Игорька за решетку посадят?

— Замолчи, — устало сказал муж, — это я так ляпнул, для красного словца, просто попугаю сволочугу, чтобы в другой раз неповадно было, я такую штуку придумал!

— Какую? — всхлипнула Надя.

— Не скажу, — заржал муж, — только обосрется сволочуга от ужаса.

— Ты что задумал? — не успокаивалась Надя.

— Вот сделаю и расскажу, — пообещал Игорь и внезапно улыбнулся: — Тебе понравится.

Я слушала, затаив дыхание, только бы диктофон не подвел.

— Знаете, что меня больше всего возмутило в этой ситуации? — спросила Надя.

— Нет.

— Катя хорошо учится, у нее тройки редкость, дочку педагоги только хвалят, а этот завел: «Плохо подготовлена, школа знаний не дает, вуз суперпрестижный...»

— Зачем вы вообще репетитора нанимали, раз девочка отличница и умница? — робко поинтересовалась я.

— О господи! — всплеснула руками Надежда. — Академия менеджмента и дипломатии дико блатное место. Там, знаете, чьи дети учатся? Берут в вуз исключительно по анкете. Смотрят, кто у абитуриента родители, и, в зависимости от этого, раздают баллы на экзаменах. Мою Катьку ничего не стоит завалить, поставят за сочинение двойку, напишут «не раскрыла тему», и каюк. Поэтому мы и наняли Андрея Львовича, он там преподает, обещался экзаменаторам взятки раздать.

— А зачем вам обязательно в этот вуз? — не утерпела я. — Похоже, проблем с финансами вы не имеете, устроите дочь на платное отделение в любой институт.

— А вам зачем в академию? — налетела на меня Надя. — Отчего в библиотечный техникум не желаете?

— Я бедная женщина, — вырвалось у меня в порыве вдохновения, — надо, чтобы ребенок после окончания вуза на хорошее место устроился и мыслями о деньгах, как мать, ежедневно не мучился. Да я кровь свою продам, чтобы девку выучить в престижном заведении, ей диплом дорогу в иной мир откроет.

— Думаешь, ты одна свое чадушко любишь? — вздохнула Надя. — У нас, правда, с финансами порядок. Но, признаюсь честно, не хочу, чтобы дочь оборванца в мужья нашла. Влюбится в неподходящего парня, выберет себе голь перекатную. А в академии таких нет, там женихи загляденье, один краше другого, с папами академиками, депутатами и генералами. Вот так.

Повисло молчание. Потом Надя добавила:

— Хочешь мой совет? Гони этого Андрея Львовича в шею, гад он, чтоб ему сдохнуть! Обманщик и мерзавец, только и знает, что деньги вышибать. У тебя что, их много?

— Совсем нет, — замотала я головой.

Надя замолчала, потом неожиданно спросила:

— Оно, конечно, не мое дело, уж извини за любопытство, но как же ты собиралась с репетитором расплачиваться?

И тут я не подумавши ляпнула:

— Хозяин в долг дает. Понимаете, я работаю секретаршей у крутого бизнесмена, Григорий Семенович обещал помочь.

— Ага, а откуда же вы про нас узнали? — продолжала допрос Надя.

Ну вот! Ведь предупреждала Гри, что женщина непременно должна задать подобный вопрос! Надя настороженно смотрела на меня, нужно как можно быстрей дать ответ.

— Э... э, — замямлила я, — э... э...

Потом заработала фантазия.

— Григорий Семенович, мой хозяин, владелец детективного агентства, — принялась я плести кружево лжи. — Когда я попросила у него в долг огромную сумму, он, естественно, поинтересовался, для чего она мне понадобилась, пришлось рассказать про репетитора. Гри, то есть начальник, решил проверить личность педагога, уж не знаю каким образом, узнал, что он работал с вашей Катей. Григорий Семенович такой, он все может. В общем, он позвонил вам и попросил со мной встретиться. Затем приказал: «Езжай, Танечка, да посоветуйся с Надеждой Павловной, негоже так просто немереные доллары отдавать». Очень хорошо, что я вас посетила, спасибо, раскрыли мне глаза.

Монолог я выпалила на одном дыхании, чувствуя, как блузка прилипла к вспотевшей спине.

— Похоже, ваш Григорий Семенович умный человек, — протянула Надя, — дайте-ка его адресок.

— Зачем? — испугалась я.

— Наверное, он в клиентах нуждается.

— Верно.

— Может, обратимся когда-нибудь!

Подумав, что не совершаю ничего плохого, я продиктовала Наде адрес Гри, потом еще раз поблагодарила приветливую даму и ушла.

Глава 5

На Москву тихо опустился вечер, но отчего-то парадоксальным образом стало еще более душно, чем днем. Я села в скверике у метро, вытащила сигарету, закурила и, провожая взглядом серо-синий легкий дым, подумала, что ничего особо тяжелого в новой работе нет. Ну буду встречаться с разными людьми, имея в кармане включенный диктофон. Это вам не мучиться в школе и не бегать с подносом в кабинет к начальнику. Правда, я не слишком умело общаюсь с людьми, мне достаточно трудно свободно разговаривать с незнакомыми, но сегодня все получилось лучше некуда, я ни разу не застеснялась Нади, не стала сравнивать ее точеную фигурку со своей, не испытала комплексов... Интересно, почему? Может, от того, что ощущала себя на работе? Вот если бы я просто заявилась к Самсоновой в гости, тут уж точно сжалась в комок.

Би-би, — коротко донеслось из торбы, я порылась в сумке и вытащила мобильный. На этом свете имеется лишь один человек, способный прислать мне SMS-сообщение, Этти!

Со свекровью мне повезло феерически. В свое время бабы в учительской рассказывали про матерей мужей такое... Кровь сворачивалась в жилах, а по спине тек холодный пот от услышанного. Бесконечные упреки, фразы типа: «Вижу, мой сын сильно ошибся в выборе жены», поджатые губы, кислые мины... Как назло, мужья обожали своих родительниц и каждый раз заявляли супругам: «Не смей спорить с мамой, у нее разболится голова». У всех свекровей моих бывших коллег было слабое здоровье, ранимая нервная система и ядовитые зубы, которые они пускали в ход только тогда, когда оставались с невесткой наедине.

Этти оказалась иной. Начнем с того, что я не знаю, сколько ей лет. Свекровь родила сына неизвестно от кого. Вернее, она сама, естественно, знает имя отца, более того, была за ним одно время замужем, но распространяться о бывшем супруге не любит.

— Мы с Ильей прожили всего ничего, — как-то в минуту откровенности призналась она, — а когда он бросил меня с крохотным Мишкой на руках, не оставил ни копейки денег, я вдруг сообразила, что совсем не знала мужа. Поэтому теперь всем говорю: мой сын неизвестно от кого, или, если хочешь, от неизвестного!

Когда я в первый раз увидела мать Миши, то приняла ее за его сестру. На кухне стояла тоненькая хрупкая девочка с копной каштановых кудрей.

— Это Этти, — улыбнулся Миша и, видя мое недоумение, добавил: — Мама, твоя будущая свекровь.

— Здрассти, — растерянно брякнула я, крайне удивленная тем, что жених представляет мать по имени, без отчества и всяких церемоний.

— Привет, — весело ответила Этти, — топай к столу. Ты чай с чем любишь, с лимоном или с вареньем?

С первой минуты Этти стала вести себя так, словно мы были одногодки. Спустя несколько месяцев мне стало казаться, что Этти чуть больше двадцати, она не занудничала, не поучала меня, не совала нос в кастрюли, не поджимала губы при виде плохо выглаженной рубашки Миши. Наоборот, спрашивала:

— Не надоело утюгом махать? Да брось, и так сойдет. И вообще, пусть сам гладит, мужиков баловать нельзя.

Этти частенько подсовывала мне в карман денежки, приговаривая:

— Мишке не говори, это наше с тобой дело. Знаю, знаю, небось новую помаду хочется.

Родная мать не заботилась обо мне так, как Этти, свекровь вечно дарила какие-то милые пустячки, а приходя в гости, всегда приносила шоколадные конфеты. Этти единственный человек, перед которым я не стесняюсь раздеться. Меня смущал даже Миша, я всегда старалась нырнуть первой под одеяло, пока муж мылся в ванной. А с Этти я спокойно хожу в баню...

Она работает переводчицей, знает в совершенстве три языка, легко переходит в разговоре с немецкого на французский, а если надо, на английский. Миша же не сумел получить высшее образование, ему не достались материнские мозги.

Отец Этти был известный ученый, а мать поэтесса, в ее случае природа отдохнула не на детях, а на внуках. Миша был замечательным, добрым, ласковым человеком, он много читал, но оказался не способен к систематическим занятиям, и ему очень повезло с мамой. Большинство родителей, увидав в дневнике у чада сплошные двойки, принялись бы наказывать ребенка, топать ногами и орать.

— Вспомни, из какой ты семьи! Не смей позорить

память о дедушке и бабушке. Немедленно берись за ум, тебе нужно поступить в институт!

Да девяносто девять из ста матерей повели бы себя именно так, но Этти оказалась сотой, она спокойно спросила Мишу:

— Ты хочешь идти в вуз?

— Нет, — испугался Миша, — лучше в техникум, мне автодело нравится. — И Этти спокойно отвела сына по нужному адресу.

Муж говорил мне, что его никогда не наказывали, не ставили в угол, не читали нудных нотаций. Если честно, я завидовала супругу, мое детство было иным, мне не позволялось иметь собственного мнения, родители сами выбрали будущую профессию для дочери и велели идти в педвуз. Представляю, какую бы истерику закатила мама, услышь она от меня фразу типа: «Хочу стать портнихой». Или: «Желаю учиться на парикмахера».

Да она бы сначала грохнулась в обморок, ну а потом потянулись бы дни, заполненные нудными беседами с припевом: «Интеллигентная девочка обязана иметь диплом о высшем образовании. Вспомни о родителях, дедушке-ученом, бабушке...» Впрочем, нет, о бабуле бы промолчали, она-то всю жизнь варила суп, пекла пироги и умерла на глазах у рыдающей от горя внучки, накрутив очередные котлеты. На взгляд моих родителей, мать отца не достигла никакого успеха, и сын, и невестка тихо презирали скромную старушку, что, впрочем, отнюдь не мешало им лакомиться изумительными борщами, поедать великолепные пирожки и надевать чистые, старательно отглаженные вещи. Бабуля имела в нашей семье статус домработницы, ее охотно ругали за ошибки и никогда не хвалили. Отец звал старушку коротко: «мать», а мама величала: «Анна Семеновна», ни разу на моей памяти она не обняла и не поцеловала бабушку, была с ней всегда холодно-вежлива. Думаю, доживи мама до моего замужества, то никакого восторга при виде зятя не испытала бы, теща с удовольствием принялась бы указывать ему, лапотному, без диплома и высшего образования, на место у туалета.

Вот Этти другая, много вы найдете свекровей, которые, похоронив сына, окружат невестку-вдову любовью?

А Этти после смерти Миши поддерживает меня, протягивает руку помощи. Если честно, то сейчас я просто живу за ее счет... Конечно, пытаюсь быть ей благодарной, но что я могу? Помочь свекрови убрать квартиру, помыть окна... И это все. Правда, я стараюсь изо всех сил, взвалила на плечи тяжелую физическую работу, таскаю Этти картошку, драю унитаз и ванну, мне очень хочется отплатить за добро, но это такая малость по сравнению с теми моральными и материальными подарками, которые я получаю от свекрови.

И сейчас надо позвонить Этти, она волнуется. Я потыкала пальцем в кнопки, но телефон не желал набирать номер, повторив пару раз бесплодные попытки, я догадалась изучить дисплей и поняла, что отсутствует сигнал сети. Все ясно, приняв SMS, телефон умер, баланс равен нулю, деньги на счету иссякли, и добрые сотрудники телефонной компании отрезали меня от связи. Сотовый превратился в бесполезный кусок пластмассы. Что мне сейчас делать? На дворе поздний вечер, наверное, не стоит ехать к Гри, он небось ложится спать, как все пожилые люди, рано. Да и что изменится от того, если я доложу начальнику о добытой информации завтра? В конце концов, рабочий день имеет границы.

Приняв решение, я спустилась в метро, без особых приключений добралась до нужной станции и села в троллейбус. Все сидячие места в салоне оказались заняты, пришлось устраиваться в хвосте, у огромного заднего окна, за ним маячила лесенка, по которой водитель в случае необходимости может залезть на крышу.

Двери троллейбуса начали медленно закрываться, и тут на тротуаре нарисовался мужчина, одетый, несмотря на духоту, в черный костюм и кепку, в руках вспотевший дядька держал пузатый портфель. Оставалось лишь удивляться, где мужик раздобыл сей раритет.

Желая попасть в троллейбус, «костюм» несся к остановке, но не успел он добежать, как водитель, очевидно, не поглядевший назад, преспокойно стартовал. А может, шофер сделал вид, что не видит «клиента», увы, встречаются такие мерзопакостные индивидуумы, они спокойно смотрят, как вы подлетаете к дверям, и... хлоп, задвигают створки из чистой вредности. Очевидно, сейчас за рулем восседал именно такой экземпляр, небось хихикает в кулак, страшно довольный собой.

— А ну слазь немедля! — заорала кондуктор, выскакивая в проход.

— Вы ко мне обращаетесь? — изумилась я.

— Кому ты нужна, — рявкнула баба в форме, — стоишь и стой, вон дурак уцепился.

Я глянула в окно. Мужчина в костюме решил во что бы то ни стало воспользоваться ускользающим от него троллейбусом, наверно, он опаздывал на жизненно важное для него свидание, потому что как иначе объяснить поведение взрослого человека, который ухитрился вскарабкаться на лесенку и ехать на ней, держась одной рукой за ступеньку?

— Ваще, кретин, — бесновалась бабища, — идиот!

Мужчина, естественно, не мог слышать ее реплики, но он понял, что тетка злится, прижал портфель грудью к лестнице и стал рыться в кармане.

— Ща из-за дурака машину придется тормозить, — всплеснула руками кондуктор и погрозила «зайцу» кулаком.

Тот закивал, заулыбался, потом приложил к стеклу клочок бумаги. Мы с кондукторшей синхронно прищурились.

— Что он демонстрирует? — удивилась я.

— Проездной, — заорала во весь голос баба, — единый!

Каким-то образом «внештатный» пассажир воспринял реплику. Он заулыбался, закивал, затряс головой, всем своим видом объясняя: «Я не заяц, а честный человек, имею право ехать вместе со всеми, извините, господа хорошие, что отвлек ваше внимание».

— Михалыч! — заголосила тетка и понеслась по проходу. — Тормози, тама придурок катит!

Пассажиры начали хихикать, а мне стало жалко явно законопослушного дядечку. Я, приди мне в голову дикая идея раскатывать по улицам, вися на внешней стороне троллейбуса, вела бы себя точно так же. Внезапно к глазам подступили слезы: ну отчего я родилась такой недотепой? Почему я не умею дать отпор нахалу или наплевать на общепринятые нормы? Другие преспокойно нарушают закон и счастливы...

Троллейбус замер, потом с шипением распахнул дверь, я вышла на улицу. Ну и жарища! Наверное, из-за погоды у меня отвратительное настроение.

Еле передвигая гудящие ноги, я доплюхала до подъезда и увидела две пожарные машины, желтый микроавтобус с надписью «Мосгаз» и милицейский «рафик». Рядом толпились возбужденные соседи.

— Вот она! — заорала Нинка Егоршина из семидесятой квартиры. — Гляньте, Танька явилась!

Толпа повернулась, через секунду я оказалась в центре людской массы, меня хлопали по плечу, кто-то лез целоваться, две бабки рыдали в голос.

— Ну, повезло!

— Жива осталась!

— Ой, беда, беда...

Я растерянно слушала выкрики и ничего не понимала. У нас хорошие отношения с соседями, но с какой стати они встречают меня так, словно я прилетела из космоса, спася человечество от нашествия инопланетян?

— Ну-ка, граждане, посторонитесь, — раздался властный голос, и ко мне протиснулся парень лет тридцати, в джинсах и свитере. — Татьяна Ивановна Сергеева?

Я кивнула.

— Квартира номер шестьдесят два ваша?

— Да.

— Следуйте за мной.

Ничего не понимая, я вошла в подъезд и сразу ощутила запах гари. Лестница выглядела ужасно, по ступенькам бежали струйки грязной воды, тут и там виднелись черные пятна.

— Что стряслось? — поинтересовалась я у парня.

— Это у вас следует спросить, — ответил устало спутник и ткнул пальцем влево, — глядите.

Я уставилась в указанном направлении и взвизгнула. Входная дверь в мою квартиру отсутствует, впрочем, самой «двушки», можно считать, что нет. Черные обугленные обои свисают со стен, дверь между кухней и комнатой исчезла, мебель в саже, стекла разбиты, и по всему помещению гуляет теплый майский ветерок.

— Это что? — прошептала я, оседая прямо на грязный пол. — Что? Вы кто?

Парень вздохнул:

— Участковый, газ закрывать надо, когда уходишь!

— Я всегда поворачиваю кран!

— А сегодня забыла.

— Нет, я очень аккуратно его закрутила.

— Значит, подтекал он, — растолковывал милиционер. — Ты форточки захлопываешь, когда убегаешь?

— Конечно, обязательно, я очень аккуратна, всегда окошки проверю, краны в ванной и туалете, газ... Только потом дверь запираю.

— Похвальная предусмотрительность, — хмыкнул участковый, — но сегодня она тебя подвела. Потом разберемся, что к чему. Но, похоже, дело простое. У тебя плита какая?

— Импортная, очень хорошая, свекровь отдала.

— Давно ставила?

— Нет.

— Когда?

— Ну, совсем недавно Этти себе новую купила, а мне старую отдала, — пустилась я в объяснения. — Раньше-то здесь отечественная была, духовка не работала, ручки не поворачивались...

— Газовика вызывала подключать? — протянул сотрудник милиции.

— Дорого очень, — вздохнула я, — дядя Леня из семидесятой поставил, он умеет, там дел на пять минут оказалось.

— «Дядя Леня, он умеет», — передразнил парень, — ну и гляди теперь, что вышло! Естественно, хреновый специалист твой дядя Леня. Ты шланг фирменный, в оплетке с гайкой, купила?

— Нет, — прошептала я, — обычный резиновый, другой денег больших стоит, дядя Леня его проволокой приделал.

— Сэкономила, значит, — припечатал милиционер, — скажи спасибо, что самой дома не было, вовремя ты по мужикам шляться пошла.

— Я на работе была, — оправдывалась я, — мне и в голову не придет романы крутить!

— Плевать, где тебя носило! — рявкнул милиционер. — Хоть у черта на именинах плясала, соседи тут пару часов выли, не знали, где гражданку Сергееву искать.

— Так что случилось? — еле ворочая языком, спросила я.

— Ты закрыла в квартире все форточки, а из плохо приделанного шланга потек газ, потом холодильник, видно, в очередной раз включился, искра проскочила, ну и бабахнуло, — объяснил участковый, — скажи спасибо, что не ночью дело приключилось, лежала бы сейчас на полке.

— Какой?

— В морге, — рявкнул парень, — «мы лежим в аккуратненьком гробике, ты костями прижалась ко мне...». Тебе еще повезло!

— В чем? — тупо поинтересовалась я.

— Сама жива и соседские квартиры целы, а то не расплатиться бы тебе вовек с людьми, — неожиданно сочувственно ответил участковый, — не дрожи, сделаешь ремонт и заживешь лучше прежнего. Ладно, вызову тебя повесткой. Изволь моментом явиться.

С этими словами он развернулся и ушел. Я осталась одна. Только сейчас до меня дошел ужас случившегося: я лишилась квартиры, своего единственного богатства, места, наполненного уютом и воспоминаниями о муже. Денег на ремонт нет... И ночевать мне негде.

В горле запершило, кашель начал раздирать легкие, еле живая от невероятных приключений, случившихся за день, я выползла во двор и плюхнулась на покосившуюся лавочку. Уж и не знаю, сколько времени просидела я в ступоре. Милиция и пожарные уехали. Покидая место происшествия, все обещали мне неприятности типа вызова к следователю. Потом к лавочке подошел дядя Леня и сурово заявил:

— Ничего я тебе не ставил.

Я захлопала глазами, а он нервно продолжал:

— Плиту помог наверх впереть, это чистая правда, а шланг не прикручивал, дело это противозаконное и опасное, никогда ничем таким не занимаюсь.

— Но как же, — забормотала я, — еще на бутылку взяли и объяснили, что лучше не в оплетке трубку покупать, а простую резиновую, хорошо помню ваши слова: «Ты, Танюшка, на ерунду деньги не трать, так приверчу, без гайки, проволокой обойдемся, сойдет, я у полдома плиты устанавливал, и все нормально».

Дядя Леня побагровел.

— Ишь, разболталась! Кто видал, что я тебе помогал? Вдвоем на кухне были.

Я заморгала.

— Свидетелев нет, — закончил сосед, — ты набрехала по дури ерунду, но я не в обиде, понимаю, стресс! Делов с тобой я не имел, закон знаю, к газу не подхожу. Так-то, и не смей меня обклеветывать, по роже схлопотать за длинный язык можно.

Высказавшись, он ушел, я осталась одна, сырость начала заползать за воротник, нужно идти домой, лечь в кровать, чтобы отдохнуть от тяжелого, муторного дня. За последние месяцы, которые провела без работы, я отвыкла от постоянной суеты, в жизни безработного есть один положительный момент — он может совершенно спокойно вздремнуть днем, но сегодня мне не удалось даже присесть, и съела я всего два пирожка. Желудок свело судорогой, я решительно встала, ну хватит торчать на скамейке, надо идти домой.

Шагнула к подъезду, и тут я внезапно поняла: идти некуда. Ночевать в изуродованной пожаром квартире невозможно, там грязно, ужасно пахнет, двери нет... Я обвалилась на скамейку, мне что, маячить тут всю ночь? Скорчиться на лавке? Я бомж! Что делают люди, оставшиеся без жилплощади? Куда обращаются? Этти!

Встряхнувшись, я отправилась на пожарище и попыталась спокойно оценить размер беды. Кухни нет, в квартире отсутствуют стекла и входная дверь, запах стоит такой, что кашель начинает душить уже на лестнице, вся мебель, вернее, ее останки покрыты толстым слоем сажи, немногочисленные носильные вещи безвозвратно испорчены, а на полу лужи, пожарные не пожалели воды.

Я стояла в коридоре, прижав ладони к щекам. Моя бабушка, увидев, что внучка плачет от обиды или отчаянья, всегда спокойно говорила:

— Не убивайся, Танечка, а скажи себе: «Разве это горе, так, маленькая беда, наплюем и дальше заживем».

— Что же, по-твоему, горе? — возмутилась я один раз, обозленная бабушкиным оптимизмом.

Она мягко улыбнулась.

— Вот на этот вопрос не отвечу, для каждого оно свое, придет — не спутаешь, только и горе ерунда, все пережить можно, главное, не бояться и знать: плохо всегда не бывает, ночь пройдет, солнышко появится.

Интересно, как бы отреагировала бабуля на пожар? И что мне делать? Я схватила телефонную трубку, слава богу, аппарат у меня стоит в прихожей, у самого входа, он сейчас весь покрыт копотью, но работает, пальцы быстро набрали хорошо знакомый номер, тут же раздался веселый, бодрый голос Этти:

— Здравствуйте, пока не могу ответить на ваш звонок, если оставите свои координаты, непременно свяжусь с вами.

Моя свекровь включает автоответчик лишь в одном случае, когда у нее мигрень, приступы мучают Этти по два, три дня, несчастная лежит в кровати, закутавшись в одеяло, любое движение вызывает у нее боль. Ни одно лекарство не способно принести облегчения. В свое время Этти обежала врачей и, узнав, что за изобретение медикамента, способного купировать мигрень, обещана Нобелевская премия, поняла: ей следует самой бороться с болезнью. В отличие от меня Этти не подвержена приступам депрессии, поэтому через некоторое время свекровь приспособилась, теперь, ощутив первые признаки головной боли, она включает автоответчик, вырубает дверной звонок, выпивает лошадиную дозу снотворного и через определенное время просыпается здоровой, главное, чтобы никто не помешал спать, в противном случае мигрень растянется на неделю. Все знакомые Этти великолепно знают: если услышал по телефону запись, то больше не трезвонь, соединись с подругой через сутки.

Я прижала трубку к груди, к Этти не пойти. Конечно, если все же я наберусь окаянства и растормошу бедолагу, то она ни за что не станет сердиться, наоборот, примется жалеть меня, оказавшуюся в ужасном положении, но потом Этти свалится на неделю: способ со снотворным срабатывает лишь один раз. И что делать? Подругу жаль, но ведь и ночевать негде.

И тут телефон затренькал.

— Да, — ответила я, собираясь сказать невидимому собеседнику: «Вы не туда попали».

Уже давно мне никто, кроме Этти, не звонит.

— Эй, дурында, — раздался голос Гри, — хороша канашка! Жду ее с отчетом, а она дома дрыхнет! Совсем обнаглела! Забыла, что у меня работаешь? Плюхнулась у телика с пивом и чипсами...

Слезы градом хлынули из глаз, изо рта вырвалось невнятное бормотание.

— Ты чего? — сбавил тон Гри.

— Ничего, — разревелась я, — у меня квартира сгорела! Газ взорвался, жить негде! Господи, за что мне такое, за что, за что?!!

— Ну, блин, — в сердцах рявкнул Гри, — живо говори свой адрес, тетеха! Хорош сопли развешивать! Только день проработала, а уже надоела!

Глава 6

Утром, открыв глаза, я удивилась безмерно. Вместо знакомой трехрожковой люстры глаза натолкнулись на странное сооружение, больше всего напоминающее перепутанные стальные макароны. В полном недоумении я села, машинально оглядела комнату, неуютную, обставленную неудобной мебелью, этакой помесью из гнутых трубок и пластика, потом мгновенно вспомнила, что произошло. Моя квартира погибла, я нахожусь у Гри, он вчера приехал за мной на такси, привез к себе и велел:

— Спи, завтра побеседуем.

Не успело в голове проясниться, как дверь приоткрылась и из коридора донеслось:

— Ну, хорош храпеть! Давай вставай, не фиг матрас продавливать. Одевайся.

— Сейчас, — пролепетала я.

В комнату влетел халат ужасающей красно-зелено-синей расцветки, он шлепнулся на пол, а Гри продолжал командовать.

— Натягивай хламиду, мойся, в ящичке в ванной найдешь новую зубную щетку, и живо на кухню.

Я никогда не надевала до сих пор чужие вещи, женщина моего веса, простите, конечно, за подробность, сильно потеет, поэтому мне, чтобы выглядеть прилично, приходится каждый день стирать блузку. Но вчера я рухнула в кровать, швырнув одежду прямо на паркет, и сейчас она выглядит ужасно.

Я подняла халат, вроде он только что из прачечной, пахнет порошком. Преодолевая брезгливость, натянула на плечи халат и рысью преодолела расстояние до ванной. Гри, очевидно, находился на кухне, по квартире плыл аромат кофе.

Небольшой санузел оказался забит парфюмерией и косметикой, борта ванны украшали шеренги флаконов с шампунями и скрабами, всякими ароматическими маслами, пенами, солями. А у зеркала теснились пузырьки с туалетной водой вкупе с баллончиками дезодорантов. Похоже, в квартире жила еще молодая женщина, а может, даже несколько, потому что, выдвигая ящик «Мойдодыра» в поисках обещанной мне зубной щетки, я обнаружила горы упаковок с прокладками и баночки с кремами для лица, причем для разной кожи, в конце концов показались щетки, штук десять, не меньше, и лежали они в груде пакетиков с презервативами.

Слегка покраснев, я вытащила одну, привела себя в порядок и вышла на кухню.

— Кофе будешь? — спросил Гри.

— Спасибо, — ответила я.

Дед поставил передо мной кружку с коричневой жидкостью; оценив объем тары, четверть литра, не меньше, я пододвинула к себе сахарницу и мигом получила по рукам.

— Так пей, — рявкнул Гри, — куда тебе сладкое!

Я обомлела, а дедок переместил сахарницу на подоконник и заявил:

— Значит, слушай! Пока ты живешь у меня!

— Это невозможно.

— Молчать! — хлопнул ладонью Гри. — Ишь! Разговорилась! Навсегда селить тебя не собираюсь, не нужна ты мне совсем! Сделаешь ремонт и съедешь!

— У меня нет денег.

— Заработаешь! Имеем заказчика, Андрея Львовича,

докажем, что Самсонов его пугал, и огребем хорошую сумму.

— Право, неудобно.

— Кому?

— Ну... вам.

— Мне фиолетово. В качестве платы за проживание будешь убирать квартиру.

— Но... ваша жена...

— Я одинокий, холостяк!

— Там в ванной полно всего дамского, — я решила уличить Гри во лжи.

Дед сверкнул глазами.

— Любопытная слишком, уже по шкафчикам пошарила.

— Вы же сами велели взять новую зубную щетку, — возмутилась я, — вот я ее и искала! А зачем у вас их столько?

Гри хихикнул.

— Здесь живет мой внук, Аристарх, помнишь его?

— Да.

— У него вечно девки кантуются, через день новую приводит, вот и забил ванную дерьмом. Утром девчонкам зубы почистить надо? Усекла?

Я кивнула, красавчик Аристарх не зря производит омерзительное впечатление, он, оказывается, беспардонный потаскун. Есть женщины, приходящие в экстаз от доморощенных донжуанов, но я не из их числа.

— Спасибо, лучше я поеду к Этти.

— У твоей свекрови большие апартаменты?

— Ну... сначала они с Мишей жили в «двушке», — зачем-то стала я объяснять Гри, — но потом, когда мы поженились, Этти влезла в долги, купила себе однокомнатную и съехала.

— Значит, она обитает в «однушке»?

— Верно.

— И ты ей на башку свалишься? Ни поспать, ни почитать, ни отдохнуть, ни мужика привести. Ты че, свекровь ненавидишь?

— Наоборот, очень люблю Этти, она моя лучшая подруга!

— Тогда за фигом ей жизнь испортить решила?

У меня не нашлось нужных слов.

— Живи пока тут, — бодро вещал Гри, — четыре комнаты, никому помехой не станешь, заработаешь на ремонт и съедешь.

— Мне Этти денег даст, — непонятно зачем сообщила я.

Дедулька крякнул.

— С какой стати на шее у этой Шмэтти сидишь? Она что, олигарх?

— Нет, конечно, но вполне нормально зарабатывает, нам хватает.

— Нам хватает, — передразнил Гри, — с какой стати она тебя содержать должна, а? Ты че, без рук, без ног?

— Я временно беру деньги, пока работы нет, — отбивалась я.

— Теперь ты имеешь службу, — припечатал дедок, — слезай с чужого горба, если ты и впрямь считаешь свекровь близким человеком, то почему из нее дойную корову сделала?

Я поперхнулась кофе, а потом, покраснев от гнева, выложила Гри историю наших отношений.

— Теперь понял? — перейдя от злости на «ты», завершила я рассказ. — Этти счастлива мне помочь.

— Думаю, она просто хорошо воспитана и не способна сказать: «Отлипни от меня, жвачка», — вздохнул Гри. — Знаешь, почему ты несчастна?

— Нет, — тихо ответила я.

— Да потому, что надеешься: явится кто-то и поможет тебе, вытянет за руку из болота. Но самое интересное, когда этот некто появился, ты струсила, по твоему разумению, сидеть в дерьме и жаловаться на жизнь приятней, чем вылезти из болота. Анекдот про Ивана знаешь? Сейчас расскажу. Жил-был очень верующий Ваня, каждый день молился. Один раз в его деревне случилось наводнение, унесло Ваньку рекой в море, и он давай просить: «Господи, спаси». Через некоторое время плывет мимо доска и говорит мужику: «Вань, хватайся за меня, выплывешь». — «Э нет, — ответил тот, — меня бог спасет» — и опять давай молиться. Затем ему попалась пустая бочка с тем же разговором, и снова Ванька шанс не использовал, проводил ее взглядом и за свое: «Боженька, выручи», тут возле утопающего дельфин нарисовался, а Ваня его прогнал, страшно же с рыбой связываться. Ну и утонул, предстал перед богом и сердится: «Что же ты меня в беде оставил? Ведь я так тебя о помощи просил!» А господь глянул на дурака и отвечает:

«Я тебе доску, бочку и дельфина отправил, почему шанс не использовал?» Оторопел Ваня и воскликнул:

«Думал, мне господь лично руку протянет».

«Мое дело предоставить шанс, — разъяснил Создатель, — а уж дальше сам должен вертеться».

Поняла, тетеха? Знаешь, как бы на твоем месте я поступил?

Я помотала головой.

— Остался бы у Григория Семеновича, — отпечатал Гри, — спасибо ему сказал, денег заработал, ремонт сделал и только потом Этти про беду рассказал. Сама себя начнешь уважать, и другие то же чувство испытают. Вот он, твой шанс, из дерьма вынырнуть.

— Но Аристарх может быть против моего пребывания в квартире, — прошептала я.

Гри хлопнул в ладоши.

— Молодец! Про внучка не думай, не я у него, а он у меня живет. Главное, не лезь к нему в кровать.

— Мне такие парни не нравятся, лишь бы он меня не тронул.

Дедуся захихикал.

— В зеркало глянь, кому ты нужна, прикроватная тумбочка образца сорок второго года. Значит, работаем?

Я хотела было привычно обидеться, оттопырить губу на замечание о тумбочке, но неожиданно ощутила приступ веселья. У нас дома имелась подобная мебель, ейбогу, верное замечание, чем-то я на нее смахиваю, может, унылым видом?

— Ну? — поторопил Гри. — Готова?

— Да, — кивнула я.

— Диктофон я прослушал, пока ты дрыхла, — ажитированно воскликнул дедуська, — наметил план действий. Андрей Львович оставил открытки, на них имеется штамп отделения связи, откуда их отправили. Вот на такой ерунде преступники и попадаются, все продумают, а про штемпель забудут. Я уточнил, почта находится у метро «Тульская». Поезжай туда, поболтай с сотрудниками, спроси: от них ли отсылали открытки. Если ответят утвердительно, поинтересуйся, не помнят ли отправителя, может, приметили, все-таки он каждый день ходил.

— Я сумею?

— Почему нет?

— Вдруг начнут спрашивать, отчего я им интересуюсь?

— Наври что-нибудь.

— Что?

— Сама придумай! Я тебе за это деньги плачу! — возмутился Гри.

На почту я вошла около полудня. Работало только одно окошко, за ним сидела девушка с усталым лицом. Я положила перед ней открытку, служащая удивленно посмотрела на меня.

— Хотите отправить? Но это невозможно, карточку уже использовали один раз, — медленно сказала она.

— Простите, — вежливо улыбнулась я, — открыточку от вас посылали?

Девица повертела ее в руках.

— Да, вот видите штамп, а что?

В этот момент из глубины почты вылетела хорошенькая девчонка и уселась возле соседнего окошка.

— Однако, Галя, так не пойдет, — сердито сказала усталая девушка, — ты отпросилась на пятнадцать минут, а отсутствовала три часа.

— Ну и че?

— А я за тебя работай.

— И че, народу все равно нет.

— Так не делают.

— А че? Не злись, Варька.

Варвара повернулась ко мне:

— Открытку отправляли мы. У вас какие-то претензии?

— Нет, нет, — просительно улыбалась я. — Не запомнили случайно, кто ее отправлял?

— Здесь каждый день сто человек толчется, — хмыкнула Варвара, — мне глядеть на всех некогда, да и зачем?

Опоздавшая девчонка, аж подпрыгивая от любопытства, придвинулась к Варе.

— А че тут?

— Сядь на место, Галя.

— А че, я только спросила, че ты злая такая?

— Ничего, — ответила Варя, — не мешай работать. Нет, девушка, никого не помню, а зачем вам?

Недолго думая, я выпалила:

— Видите, здесь написано: «Осталось десять дней»? И гроб нарисован.

— Да.

— Каждое утро я подобные получаю. Кто-то издевается, думаю, бывший муж.

— А че, — ожила Галя, — он у тебя такой, с черной бородой, да?

— Нет, — опешила я, — нормальный, как все.

— Значит, не он, — припечатала Галя.

— Откуда ты знаешь? — удивилась я.

— А че, я видела его.

— Кого?

— Ну, того, кто отправлял открытку.

Я включила в кармане диктофон и попросила:

— Будь другом, расскажи, пожалуйста, у меня брат есть с черной бородой.

— А че, ниче, — завела Галя, — приходил каждый день, покупал у меня открытку и каждый раз скандалил, прямо извел всю. То ему дайте с синими цветочками, то с розовыми, марки выбирал, словно на всю жизнь покупку делал, и постоянно злился. «Ручка плохая, ластиков нет». Во, за такого замуж выйти! Изведет на мыло! Игорем его зовут, а фамилия Самсонов.

— Откуда знаешь? Он же квитанцию не выписывал! — подскочила я.

Галя сморщилась.

— А че! Он всегда вот тут, на прилавочке, устраивался и бухтел, гадости говорил, поэтому я его так хорошо и запомнила. Всем недоволен был. Открыточки некрасивые, бумага некачественная, рисунок смазанный, ручка не пишет, один раз как рявкнет: «Где вы, девушка, такие духи добыли, воняет словно в клоповнике! Имейте в виду, с людьми работаете, надо быть осторожней в выборе парфюмерии. Дома любовника ждешь, тогда и обливайся дрянью. Меня от этого запаха блевать тянет». Видали такого нахала?

— Так отчего вы решили, что он Игорь Самсонов? — решила я направить разговор в нужное русло.

— А он меня отругал и за телефон схватился, — пояснила Галя. — Из кармана его вытащил да как рявкнет: «Да, Игорь, да, Самсонов! Да, без меня не делайте ничего, хочу в витрину поставить кожаную мебель». Потом отсоединился и прошипел: «Работнички фиговые. Что на этой почте, что у меня в магазине, у всех вместо головы жопа. Впрочем, в моей заднице больше ума, чем в ваших мозгах». Сказанул и ушел, я прям офигела!

— Что же я его не помню? — удивилась Варя.

— Ты болела гриппом, — пояснила Галя, — я тут одна-одинешенька ломалась и не сердилась. А ты злишься, что я чуток подзадержалась.

— У меня был бюллетень, высокая температура, я не просто ваньку валяла.

— А че...

— Если еще раз скажешь «а че», — взвилась Варя, — я взвою, нет такого слова! Надо говорить не «че», а «что».

— И че? — возмутилась Галя. — Самая умная, да? Че тогда здесь сидишь, а не в правительстве?

— Замолчи!

— А че, че хочу, то и болтаю.

Продолжая краем уха слушать перебранку, я выключила диктофон и отправилась назад. Даже мне стало понятно: дело закончено.

Внимательно выслушав запись, Гри схватился за телефон и после пятой неудачной попытки соединиться с абонентом воскликнул:

— Черт возьми, они там что, удавились на шнуре, алло, алло!

Дозвониться ему удалось только через полчаса.

— Добрый день, — засюсюкал Гри, мигом изменив гнев на милость, — мне бы Игоря Самсонова, вот дали номерок приятели, ремонт делаю, мебель меняю, хочу узнать, есть ли скидки...

Очевидно, Надежда сказала, что мужа нет дома, потому что Гри весьма правдиво изобразил удивление.

— Да? Я попал в квартиру? Думал, номер принадлежит мебельному магазину. Не подскажете, как связаться с Игорем Самсоновым? На работу позвонить? Спасибо, спасибо, извините еще раз, дайте уж заодно адресок торговой точки. У метро «Октябрьское Поле»?

Повесив трубку, Гри повернулся ко мне.

— Слышала? Действуй.

— Что делать надо? — не поняла я.

— Как это? — возмутился Гри. — Не сообразила? Ну тетеха! Езжай к метро «Октябрьское Поле», недалеко от него есть мебельный магазин, вот адрес. Поглядишь на хозяина, сфотографируешь его, потом на рысях слетаешь на почту, покажешь этой Гале снимок и домой. Нам нужно точно знать, что открытки отправлял именно Игорь, а не кто-то, использовавший его имя.

— Как же я его фото получу, — недоумевала я, — с чего бы мне просить директора магазина позировать перед объективом?

Гри вытащил из стола небольшую квадратную коробочку.

— Ну-ка, открой да погляди.

Я послушно выполнила приказ.

— Что это? — спросил Гри.

— Пудреница, — ответила я.

— Хорошо, теперь возьми пуховку и повозюкай ею по морде.

— Не мой цвет, это тон загар.

— Делай, что велю.

Я покорно поводила пуховкой по носу и подбородку.

— Хорошо, — сказал Гри, — теперь положи на место, нажми пальцем на спонжик, а после переверни пудреницу и открой нижнюю крышку.

Я послушно выполнила все действия и ахнула, внизу обнаружился довольно четкий портрет Гри.

— Это фотоаппарат, — вырвалось у меня.

— Дошло наконец! — вздохнул Гри. — Доползло, как до жирафа. Экая ты, право, малосообразительная. Именно что фотоаппарат, отличная японская штучка, такую сейчас легко купить, у меня еще звукозаписывающая ручка есть! Придешь в магазин, попросишь показать... э... ну... красное кожаное кресло, придерешься к продавцу, потребуешь директора, в общем, вперед, тетеха.

Глава 7

Возле метро «Октябрьское Поле» клубилась толпа. Глядя на снующих туда-сюда людей, я пошла по улице, свернула направо, потом налево. Похоже, в нашей стране никто не работает! Народ сейчас должен тосковать на службе, а люди носятся по улицам, причем сразу видно, что никуда не торопятся, глазеют на витрины, жуют хот-доги и блинчики. Внезапно мой рот наполнился слюной, а желудок противно сжался. Ноги сами собой поднесли меня к будке, где торговали сосисками, но тут глаза наткнулись на вывеску: «Мебель для всех». Тяжело вздохнув, я вошла в магазин. Покойная бабуля всегда приговаривала: сделал дело, гуляй смело. Эта простая истина с детства намертво вбита в мою голову.

В торговом зале, сплошь забитом диванами, креслами, столами и стульями, не наблюдалось никого из покупателей. Три продавщицы собрались около компьютера в отделе, где продавались кухни.

— Хотите чего? — спросила одна, окинув оценивающим взглядом мою фигуру, одетую в дешевый мятый костюм. — Мебель желаете купить? Мы к вашим услугам.

— Где Игорь Сергеевич? — я решила сразу хватать быка за рога.

— Хозяин в кабинете, вон по тому коридору до самого конца, — ответила продавщица и, потеряв ко мне всякий интерес, вновь уставилась в экран, где метались какие-то разноцветные фигурки.

Радуясь, что все отлично складывается, я дошла до двери кабинета, сначала постучалась, а потом открыла створку.

— Можно?

— Да, да, входите, — ответил мужчина самого обычного телосложения. В его облике не имелось ничего примечательного, встретив такого на улице, не остановишь на нем взгляд. Единственное, что отличало парня от остальных мужиков его возраста, это густая черная борода, широкая, окладистая, аккуратно подстриженная, над верхней губой торчали такого же цвета усы.

— Слушаю вас, в чем проблема? — поинтересовался хозяин.

Я растерялась: что ответить на простой вопрос? Зачем пришла? Мне сначала показалось, что задание Гри легко выполнить. Войти в кабинет, щелкнуть пудреницей и убежать, но сейчас я внезапно сообразила, как глупо будет выглядеть такое поведение. Ну, представьте себе на минутку, к вам влетает девушка, молча поправляет макияж, пудрит нос и уносится прочь.

— Так чем я могу вам помочь? — продолжал настаивать Игорь Сергеевич.

— Красное кожаное кресло, — выпалила я, вспомнив указание Гри.

— Во втором зале, у окна, — спокойно ответил владелец салона, — спросите у продавцов.

Я покорно пошла назад, зачем-то полюбовалась на кресло и вернулась к директору.

— Ну, — улыбнулся тот, — подходит?

— Нет, — ответила я, — ваши бордовые, а я хочу красное, яркое, такое, как пожарная машина.

— Возьмите у продавцов каталог, — посоветовал Игорь Сергеевич, — если найдете нужный вариант, закажем прямо из Италии, но будет дороже.

— Плевать на деньги, — я решила продолжить удачно начатый диалог.

— Тогда обратитесь к менеджерам.

Я вновь выползла в торговый зал, девушки, призванные торговать мебелью, столпились у компьютера, азартно щелкая мышкой.

— Тебе тут не пройти, жизнь потеряешь, — вскрикивала одна.

— Не, здесь надо три раза «кликать», — отозвалась другая.

На меня никто решительно не обращал внимания, постояв пару секунд, я вернулась назад.

— Уже оформили? — удивился Игорь Сергеевич.

— Нет.

— Что так?

— Каталог не видела.

— Почему?

— Там продавцы в компьютер играют, не хотела их отвлекать.

Хозяин сердито ткнул пальцем в какой-то аппарат, стоящий на столе.

— Слушаю, — незамедлительно донеслось оттуда.

— Иди сюда!

Через секунду появилась та девушка, которая щелкала мышкой.

— Рита, — гневно заявил хозяин, — уволю!

— За что? — попятилась девчонка. — Что я сделала не так?

— Именно, что ничего, — парировал хозяин. — Клиентка ко мне без конца с вопросами бегает, а вы у монитора развлекаетесь. Живо покажи каталог даме, она хочет заказать из Италии красное кожаное кресло.

— Пойдемте, — чуть ли не кланяясь, пробормотала продавщица.

Делать нечего, пришлось листать глянцевые страницы в поисках кресла, к счастью, такового не нашлось, и я снова вернулась к Игорю.

— Нет, ничего похожего.

Самсонов развел руками.

— Могу предложить эксклюзивный вариант, одно из изделий специально для вас обтянут красной кожей.

— И сколько будет стоить заказ?

— Около двух тысяч долларов, — спокойно ответил торговец. — Сделают за пару недель, доставка по Москве за наш счет, предоплата семьдесят процентов!

— А хорошо получится? — кривлялась я, судорожно думая, когда вынуть фотоаппарат.

Честно говоря, я редко накладываю макияж, только тогда, когда это крайне необходимо, привычки постоянно «подправлять» лицо у меня нет.

— Качество гарантирую, — улыбнулся Игорь Сергеевич.

И тут я решилась, небрежным жестом вытащила пудреницу и... уронила ее. Крышка раскрылась, порошок цвета загара рассыпался по серому ковру.

— Извините, — залепетала я, подбирая коробочку, — напачкала тут...

— Ерунда, — отмахнулся хозяин, — так как? Начнем оформлять заказ?

Я открыла пудреницу, нажала на пуховку и пробормотала:

— Да.

Мне показалось неприличным уйти просто так, хозяин потратил столько времени на «клиентку».

— Отлично, — улыбнулся Игорь Сергеевич, — Рита все сделает. Оплату принимаем в рублях, поздравляю, вы сделали отличный выбор, на сегодняшний день мы предлагаем лучшие цены.

Потом, улыбнувшись еще раз, он уставился в бумаги. Я осторожно глянула в торговый зал. Рита, забыв о взбучке, полученной от хозяина, вновь сидела у компьютера. Страшно обрадовавшись, я прошмыгнула мимо продавщиц, понеслась к метро и вздохнула с облегчением только на станции. Оглянувшись по сторонам, я села на скамеечку и вытащила из фотоаппарата снимок. Игорь Сергеевич получился отлично: роскошная борода, усы и маловыразительная верхняя часть лица. Я сунула фото в сумочку, мне не нравятся мужчины с растительностью на лице. У таких кавалеров небось после еды в бороде застревает куча крошек. Вот еще интересно, они моют бороду? Как умываются сами? И не мешает ли буйная растительность спать? Небось летом от волос на лице жарко!

По дороге на почту меня озарило, и я, в порыве вдохновения, купила в ларьке шоколадку.

В отделении на этот раз была одна Галя.

— И че, — спросила она, — опять прибегла?

— Это тебе, — сказала я, кладя на прилавок плитку.

— Че?

— Возьми.

— За че?

— Так просто, — пожала я плечами.

— Не ем сладкое, — невозмутимо ответила Галя, — приволоки ты мне бутылочку пива, спасибо непременно скажу, а от конфет прыщами иду, прямо крючит от них, аллергия, слыхала про такую болячку?

— Извини, не знала, — сказала я и убрала шоколадку в сумку.

— Ты че, забираешь?

— Так ведь аллергия...

— Ниче, оставь, племяшке снесу.

Я вернула плитку на место, вытащила фото и сунула Гале под нос.

— Это че?

— Узнаешь?

— Че?

— Ну, парня видишь?

— Где?

Я постаралась не разозлиться, похоже, поговорку «С ним, не пообедав, не договориться» сложили про Галю. В желудке заурчало, ох, зря я вспомнила про еду!

— Где? — тупо повторила девчонка.

— На снимке.

— А че... Ниче...

— Значит, не он, — расстроилась я.

— Кто?

— Сама же вчера говорила: открытки отправлял, такой с бородой, противный, все ругался, Игорь Самсонов... Это его фото. Выходит, перепутала ты, не он сюда ходил?

— Да ну, — протянула Галя, — отчего не он? Ровно как живой выглядит, тот самый и есть. Очень хорошо морду противную запомнила, отвратный мужик! Ваще бородатые мне не по кайфу, с ним не поцелуешься.

Я кивнула:

— И мне не нравятся, а ты уверена, что на фото Самсонов?

— Чтоб мне пропасть! — поклялась Галя.

Страшно довольная я принеслась к Гри и вручила дедульке диктофон, фотоаппарат и снимок.

— Отлично, — кивнул тот, — можешь выпить чаю, сахар не ищи, я его выкинул.

Где-то через полчаса Гри крикнул:

— Ну, бегом в кабинет!

Я полетела на зов.

— Садись сюда, — приказал Гри, — и слушай внимательно. На мой взгляд, дело обстоит так. Андрей Львович обманул Самсоновых, а Игорь Сергеевич решил отомстить репетитору. Начал посылать открытки, желая испугать мужика, и преуспел. Андрей Львович небось не спал последнюю неделю, но, учитывая, как педагог поступил с Самсоновыми, поведение Игоря Сергеевича вполне понятно. Вот только он навалял глупостей, отправлял дурацкие открытки из отделения возле своего дома. Коли имеешь столь приметную внешность, следует быть более бдительным. Ну, отъехал бы куда-нибудь в Митино... Как тебе мои рассуждения, понятны?

Я кивнула, мне и самой пришли в голову похожие мысли.

— Значит, дело раскрыто, — подвел итог Гри. — Мы с тобой можем представить доказательства. Есть свидетель, Галя эта, которая опознает Игоря Сергеевича. Отлично, долго не мучились. Впрочем, эта история малоинтересная, все очень просто. Я за нее никогда бы и не взялся, только деньги нужны, заказов давно не было, поиздержался я чуток. Ясно?

Я вздохнула.

— Да.

— Ну и отлично, — сказал Гри, — сейчас объявим клиенту, что он может явиться к восьми вечера и заплатить по счету.

Он схватил телефон, потыкал в кнопки, подождал минуту и пробормотал:

— Мобильный выключен.

— А ты домой попробуй, — посоветовала я и удивилась. Обычно я трудно схожусь с людьми, всегда говорю недавним знакомым «вы», но с Гри мгновенно, очень легко, несмотря на его возраст, перешла на «ты».

— Небось он на работе, — ответил Гри, но послушался меня и через секунду сказал: — Добрый день! Можно Андрея Львовича? Что?!! Когда?!! Не может быть!!! Господи!

Повесив трубку, Гри уставился на меня, я поежилась.

— Случилась беда?

— Случилась, — мрачно повторил Гри. — Андрей Львович погиб. Его сначала избили до неузнаваемости, а потом сбросили в пруд. Подробностей я не знаю. Убил его он!

— Кто? — оторопело поинтересовалась я, а потом добавила: — Значит, деньги мы не получим?

— Нет, — сообщил Гри, — мы остались без гонорара. Но я сидеть сложа лапы не стану!

Он снова схватился за телефон.

— Федя, можешь срочно приехать? Разговор есть.

Очевидно, неизвестный мне мужчина начал отнекиваться, но Гри неожиданно сказал:

— Вчера вечером из пруда в районе кинотеатра «Буран» вытащили тело Андрея Львовича Калягина, похоже на висяк. Скорей всего, тот, кто станет заниматься этим делом, сочтет, что Калягина ограбили, избили, а потом, чтобы спрятать концы в воду, извини за глупый каламбур, утопили труп. Но я знаю точно личность убийцы... Вернее, владею информацией, кто нанял киллера, потому что мерзавец не станет сам пачкаться и небось запасся алиби.

Повесив трубку, Гри потер руки:

— Сейчас явится.

— Кто? — поинтересовалась я.

— Мой добрый знакомый, Федор Симонов, он служит в МВД, при чинах и званиях, отличный профессионал, — хмуро ответил Гри, потом помолчал и добавил: — Ты всегда ходишь в мятых и засаленных вещах? Привыкла шляться грязнулей? Придется измениться, ты не должна привлекать к себе внимание ни вычурной одеждой, ни бомжеватым видом.

Я покраснела. Я очень аккуратный человек, приучена каждый вечер принимать душ. Гардероб мой, скудный и немодный, всегда выстиран и отглажен. Но вчера я, отупев от переживаний, рухнула кулем в кровать, забыв сбегать в ванную. К тому же у меня нет сменных вещей: немудреная косметика, обувь и шмотки испорчены сажей.

Гри прищурился, потом швырнул на стол несколько купюр.

— В магазин ступай, — велел он, — за углом есть промтоварный, хорошими вещами торгует, купи нормальные шмотки.

— Дорогие небось, — вздохнула я, отчего-то не возмутившись бесцеремонным приказом.

— Ничего, — отмахнулся Гри, — ты теперь моя служащая и обязана выглядеть прилично, усекла? Значит, так, приобретешь одежду, а мне принесешь чеки.

— Боитесь, что я обману вас и скажу завышенную цену? Простите, но я честный человек и...

— Не хочу, чтобы сэкономила, набрала дерьма, а мне потом соврала, будто все средства на прикид потратила, — рявкнул Гри.

— Я никогда не вру! — возмутилась я. — Деньги могу взять лишь в долг, получу зарплату и отдам, не сомневайтесь.

— Да? — вздернул брови дедулька. — Ну-ну! Слышь, честный человек, оплати себе еще и телефон.

Я пошла в магазин. В голове крутились самые разнообразные мысли. Вообще-то я очень обидчива, со многими людьми рассорилась из-за чепухи, из подруг осталась одна Этти. На нее обижаться не получалось. Теперь, похоже, в моей жизни появился еще один человек, с которым невозможно поругаться. Вроде Гри делает нелицеприятные заявления в мой адрес, а злости у меня на него нет.

В торговом зале я привычно подошла к 56-му размеру, выбрала платье, юбку, пиджак, блузку и отправилась в примерочную кабинку. Там меня ожидал сюрприз: отобранная одежда оказалась мне велика. Она крутилась на талии и спадала с плеч.

— Простите, — подозвала я продавщицу, — это платье пятьдесят шестого размера? Наверное, я ошиблась и схватила пятьдесят восьмой.

Продавщица посмотрела на бирки.

— Нет, все правильно, вон написано, видите — цифра 56.

— Но оно мне велико!

— Конечно, у вас пятьдесят четвертый, а может, даже и пятьдесят второй.

— Нет, нет, я хорошо знаю свои габариты, — растерянно пробормотала я.

— Значит, вы похудели, — улыбнулась продавщица и протянула вешалку. — Попробуйте это, возьмите поярче, вам пойдет.

Я покорно влезла в предложенную вещь и ахнула, платье сидело словно влитое, у меня невесть откуда появилась талия. В полном шоке я оплатила обновку и прямо в ней пошла домой, прихватив на кассе карточку экспресс-оплаты для телефона.

Осторожно открыв ключом, полученным от Гри, дверь, я живо шмыгнула в ванную, если мне не изменяет память, я видела там сегодня в углу весы.

И точно, вот они! Быстро раздевшись, я встала на холодный пластик, глянула на выскочившие в окошечке цифры, потерла глаза, потрясла головой и снова взвесилась: 79.500. Точный прибор показывал вес в граммах. Я села на край ванны и призадумалась.

С юношеских лет я исступленно борюсь с лишними килограммами. Мною испробованы все возможные и невозможные диеты, о которых пишут в газетах и журналах. Французская, когда предлагалось питаться крутыми яйцами и кефиром, датская, предписывающая завтракать, обедать и ужинать селедкой, итальянская, предлагающая лакомиться одними макаронами без масла, кетчупа и соусов, русская, китайская, белковая, безбелковая, арбузная, виноградная, волшебные рецепты Софи Лорен и Наталии Фатеевой...

В результате героических усилий я потеряла несколько килограммов, максимум пять. Но стоило мне, обрадовавшись, начать наворачивать любимую гречневую кашу и творог со сметаной, как ненавистный жир вновь оседал в филейной части.

Однажды, уже будучи замужем, я обратилась к доктору. Тот объяснил мне, что все диеты сплошная ерунда, генетику не сломаешь, из его слов выходило, что я обречена существовать в качестве слоновой туши.

Я в слезах явилась домой, вытащила альбом с семейными фото и уставилась на них. Вот мы с родителями в Крыму. Полная мама, упакованная в купальник, похожий на чехол для танка, дородный папа с огромным животом и покатыми плечами в семейных трусах до колен, а между ними девочка — пампушечка, абсолютно кругленькая, похожая на пончик. Яблоко от яблони недалеко падает, от осинки не родятся апельсинки, медведица не принесет волчонка... Какая еще народная мудрость имелась по сему поводу? Я ворошила глянцевые снимки; тоненькой, изящной, субтильной, как Этти, не стану никогда. Внезапно вспомнился снимок, который стоит у свекрови в спальне, на нем запечатлены худощавые, подтянутые мужчина и женщина, одетые в горнолыжные костюмы. Да, Этти просто повезло, ее родители весили меньше, чем один мой отец.

С тех пор я перестала бороться с весом, просто смирилась с имиджем толстухи. Надежда обрести стройность неожиданно затеплилась некоторое время назад. Одна из моих коллег по прежней работе, Нина Ефимова, ушла в отпуск коровой, а вернулась ланью. Естественно, все начали задавать вопросы. Нинка, загадочно улыбаясь, отвечала:

— Я просто теперь не ем после шести вечера, и вот результат.

Я поверила Ефимовой и тоже решила ввести «комендантский час», однако особых изменений в своей фигуре не заметила, более того, спустя три недели издевательств над аппетитом упала в обморок прямо на рабочем месте. Хорошо хоть большая часть конторских сплетниц сидела в тот момент в столовой. Меня привела в чувство все та же Ефимова.

— Ты не беременна ли? — с заботой воскликнула Нина. — Бледная ходишь.

— Похудеть хочу, — призналась я. — Вот и не ем почти ничего, по твоему пути иду.

Нина вздохнула и вытащила из сумки упаковку.

— Вот, — сказала. — Так и быть, скажу правду. Это ксеникал, специальный препарат, он ограничивает всасывание пищевых жиров, от этого и стройнеешь. Очень просто! Только нашим змеям не проговорись, я с ними информацией делиться не хочу.

— А не опасно? — с сомнением поинтересовалась я.

— Не с рук покупаю, — пояснила Нина. — В аптеке беру. К тому же мне ксеникал назначил врач. Делают лекарство в Швейцарии. Впрочем, сейчас имеются разные медикаменты для теток нашей комплекции, желающих стать тростинками. Но у ксеникала есть преимущества...

— И какие же? — пробормотала я, борясь с головокружением.

— Ну, во-первых, он изучен и проверен. Его принимают всякие знаменитости типа голливудских актеров, сама понимаешь, они себе плохого не хотят. Но, самое главное, ксеникал помогает удерживать полученный вес. А то как бывает: потеряла семь кило, а через месяц они назад вернулись и с собой еще парочку друзей прихватили. Да сама попробуй, на меня глянь и не сомневайся — стопудово подействует.

В моей душе подняла голову надежда, я сунула в сумочку пустую коробочку с надписью «Ксеникал», которую дала мне Нинка, и решила завтра же пойти к доктору.

Но назавтра мне сообщили об увольнении, и в голове поселились иные мысли, стало не до фигуры. С тех пор я живу в постоянном стрессе, пытаясь устроиться на приличное место. Одно хорошо, стрелки весов всегда колебались вокруг цифры 90, отклоняясь туда-сюда максимум на килограмм. И вот теперь я потеряла целых десять кило! И всего за несколько дней! Интересно, почему? Может, дело в том, что я почти ничего не съела за последнее время? Два пирожка с мясом, проглоченные вчера, и утренний кофе без сахара не в счет.

В полном изумлении от произошедшей метаморфозы я встала под душ, вымыла голову, затем высушила волосы феном, натянула новое платье и явилась к Гри.

Хозяин оказался в комнате не один, в кресле сидел незнакомый мужчина.

— Простите, что помешала, — испугалась я, пятясь назад.

Гри окинул меня цепким взглядом и произнес:

— Знакомься, Федя, это Таня, Таня, это Федя.

Незнакомец, довольно молодой, лет тридцати пяти, не больше, был толстым, похожим на медведя.

— Очень приятно, — сказал он.

Я кивнула и прикусила нижнюю губу, неожиданно мне стало смешно. Однако мы с этим дядькой отличная парочка, два слона в посудной лавке.

— Ладно, Гри, — крякнул Федор, — спасибо тебе, сегодня же этого Самсонова арестуют.

— Вот видишь, — воскликнул дедуська, — и от меня есть польза!

— Ты знаешь мою позицию, — начал было Федор, потом осекся и замолчал.

Его большие карие глаза стали бесцеремонно ощупывать мою фигуру.

— Ты чего стоишь? — повернулся ко мне Гри.

— Указаний жду, — бодро ответила я.

— Иди отдыхай, — буркнул хозяин.

Глава 8

Я добралась до комнаты, где мне предстояло прожить некоторое время, активировала телефонную карточку и позвонила Этти.

— Да, — закричала свекровь.

— У тебя больше не болит голова?

— Танюша! Живо говори, какие новости? — воскликнула Этти.

Я набрала полную грудь воздуха и выложила свекрови про взрыв и пожар.

— Ужас, ужас, ужас, — шептала мать Миши, — господи, какое счастье, что тебя не было дома!

Потом она пришла в себя и затараторила:

— Немедленно приезжай ко мне! В тесноте, да не в обиде.

— Спасибо, — ответила я, — но... не надо.

— Танюш, — зазвенела Этти, — не дури, где жить станешь?

— Ну... э... — замямлила я, очень хорошо помня приказ Гри о неразглашении тайны работы у частного детектива, — тут, понимаешь... в общем...

— Говори прямо, не мямли, — стала сердиться подруга, — где сегодня ночевала?

— У одного человека.

— У кого? — изумилась Этти. — Тебя соседи к себе пригласили?

— Нет.

— Тогда кто?

— Один мужчина, — ляпнула я и тут же спохватилась.

Боже, ну и глупость я сморозила, сейчас Этти швырнет трубку и больше никогда не станет со мной общаться. Оно и понятно, какой свекрови понравится подобный поворот событий, вдова сына нагло заявляет о том, что провела ночь с другим. Надо немедленно, пока Этти молчит, сообщить ей правду: меня приголубил безумный дед, родившийся во время Крымской войны, свидетелем которой был Л.Н.Толстой.

Но не успела я раскрыть рот, как Этти заголосила:

— Ой, ну наконец-то! Сколько можно тосковать! Давно пора отыскать себе кавалера! Кто он? Чем занимается? Сколько лет? Был ли женат? Имеет ли квартиру? А еще ты мне ничего не рассказала о найденной работе! Сгораю от любопытства! Умираю! Таня! Эй, отзовись!

В голосе Этти кипела радость вперемешку с восторгом, мне стало неудобно от того, что придется обманывать единственную подругу.

— Давай приезжай немедленно, — ликовала Этти, — потреплемся!

— Хорошо, — согласилась я, — сейчас соберусь.

Поколебавшись пять минут, я пошла к Гри.

— Можно мне сходить в гости?

— К кому? — удивился хозяин, сидевший у стола в одиночестве, Федор, очевидно, ушел.

— К свекрови.

— Валяй, — разрешил Гри, — все равно мы в простое. Этак скоро милостыню в метро начнем просить или от голода окочуримся...

Я позвонила Этти, сообщила ей, что приеду через час, вышла на улицу, купила торт и двинулась на Новослободскую улицу, где в самом конце, почти у Савеловского вокзала, живет в огромном сером доме моя свекровь.

Выйдя из метро, я села в троллейбус, докатила до нужной остановки и, привычно проигнорировав подземный переход, пошла через дорогу в неположенном месте. Конечно, нехорошо поступать подобным образом, но Новослободская улица, большая, широкая, была полупустой, редкие автомобили катили в сторону центра, а к вокзалу не спешил никто. И вообще, когда иду к Этти, я всегда пересекаю магистраль тут.

Я осторожно ступила на проезжую часть, бдительно огляделась по сторонам и двинулась вперед. Почти половину дороги я преодолела без проблем, но тут вдруг откуда-то из-под эстакады выскочили старые помятые «Жигули», заляпанные грязью по самую крышу. Автомобиль летел прямо на меня, но я сначала не испугалась. Новослободская улица просторная, пустая, давала водителю массу возможностей для маневра, объехать пешехода было легко даже тому, кто в первый раз сел за руль, поэтому я спокойно продолжила путь. Но «Жигули» катили прямо на меня, я побежала. Авто вильнуло следом, мои ноги понеслись вперед, тачка со страшной скоростью нагоняла. Поняв, что за рулем сидит либо пьяный, либо наркоман, я припустила стрелой к спасительному тротуару, но смерть на колесах настигала. Ни разу в жизни я не бегала с такой скоростью, но, с другой стороны, за мной никогда еще не гонялся автомобиль с обезумевшим шофером.

Ступив на пешеходную зону, я перевела дух, а зря, «Жигули», ловко перелетев бордюрный камень, оказались тоже на тротуаре. В полном ужасе, сообразив, что меня сейчас раздавят, я рванулась вперед, наскочила на огромную витрину магазина игрушек. Послышался звон, мелким дождем посыпались осколки, я, не понимая как, оказалась внутри небольшой торговой точки. Вокруг забегали люди, они разевали рты, махали руками, но я абсолютно не слышала никаких звуков, словно смотрела немое кино. Откуда ни возьмись появились два милиционера, врач в белом халате, в руку впилась игла.

— Ужас, — вскрикивала одна продавщица, — мы видели, как за ней гнались!..

— Убивать пьяных за рулем надо! — кипятилась другая.

— Разбила витрину, — пролепетала я, — извините, наверное, она дорогая, скажите, сколько стоит, обязательно расплачусь, только не сразу, по частям.

— Да забудь о стекляшке, — отмахнулась женщина лет сорока, — главное, жива осталась. Ну и шустрая ты, другая бы упала.

— И даже торт не помяла, — обрадованно воскликнула девушка в розовой кофточке.

Я посмотрела на коробку. Действительно, вот смешно, я неслась по дороге, пыталась убежать от смерти, а лакомство не выронила. Торт в целости и сохранности пережил приключение.

— Спокойно, граждане, — заявил один из милиционеров, — давайте по порядку.

Через десять минут выяснилось, что описать машину не может никто.

— Номер запомнили? — спросил представитель правоохранительных органов.

Я растерянно помотала головой.

— Нет, я просто убегала прочь.

— Кто за рулем сидел, — настаивал патрульный, — описать способны?

Я пожала плечами:

— Человек...

— Ясное дело, не кролик, — вздохнул сержант, — мужчина, женщина?

— Не знаю, вот цвет помню: черный автомобиль, — промямлила я.

— Не, — влезла в разговор одна из продавщиц, — просто жутко грязный, зеленый он был.

— Ты чего, Ната, — вступила другая девушка, — красный, я четко видела.

— Зеленый, — настаивала Ната.

— Красный.

— Зеленый!

— Красный!!! И не «ВАЗ» вовсе, а иномарка.

— Зеленые «Жигули», грязные до жути, — настаивала Ната.

— Красная иномарка, а вот что грязная, так это точно.

— Хорошо, хоть вы обе уверены, что тачка была немытой, — усмехнулся дознаватель.

— Извините, — ожила я, — ничего не запомнила.

— Обычное дело, — отмахнулся парень, — не зря говорят: врет, как свидетель.

— Меня хотели убить, — выдохнула я.

Милиционер улыбнулся.

— У вас миллион в швейцарском банке?

— Нет, — растерянно ответила я, — я совсем не богата, а при чем тут деньги?

— Зачем вас жизни лишать, если наследство не оставите, — улыбнулся парень. — Водитель был или пьяный, или обкуренный, сейчас, к сожалению, таких полным-полно. А может, в карты проиграл.

— Как это? — полюбопытствовала Ната.

Патрульный закрыл планшет, в который записывал показания свидетелей.

— Очень просто, собрались братки повеселиться, разбросали картишки, а на кон поставили чью-то жизнь. Ну, договорились, тот, кто проиграет, должен задавить на улице первого попавшегося.

— Какой ужас, — помертвевшими губами прошептала я.

— Отморозки, — спокойно ответил милиционер, — вам повезло, что в витрину вошли, вот только поцарапались чуток, а могли сейчас в мешке лежать, так что бога благодарите, считайте, родились второй раз.

К Этти я не пошла. С одной стороны, не хотелось пугать подругу, с другой, я ощутила себя совершенно больной, ноги тряслись, к глазам подступали слезы, желудок сжимала ледяная рука. Слегка отдышавшись, я попросила у продавщицы разрешения воспользоваться телефоном магазина, пару раз попала не туда и наконец, услыхав «алло», произнесенное знакомым голосом, сказала:

— Прости, не получается свидеться.

— Почему? — расстроилась Этти.

— Работы много, хозяин не отпускает.

— Жаль, — еще сильней огорчилась Этти, — может, в среду, а? Кстати, что будешь делать с квартирой?

— Не знаю, — растерянно ответила я, — пойду в домоуправление, наверное, там подскажут, где строительную бригаду найти.

— Продай ты ее, — посоветовала подруга, — такой ремонт потребуется, умереть — не встать!

— Кто же купит разрушенные хоромы, — вздохнула я, глядя, как продавщицы затягивают разбитую витрину брезентовым полотнищем.

— Есть у меня одна приятельница, — оживилась Этти. — Ладно, явишься в среду, побалакаем.

Я повесила трубку. Ну что бы я делала без Этти, та постоянно ухитряется найти выход из безвыходного положения. Впрочем, реакция свекрови не удивила меня, изумило собственное поведение: еще в понедельник, оказавшись в такой ситуации, как сейчас, я мигом бы зарыдала и потребовала от Этти прибежать в магазин с сумкой, заполненной успокоительными средствами. Но сегодня я вдруг подумала, что Гри прав, я была редкостной эгоисткой, если человек любит тебя, не стоит заваливать его своими проблемами. Нет, теперь я стану жить иначе, в конце концов, надо беречь Этти от негативной информации. Узнав о том, что невестку чуть не убил пьяный отморозок, свекровь свалится с сердечным приступом.

Домой я явилась вечером, провела, приходя в себя, в магазине пару часов, потом еле-еле побрела к метро, доехала до дома Гри и минут пять трезвонила в дверь, но никто не спешил открыть мне. Сообразив, что в квартире пусто, я вытащила выданные мне Гри ключи и, провозившись некоторое время с незнакомым замком, оказалась дома. В помещении царила полная тишина, мне сразу захотелось есть. Быстро вымыв руки, я понеслась на кухню и распахнула холодильник: ничего. Абсолютно пусто. Обычно говоря: «У меня нет продуктов», женщины очень хорошо знают, что кое-что из съестного все же имеется. В шкафчике обнаружится баночка-другая консервов, пакетики с быстрорастворимым супом, сухарики, а в холодильнике найдется сухой кусок сыра и просроченный пакет кефира, но ведь особой беды, если выпить его, не будет.

Но сейчас я увидела абсолютно пустые полки. А на дне пластиковых ящиков для овощей лежала только пара листов мятой бумаги.

Решив не сдаваться, я кинулась шарить по шкафчикам и вновь обнаружила пустоту. Гри не хранил ни крупу, ни макароны, ни сгущенку.

Есть хотелось отчаянно, желудок то поднимался к

горлу, то падал вниз, я захлопнула дверцы и, приметив возле чайника пачку с заваркой, решила выпить чаю.

Взяла упаковку, под ней обнаружилась записка:

«Сахар не ищи, его нет, лучше ложись спать, когда дремлешь, голод тоже спит. Твой симпомпончик Гри».

Гнев бросился в голову: ну какое право хозяин имеет издеваться над служащей? Хорошо, я обязана выполнять его требования, исправно работать, но, простите, вопрос об ужине способна решить самостоятельно! Ну, Гри, погоди! Очень хорошо помню, что около подъезда стоят два ларька, набитые всякой всячиной, слава богу, сегодня в Москве проблем с едой не наблюдается!

Сердито насупившись, я спустилась вниз, увидела железную будку, оглядела нехитрый ассортимент и велела продавцу, тощему, наглому парню без передних зубов:

— Дайте две упаковки лапши.

— А нету, — протянул «красавец».

— Вот же она, в стаканах.

— Это муляж, пустые коробки, — лениво отозвался юноша.

— Ладно, — решила не расстраиваться я, — тогда пакетики с супом, лучше грибным.

— Кончились.

— Печенье.

— Какое?

— Любое.

— Нема, — тупо отвечал торговец, — ваще ничего, машина сегодня не пришла, пустой кукую, — впрочем, водка имеется.

— Нет, спасибо, пей сам, — рявкнула я.

— Еще вода в наличии, — не обиделся парень, — минералка, без газа.

— Вообще пусто в ларьке?

— Угу.

— Даже сахара нет?

— Ага.

Внезапно я ощутила безмерную усталость, никаких сил топать триста метров до следующей торговой точки не было. Может, пойти и лечь спать? Я уже было сделала шаг к подъезду, но тут новый приступ голода перепоясал желудок, в ту же секунду на меня накатило раздражение.

Я не способна заснуть не поужинав как следует, привыкла хорошо есть на ночь, люблю полакомиться перед тем, как лечь, кашей с вареньем, оладушками, сосисками с картошкой, на худой конец могу проглотить булочку. Если подогреть сдобу в духовке, потом разрезать пополам, щедро намазать маслом, посыпать сахаром... ммм... Попробуйте, это очень вкусно, намного лучше и дешевле любого пирожного, уж поверьте мне.

Я развернулась и пошагала вперед.

— Эй, Таньк! — донеслось из ларька.

— Вы мне? — удивившись, обернулась я.

С другой стороны, изумляться нечему. Крикните на улице «Таня», и обернется пять женщин из десяти.

— Ясное дело, — зевнул продавец, — тебя же Таней зовут? Муж мне фотку показал, я хорошо лицо запомнил.

— Какой муж? — изумилась я.

— Твой, тот, что запретил харчи продавать, — понизив голос, сообщил ларечник. — Пришел часа два назад и говорит...

Я вытаращила глаза, а юноша, шепелявя из-за отсутствия зубов, выдал невероятное.

Около восьми вечера к его будке подошел старикашка, маленький, худенький, с лицом, почти полностью прикрытым бородой и усами.

— Слышь, внучок, — довольно бодро отчеканил он, — кто, кроме тебя, в нашей округе жрачкой ночью торгует?

— Славка, — пояснил продавец, — чуть вперед пройдите, там еще один ларек стоит, только, если чего у меня не увидели, не надо ноги ломать, хозяин у нас один, продукты разом в две точки привозят.

— Значит, Славка, — уточнил дедок, — а какое у тебя имечко?

— Гена.

— Красиво родители назвали, — протянул дедушка. Ему явно было нечего делать, встречаются такие пенсионеры, погибающие от скуки.

Гена же весь день прыгает у окошка, и сейчас ему хотелось спокойно посмотреть телик, он собрался уже закрыть ларек, но старичок бойко поинтересовался:

— А еще кто имеется? С другим ассортиментом.

— Вечером мы монополисты, — усмехнулся Генка, —

раньше супермаркет работал, у метро, но теперь он лишь днем открыт.

И тут дедуся, сунув в окошко симпатичную купюру, сказал:

— Сделай одолжение, помоги.

— Чего надо? — насторожился продавец.

— Год назад я женился, — пояснил старикан, — взял неизбалованную, молодую, из деревни, думал, она лучше москвичек, хозяйственная, аккуратная...

— Гулящая попалась? — предположил Гена. — Налево ходит?

— Это ей незачем с таким мужем, как я, — гордо пояснил дедок, — в другом дело. Она, понимаешь, из нищих, в сапогах до тридцати лет ходила, слаще морковки конфет не ела. Что там у них на селе из угощений! Картошка да огурцы. В общем, вывез супругу в Москву, а она жрать начала, остановиться не может. Разнесло ее, словно квашню, пухнет, как на дрожжах, боюсь, не прокормлю обжору, прямо страшно спать вместе ложиться, еще задавит...

Гена захихикал, а дедуся грустно продолжил:

— Смешно тебе, а у меня проблема! Лучше посодействуй.

— Да как?

— Денег я тебе дал, знаешь, за что?

— Не-а.

— Моей мымре продукты не продавай. Ни под каким видом!

— Ладно, — кивнул Гена, — только я незнаком с ней.

— Ну, во-первых, она поздно притопает, тетеха, — забурчал дед, — всем спать, ей жрать, начнет сладкое просить, или лапшу, суп в стакане, в общем, дрянь всякую, а во-вторых, вот фото, погляди, сынок, второй такой красоты не встретишь.

У меня пропал дар речи. Поверьте, я женщина интеллигентная, бывшая учительница-филолог, и никогда, даже мысленно, не употребляю бранных, нецензурных слов. Но сейчас в уме складывались фразы, которые невозможно произнести вслух, если вы, конечно, не пьяный мужик на зимней рыбалке. И потом, когда Гри успел меня сфотографировать?

— Вы время зря не теряйте, — сдавленным от смеха голосом протянул Гена, — к Славке не бегайте, его ваш супруг тоже предупредил. Ваще-то правильно сделал, разжираться не след. Да и все эти лапши с супами не слишком полезная для здоровья вещь.

Испытывая огромное желание стукнуть кулаком по носу парня и понимая теперь, что передних зубов он лишился из-за собственного дурного характера, я пошла назад к подъезду. По дороге меня охватили бурные эмоции, очень захотелось укусить Гри.

Чуть не плача от голода, я еще раз обыскала кухню, но обнаружила лишь полупустую баночку горчицы. В принципе очень неплохая приправа, она великолепно идет с сосисками, мясом, колбасой, можно положить капельку в суп, в окрошку, например, получится вкуснее некуда. Впрочем, легко обойтись без особых изысков, просто намазать ею кусок черного хлеба...

Рот наполнился слюной, я постаралась вытеснить из головы ненужные кулинарные рецепты. Ладно, сейчас помоюсь, попробую уснуть, а завтра с утра куплю у метро шаурму, две, нет, три, четыре, пять порций.

Стиснув зубы, я отправилась под душ, с наслаждением плескалась в воде почти полчаса, потом натянула халат и, не завязывая его, босиком потопала по коридору.

Попробую хлебнуть горячего чая, может, лев, терзающий сейчас мой желудок, подавится кипятком?

Зевая, я вошла на кухню и взвизгнула — около подоконника стоял Аристарх.

— Если решила меня соблазнить, то зря стараешься, — криво усмехнулся он.

Я мгновенно завернулась в халат и с достоинством произнесла:

— И в мыслях ничего такого не имела!

— Тогда почему явилась сюда полуголой? — нагло продолжал парень.

— Думала, нахожусь дома одна.

— Дома? Ты чего? Здесь живешь?

— Разве дедушка вам не сказал?

— Нет, — пожал хорошо накачанными плечами Аристарх, — вообще сдурел старикашка, всякую дрянь в квартиру тащит, зимой кошку приволок, теперь тебя! Никакого покоя нет! И долго тут жить станешь?

Я открыла было рот, но в этот момент раздался звонок в дверь.

— Во, — подскочил Аристарх, — еще невесть кто прется, иди открой.

— Я?

— Ну не я же?

Отчего-то последний аргумент меня убедил, я покорно понеслась по коридору к входной двери.

— Кто там? — решила я проявить бдительность.

— Открывай, свои, — долетел с лестницы нежный девичий голосок.

Я распахнула дверь и увидела на пороге прелестную девушку: хрупкую, маленького роста, одетую в розовый джинсовый костюм со стразами, настоящую Дюймовочку. Сходство с очаровательным сказочным персонажем придавали ей белокурые, закрученные спиралью волосы, огромные голубые глаза и пухлогубый рот, изогнутый, словно лук Амура.

— Где Рися? — нервно спросила она.

— Кто?

— Рися, — повторила Дюймовочка.

— Извините, вы ошиблись, тут такая не живет.

— Какая? — прищурилась незваная гостья.

— Ну... эта... Рися!

— Рися мужчина!

— Тем более нет.

— Ха! — выкрикнула малютка и, ловко отодвинув меня в сторону, побежала по коридору, нахально не сняв уличной обуви.

— Риська, выходи, ублюдок, — закричала она, — знаю, дома сидишь! Ишь, выключил мобильный!

Опомнившись, я поторопилась за плохо воспитанной особой, а та уже влетела на кухню и завизжала:

— А-а! Вот ты где.

Войдя следом за Дюймовочкой, я увидела ее около Аристарха. Белокурые локоны незнакомки слегка растрепались, рот потерял пухлость, губки зло сжались.

— Фигли приперлась? — лениво спросил Аристарх, выпуская дым изо рта.— Сказано было, до свидания, Лапа.

Тут только до меня дошло, что дурацкое прозвище «Рися» относится к Аристарху. Впрочем, он в ответ обозвал девчонку «Лапа», навряд ли это настоящее имя красавицы.

Глава 9

— Сволочь! — ожила Лапа. — Брехун!

— Чего я соврал? — лениво осведомился парень.

— Тебе пояснить?

— Ага.

— Сказал, работы много, домой едешь, спать ложиться, а сам? Сам! Сам!

Лишившись от злости дара речи, Лапа затопала крохотными ножонками, обутыми в ботиночки, которые казались большими даже для Барби.

— Так я в своей квартире нахожусь, — меланхолично продолжил Аристарх.

— С бабой! — ткнула в меня пальчиком Лапа.

— Где? — начал оглядываться красавчик.

— Вот стоит, — завизжала Лапа, — в халате, голая! Ясно, чем вы заниматься собрались.

— Офигела! — подскочил Аристарх. — Глаза разуй! С этой уродиной!

— Тебе без разницы с кем!

— Но не со старухой!

— А... а, думаешь, я не знаю про Ленку Ракитину! Та вообще пенсионерка, ей тридцать натикало.

— Ракитина тут ни при чем.

— А эта? При чем? Да? — наседала Лапа.

— Слышь, вали отсюда, — приказал парень.

— Никогда, — рявкнула Лапа и села на табуретку, — охота трахаться, валяй, полюбуюсь!

Я быстро отскочила в сторону и попыталась сгладить ситуацию.

— Э... Лапа, мы с Аристархом практически не общаемся.

— Мерзавец!

— У вас нет повода для ревности, мы знаем друг друга всего два дня.

— Меня он через пятнадцать минут после «здрассти» в койку поволок, — ажитированно заявила Лапа.

Я не нашлась что возразить, и тут в разговор лениво вступил Аристарх:

— Пьяный был в случае с тобой, теперь больше не наливаюсь. А с Танькой и с трезвых глаз не лягу.

— Откуда ты знаешь, как ее зовут? — напряглась Лапа.

— Во дура, мы же вместе живем, — зевнул хозяин.

Лапа оцепенела, потом очень четко повторила:

— Вместе живем? Вме-сте жи-вем? Жи-вем? Ха!

Лицо Дюймовочки стало бордового цвета.

— Вы не так поняли, — закричала я, — Рися имел в виду...

— Рися? — перебила Лапа. — Ты зовешь его Рися?

— Просто повторила за вами, Аристарх очень пафосно звучит, сама я не додумалась имя сократить, — я снова попыталась внести ясность, и тут Лапа, зарычав, кинулась на меня, прихватив по дороге нож, лежавший на подоконнике.

Сама не знаю как, я юркнула под стол и сунула голову в колени, руками прикрыла глаза, поэтому наблюдать за произошедшим я не могла, зато слышала все просто великолепно.

На кухне бушевал ураган, слышались вопли, плеск воды, топот, визг, мат, потом все перекрыл звонок в дверь, настойчивый, упорный. Я сидела, боясь пошевелиться, вдруг прикрывавшая стол, свисающая почти до линолеума скатерть приподнялась. Мои руки опустились, глаза распахнулись, взору предстали две толстых ноги, явно не принадлежавшие Дюймовочке. Огромные ступни были втиснуты в войлочные тапки, опухшие щиколотки плавно перетекали в лодыжки с выпирающими венами.

— Это что же делается? — забубнил незнакомый голос.

Поняв, что Лапа больше не бушует, я высунулась наружу. В кухне царил полнейший разгром. На окне покачивались обрывки занавесок, посуда, превращенная в осколки, валялась на полу, из крана в раковину хлестала струя воды. А посреди разгрома стояла полная баба, одетая в синий халат.

— Где он? — злобно прищурившись, спросила она.

— Кто? — пролепетала я.

— Хахаль твой.

— Вы о ком?

— Хорош придуряться, — завизжала тетка, — выселим его, что ни день скандал. Актер хренов! Все врет, нигде его не видать, сериалы я часто гляжу и рожу его не приметила. Спать невозможно! Что ты тут устроила?

— Это Лапа скандалила, — принялась я оправдываться. — Я сама испугалась до обморока. О каком актере вы говорите?

Не успела я произнести последнюю фразу, как взгляд упал на воткнутый в столешницу нож и по спине побежал пот.

Толстуха неожиданно притихла, потом почти спокойно сказала:

— Передай своему..., последний раз терплю, еще кто из его девок дурить начнет, ментовку вызову!

С этими словами она схватила со столика невесть как уцелевшую в погроме чашку, шваркнула ее о пол и удалилась с высоко поднятой головой.

В квартире наступила тишина.

— Лапа, — позвала я, — вы тут? Эй, отвечайте!

Повторяя один и тот же вопрос, я пошла по апартаментам и с радостью убедилась: девица унеслась прочь. Но куда подевался Аристарх?

Через пару секунд нашелся ответ и на этот вопрос, дверь в ванную распахнулась, и в коридор, окруженный облаком слишком сладких духов, выплыл Аристарх. Он был совершенно голым, если не считать полотенца, которым негодяй прикрыл чресла.

— Ты бросил меня на растерзание фурии, — обозлилась я.

Аристарх усмехнулся:

— Если бабы дерутся, мужчине лучше уйти.

От негодования я просто онемела, а парень продолжал:

— Ты там замети грязь.

— Я?!

— Ну не я же, — скривился Аристарх.

— Твоя любовница безобразничала, я вообще случайно на кухне оказалась! Попала под разборку!

— Фу, — скривился парень, — какие выражансы! «Попала под разборку». Лапа мне не любовница.

— А кто же?

— Так, кратковременный вариант, — пояснил Аристарх, — ничего не значащая дама. Раз ты здесь теперь живешь, то обязана наводить порядок! Веник в руки и вперед. «Попала под разборку». Господи, дед совершенно неразборчив в связях, где он тебя нашел? На Ярославской дороге? Кстати, только что я сделал маникюр, поэтому озаботься еще приготовлением чая!

Высказавшись, нахал походкой римского патриция проплыл в свою спальню. Я по непонятной причине послушалась его, вернулась на кухню и стала утилизировать останки посуды. Наведя в конце концов относительный порядок, я рухнула в постель, с удивлением отметив, что голод отступил, наверное, его спугнула Лапа. Глаза закрылись, тело свернулось калачиком, потяжелело... «Попала под разборку», — пронеслось в голове. Оставалось лишь удивляться, почему я произнесла столь несвойственные мне слова!

По непонятной причине я проснулась около семи, полежала в постели пару минут, потом умылась, решила выпить чаю и услышала звонок в дверь.

— Таняха, — крикнул Гри, — открой.

— Ни за что, — мигом отозвалась я, — вдруг там Лапа.

— Какая такая Лапа? — заорал дед.

— Любовница Аристарха.

— Немедленно вали в прихожую, — велел хозяин, — небось клиент идет, внутренний голос подсказывает: денежки нам несут.

Слегка поколебавшись, я пошла к двери. Еще когда я работала в школе, услышала от одного из своих учеников байку. Ехал мужик по дороге, и тут тихий внутренний голос ему шепнул:

— Выкопай яму, на дне мешок с золотом найдешь!

Мужик послушался и действительно обнаружил богатство. Двинулся он дальше, достиг реки, тут снова тот же голос завел:

— Брось золотишко в реку.

Мужик решил, что он получит взамен одного десять мешков, и выполнил приказ. Золото утонуло, больше ничего.

— Эй, — возмутился дядька, — я не понял! Ничего хорошего не получилось!

— Как это? — возмутился внутренний голос. — Слышал, как здоровски булькнуло?

Так что, прислушиваясь к себе, следует быть осторожным.

Я отодвинула щеколду, на пороге, как и вчера, оказалась стройная девушка, она упала на колени и, не поднимая головы, закричала:

— Только не откажите, умоляю! Спасите! На вас вся надежда. Бога ради, согласитесь! Отдам любые деньги, квартиру продам, дачу... Помогите, помогите...

— Что вы хотите? Только спокойно, — отступила я в глубь квартиры. — Аристарх еще спит, вы прямо к нему ползите, на кухне уже бить нечего.

Незнакомка подняла голову, я оторопело уставилась на незваную гостью: передо мной стояла Надежда, жена Игоря Самсонова.

— Видите, как хорошо, что я взяла адрес вашего хозяина, частного детектива! Вы меня помните? — всхлипнула она и снова вытянула вперед руки.

— Входите, — велела я.

Надежда, по-прежнему на коленях, вползла в коридор, я рысью кинулась к Гри.

— К нам клиент пришел, жена этого Игоря, владельца мебельного магазина.

— Зови в кабинет, — приказал хозяин.

Упав в большое кресло, Надежда в голос разрыдалась:

— Ой, горе, ой, беда, ой, несчастье!

— Немедленно прекратите, — поморщился Гри, — я с истеричками не работаю. Либо возьмете себя в руки и рассказываете все по порядку, либо удаляетесь.

— Да, конечно, — всхлипнула Надежда, — ужас у нас приключился, мужа арестовали, обвинили в убийстве, но он не виноват, совсем ни при чем, ничего дурного не делал!

— Спокойно, — велел Гри, — говорите нормально, без соплей. Дома повоете, меня интересуют не эмоции, а факты.

Слегка попритихнув, Надежда стала выкладывать историю про репетитора, Андрея Львовича.

— Почему вы полагаете, что ваш Игорь невиновен? — перебил Надежду Гри. — Сами же говорите: муж хотел отомстить педагогу, обещал с ним какую-то пакость сделать.

— А он уже договорился, — всхлипнула Надя, — только это должно в июле произойти.

— Что?

— Ну, то, что придумал Игорь.

— Рассказывайте, — сухо приказал Гри, — выкладывайте все, даже самые неприглядные вещи. Смогу помочь, только если буду знать правду до конца, ну, не тяните.

Надежда судорожно вздохнула и завела рассказ.

Игорь и впрямь жутко разозлился на коварного репетитора, пару дней он ломал голову над тем, как отомстить педагогу. Естественно, убивать он никого не собирался, просто вначале, когда узнал о том, как их с женой провели, дико рассердился и наболтал глупостей, но потом остыл и начал обдумывать план мести.

У Игоря с фантазией полный порядок, поэтому через день в его голове родился изумительный план, как можно разом поломать педагогу всю малину и лишить его заработков. Ради такого случая Игорь готов был пойти на нешуточные траты.

Сказано — сделано, дело завертелось. Было нанято три профессиональных актера, мужчина с женщиной, которым следовало изображать из себя богатую семейную пару, и девушка, ей отводилась роль будущей абитуриентки.

Мать и отец встретились с Андреем Львовичем в фешенебельном загородном клубе. Разговор был откровенным. Заниматься некогда, экзамены на носу, поэтому предки готовы заплатить любую сумму, чтобы дитятко оказалось на студенческой скамье. Момент переговоров тайно снимался на видеокамеру, звук тщательно записывался.

Андрей Львович ни на секунду не усомнился в платежеспособности людей, увешанных золотом и явившихся на встречу в шикарном джипе стоимостью более ста тысяч зеленых. Педагог, не дрогнув, назвал сумму — тридцать кусков. Родители так же спокойно согласились, но оговорили детали. Деньги они на глазах Андрея Львовича кладут в банковскую ячейку, но в договоре с банком указывают: к сейфу репетитора допустят только первого августа. Это если девочка поступит, в противном случае никаких денег учителю не увидеть.

Педагог счел условия нормальными, операция по закладке «гонорара» прошла без сучка и задоринки.

— Не волнуйтесь, — усмехался Андрей Львович, — у меня никогда не случается проколов.

— Береженого бог бережет, — вздохнул «папаша», — сделаешь дело, бери деньги и гуляй себе. Ну а коли не выйдет, мои бабки дома останутся.

Здесь следует упомянуть, что и манипуляции возле ячейки запечатлели на пленку.

Развязка должна была наступить в июле. Первым экзаменом шло сочинение, и «абитуриентке» предлагалось накалякать всякую ерунду, а вот на втором, на истории... Тут-то карающий меч должен был настичь репетитора. Сценарий Игорь составил со вкусом. Сев отвечать, девушке следовало через пару минут впасть в истерику, начать рыдать, кричать: «Родители заплатили бешеные деньги, а меня мучают вопросами», устроить скандал, потребовать председателя экзаменационной комиссии, выложить тому про тридцать тысяч и Андрея Львовича... Словом, погнать волну, требовать вызова милиции, топать ногами, швырять на пол бумаги... Именно в этот момент «совершенно случайно» в коридоре окажется корреспондент из газеты «Желтуха», который мигом возьмет интервью у девицы. Представляете последствия для Андрея Львовича?!

Игорь только потирал руки. Он филигранно спланировал действо, актеры и впрямь были семейной парой, а девчонка их дочерью. Придраться не к чему. Спектакль, правда, влетал в копеечку, все участники хоть и не звезды, а заломили хорошие деньги за свои услуги, да еще пришлось сунуть в ячейку тридцать тысяч. Но Самсонов был настолько зол, любые расходы его не пугали, впрочем, три десятка штук оставались после окончания спектакля при нем.

Надежда замолчала, потом робко добавила:

— Ну не мог он убить Андрея Львовича, Игорь хотел увидеть позор, унижение, слезы репетитора. И потом, он уже потратил безумные деньги на организацию его дискредитации, зачем все разрушать, когда дело на мази? Согласитесь, это глупо — нанимать киллера. Игорь не убивал, поверьте, случилась ужасная ошибка!

— Да уж, — вздохнул Гри, — нелогично получается. Твое мнение?

Я кивнула.

— Ладно, хватит болтать, — решительно ответил тот. — Займусь делом, пороюсь в нем повнимательней, но, если выяснится, что ваш муж все же виновен... Понимаете? Может, не стоит и затевать бучу? А то пролетите на хорошую сумму.

— Чтобы вызволить Игорька из беды, мне ничего не жаль, — снова зарыдала Надежда, — думаете, у нас средств нет? Есть деньги, коли не хватит, дачу продам, квартиру, машину.

— Вы так уверены в невиновности супруга? — прищурился Гри.

Самсонова вдруг прекратила рыдать.

— Да, — твердо ответила она, — мы очень хотели отомстить мерзавцу репетитору, мало того, что он нас на деньги кинул, так еще и дочке нашей комплекс неудачницы привил, ребенок боится на экзамены идти, думает: провалится. Но убивать его никто не хотел, уж поверьте, у нас с мужем друг от друга тайн нет.

Высказавшись, она снова заплакала, совершенно безнадежно, отчаянно.

— Успокойтесь, — гаркнул Гри. — Если беда случилась, надо собраться и бороться с ней, лупить кулаком каменную стену, даже если не порушишь, то дырку проделаешь, уже легче! Слезами горю не поможешь, вперед, по коням, на врага и с песней.

Я с легким удивлением глянула на Гри. Именно эти слова про беду, коня и песню говорила мне покойная бабушка, если я вдруг начинала хныкать.

Глава 10

В два часа дня я вошла в душный автобус и села у окошка, мне было велено навестить Веру, вдову Андрея Львовича, прикинуться одной из родительниц и попытаться выудить из нее кое-какую информацию. Ехать предстояло долго, радовало одно — от квартиры Гри до дома Калягина можно добраться на автобусе. Правда, путь займет час, а на метро я докачу за пятнадцать минут, но я плохо переношу подземку. У меня там сразу начинает болеть голова и лезут в мозг всякие глупости типа: вдруг обвалится эскалатор? Или что делать, если на поезд хлынет толща воды и грунта? Конечно, обитая в огромном мегаполисе, я вынуждена пользоваться метрополитеном, но, если есть возможность, предпочту наземный транспорт.

Решив провести время с толком, я прихватила с собой один из журналов, валявшихся в квартире, и сейчас, удобно устроившись на сиденье, раскрыла издание. Щеки мигом покраснели, на странице была изображена почти голая девица, внизу шла подпись: «Такую хочется съесть».

— Ишь развалилась, корова, — донесся недовольный голос, — подвинь жопу-то.

Я подняла глаза. Около меня стояла женщина с сумочкой на плече.

— Тут сиденье для двоих, разложила окорок, а другие из-за тебя стоять должны? — просипела она.

Я вжалась в стенку автобуса.

— Пожалуйста, присаживайтесь.

— Да здесь и мальчик с пальчик не уместится.

— По-моему, вполне вам хватит места.

— Это по-твоему, коровища, — неслась тетка на струе злобы, — разожралась как! Небось денег полно, все в живот пихаешь, смотреть противно!

Я беспомощно оглянулась, остальные пассажиры, повернув головы, молча наблюдали за сценой. Автобус, куда меня угораздило сесть, был без турникета и кондуктора, старый вариант, где, войдя, надо «пробить» талончик самой, надежды на то, что кондуктор очнется от сна и погасит скандал, не было.

— Расселась, растеклась, жирнозадая, — не останавливалась дама с сумочкой.

Кстати, она выглядела вполне интеллигентно, ни за что не придет в голову, что такая особа способна на подобные высказывания.

— Давай уноси задницу! — злилась мадам.

— Я вошла раньше вас! — решила я защищаться.

— И что?

— Заняла свободное место, вы тоже можете сесть, — применила я в жизнь философские мысли Л.Н.Толстого о «непротивлении злу насилием».

— Куда?

— Рядом.

— Слушай, кусок сала, здесь и воробью не уместиться.

— Тогда стойте.

— Ах ты, дрянь вонючая, бочка с жиром! Скамья на двоих! Вставай!

Я опустила глаза в журнал и сделала вид, что увлечена чтением. Перед взглядом вновь возникло фото голой девицы и строка: «Такую хочется съесть». Я надеялась, что скандалистка, увидав мою интеллигентность, устыдится и уймется, но та не успокаивалась.

— Сволочь, я из-за ее жопы должна стоять. У тебя билет есть?

— Конечно, — вежливо ответила я.

— Один купила?

— Какая вам разница? — попыталась я сохранить лицо.

— Пару с таким брюхом брать следует, — взвизгнула баба, — расселась здесь за двоих...

И тут, словно по заказу, из прохода донеслось:

— Граждане, приготовьте проездные документы.

Скандалистка вынула абонементный талончик и сообщила:

— Чтоб тебе сдохнуть, жирдяйка!

Контролер, щелкая щипцами, уже дышал за спиной, у меня в глазах стояли слезы. Наверное, нужно выйти на следующей остановке и перебраться в другой автобус, но я так уютно сидела у окна...

— Надо же быть такой уродкой, — не успокаивалась дама, — она сидит, а я стою, мест-то два!

«Такую хочется съесть», снова прочитала я и вдруг

сделала то, о чем еще утром и помыслить не могла: выхватила из рук противной бабы билет и сунула себе за щеку.

— Ты чего? Белены объелась?! — взвыла женщина. — Граждане, она сумасшедшая!

Но пассажиры молчали, только у парня, сидевшего в двух шагах от истерички, прыгали бесенята в глазах.

Контролер с выжидающим видом встал рядом.

Я показала единый.

— Ваш билет, — обратился проверяющий к скандалистке.

— У меня его нет! — заорала та.

— Тогда пройдемте, — заявил мужчина с бляхой на куртке, — «заяц» лишается права пользоваться транспортом.

— У нее, у нее, у нее! — брызгала слюной тетка, тыча в меня пальцем с кроваво-красным ногтем.

— Да? — повернулся контролер ко мне.

— Нет, — ответила я, — мы незнакомы.

— Пройдемте, — мужчина ухватил даму за локоть и начал подталкивать вперед.

— Не трогай меня, урод, — завопила та. — Билет у нее во рту! За щекой! Залезь к этой жирдяйке в пасть, и найдешь там его!

Проверяющий пару секунд молчал, потом воскликнул:

— Ну, такого я еще не слыхивал, вы лучше всех придумали! Спутали девушку с компостером? Сунули ей в рот талончик, на голову нажали, а зубами пробили? Ваще, блин! Выходите!

— Идиот! — рявкнула тетка и треснула контролера сумкой.

— Ах, так, — возмутился тот, — ща получишь, грымза сушеная.

Дальнейшее заняло секунды, автобус замер, водитель открыл заднюю дверь, контролер мигом выпихнул дебоширку на улицу, «гармошка» захлопнулась, «Икарус» бодро покатил вперед.

— Встречаются же такие экземпляры, — сказал в пустоту контролер, — а еще дама.

Качая головой, он пошел по проходу. Я глянула в окно, фигура злобной тетки быстро уменьшалась, неожиданно мою душу наполнила гордость. Впервые в жизни я не спасовала перед обстоятельствами, не спрятала голову в песок, не попросила ни у кого помощи, не заплакала, а отомстила той, которая оскорбила меня.

— Девушка, — раздалось за спиной.

Я обернулась.

Парень, в глазах которого недавно прыгали бесенята, смеялся во весь рот.

— Здорово ты эту тетку! Вот прикол!

Я улыбнулась в ответ.

— Сама не знаю, как вышло, глупость ужасная!

— Молодец. Меня Володей зовут, а тебя как?

— Таня.

— Чего вечером делаешь? Если свободна, можем в киношку сходить, в «Кодак», была там?

— Никогда.

— Клево, поп-корн, кока-кола, мороженое, класс, ну так как?

— Извините, — ошарашенно ответила я, — не получится, я обещала к свекрови зайти.

— Ну вот, — расстроился Володя, — все красивые всегда замужем, вечно мне не везет.

Я вновь уставилась в журнал, опять увидела фото и строку: «Такую хочется съесть». Надо же, ко мне никогда не приставали на улицах и не приглашали в кино. Внезапно я погладила глянцевую страницу — не являюсь любительницей полупорнографических изданий, но сегодня одно из них подсказало мне, как следует поступить, спасибо всем, кто выпустил сию гадость, если б не она, мне в голову бы не пришло слопать талончик. Может, Гри прав? Как он говорит: «На любой куче навоза может вырасти цветок».

Жена Андрея Львовича оказалась такой же толстой, как и я. Она возвышалась на пороге, словно гора, по недоразумению затянутая в ситцевый халат. Волосы ее, жидкие, редкие, свисали сосульками, глаза и нос распухли, рот потерял очертания. Контраст со щеголеватым, изысканно одетым Андреем Львовичем был разительным. Мне пришло в голову, что Вера просто много плакала и у нее не хватило сил привести себя в порядок. Женщина внезапно потеряла мужа, кто же в подобной ситуации станет причесываться в парикмахерской и накладывать макияж?

— Вы ко мне? — сиплым голосом поинтересовалась вдова.

— Да, — тихо ответила я, — разрешите войти?

— Пожалуйста, — сказала Вера.

Я вошла в красиво обставленный холл и невольно подавила вздох. В таких квартирах я никогда не бывала. Потолок, украшенный лепниной, парил тут примерно на высоте четырех метров, в центре его висела роскошная бронзовая люстра, тихо позвякивающая хрустальными подвесками. На полу лежал толстый ковер кремового цвета. Интересно, сколько времени тратит на его чистку хозяйка? Хотя у нее, наверное, имеется домработница. И мебель просто шикарная. Я слегка оробела.

— Проходите в гостиную, — радушно предложила Вера.

Я заколебалась, идти предстояло по светлому ковру, занимавшему весь пол.

— Сейчас, только туфли сниму, — сказала я.

— Не надо, — махнула рукой Вера, — чего уж теперь о покрытиях беспокоиться, когда жизнь кончилась.

Я очень старательно вытерла ноги о половичок и двинулась за хозяйкой. Гостиная с розовой кожаной мебелью оказалась не менее роскошной, чем холл.

— Слушаю вас, — сказала Вера, опускаясь в одно из кресел, — мы, кажется, незнакомы.

— Я узнала о несчастье с Андреем Львовичем и пришла выразить вам соболезнование, — сообщила я, осторожно оживляя в кармане диктофон.

— Спасибо, — сказала Вера, — только я не знаю, кто вы.

— Таня Сергеева, Андрей Львович готовил мою дочь в институт, неужели он про нас ничего не рассказывал?

— Нет, — грустно ответила Вера, — муж всегда говорил: пришел домой, оставь службу за порогом. Семья — это семья, а работа работой. Я практически ничего не знаю о его учениках.

Внезапно мне стало весело, врать, оказывается, легко, а изображать из себя другого человека совсем просто.

— Мы очень сожалеем о несчастье, — бодро понеслась я дальше, — что же случилось с Андреем Львовичем?

— Сама не знаю, — ответила вдова и, вынув из кармана платок, промокнула глаза. — Он не пришел домой ночевать, я ужасно разволновалась и в полночь обратилась к дежурному по городу...

— Какая вы тревожная, — я вдохновенно корчила я из себя идиотку, — не явись мой супруг домой, просто выспалась бы спокойно, он в загул частенько пускается, мне не привыкать.

— Андрей был не такой, — воскликнула Вера, — образцовый семьянин, самый лучший муж на свете: нежный, заботливый, ласковый, хорошо зарабатывающий. Каждую копейку нес в дом. Квартиру купили, машину, дачу построили, оделись, обулись, вот, думала, наконец заживем...

И она зашмыгала носом.

«К гробу багажник не приделаешь», — всплыло неожиданно у меня в мозгу.

— И что вышло, — продолжала Вера, — напали на него, измолотили всего, часы отобрали, портфель...

В этот момент прозвучал звонок.

— Извините, — сказала Вера, — люди все время идут с соболезнованиями, Андрей столько добрых дел сделал!

Звонок не умолкал, чья-то рука настойчиво жала на кнопку.

Вера вышла, воцарилась тишина, я принялась рассматривать гостиную. Похоже, Калягины не стеснялись своего богатства, не скрывали достаток, все здесь было очень дорогим, роскошным, новым.

Внезапно из холла послышались странные шлепки, словно кто-то ронял на пол сырое полотенце, потом раздался гневный мужской голос:

— Где деньги, сука?

— Пожалуйста, тише, — взмолилась Вера.

— Нет, отвечай!

— Вы же знаете, — бормотала вдова, — Андрея убили, сумму украли, я ни при чем...

— Дрянь! — выкрикнул баритон, и снова послышалось: шлеп-шлеп...

Недоумевая, я выглянула в холл. Здоровенный мужик отвешивал Вере пощечины. Она практически не сопротивлялась, только всхлипывала, по ее лицу текли слезы, голова моталась туда-сюда.

— Сейчас же прекратите! — возмутилась я.

Мужчина толкнул Веру, та со всего размаху упала на пол и стукнулась лбом о край дивана, стоявшего у вешалки.

— Сейчас милицию вызову, — пригрозила я и схватила телефон, лежавший на журнальном столике.

— Денег, гад, не вернул, — неожиданно спокойно заявил мужчина, — так я хоть душу отвел, п... ей отвесил.

Вымолвив грубость, он резко повернулся и ушел.

Я кинулась к Вере, та сидела у дивана, пытаясь дрожащими руками остановить кровь, хлещущую из разбитой губы. Калягиной явно было плохо, я кинулась на кухню, распахнула огромный холодильник, нашла кубики льда, принесла пару штук и протянула вдове.

— На, приложи скорей к ране.

Вера покорно взяла льдинки.

— Кто это был? — вырвалось у меня.

— Отец Родиона Шелеста, — еле слышно прошептала Вера.

— За что он тебя так?

Неожиданно Вера разрыдалась в голос, из губы ее опять зазмеилась сукровица, смешиваясь со слезами, она закапала на светлый ковер. Я понеслась в ванную за половой тряпкой, а когда вернулась в холл, Вера сидела на диване, прижимая ко рту носовой платок. Я кое-как промокнула покрытие и пробормотала:

— Пятна останутся, вот жалость.

— Плевать, — глухо ответила Вера, — у меня жизнь треснула, а вы о ковре волнуетесь!

— Извините, — пробормотала я и от смущения стала говорить отчаянные глупости: — Такой красивый палас, пятна его испортят, а химчистка дорогая! Осенью отдала дубленку, так чуть не скончалась, когда услышала, сколько заплатить надо, такие деньжищи!

— Послушайте, — устало сказала Вера, — я знаю, зачем вы ко мне пришли, не надо больше прикидываться.

— Зачем? — выронила я тряпку.

Неужели каким-то чудом Вера услышала тихий щелчок включаемого диктофона и поняла, что разговор записывают на пленку? Да быть того не может!

— Не могу вернуть вам деньги, — прошептала Вера, — и самое ужасное, что Андрея убили по дороге к Людмиле. Значит, он не сумел ничего передать...

— Не понимаю, — совершенно искренне ответила я.

Вера подняла к лицу платок, промокнула губу и сказала:

— Вы вручили Андрею некую сумму, чтобы ваша девочка поступила в институт?

— Да, — на всякий случай согласилась я, — конечно, я давала деньги. Ради дочери на все готова!

Вера кивнула:

— Понимаю, в день убийства Андрей повез всю наличку Людмиле, но не успел доехать. Кто-то, очевидно, узнал, что у мужа с собой гигантская сумма. Сколько раз ему говорила, не таскай все сразу, отдавай частями, но Люда настаивала на аккордном получении денег, и вот... Теперь родители ко мне без конца ходят, не вы первая, а я ничего поделать не могу. Еще хорошо, что в основном люди интеллигентные, понимают, в какое положение я попала. Пока только один господин Шелест драться полез, но что с него взять? Он на рынке торгует, привык свои проблемы кулаками отстаивать!

— Простите, — я решила осторожно продолжить разговор, — какая Людмила, при чем тут деньги?

Вера внимательно поглядела на меня.

— Ваша девочка занималась или просто хотела поступить?

— Извините, я мечтаю увидеть дочь студенткой и сейчас не очень понимаю, о чем речь...

Хозяйка тяжело вздохнула.

— Пойдемте на кухню. Кофе небось остыл. Попробую объяснить, что к чему.

В этот момент послышался тихий мелодичный звук — та-та-та, тра-та-та...

Я вздрогнула от неожиданности.

— Что это?

— Часы, — грустно ответила Вера и вытянула вперед руку.

На ее запястье была хорошенькая безделушка, циферблат прикрывала золотая пластинка, на которой причудливо переплетался вензель «ВИ», Вера открыла крышечку, раздался механический голос:

— Ку-ку-ку.

— Папа подарил. Очень давно ездил в Швейцарию, там специально заказал и привез, я еще в институте училась, весь курс смотреть бегал на часы, ни у кого таких не было, — пояснила Вера.

Глава 11

Каждый человек зарабатывает как может. Один копает канавы, другой долго учится, чтобы потом иметь возможность устроиться на приличное место, третий ворует, не желая утруждать себя ни тяжелым физическим трудом, ни напряженной умственной деятельностью. Андрей Львович вначале служил простым репетитором, поверьте, это весьма неблагодарное занятие. Дети и родители попадаются разные, с некоторыми иметь дело одно удовольствие, от других хочется сразу бежать на край света, останавливает только мысль о деньгах, которые тебе заплатят за урок. В коммунистические времена коммерческого обучения не существовало, да и вузов в Москве имелось значительно меньше, чем сейчас. Среди них были и такие, куда попасть простому смертному не представлялось никакой возможности, МГИДОП, например. В Московский государственный институт дипломатических отношений и права, так расшифровывалась данная аббревиатура, брали только своих, детей высшего партийного руководства, сыновей крупных чиновников, дочек дипломатов.

После окончания этого суперпрестижного учебного заведения детки, получив дипломы, разлетались по зарубежным городам и весям, начинали службу в посольствах, консульствах, торговых представительствах, международных агентствах и миссиях. Хоть партийная верхушка и усиленно внушала остальному населению, что «хорошо в стране Советской жить», но своих молодых отпрысков элита старалась пристроить «за бугор», в государства товарного и продуктового изобилия.

Андрей Львович преподавал в МГИДОПе давно, на работу в это сладкое местечко его пристроил отец Веры, крупный советский партийный бонза. Примерно через год после того, как Андрей «взошел на кафедру», ему стало понятно, что стать первокурсником тут можно и не имея чиновных родителей, предки просто должны быть богаты. Иначе как объяснить присутствие среди студентов Вано Гогоидзе, чей отец владел мандариновыми плантациями, и Семена Коростылева, мать которого директорствовала в одном из крупнейших московских универмагов? Ни в мир дипломатии, ни в партийные круги эти люди вхожи не были, значит, они сунули взятки. Кому и сколько, Андрей Львович, естественно, не знал. Корыстолюбивых коллег Калягин не осуждал, он только жалел, что сам не имеет никакой возможности припасть к «денежному источнику». Уж очень ему хотелось хорошо зарабатывать, но те, кто грел руки у костра, не собирались приглашать к огню Андрея Львовича. Помог случай.

В мае месяце Калягин принимал экзамены у пятикурсников. Последней в аудиторию вползла Соня Пивоварова, красивая, но чрезвычайно глупая девица, которой высшее образование совершенно не прибавило ума. Сонечке повезло родиться дочерью крупной шишки, ей уже приготовили сладкое местечко в теплой Испании, требовался только диплом. Через пару минут Андрей Львович понял, что разодетая, чудесно пахнущая девица не знает ничего.

— Возьмите другой билет, — предложил он.

Сонечка послушалась и опять стала «тонуть». Педагог проявил сердобольность и разрешил ей третью попытку, но и она не принесла никакого успеха. Сонечке следовало поставить «неуд». Обычная ситуация, частая в студенческой жизни. Отхватив «лебедя», студенты не очень расстраивались, всегда можно прийти пересдать, но не на пятом курсе, у Сони просто не оставалось времени на переэкзаменовку.

Андрей Львович повертел в руках зачетку расфуфыренной девицы, полистал странички, поглядел на сплошные «удовлетворительно» и со вздохом поставил очередную тройку. В конце концов, свиристелка ничего не выучила за пять лет, глупо ожидать, что она сумеет освоить материал за последние два-три дня, готовясь к пересдаче.

Обрадованная Сонечка схватила зачетку и с жаром воскликнула:

— Спасибо!

— Ступайте! — махнул рукой Андрей Львович.

— Огромное спасибо! — не успокаивалась Соня.

— Идите, — начал сердиться преподаватель, искренне надеявшийся никогда более не сталкиваться с дурой.

Вечером того же дня к Андрею Львовичу подошла Людмила Егорова, преподавательница французского языка, протянула ему плотный пакет и сказала:

— Петр Михайлович просил передать.

— Это кто? — удивился Андрей Львович.

— Отец Сони, — улыбнулась Людмила, — там маленький сувенирчик.

Внутри обнаружилась бутылка французского коньяка, блок американских сигарет и конверт со ста рублями.

Потом Людмила позвонила Андрею Львовичу домой и предложила частные уроки. Вот так началось их сотрудничество, переросшее в дружбу. Через пять лет после начала работы в паре Андрей Львович и Люда могли практически все. В каждом учебном заведении у них сидели свои люди, готовые за деньги на любые чудеса, репетиторы ловко пристраивали вчерашних школьников. Существовала шкала взяток, больше всех приходилось раскошеливаться тем, кто желал попасть в элитные места. Зато мальчик, мечтающий обучаться на факультете дошкольного воспитания в каком-нибудь педвузе, обходился своим родителям практически даром.

Потом появилась возможность альтернативного обучения, бизнес Людмилы и Андрея слегка пошатнулся, но только на первое время. Подавляющее большинство хороших институтов принимает на платные места тех, кто, сдав вступительные экзамены, недобрал баллов. Иными словами, с четверками и тройками вы могли попасть на первый курс, выложив в бухгалтерии определенную сумму за обучение, а вот с двойкой — извините. Дураков и лентяев брать не хотели даже за деньги, поэтому Людмила и Андрей Львович преспокойно занимались своим бизнесом, они великолепно понимали: тупоголовых деток с богатыми родителями на их век хватит.

Глава 12

У сладкой парочки существовало разделение труда. Людмила имела дело с преподавателями в институтах, Андрей Львович общался с родителями. Оплачивать поступление любимого чада в вуз можно было двояко: нанять Калягина или Людмилу в качестве репетиторов либо просто вручить им определенную сумму накануне вступительных экзаменов. И та и другая схема срабатывала, существовало одно «но». Людмила требовала, чтобы Андрей привозил ей всю сумму взятки сразу. В этом году у них было много желающих оказаться в разных вузах. Пятеро мечтали об Академии менеджмента и дипломатии, трое хотели учиться в институтах, где готовили актеров, одна девочка решила стать финансистом, целых семеро мечтали стать рекламщицами, и был еще парень, которому совершенно все равно куда поступать, лишь бы не в армию. Впрочем, обо всех учащихся мужа Вера не знала.

В урочный день Андрей Львович объехал родителей и собрал сразу со всех деньги. В общей сложности у него на руках оказалась кругленькая сумма в двести шестьдесят тысяч, естественно, не рублей. Часть купюр должна была осесть в карманах Калягина и Людмилы, оставшиеся служили «смазочным материалом». Людмила ждала Андрея вечером, когда около одиннадцати он не приехал, женщина позвонила Вере и спросила:

— Ну, где муженек-то?

— К тебе отправился, — ответила та.

— Давно?

— В районе семи, — сообщила Вера и тут же испуганно добавила: — А что, у тебя его не было?

— Нет, — растерянно ответила Люда, — позвонил около девятнадцати, сказал: «Не волнуйся, все со мной, в пробке стою» — и отключился.

Вера глянула на часы: что же это за пробка такая, если Андрей допоздна не приехал к коллеге?

Калягин очень аккуратный, ответственный человек, он не из тех людей, которым может прийти в голову идея поменять по дороге планы. К тому же он знал, что Людмиле предстоит завтра начать финансовые операции.

Перепуганная Вера принялась трезвонить на мобильный мужа, он был включен, но Андрей не отвечал. Придя в ужас, жена обратилась к дежурному по городу, тот обещал помочь, но едва Вера повесила трубку, как телефон запищал.

— Да, — нервно закричала Вера, ожидая услышать голос Андрея...

Но раздался чужой голос:

— Вера Ивановна?

— Слушаю.

— Вы супруга Калягина Андрея Львовича? — официально-холодно продолжал собеседник.

Вера осела на стуле.

Так в дом пришло несчастье. Андрея нашли на берегу пруда возле кинотеатра «Буран». Неизвестные люди сначала избили мужчину, затем, сдернув с него часы и перстень, тело бросили в воду. Негодяи посчитали жертву мертвой и понадеялись, что труп пойдет ко дну, но, очевидно, Андрей Львович обладал богатырским здоровьем, потому что холодная вода привела его в чувство. Преподаватель сумел добраться до берега и даже выполз на сушу, тут его заметили зрители, выходившие из кино, они вызвали «Скорую помощь» и милицию. Врачи приехали быстро и развели руками. Потратив последние силы на то, чтобы спастись, Калягин скончался до появления медиков. Его машина, а главное, кейс с деньгами исчезли без следа.

Вере оставалось только гадать, за каким чертом мужа понесло к кинотеатру «Буран», расположенному в довольно глухом месте, в одном из спальных районов Москвы, Людмила давно живет на Остоженке.

— Сами понимаете, — грустно вздыхала Вера, — что я не могла сказать милиции о деньгах. Начнутся расспросы: как, чего, откуда, а муж и Людочка не посвящали меня в детали, и потом, мне не хочется подводить людей, которые давали доллары, «светить» их. Они лишились крупных сумм, и их дети, скорей всего, никуда не поступят.

— Почему? — спросила я. — Эта Людмила, что, не сможет помочь?

— Так деньги же пропали! — всплеснула руками Вера. — Вступительные экзамены начинаются через пару дней... Если только кто-нибудь второй раз заплатит. Но, думаю, немногие родители рискнут. Вот ведь что произошло! Представляете, каково мне с отцами объясняться? И вам тоже доллары вернуть не смогу. Кстати, ваша девочка куда собиралась?

Я растерялась, как назло, в голову не лезло ни одно название.

— Хотя какая теперь разница, — вздохнула Вера, — поймите, пожалуйста, я и рада бы возместить вам ущерб, да нечем. Остается лишь продать квартиру и остаться на улице!

— Не делайте этого, — прошептала я, — жить где-то нужно.

Вера со слезами на глазах схватила меня за руку.

— Спасибо вам, очень рада встретить понимание, хотя сюда уже многие звонили, а кое-кто и приезжал. Люди оказались чуткие, большие деньги потеряли, а меня все утешали, вот вроде вас, такие милые, интеллигентные, один Шелест драться полез. Ну скажите, разве я виновата в случившемся?

— Нет, конечно, — ответила я, — хорошо вас понимаю, сама вдовой недавно стала, потеряла мужа. Знаю, каково вдруг лишиться супруга.

— Господи! — всплеснула руками Вера. — Вы такая молодая, а вдова. Сколько же вам лет?

— Слегка за тридцать.

Калягина вскинула брови.

— Но как же получилось, что вы имеете девочку-абитуриентку?

Я была готова проглотить свой глупый язык, надо же, сморозить такую глупость! Внезапно, скорей всего от злости на саму себя, пришло озарение:

— Это дочь моего мужа от первого брака.

— Ах, какая вы молодец, — похвалила Вера, — заботитесь о падчерице, не всякая о родном ребенке станет так печься.

Я попыталась поскорей сменить тему разговора.

— И вам даже в голову не приходит, кто мог напасть на Андрея Львовича?

— Знаете, дорогая, — проникновенно ответила Вера, — приходит, я даже сказала о своих подозрениях следователю, он обещал проверить мои соображения.

— Да ну?! — совершенно искренне удивилась я. — Вы знаете имя убийцы? Может, и тысячи найдут?

— О деньгах я не говорила, — напомнила Вера, — и точно не могу утверждать, что именно Самсонов убил моего мужа.

— Кто? — переспросила я, чувствуя, как по спине бегут мурашки. — Кто?

Вера встала, заварила еще кофе и ответила:

— Тут вышла неприятная история.

— Какая? — я решила стоять до конца.

— Андрей, если брался репетировать ребенка, всегда доводил дело до поступления, — принялась растолковывать Вера.

Я внимательно слушала вдову, из ее рассказа следовало, что за все время работы преподаватель только дважды нарушил контракт. Несколько лет тому назад отказался от одного мальчика, но подросток был наркоманом, и Андрей Львович, быстро поняв причину глупости ученика, оставил того. Второй оказалась Катя Самсонова.

— Андрей приходил от нее жутко усталый, — объясняла Вера, — один раз сказал: «Знаешь, Веруша, после урока с этой девочкой создается ощущение, будто я толкаю руками каток, который утрамбовывает асфальт, чуть сдвину, а он назад пятится. Пожалуй, за все годы первый случай такой, ребенок абсолютно туп. Даже Коля Иголкин рядом с ней кажется светочем разума, а уж он-то читает по слогам. Очень хочется отказать Самсоновым, Катерину даже я не сумею пристроить, поверь, с таким экземпляром сталкиваюсь в первый раз».

Но Надя, мать дурочки, стала слезно умолять Калягина, и Андрей попытался «вытянуть» Катю. Преподаватель потратил много сил, упорно вдалбливая в неподатливую голову школьницы знания, но те не усваивались, в мозгу Кати Самсоновой ничего не задерживалось. В конце концов Андрей Львович объявил Игорю и Надежде о своем решении прекратить уроки.

— Муж вернулся от Самсоновых подавленным и сразу схватился за валокордин, — объясняла Вера. — Надежда Павловна и Игорь Сергеевич повели себя ужасно, накинулись на Андрея буквально с кулаками, отец обещал убить его. Прямо так и заявил: утоплю!

Вера не придала словам Самсонова никакого значения, мало ли что может ляпнуть человек в запале, но Андрей Львович испугался.

— Верочка, я попал в жуткую неприятность. Этот Игорь из криминальных структур, раньше бегал по улицам с автоматом, а теперь стал легальным бизнесменом, подобный экземпляр ни перед чем не остановится. Вот ведь дернул меня черт с этой девчонкой связаться, а все Серега: «Возьми, возьми, хорошие люди». Теперь они с меня деньги назад требуют, убить грозятся, но как можно плату за уроки вернуть! Ведь они не тухлые яйца купили или тесные ботинки, я же работал с их дурочкой.

— Выброси из головы, — посоветовала жена, — он остынет и утихнет, ведь не ждал же этот Игорь дармового репетитора.

Но Андрей Львович не успокаивался.

— Очень неприятная ситуация, девчонка глупа, как самаркандский верблюд, отец — злобное животное, хорошую услугу оказал мне Серега, ничего не скажешь...

Вера встала и подошла к кухонным шкафчикам, выдвинула ящик, порылась в нем и протянула мне открытку.

— Смотрите.

Я взяла глянцевый прямоугольник и уставилась на текст:

«Осталось семь дней».

— Что это? — спросила я, заранее зная ответ.

Вера тяжело вздохнула.

— Поскандалив, Самсонов притих, мы решили, что он одумался и понял: если у тебя дочь непроходимая дура, то репетитор ни при чем. Андрей поступил честно, сначала попробовал ей помочь, а потом не стал брать зря деньги. Намного хуже было бы, пообещай он полный успех, а Катя возьми и завались при поступлении. Все-таки надо хоть что-нибудь знать. Ну и потом, зачем ей Академия менеджмента и дипломатии? Там ведь учиться надо! Поступит, предположим, дурочка, и что? Вылетит после первой сессии, Андрей родителям прямо сказал: «Лучше подавайте документы в непрестижный вуз, туда поступить легче и учиться спокойно можно, преподаватели не достают, ставят кретинам тройки, дочь получит диплом, и дело с концом. Все равно замуж выскочит, зачем ей образование?»

Но Игорь затаил злобу и начал присылать открытки.

Вера вынула сигареты, чиркнула зажигалкой и добавила:

— Андрюша нервничал, мне ничего не говорил, я случайно обнаружила послание, когда полезла к нему в карман. Ключи от машины хотела взять, а нашла эту гадость. Мужу пришлось правду рассказать, а открытки приходили с ужасающей регулярностью. Текст один и тот же, менялась только цифра: осталось четыре дня, три, два, один... Затем прибыла последняя карточка, на ней красовалось изображение гроба, Андрюша задергался, сунул под язык таблетку валидола и уехал. Все, больше я его не видела, простите, очень голова заболела, больше я разговаривать не способна.

Задыхаясь от жары, я направилась к остановке троллейбуса. Не успел вдали замаячить стеклянный навес со скамейкой, как до носа долетел восхитительный запах горячих сосисок. Ноздри задрожали, рот наполнился слюной, забыв про духоту, я ринулась к железному вагончику, оглядела предложенный ассортимент и азартно воскликнула:

— Хот-дог сделайте, самый большой, с двойной порцией соуса.

— Тридцать пять рублей, — сообщила тетка за кассой.

— Чего так дорого? — заворчала я, пытаясь найти в торбе кошелек.

Баба уперла руки в пышные бедра, прикрытые грязным, некогда белым фартуком.

— Ваще, — заорала она, — стараешься для них, а каждый обидеть норовит. У меня экологически чистые сосиски, приехали из Швейцарии, там коровы по лугам ходят, ключевую воду пьют! Рекламу по телику видела?

Никак не реагируя на вопли, я продолжала судорожно перебирать содержимое торбы. Ну какой смысл сейчас объяснять «сосисочнице», что вся реклама обман населения, или она верит в гномиков, которые добывают в горах шоколад, или надеется, купив сладкий батончик, вмиг оказаться на море?

— Не нравится хороший товар с сертификатом качества, — добавила децибел в голос продавщица, — ступай к метро, тама сардельки раздают, пять рублей всего, схватишь, и ау, пиши завещание. Вон вчера, эту, прости господи, колбаску собака сожрала и... знаешь чего?

— Нет, — заинтересовалась я.

— Померла, — подытожила баба, — хряпнула угощенье и лапы откинула.

— Какой ужас! — испугалась я.

— А то, — подтвердила баба, вытирая ладони о фартук, — всем давно известно, кто в том ларьке сосиску купил, почти покойник. Русская рулетка: девять отравятся до инвалидности, а один окочурится совсем.

— Неужели кто-нибудь рискует в подобном месте брать еду? — покачала я головой.

— Еще как хватают, — усмехнулась торгашка, — домой несут десятками, кто для жены вкусненькое прет, кто для тещи, м-да! Ну чего, у меня хорошую еду купишь, или как?

— Кошелек куда-то подевался, — растерянно сказала я.

— Ну и нечего людям голову морочить, — разом потеряла ко мне всякий интерес «сосисочница», — отойди, не загораживай прилавок.

Я покорно отступила в сторону, увидела скамейку, перевернула сумку и вывалила ее содержимое на сиденье. Я начала перебирать то, что обычно таскаю с собой: пудреница, пачка сигарет, расческа, зажигалка.

Потом на глаза попался аккуратно сложенный листок. Удивившись, я развернула его и увидела текст, написанный крупным, аккуратным почерком:

«В городе жара, есть вредно, пить сладкую воду опасно. Кошелек арестован, в кармане сумки есть бутылка с водой. Удачи тебе, тетеха. Гри».

У меня потемнело в глазах. Мерзавец! Негодяй! Сволочь! Пакостник! ...!

Произнося мысленно последнее ругательство, я вздрогнула и невольно оглянулась по сторонам, не дай бог еще озвучила отвратительный эпитет вслух! Однако общение с Гри повлияло на меня в худшую сторону. Сейчас немедленно прибегу домой и покажу наглому мужику, где раки зимуют. Виданное ли дело, я не ем почти вторые сутки!

Злость прогнала духоту, я вскочила и быстро понеслась к троллейбусу, впрыгнула в машину, устроилась на сиденье и перевела дух. Ну, Гри, погоди. Конечно, я являюсь интеллигентным человеком, но ведь не до такой же степени, чтобы разрешить делать с собой что угодно!

Вдруг от задней двери послышался голос:

— Граждане пассажиры, минуточку внимания.

Люди словно по команде подняли головы, я поддалась стадному чувству и увидела стройного черноволосого парня с пластиковой сумкой. Все понятно, сейчас коробейник станет продавать всякую ерунду, типа суперстанков для бритья. Кстати, каждый раз, натыкаясь по телевизору на примелькавшуюся рекламу, где говорят: «Первое лезвие бреет чисто, а второе еще чище», я невольно задаю себе вопрос: «Ну зачем тогда это первое нужно, коли второе великолепно справляется с работой, а?»

Парень выудил из пакета некий странный предмет и загундел:

— Эксклюзивная вещь, разработка военно-промышленного комплекса, ранее была доступна лишь членам Политбюро, а теперь все приобрести могут.

— Кремлевская таблетка? — спросила женщина, сидящая у окна. — Глотали уж ее, никакого эффекта!

— Девушка, — с укоризной воскликнул коробейник, — на размерчик гляньте, как вы это схомякать сумеете? Дайте договорить.

— Ты по делу высказывайся, — зевнул парень, пристроившийся на крайнем сиденье, — без пурги.

— Вы видите сейчас исполнитель желаний, — ляпнул торговец, — аналог лампы Аладдина, потрешь ему триста раз бока и получишь все, что ни пожелаешь! Всего за сто рублей.

Женщина у окна махнула рукой и отвернулась, парень с краю захихикал, я тоже усмехнулась. Интересно, найдется ли в Москве хоть одна личность, готовая приобрести сей предмет?

Поняв, что пассажиры не слишком заинтересовались предложением, коробейник пошел вперед к водителю, и тут ожила девушка, сидевшая около парня.

— Простите, — милым голоском завела она, — я не расслышала, сколько раз лампу тереть надо, чтобы желания исполнились, тридцать?

Юноша окинул соседку оценивающим взглядом, потом уточнил:

— Триста! Да это фигня, ты меня столько раз потри.

— И что? — обалдело поинтересовалась девушка.

— Исполню любое твое желание, — заржал парень.

Я не стала больше вслушиваться в их диалог, троллейбус наконец-то приехал на мою остановку.

Гри был в кабинете.

— Ну, — нетерпеливо воскликнул он, — давай диктофон.

Я положила на стол звукозаписывающее устройство.

— Иди попей чаю, — быстро сказал хозяин.

— Послушайте, какое вы имели право...

— Ступай на кухню.

— Отдайте кошелек!

— Потом, я занят, — рявкнул дедулька, — кстати, у нас нет ни одной чашки, лично я пил кофе из стаканчика для зубных щеток.

— Вам Аристарх ничего не рассказывал? — мстительно спросила я.

— Нет, — буркнул Гри.

— Вчера сюда явилась его Лапа и переколотила всю посуду, — я начала радостно сдавать противного Рисю.

— Похоже, тебе мой внучок не по вкусу, — констатировал Гри, — а почему?

— Противный очень, — честно призналась я.

Хозяин откинулся на спинку кресла.

— Да его бабы обожают! Гроздьями на него вешаются! Красавец! Может, ты плохо видишь?

— Ну, со зрением у меня существует некая проблема, — нехотя сообщила я, — я слегка близорука, однако не до такой степени, чтобы не понять: Аристарх смахивает на ванильный пудинг.

Гри засмеялся.

— Значит, красавцы тебе не по вкусу.

— Нет.

— А такие, как я?

У меня начался кашель — что ответить дедушке? Надеюсь, он задал риторический вопрос.

— Если бы мы остались на необитаемом острове втроем, — не успокаивался Гри, — кого бы в мужья взяла?

— Других кандидатур нет? — на всякий случай уточнила я. — Слишком маленький выбор, с таким же успехом можно колебаться между обезжиренным кефиром и сельдереем, не люблю ни то, ни другое.

— Надеюсь, я прохожу у тебя по категории «сельдерей», — хмыкнул Гри, — отвечай на вопрос прямо: я или он?

— Остров необитаемый?

— Угу.

— Сбежать с него не сумею?

— Никак.

— И вокруг ни одной души, лишь Григорий Семенович и Аристарх?

— Верно.

— Ну... наверное... вы.

В глазах Гри вспыхнул радостный огонек.

— Вот, — потер он руки, — я всегда знал, что бабы на меня мигом западают, валятся к ногам штабелями, и ты туда же! Ведь договаривались с самого начала: никаких поползновений с твоей стороны в мой адрес! Запомни, мне категорически не нравятся бабенки, чей вес зашкалил за тонну!

Я сначала раскрыла рот, потом закрыла, снова разинула...

— Ступай, — махнул рукой Гри, — кстати, из стаканчика для зубных щеток пью я, не смей трогать чужую посуду, лучше душ прими, оно полезней, чем жрать! Ну, чего глазки выкатила, тетеха! Цигель, цигель, ай люлю!

Переполненная разнообразными чувствами, я отчего-то послушалась Гри и влезла под струю воды. Потом стала изучать банки и бутылки, выставленные на бортике ванны. Похоже, Аристарх тратит состояние на банные средства, даже и не предполагала, что такие имеются в продаже! «Гель для мужской кожи с запахом кардамона». Остается лишь недоумевать, то ли мыло парфюмированное, то ли оно предназначено для индивидуумов, интенсивно воняющих специями!

Глава 13

Освежившись, я шмыгнула на кухню и вновь наткнулась на Гри.

— Слушай, — ажитированно воскликнул он, — кто такой белый арап?

Я покопалась в памяти.

— Насколько помню из курса лекций по истории литературы, о белом арапе упоминали в своих произведениях многие писатели прошлых веков, ну, допустим, Тургенев и Островский.

— Ну, быстрей, — поторопил меня Гри.

— Арапами на Руси звали негров, — продолжила я. — Туризм тогда не был развит, кино и телевидения не знали, о заморских странах в основном рассказывали редкие путешественники, купцы или моряки. Иностранными языками они не владели, объяснялись с местным населением на пальцах, но при этом обладали хорошей памятью и запечатлели в мозгу, что жители Африки иногда называют себя «аль араб». То есть — араб. Ты знаешь, что среди африканцев полно арабов? На этом континенте расположен Египет, Марокко...

— Не читай мне прописных истин, — рявкнул Гри, — дальше.

— Русские купцы начали звать иностранцев — арапы, поменяли букву «б» на «п», уж не знаю, почему такое произошло. Но путешественники, естественно, встречали и негров, и их они тоже ничтоже сумняшеся именовали — арапами!

— С какого ляду они белые? — обозлился Гри.

Я вздохнула, тяжело иметь дело с малокультурным человеком.

— Тому несколько причин. Первая: как ни странно, истинные арабы — светловолосые, голубоглазые, белокожие люди. Другое дело, что в наше время встретить такую личность трудно. Вторая состоит в том, что, как я уже упоминала, в Африке есть и негры и арабы. Первых звали просто арапы, а вторых белые арапы, чтобы не путать, негр-арап, остальные — белые арапы. И третья! Употребляя по отношению к тому или иному персонажу слова «белый арап», писатель хотел подчеркнуть, что данная личность не такая, как все, иная, выбивающаяся из ряда. «Белый арап» — это эпитет, ну нечто вроде — экстраординарный, особенный. Я понятно объяснила?

— У тебя есть знакомые негры? — вдруг ляпнул Гри. — Особенные по виду? Ну, допустим... э... с желтыми глазами?

— Нет, а чем вызван твой вопрос?

Гри начал бегать по кухне.

— Помнишь, как мы познакомились?

— Такое забудешь!

— Ты нашла труп Никиты Дорофеева.

Меня передернуло.

— Да.

Гри потер руки.

— Я имею друзей в милиции... Федор... в общем, не важно, откуда я знаю информацию, но она точна! Около тела Никиты нашли записку, очевидно, студент скончался не сразу, он сумел кое-как нацарапать на пачке из-под сигарет слова: «Белый арап». И это все! Он явно пытался сообщить имя киллера, но не сумел закончить начатое.

— Так ты и этим делом занимаешься?

— Угу, — буркнул Гри и отвернулся к окну.

— Может, не стоит распыляться? — решила я дать совет шебутному дедуле.

— Ага... то есть нет! И вообще, не суй нос в чужие дела!

— Сам же спросил про белого арапа!

— Тебе деньги нужны?

— Очень! На ремонт, на жизнь, — воскликнула я.

— Вот и займись проблемой, за которую гонорар огребем, нечего попусту лялякать! Как считаешь, отчего Калягин отказался репетировать Катю Самсонову?

— Вроде девочка такая глупая, что ни за какие взятки не сдаст экзаменов, — напомнила я.

Гри вытащил пачку сигарет, распахнул окно, облокотился о подоконник, выпустил струю дыма и тихо сказал:

— Насколько я понимаю, остальные детки такие же «светочи разума», иначе сами бы сумели выдержать вступительные экзамены.

— Ну ведь Вера говорила, что в некоторые институты просто так не возьмут, завалят, — напомнила я.

— Знаешь, — строго сказал Гри, — если ты плохо выучил, то, безусловно, педагог найдет «дырку», а ежели все вызубрил? Нет, похоже, прочие тоже не Ломоносовы, но почему Калягин отказался именно от Кати? Она что, полная дебилка?

— Не знаю, — протянула я, — а помнишь, ее мать, когда приходила, говорила, что дочка отлично учится, просто умница, а Андрей Львович отчего-то ее бросил.

— Вот и поезжай в школу к девчонке, поговори с педагогами, — приказал Гри, — может, истина лежит где-то посередине. И не отличница, но и не дура, многим родителям их дети гениями кажутся. Научился читать в десять лет — Пушкин, запомнил в пятнадцать таблицу умножения — Ньютон, ну а если на пианино одним пальчиком «Чижик-пыжик» исполнить может, то Шопен. Я-то склонен верить Андрею Львовичу, педагоги, как правило, более критичны к детям, и уж если он решил отказаться от девочки... Но проверить надо.

— Зачем?

— Есть кое-какие мыслишки, — загадочно ответил Гри, — ступай звони ее матери.

Через пятнадцать минут я узнала, что Катя ходит в самую обычную школу, районную, расположенную в двух шагах от дома.

— Мы с Игорем не хотим, чтобы дочка тратила по часу на дорогу, — объяснила Надежда, — ребенок должен выспаться, а не вскакивать в шесть утра и потом полусонным отправляться на занятия.

Услышав пересказ беседы, Гри хмыкнул:

— Странно, однако, что не в платном заведении их кровиночка. Ладно, поезжай в школу, как раз успеешь до конца рабочего дня.

— Но кто же там со мной разговаривать станет?

Гри тяжело вздохнул.

— Ты в первую очередь думаешь, что предстоящее дело выполнить невозможно. Это в принципе неправильно, следует сказать себе: в данной задаче нет ничего трудного, и, поверь, проблема легко разрешится.

— Как? — уныло поинтересовалась я.

— Как, как, — сердито повторил Гри, потом неожиданно улыбнулся. — Знаешь, дорогая, ты настоящий тухлый кролик. Где задор? Оптимизм? Желание достичь цели, а?

— Но со мной в школе и впрямь откажутся беседовать...

— Ладно, — согласился Гри, — если додумаешься, как разговорить директрису, дам тебе премию.

— Какую? — заинтересовалась я.

Гри убежал в коридор, мгновенно вернулся и показал довольно большую упаковку французских духов.

— Подойдет? Хочешь такие?

— Кто же откажется?

— Отлично, они станут твоими, если через пять минут ты сообразишь, как поступить, дабы директор принял тебя с распростертыми объятиями.

Я уставилась на флакон, похоже, в нем сто миллилитров, не меньше, обожаю парфюмерию, но стесненные обстоятельства не позволяют покупать духи. Впрочем, на Новый год Этти всегда дарит мне какой-нибудь качественный парфюм.

— Ну, — поторопил Гри, — осталось две минуты.

Но мне ничего не лезло в голову, я обвела безнадежным взглядом комнату, наткнулась взором на глянцевый журнал, валявшийся на столе, и вдруг в голове молнией промелькнула идея.

— Знаю! Только сначала надо позвонить в школу.

Наверное, номер есть в справочнике, — закричала я, — можно возьму?

Гри кивнул. Я схватила толстый том, перелистнула страницы и стала терзать телефон.

— Алло, — сказал хорошо поставленный женский голос.

— Это школа?

— Да.

— Можно директора?

— Слушаю.

— Вас беспокоят с Центрального телевидения, — в порыве вдохновения выпалила я, — очень хотелось бы побеседовать лично. Если я приеду через час, найдете для меня время?

— Безусловно, — вежливо ответила женщина, — только каков предмет разговора?

— Хотим снимать в вашей школе первый выпуск новой программы под условным названием «Грамотей», — самозабвенно врала я, — нужно обсудить состав участников из ваших школьников и членов жюри из числа педагогов.

— Конечно, конечно, — в голосе директрисы зазвучала откровенная радость. — Лучше всего, если приедете часа через полтора, как раз все дела закончу.

Я отсоединилась и победно посмотрела на хозяина.

— Ты была неподражаема, — воскликнул Гри и протянул духи. — Бери, заслужила!

Я нежно взяла оранжевый грушевидный флакон, пару раз нажала на распылитель и с наслаждением вдохнула терпкий аромат.

— Видишь, — подвел итог Гри, — вот этого мне от тебя и надо: сообразительность, изворотливость, хитрость, умение достичь цели!

Я хотела было по привычке грустно заявить: «Мне никогда не стать такой», — но с языка неожиданно слетело:

— Слишком много хотите за триста долларов, которые вы мне обещали в качестве зарплаты.

Гри расхохотался.

— Дорогая, ты делаешь успехи! Прорезываются первые зубы! Бери ноги в руки и чапай по нужному адресу.

В школе, где училась Катя Самсонова, только что сделали ремонт, стены блестели свежей краской, а на полу сверкал новый линолеум. И вообще в здании было уютно, оно выглядело мило, как-то по-домашнему. Очевидно, подобный эффект создавали шелковые занавески, красиво обрамлявшие окна, а может, впечатление возникало из-за цветов, расставленных на широких подоконниках. Директриса, довольно молодая дама в элегантном брючном костюме, широко улыбнулась.

— Рада знакомству, меня зовут Анна Андреевна.

— Таня, — бойко представилась я.

— Можно без отчества?

— Да, у нас на телевидении все просто, — ответила я, удивляясь сама себе.

Куда подевались мои комплексы, зажатость как рукой сняло.

— Что это за передача такая и почему решили снимать у нас? — спросила директриса.

— Слухом земля полнится, говорят, в вашем учебном заведении хорошие дети и знающие педагоги, — мигом польстила я ей.

По дороге я четко продумала речь, и теперь слова вылетали изо рта без запинки.

— «Грамотей», игра для одиннадцатиклассников, посвящена она английскому языку и литературе, в каждой команде должно быть по десять человек. Надеюсь, мы найдем столько в ваших классах! Хорошо бы, конечно, привлечь тех, кто учится на «четыре» и «пять», хотя, может, и троечники ничего. Но они навряд ли сумеют ответить на вопросы.

— У нас очень сильные преподаватели, — ответила Анна Андреевна, — думаю, подобрать участников не составит труда.

— Может, сразу обсудим состав? — предложила я. — Давайте возьмем классные журналы.

Целый час прошел, пока мы добрались до буквы «с».

— Самсонова Екатерина, — протянула Анна Андреевна, — не самая плохая ученица, но и не отличница, между тройкой и четверкой. Девочка из хорошей семьи, отец занимается бизнесом, мебелью торгует, не жадный, подарил нам столы для компьютерного класса в качестве спонсорской помощи. Катю вполне можно включить в команду, звезд с неба она не хватает, но игры не испортит, к тому же девочка красивая, хорошо одетая, умеет себя вести.

— У нас передача не о моде, — прервала я Анну Андреевну, — тут нужно не умение одеваться, а интеллект, если Самсонова дурочка, ее лучше оставить в качестве зрителя.

— Ну что вы, — укоризненно покачала головой директриса. — Катя совсем не глупа, просто ленива, вот и хватала иногда тройки. Кстати, родители наняли ей репетитора, и она прямо на глазах подтянулась, получила в году «четыре», да и выпускные экзамены, думаю, хорошо сдаст.

Сказав эту фразу, Анна Андреевна осеклась и воскликнула:

— Ну и глупость же мы сделали!

— Какую? — удивилась я.

— Обсуждаем команду из нынешних выпускников, но ведь они покинут нас, следовало смотреть журналы тех классов, которые станут одиннадцатыми! Бывших десятых!

— Верно, — засмеялась я.

Анна Андреевна вытащила другие списки. Пришлось мне выслушивать совершенно ненужные истории о чужих детях, наконец, улучив момент, я сказала:

— Извините, можно задать личный вопрос?

— Да, пожалуйста.

— Вы говорили, что девочка эта, Катя Самсонова, хорошо учится?

— Всякое бывало, — улыбнулась директриса, — и двойки получала, но родители наняли ей отличного репетитора, она окончит школу с твердыми четверками. А почему вы интересуетесь?

— Да у меня сестра есть, — врала я, — на много лет младше, учится отвратительно, вот я подумала, может, спросить у этого репетитора, не возьмется ли девицу до ума довести.

— Можно, наверное, поговорить с матерью Самсоновой, — охотно согласилась Анна Андреевна, — похоже, она нашла очень хорошего специалиста, Катю прямо не узнать стало, разительная перемена. Только частные занятия дорогое удовольствие!

— К сожалению, лишних денег у меня нет, пусть сама уж грызет гранит науки, — воскликнула я и подумала: «Может, я неправильно выбрала профессию? Вон как ловко обманула директрису, сыграла роль лучше любой звезды».

Гри тоже остался доволен.

— Молодец. Значит, эта Анна Андреевна утверждает, что Катя стала лучше успевать?

— Да, прямо так и сказала: разительная перемена, — подтвердила я.

Гри в задумчивости потеребил край скатерти, свисавшей с обеденного стола.

— Ну и почему тогда Андрей Львович отказался от девочки?

— Не знаю, — протянула я.

— Я тоже ума не приложу, — признался Гри, — получается, ему не было никакой необходимости отказывать родителям Самсоновой. Ребенок как ребенок, то тройка, то четверка, все такие, почему же именно Катя оказалась лишней, а?

Я пожала плечами.

— Может, она ему внешне не понравилась или пахла противно...

Гри насупился.

— Это не аргумент! Андрей Львович зарабатывал деньги, ему не приходилось выбирать по принципу: симпатичного возьму, от противного — откажусь. Тут вступают в действие другие критерии: возможно пропихнуть недоросля в вуз или нет. Думаю, больше его ничто не волновало. Так почему он отказал Кате?

Я молчала, мне ситуация как раз казалась совсем простой. Ну не понравилась девчонка, как бывший педагог я хорошо знаю: у каждого преподавателя есть как любимчики, так и те, на кого даже смотреть неохота.

— И что его понесло к кинотеатру «Буран»? — недоумевал Гри. — Вера сказала, что Людмила живет на Остоженке, единственное объяснение, которое лезет в голову, так это то, что там обитал некто из учеников. Ну-ка, иди звони Вере и спроси, кто.

— Она говорила, что не знает ничего о работе мужа, — напомнила я.

— Ладно, выясни телефон и адрес Людмилы, та точно небось в курсе, — легко согласился Гри.

— Она не захочет откровенничать!

— А ты скажи, будто надумала внести за дочку еще раз деньги, вот Калягина и сообщит координаты Людмилы, — посоветовал Гри.

— Вера-то даст адрес, — попыталась я спустить его с небес на землю, — а вот Людмила разговаривать не станет, на порог меня не пустит.

— А это, тетеха, твоя забота, узнать, кто из детей живет возле кинотеатра «Буран». Давай, действуй. Сейчас восемь вечера, небось и вдова, и преподша сидят дома.

Вера мигом откликнулась на просьбу.

— Конечно, пишите, и телефон дам, и адрес.

— Можно мне упомянуть в разговоре вашу фамилию?

— Естественно, иначе она не станет с вами общаться! — отозвалась вдова. — Боже, как мне вас жаль! Такие расходы...

Я отсоединилась и хотела уже начать беседу с Людмилой, как в комнату влетел страшно возбужденный дедуля.

— Я знаю, кто убил Андрея Львовича!

Трубка чуть не выпала у меня из рук.

— Да ну? И кто же?

— Вот, — торжествующе объявил хозяин, — слушай сюда! Репетитора прикончили из-за денег. Кто-то знал, что у него с собой будут бешеные доллары, сечешь?

Я кивнула, пока понятно.

— Этот человек не утерпел, — продолжал Гри, — и решил урвать большой куш. Соображаешь, кто он?

— Ну?

— Родитель одного из учеников.

Я обалдело глянула на хозяина.

— С чего тебе подобное идиотство взбрело в голову?

— Господи, — подскочил Гри, — это просто гениально! Андрей Львович брал у людей деньги, кстати, немаленькие. Небось укладывал пачки в портфель. Вот один из отцов, мало вероятно, что преступник женщина, увидел их, живо смекнул, сколько баксов в кейсе, и не утерпел.

— Как фамилия негодяя?

— Пока не знаю, но круг подозреваемых сужается, надо раздобыть список учеников, узнать, всех ли Андрей Львович обошел...

— Глупо как-то, — попыталась я урезонить раскипятившегося Гри, — ведь мерзавец лишил своего ребенка возможности поступить в вуз.

— Ты дурочка, — усмехнулся хозяин, — убийца получил двести шестьдесят тысяч долларов. Даже если предположить, что он вновь отдаст Людмиле за любимое дитятко немалую сумму, в его кармане останется прорва денег.

Внезапно Гри замолчал и нахмурился.

— Что случилось? — испугалась я.

— Знаешь, — протянул дед, — неожиданно мне в голову пришла замечательная мысль. Не нужны адреса всех учеников, достаточно узнать, кто из родителей решил оплатить сумму во второй раз. Голову даю на отсечение, что один из них и есть преступник! Ясно?

— Но...

— Действуй!

— Мне кажется...

— Выполняй! — рявкнул Гри. — Оставь мыслительный процесс для умного человека, я имею в виду себя, займись сбором информации, принеси сведения о тех, кто повторно проплатил поступление дитятки. Семь футов тебе под килем, ветер в спину, флаг в руки!

Сделав последнее заявление, он торжественно вышел из комнаты, я набрала номер, полученный от Веры, услышала глуховатое: «Слушаю» — и сказала:

— Добрый вечер, мне посоветовала обратиться к вам Калягина.

— Слушаю, — повторила Людмила.

— Можно подъехать?

— Зачем?

— Извините, по телефону неудобно разговаривать, но если в двух словах, я хочу отдать долг, у Андрея Львовича брала.

Людмила сразу поняла, о чем идет речь, голос ее помягчел, в нем появились приветливые нотки.

— Конечно, жду, впрочем, можете не торопиться, я поздно ложусь спать. Записывайте адрес.

— Спасибо, — ответила я, — Вера мне его уже сообщила.

Глава 14

Подойдя к красивому, явно новому дому из красного кирпича и оглядев зеркальные, огромные окна, я невольно подумала: «Сколько же стоит тут квартира?»

Вопрос этот очень интересовал меня. Сегодня рано утром позвонила Этти и радостно сообщила: в риелторском агентстве, том самом, которое выкупает у людей жилплощадь после экстремальных ситуаций: наводнений, пожаров, взрывов, за «двушку» дадут десять тысяч долларов.

— Так мало? — расстроилась я, надеявшаяся на значительно большую сумму.

— Еще хорошо, что столько предлагают, — ответила Этти, — да и то по знакомству... Знаешь, как долго я владелицу уламывала? Она вроде моя подруга, но придерживается принципа: дружба дружбой, а табачок врозь. Твержу: «Таня моя невестка, помоги». И слышу в ответ: «Кузьминки, блочная пятиэтажка, санузел совмещенный, комнаты проходные, без лифта и мусоропровода, после пожара». Еле-еле цену подняла, два часа ее уламывала.

— Спасибо, — воскликнула я.

— Нема за що, — хмыкнула Этти. — Теперь у тебя имеется три варианта действий. Первый — просто взять деньги и слинять.

— А жить где? — тоскливо протянула я.

— Снимать хоромы.

— Не всю жизнь же! И потом, деньги потрачу, а дальше как?

— Тогда второй вариант. Агентство не выплачивает сумму, а приобретает на нее комнату в коммуналке.

— Ой, — испугалась я, — не хочу с соседями! Катастрофа, голой из ванной не выйти, сама себе не хозяйка, ужасно!

— Я тоже так считаю, — одобрила Этти, — еще неизвестно, с каким кадром предстоит кухню делить. Имеется третья возможность.

— Какая?

— Добавляешь денег, и риелторы приобретают тебе квартиру, отдельную, в новостройке. Ну чем Митино хуже твоих Кузьминок? Зеленый район, магазинов полно. Знаешь, какие там апартаменты понастроили? У тебя кухня сколько, пять метров?

— Четыре и восемь.

— А сейчас меньше двенадцати не делают, неужели не нравится?

— Еще как нравится, — ответила я, — только есть одно... но! Где взять денег?

— Дам тебе нужную сумму, имею запасец, — радостно воскликнула Этти.

— Не надо, — испугалась я, — и так ты для меня столько сделала, вовек не расплатиться...

— Ерунда.

— Нет, нет, неизвестно, когда долг отдать смогу, — уперлась я.

Этти помолчала и сказала:

— Рассмотрим следующую возможность!

— Какую?

— Одалживаешь мне свои десять тысяч, я докладываю недостающие средства, покупаю квартиру на себя и селю в ней тебя. В конце концов, какая разница, на кого оформили документы? А у тебя не будет ощущения, что ты оказалась передо мной в вечном долгу, естественно, пропишем тебя, я оформлю по всем правилам завещание и в случае моей смерти...

— Прекрати, — перебила я Этти, — проживешь еще сто лет.

— Я бы не прочь, — засмеялась она, — только следует учесть возможные форсмажорные обстоятельства. Если пожелаешь, тоже оформи последнюю волю.

— Ладно, — согласилась я, — приобретаем квартиру на твое имя.

— Завтра с утра отпросись у своего хозяина, сходим в агентство, начнем волокиту, — подвела итог Этти.

И вот сейчас, стоя перед красивым зданием, я невольно задавалась вопросом: почем хоромы в таком доме, да еще на Остоженке, в историческом центре Москвы? Наверное, у Людмилы прорва денег. Хотя, может, у нее муж богатенький Буратино.

Но когда хозяйка распахнула дверь, я вдруг поняла, что Людмила живет одна. Отчего сие предположение взбрело в голову, я не знала, но была совершенно уверена: стоящая передо мной отлично одетая, безукоризненно причесанная и безупречно «намакияженная» дама не имеет супруга.

Меня провели на кухню, усадили за стол и предложили кофе.

— Спасибо, — вежливо отказалась я, — меня иногда давление беспокоит, наверное, излишек веса сказывается, да и поздно уже, лучше чай, не слишком крепкий, а то не засну.

Людмила улыбнулась.

— А я вот выпью чашечку кофейку, желательно чернее ночи, и замечательно потом отбуду в объятия Морфея.

— Повезло вам, — вежливо ответила я.

— Да уж, — подтвердила Людмила.

Разговор иссяк, хозяйка побарабанила пальцами по столу.

— У вас ко мне дело?

Я кивнула, сначала собиралась сказать, что хочу заплатить еще раз за поступление в вуз своей младшей сестры, но по дороге передумала. Вдруг Людмила спросит фамилию? Даже наверняка поинтересуется паспортными данными, иначе как пристраивать ребенка? Вот и выйдет жуткая глупость, поэтому пришлось придумать новую версию.

— Несколько лет тому назад, — завела я, — Андрей Львович очень помог моим друзьям, устроил их сына в институт. Мальчишка отвратительно учился, ему грозила армия, но Калягин просто кудесник, раз, и впихнул парня в педагогический.

Людмила грустно кивнула.

— Андрей был удивительно добрым человеком, старался всем помочь, просто в лепешку расшибался. Иногда о таких детях пекся... Сколько раз я говорила ему: «Андрюша, остановись, ну нельзя же каждого осчастливить, откажи человеку, понятно же, что ребенок у него оболтус, недоросль, Митрофан». Но нет! Хлопотал он, как о родных.

Я, сделав соответствующую мину, качала головой, но в душе таился смех. Помогал, как же, за зеленые бумажки, совершенно «бескорыстно»!

Людмила принялась чиркать зажигалкой.

— У меня, к сожалению, сестра полная оторва, — заполнила я паузу, — еле-еле школу окончила, ей из жалости тройки поставили. Я позвонила Андрею Львовичу, приятели телефончик дали, и узнала жуткую новость. Страшно-то как! Ну по какой причине хорошего человека убили?

Людмила пожала плечами.

— Сейчас и повода не надо, чтобы на тот свет отправить, за копейку удавят. Андрюша имел новую иномарку, очень приметную, ярко-красную, прямо пожар, да и номер привлекал: 777. Я ему сказала: ну зачем тебе внимание на себя обращать! Ведь не на эстраде поешь! Купи себе машину темного цвета и катайся, по цене выйдет столько же, а любопытных глаз, ощупывающих тачку, не будет. Но нет! Нравилось ему форсить! Вот, наверное, и подстерегли отморозки. Еще он всегда хорошо одевался, часы дорогие, перстень... Ограбили и утопили, вот в какое страшное время мы живем!

— Наверное, и деньги в кошельке были, — подтолкнула я Людмилу на нужную дорогу.

Но та не поддалась на провокацию.

— Естественно, небось лежала пара сотен долларов в портмоне, я успокоиться никак не могу, мы долгие годы дружили. А куда вы хотите пристроить сестру?

— В Академию дипломатии и менеджмента, — ляпнула я. — На филологический.

Людмила внимательно посмотрела на меня.

— Говорите, в аттестате сплошные тройки?

— Увы.

— И репетитора не нанимали?

Я развела руками.

— Пытались, только ничего не вышло. Пять преподавателей сменилось, позанимаются чуть-чуть и убегают. Моя сестрица еще тот кадр, а учителя люди совестливые, просто так никто денег не хотел брать.

— Зачем девочке высшее образование? Выдайте поскорее ее замуж за приличного человека.

— Я обещала покойным родителям, — торжественно заявила я, — сделать все, чтобы сестра получила диплом.

— Не надо ей в академию, — предостерегла Людмила, — такой кадр очень дорого пристроить, разоритесь. Кстати, я только посредник, ничего со сделок не имею, мы с Андреем репетиторы, правда, великолепно знающие свое дело, потому дети, которые обучались у нас, без всяких проблем поступают куда угодно. Вам, как, впрочем, и всем, я помогу из чистого милосердия.

— Спасибо, — с жаром воскликнула я.

— Поверьте моему опыту, — пела Людмила, — лучше толкнуться в некий заштатный институтик, образование она получит то же, филологическое, но учиться там значительно легче, да и попасть туда стоит дешевле.

— Сколько? — деловито осведомилась я.

— В вашем случае семь тысяч, долларов, естественно.

Я не сумела сдержать возглас удивления:

— Так дорого?

— Сами говорите, что девочка полный ноль, отсюда и цена, — спокойно объяснила Людмила, — учтите, академия обойдется вам намного дороже. Потом посчитайте, если вы пристроите сестричку на платное отделение, то меньше трех тысяч за год не отдадите, а учиться ей пять лет, да еще нет гарантии, что в процессе цену не поднимут. По-моему, выгодней расстаться с семью кусками, чем с пятнадцатью.

— А вдруг она не поступит?

Людмила улыбнулась.

— Фирма веников не вяжет, пройдет без проблем.

— Она у меня дурочка, растеряется на экзамене, понесет глупости перед комиссией.

— Не понесет.

— Вы ее не знаете!

— Милая, — ласково сказала Людмила, — вашей сестре не будет никакой необходимости отвечать на билеты, даже не придется являться на конкурсные испытания.

— Как же так? — совершенно искренне удивилась я.

— За нее пойдет сдавать другая девушка, великолепно владеющая материалом, опытная. Не волнуйтесь, она уже многократно «поступала» в самые разные вузы.

— Но документы? Паспорт...

— Это наше дело!

— Вдруг заметят подмену?

Людмила покачала головой.

— Исключено, гарантирую вам стопроцентный успех.

— Ага, — протянула я, изображая мучительные раздумья, — а вдруг деньги пропадут?

— Это невозможно.

— Ну да, — ломалась я, — отдам тысячи, а вы завтра под машину попадете! Вон Андрей Львович погиб, а Вера говорит, у него куча денег имелась, ученики заплатили. И как теперь людям быть?

Людмила покраснела.

— Ни о каких суммах я ничего не слышала, может, Андрей и вез с собой что-то, Калягиной виднее, она знает, что у мужа имелось.

Разговор явно зашел в тупик, я решила подобраться к проблеме с другой стороны.

— Были, были у него с собой громадные деньжищи, я точно знаю!

— Да? — удивилась Люда. — Удивительная осведомленность!

— Пришла я к Вере соболезнование выразить, — охотно пояснила я, — а через пару минут в квартиру ворвался некий Шелест и давай хозяйку по морде метелить. Лупит и орет: отдай наши деньги... Ушел, я Вере помогла в чувство прийти, вот она в слезах и призналась, что у Андрея Львовича была крупная сумма, которую он собирался передать вам.

Людмила стала нервно кусать нижнюю губу.

— Не верите, позвоните Вере, — храбро предложила я.

Хозяйка сухо сказала:

— Мы с женой Андрея не слишком приятельствуем.

— Вот странно, — кисло заявила я и нагло спросила: — Чего так?

Людмила помолчала, потом пояснила:

— Вера очень ревнива, ей не нравилось, что мы с Андреем тесно контактировали. Ужасно глупо, у Калягиной примитивный, бабский ум, она считает, если мужчина пришел к женщине, то они обязательно укладываются в кровать. Бесполезно было объяснять, что существуют рабочие взаимоотношения, дружба, в конце концов. Нет, если мужчина и женщина вдвоем в квартире, то они незамедлительно начнут предаваться плотским утехам. Идиотизм! До смешного доходило, я звоню по делу, снимает Верка трубку и грозит: «Нечего трезвонить!»

Дура, она и есть дура. Я из-за нее завтра на кладбище не пойду. Андрея кремируют в Донском, церемония назначена на десять, но боюсь, при виде меня Вера устроит скандал.

— Значит, плакали денежки, — подвела я итог, — людям придется теперь во второй раз раскошеливаться. Я бы, например, не рискнула, интересно, нашлись такие, которые снова готовы раскошелиться?

Внезапно Людмила резко встала.

— Убирайтесь!

— Почему? — отшатнулась я. — Мы еще не договорились.

— Вы не та, за кого себя выдаете, — твердо заявила хозяйка, — уж не знаю, зачем вас сюда подослала Вера, какие цели она преследовала и что желала узнать, но мне сие неинтересно, уматывайте!

— Вы ошибаетесь, моя сестра...

— Вон!

— Зря вы так...

— Пошла прочь! Сейчас же!! Быстро!!!

Внезапно я сообразила, как можно исправить создавшееся неприятное положение.

— Хорошо, — кивнула я, — вы правы, меня и впрямь направила сюда женщина, только не жена Андрея Львовича.

Людмила удивилась:

— А кто?

— Надежда Самсонова.

— Первый раз слышу это имя, — отрезала Егорова и нахмурилась.

— Давайте сначала, — воскликнула я, — вы видите сейчас перед собой частного детектива, человека, виртуозно расследующего преступления. Госпожа Самсонова...

Людмила слушала молча, но было видно, что удивлена она безмерно. Я старательно рассказывала правду: про арест Игоря, отказ Андрея от занятий с Катей, про открытки, угрозы и спектакль с подставной абитуриенткой.

— Мне пришло в голову, — спокойно объясняла я, — что скорей всего в преступлении виновен кто-то из родителей, передававших деньги, вам понятен ход моих мыслей?

Людмила молчала.

— Конечно, сейчас родители дергают Веру, — решила припугнуть я педагога, — но жена Андрея Львовича охотно дала мне ваш адрес, долго ее упрашивать не пришлось. Более того, она спокойно рассказала, что вы работали вместе.

— Вот дрянь, — процедила Люда, — кто ее за язык тянет!

— Наверное, будет сообщать ваши координаты и остальным, представляете, что тут начнется?

— Она уже раздала мой телефон, — вздохнула Людмила, — начинают к ней претензии предъявлять, а Вера мигом в кусты прячется и сообщает: ничего о делах мужа не знаю, вот вам номерок женщины, они вместе работали.

— Значит, — жала я на одну и ту же педаль, — вы тоже заинтересованы, чтобы убийца Калягина был найден как можно скорей — денежки-то у него. Если я подсуечусь, может, он их и истратить не успеет, только помогите мне.

Людмила хмуро глядела в окно.

— Подумайте, — увещевала я хозяйку.

— Что я могу сделать? — неожиданно спросила преподавательница.

— Дайте список учеников Калягина.

— У меня его нет.

— Как же так? — удивилась я. — Вы же работали вместе.

— Да, но тем не менее я никого не знаю. У нас имелось четкое разделение: Андрей занимается родителями, а я улаживаю дела с учебными заведениями. Сами понимаете, ситуация щекотливая, следует хорошо знать человека, которому передаешь определенную сумму. Как это ни странно, но существует такса. Один вуз — дорогой, другой — еще дороже... Но я везде имею контакты, ходы, меня не боятся. Со многими сотрудниками из учебных частей и деканатов я сотрудничаю более десяти лет. Впрочем, иногда и они обращаются с просьбами. Понимаете? Постороннему человеку не сделают ничего, а мне все. Кстати, то, что Андрея убили и отняли деньги, поставило меня в ужасное положение. Ведь я еще в мае договорилась везде, оставалось лишь заплатить. Люди рассчитывали на деньги, строили планы, я никогда никого не подводила. Допустим, просила в Академии менеджмента и дипломатии: «В этом году надо четырех впихнуть», — и слышала в ответ: «Великолепно, ждем оплату».

А сейчас получается, что я всех обманула. Люди готовы, места забронированы, кое-кому из-за меня отказали, вузы, сами понимаете, не резиновые, и тут такой облом. Для моего бизнеса это страшный удар, потеря доверия. На будущий год начну просить, а в ответ услышу: «Извини, дорогая, помнишь, как всех без денег оставила?»

Так что вы правы, я очень заинтересована, чтобы как можно скорей отыскать, куда подевались деньги. Но списка учеников не имею.

— Как же вы собирались детей пристраивать? — изумилась я.

— Андрей в конце апреля мне сообщал, сколько мест требуется и где, — пояснила Люда, — а перед самыми экзаменами приносил список и деньги. Он всегда мне его передавал вместе с долларами. Я знаю только тех, кого репетировала сама, но их немного, всего двое, основной поток учеников шел от Андрея, и родители моих детей к этой истории не имеют отношения, они-то деньги передали, а я их уже отнесла дальше.

— Кто же мог знать фамилии ребят? — протянула я.

Людмила покачала головой.

— Только он.

— А Вера?

— У них в последнее время были не слишком хорошие отношения. Вернее, они всегда не отличались особой теплотой. Вера истеричная особа, обожает устраивать скандалы, знаете, такие гротескные, с битьем посуды и применением скалки. Она вообще базарная баба, а Андрюша интеллигентный, тонкий, совсем ей не пара, ему приходилось тяжело с ней, порой невыносимо.

— Зачем же он с ней жил? Вроде развестись можно.

Людмила опять взяла сигареты, смяла пустую пачку и произнесла:

— Отец Веры занимал высокий пост, он очень помог Андрюше. Тот происходил из простой семьи, мама — вроде учительница, отец, кажется, пожарный или военный, в общем, никакого отношения к миру науки или дипломатии они не имели. Тесть устроил Андрея на работу в МГИДОП, выбил молодым квартиру, долгое время помогал материально. Пока он был жив, Андрюша и помыслить не мог о разрыве с Верой. Во-первых, он бы остался совершенно голым, все их материальные блага записаны на супругу, квартира, дача, машина. У Андрея имелись только личные вещи, и из МГИДОПа его стопроцентно бы выперли. Но не это главное, Калягин уважал и любил тестя, не хотел того огорчать, нервировать. Знаете, как он мне объяснял свою позицию? Ну разведусь, и что? Один жить не сумею, не тот менталитет, значит, снова женюсь. Скорей всего попадется такая же, как Вера. И что получится? Шило на мыло поменяю, еще неизвестно, какие родственники приплывут вместе с новой женой, всякое бывает: алкоголики, нищие, нет уж!

Людмила замолчала, потом с яростью раздавила в пепельнице окурок.

— А когда тесть скончался, кстати, случился сей прискорбный факт не так давно, Андрей посчитал непорядочным уйти от Веры, у него имелись принципы, да и притерпелся к вздорной жене, но в рабочие дела ее не посвящал, считал это неуместным. Наверное, что-то рассказывал дома, но Вера не из тех жен, которые живут интересами супруга, скорей уж...

Преподавательница осеклась.

— Что «скорей уж»? — спросила я.

Людмила замялась.

— Да так.

— А все-таки? — настаивала я.

— Андрюша имел связи на стороне, — наконец призналась Люда, — он заводил любовниц, ненадолго, постоянно менял дам сердца.

— И Вера ничего не знала?

— Нет, конечно, да и как ей было его поймать? — усмехнулась Люда. — В этом смысле работа репетитора страшно удобна, можно сказать, что сидишь у ученика, а самому завернуть налево. Знаете, почему я сначала не слишком заволновалась, когда Вера принялась Андрея разыскивать? Он мне позвонил и сказал: «Денежки собрал, везу казну, только надо в одно местечко заглянуть».

Я слушала, затаив дыхание.

Людмила попробовала вразумить коллегу.

— Куда ты намылился? Лучше скорей рули на Остоженку, не следует с такими суммами по Москве колесить.

— Не волнуйся, — засмеялся приятель, — «капуста» в кейсе, портфель с собой прихвачу.

— Нет, отвечай, куда собрался?

— Ладно тебе, — хихикнул Андрей, — не приматывайся, в девятнадцать явлюсь как штык.

— Так сейчас четыре часа дня!

— Милочка, — забормотал Андрей, — случай предоставился, к одной даме заглянуть надо.

Людмила сердито фыркнула и повесила трубку. Вот ловелас! Решил совместить приятное с полезным. Потому, когда Вера стала гнать волну, Егорова сначала не проявила беспокойства, ну задержался чуток в мягкой постельке, с кем не случается.

— Если уж кто и знал про его учеников, так скорей любовница, — резюмировала Людмила.

— Как ее зовут и где она обитает? — обрадовалась я.

Собеседница сморщилась.

— Понятия не имею. В прошлом году с Андреем жила некая Галя. Молодая женщина, слегка забитая, Андрюша ей все какие-то вещи покупал, мебель. Но они в декабре расстались, вроде затем появился еще кто-то, а потом свел он знакомство с новой пассией. Вот о той я совсем ничего не знаю, даже имени, только одно могу сказать, она юного возраста, Андрей недавно с неподдельным изумлением сказал: «Знаешь, я всегда любил молодых и только сейчас понял, насколько приятней иметь дело с женщиной, юность которой давно позади. Эффект вина, молодое кружит голову и быстро пьянит, зато хмель улетучивается сразу. А выдержанный алкоголь не сшибает мигом с ног, но рассудок потеряешь надолго».

Глава 15

Около полуночи Гри заглянул в мою комнату.

— Не спишь?

— Нет, — приподнялась я на кровати, — газету читаю, про «Фабрику звезд», как думаешь, они сами поют?

— Меня подобная ерунда не волнует, — отрезал Гри, — даже щипцами не притронусь к подобной чепухе. Спать пора. С утра пораньше дела будут, поедешь в Донской крематорий. Эта Людмила говорила, что процедура назначена на десять. Купи цветочки и стой скромно в сторонке.

— Зачем мне туда? — поинтересовалась я.

— Думаю, любовница эта, отнюдь не юная дама, явится на похороны. Твое дело вычислить кису и допросить ее как следует, ясно?

Я кивнула, Гри подлетел к двери, дернул за ручку, потом вдруг притормозил и сказал:

— Молодец!

— За что ты меня хвалишь? — удивилась я.

Гри округлил глаза.

— Сначала ты походила на переваренные макароны. Все ныла и на каждый приказ отвечала: «А как это сделать? Ничего не получится». А сейчас просто кивнула, видна положительная динамика, этак я из тебя скоро нормального человека сделаю.

Выпалив последнюю фразу, Гри выскочил в коридор, я потушила свет. Дедулька прав, мне всю жизнь не хватает решительности. Может, оттого, что я родилась 15 октября, под знаком Весов? Покойный муж частенько злился на меня.

— Ну какого черта ты мечешься между двумя совершенно одинаковыми пачками чая, бери любую, и пойдем.

— Они разные, — тормозила я, — одна в синей упаковке, другая в голубой.

— Хватаем голубую, и айда домой.

— Синяя на двадцать копеек дешевле!

— Согласен, покупаем ее!

— Голубая, наверное, лучше, раз дороже.

— Хорошо, будь по-твоему, голубая так голубая.

— Может, все же синюю?

Это если речь шла о чае, а теперь представьте, что

творилось, когда я покупала «серьезные» вещи? Заканчивалась ситуация одинаково. Миша белел, потом краснел, начинал топать ногами и орать дурным голосом:

— Сколько можно? Издеваешься, да?

Я ударялась в слезы и оправдывалась:

— Я хочу как лучше, выгадываю копеечку.

Но, если разобраться честно, дело было не в деньгах, вернее, не совсем в них. Просто я не способна сразу принять решение, причем эта особенность отмечала меня всегда, буквально с пеленок. Еще в детском саду я начинала судорожно всхлипывать, когда воспитательница спрашивала:

— Танечка, что ты больше хочешь на полдник: булочку или печенье?

Бедная Танюша чуть не теряла сознание от непосильной задачи. Булочка была сдобной, зато печенье сладкое. Булка посыпана аппетитно пахнущей корицей, но между печеньями лежало варенье. В конце концов выпечка тосковала на тарелке в одиночестве, а печенюшек клали целых четыре штучки... Однако в «калорийке» имелся изюм... Впрочем, одно из печеньиц всегда оказывалось шоколадное. И так до бесконечности. Лучше всего я ощущала себя тогда, когда воспитательница Мария Ивановна категорично говорила:

— Сегодня бутерброды.

Это было замечательно, потому что кто-то уже придумал: хлеб с маслом и сыром самый лучший полдник, мне нравилось, когда решение принимали другие и приказывали:

— Надо помыть посуду.

Или:

— Пора спать.

Но вот удивительно, сегодня я не впала в ступор, наоборот, в голове начали крутиться дельные мысли. Интересно, во сколько появляются у метро коробейницы? Вчера я видела у одной из них довольно дешевый черный платок, даже скорее шаль...

Над Донским крематорием весело светило солнышко. День сегодня выдался замечательный, один из редких моментов, когда бедные москвичи внезапно понимают, что на улице бывает хорошая погода. Голубое небо раскинулось над столицей, легкие облака медленно проплывали в вышине. Я вошла на территорию кладбища, больше похожего на парк: кругом зелень, веселый щебет птичек и приятный ветерок, изредка налетающий из-за забора. Не хватало только веселого детского смеха, обнявшихся парочек и теток с вязанием, стерегущих спящих в колясках младенцев. Было лишь одно «но»: в парке, в замечательный денек, на вас не наваливается тоска и не щемит от тишины сердце.

Возле входа в небольшое здание толпились люди. Мужчины в темных костюмах и женщины, отказавшиеся ради печального случая от яркого макияжа. Чуть поодаль стоял катафалк, задняя дверь машины была приоткрыта, и виднелся край гроба, сделанного из дорогого полированного дерева.

Я, сжимая в руке красные гвоздики, скромно пристроилась в сторонке. Из невероятного буйства растений в ларьке самый простой вариант показался мне наиболее уместным в данной ситуации.

Глаза побежали по толпе, как вычислить любовницу Калягина? Женщин было много, я кусала нижнюю губу. Вчера Людмила сказала, что Андрей, любивший молоденьких, на этот раз изменил своим пристрастиям и закрутил роман с дамой, чья юность оказалась далеко позади. Значит, вот на ту стайку девиц, не постеснявшихся явиться на кремацию в мини-юбочках и обтягивающих футболках, не следует обращать никакого внимания. Скорее всего это студентки, пришедшие отдать последний долг преподавателю. Три пожилые тетки в «английских» костюмах, сдержанно разговаривавшие с мужиком, нацепившим, несмотря на теплую погоду, плащевую куртку, тоже не подходят на роль страстных нимф. Вероятно, они коллеги или престарелые родственницы. Правда, Люда не называла точный возраст дамы сердца Калягина, сообщила просто, что той за сорок... А ведь пятьдесят, шестьдесят, семьдесят... это все «за сорок».

Додумавшись до этого, я разозлилась на себя. Навряд ли Калягин страдал геронтофилией. Его любовнице, вероятно, едва пошел пятый десяток, а глядится она небось на тридцать.

Таких в толпе нашлось семь, элегантные, безупречно одетые дамы, в дорогой обуви и с красивыми кожаными сумками. Зря говорят, что самое сладкое время молодость, нет, лучшие денечки наступают в зрелости, когда достигнуто финансовое благополучие, а за спиной остались основные тревоги юного возраста. Студентки в мини-юбочках хотя и демонстрировали всему свету длинные ножки, казались возле ухоженных дам постбальзаковского возраста лахудрами. Теперь оставалось сообразить, кто из дам «маркиза Помпадур», и эта задача оказалась самой тяжелой. Я решила по очереди подходить к каждой, заводить разговор и уже двинулась было вперед, но тут одна из студенточек, единственная из всех одетая не в крохотное платьице размером с носовой платок, а в черненькие брючки, подчеркивающие безукоризненно стройные ноги, девушка, которая до сих пор стояла спиной ко мне, повернулась, и я с изумлением узнала... Этти.

— Танюшка! — воскликнула свекровь и быстрым шагом подошла ко мне. — Вот уж не ожидала тебя тут встретить! Ты знала Калягина? Откуда?

Я подавила вздох, неудивительно, что перепутала Этти со студенткой. Свекровь выглядела восхитительно, стройная, с прямой спиной, молодежной стрижкой и задорно блестящими глазами.

— А ты откуда знала Калягина? — вырвалось у меня.

Этти спокойно объяснила:

— Учились вместе в вузе. Правда, потом очень долго не встречались, а в прошлом году понадобилось сына одной знакомой в институт пристроить, и мне дали телефон Калягина. Вот и начали приятельствовать по новой, ну а ты почему тут?

— Иди сюда, — пробормотала я, увлекая подругу на одну из боковых дорожек, — мне тебя господь послал. Ну-ка скажи, всех знаешь из присутствующих?

— В общем, да, а что случилось? — удивилась Этти.

— Слушай, — быстро зашептала я, — меня прислал Гри.

— Кто? — с невероятным изумлением воскликнула Этти. — Кри?

Я прикусила нижнюю губу, дед строго-настрого запретил мне сообщать кому-либо о том, что служу у частного детектива. Когда он озвучил категоричный приказ, я робко спросила:

— И Этти нельзя подробности рассказывать? Я привыкла делиться с ней всеми новостями.

— Тебе она ласковый пряник, — обозлился Гри, — а мне акула. Запри рот.

— Но почему, — недоумевала я, — разве стыдно бороться с преступностью? Пусть даже за деньги!

— У меня лицензии нет, — нехотя признался дед, — если слух поползет, неприятности могут начаться, налоговая придерется.

— Но ведь надо клиентов искать, — весьма разумно напомнила я, — значит, придется приподнять завесу тайны, а то странный бизнес получится: ничего не вижу, ничего не слышу, никому ничего не скажу, три обезьянки на комоде.

— У них еще четвертая подруга имелась, она на кладбище за излишнюю пронырливость оказалась, — рявкнул Гри, — вот оставшиеся и перепугались. Сам разберусь, кому говорить, а кому нет. Ты же на вопрос: «Где служите», спокойно отвечай: «Секретарем у директора фирмы». Поступишь иначе, навлечешь на меня неприятности, тетеха.

— Кто такой Кри? — повторила Этти.

И тут на меня снизошло вдохновение, я начала лгать.

— Служу у владельца нескольких желтых изданий, он отправил меня на кладбище, поручил сделать репортаж об известном в Москве репетиторе. Понимаешь, хозяин получил такие сведения! У этого Калягина имелась любовница...

Этти без особого удивления слушала мои глупости, а я, болтая без умолку, только удивлялась полету собственной фантазии.

Выслушав мой торопливый рассказ, Этти кивнула.

— Давно думала, что тебе следует писать, все-таки филолог. Попробую помочь, авось твой хозяин останется доволен. Давай разбираться. Вон там, у самого входа две тетки, Наташа и Женя, они никак не подходят. У одной в прошлом году была гинекологическая операция, и бабенку нынче при виде мужиков перекашивает, а другая лесбиянка со стажем, вечно к студенткам пристает. Рядом с толстым парнем в жилетке еще две красотки. Таня Коренева и Таня Бурмистрова. Обе делают карьеру, пишут на данном этапе докторские диссертации, все положили на алтарь науки, желают академиками стать. Эти ни за что не оторвутся от трудов на мужика. Вернее, на такого, как Калягин, он им без надобности, ковровую дорожку на пути к академической мантии не настелет, с публикациями не поможет и на членов ученого совета никакого влияния не окажет. Милым дамам ни Ален Делон, ни Брэд Питт, ни Олег Меньшиков не нужны, обратят внимание только на того, кто сумеет подтолкнуть их к высотам науки. Видишь, как жирного, в жилетке, обхаживают. Знаешь, почему?

— Нет, — пожала плечами я.

— Это Славка Кузнецов, — коротко пояснила Этти.

— Извини, мне это имя ничего не говорит.

— Действительно, — улыбнулась подруга, — он крайне влиятельный чиновник от науки, может зарубить любую диссертацию. Вот с ним наши Танюшки готовы на любые действия. Едем дальше. У катафалка, с роскошными розами в руках, Злата Поварова. Ну дама, за спиной которой два мужика, на шкафы похожие, увидела?

Я кивнула.

— Злата жена человека, имя которого лучше вслух не произносить, — вздохнула Этти. — Господин из бандитов, сначала просто кошельки тырил или квартиры грабил, не знаю, честно говоря, чем промышлял, а потом «сделал карьеру», спер что-то совсем ценное, небось золотой запас России уволок или нефть из страны выкачал и сразу стал уважаемым членом общества. Ревнивый, жуть, Злату одну никуда не отпускает, с ней всегда охрана. Тут мы недавно компанией в ресторане были, очень я веселилась, видя, как ее стерегут. Сначала ищейки маячили у бедняги за спиной, каждое блюдо обнюхивали, оглядывали и по кусочку пробовали. Самый цирк начался, когда мы в дамскую комнату отправились. Один вперед побежал, дверь распахнул, помещение оглядел, даже за унитаз нос сунул, потом впустил Злату в кабинку и стал у дверцы с пистолетом в руках. Я чуть от смеха не описалась. Может, она и рада муженьку рога наставить, только с такой тотальной слежкой ничего не получится. Даже если предположить на минуточку, что она сумеет договориться с секьюрити, упросит их каким-то образом не стучать мужу, то представь себе реакцию любовника! Он со Златой под одеяльцем, а вокруг вооруженные до зубов парнишки. Если же серьезно, то если со Златой чего плохое случится, охранникам не поздоровится, они «тело» наедине ни с кем не оставят.

Так, кто у нас еще остался? Галка Крапивина. Пустой номер, в марте замуж вышла, у нее с мужем полная любовь-морковь. Аня Шорохова. Ну тоже маловероятно. Она в Израиле давно живет, я очень удивилась, когда ее увидела. Наверное, приехала, позвонила Злате, а та ей и рассказала. Похоже, любовница не пришла, может, постеснялась, она небось не из наших, а может, Верки побоялась. Вон, смотри, чего выкаблучивает!

В этот самый момент гроб, сверкающий на солнце красными полированными боками, начали вынимать из катафалка. Вера, закутанная с головы до ног в черный широкий платок, завыла на высокой ноте.

— О-о-о, мамочка родная, за что, почему, о-о-о...

— Да уж, — хмыкнула Этти, наблюдая, как двое мужчин пытаются поставить на ноги грузное тело вдовы, — вот оно, простонародье. Раз похороны, значит, обязательно нужно выть и бросаться на гроб. Отвратительное неумение держать себя в руках!

— Зря ты так, — укорила я Этти, — все-таки она жена, сама знаю, как тяжело хоронить мужа.

— И тем не менее ты не выла и не дергалась.

— У меня просто не было никаких сил, рыдала дома, когда все ушли, — прошептала я.

— Ты любила моего сына, — сухо ответила Этти, — причем по-настоящему, была к нему очень привязана. А у Веры с Андреем, во всяком случае, в последние годы никакой теплоты не наблюдалось. Жили рядом по привычке. Теперь же она кликушествует, и от этого особенно противно. Ладно, пошли.

— А это кто, не знаешь? — поинтересовалась я, украдкой показывая на женщину, прислонившуюся к автобусу.

— Нет, — покачала головой Этти, — наверное, из похоронного бюро, около водителя стоит, и цветов нет.

Пристроившись в хвост скорбной процессии, мы с Этти вошли внутрь холодного, гулкого зала. Полная дама со старомодной «башней» на макушке, навесив на лицо скорбное выражение, вещала хорошо заученный текст:

— Сегодня мы прощаемся...

Со всех сторон слышались деликатные всхлипывания, и только Вера орала почти на пределе голосовых связок:

— Андрюшенька, родненький, вернись...

— Эк ее разбирает, — поморщилась Этти, — ну спектакль, сейчас в обморок грохнется.

Словно услыхав последнюю фразу, вдова взвизгнула фистулой и рухнула. Но очень аккуратно, Вера не шмякнулась со всего размаху затылком о каменный пол, а тихонечко начала сползать по стене. Естественно, ее тут же подхватили под локти, поднялась суматоха, один человек нес воду, другой давил ампулы с нашатырным спиртом. Баба с «башней», торопясь завершить процедуру в нужное время, нажала на кнопочку. Гроб с легким шуршанием уполз за занавески. Кульминационный момент оставили без внимания, потому что большинство присутствующих столпилось вокруг грузного тела Веры, безвольно лежащего на составленных стульях.

— Надо же, — зло ехидничала Этти, — ухитрилась на похоронах мужа сделать себя главным действующим лицом. В этом весь Верунчик, вполне в ее духе.

— Ты давно знаешь Калягину? — машинально поинтересовалась я, следя глазами за служащей похоронного бюро, которая тоже вошла в ритуальный зал. Водитель остался во дворе, а женщина стояла сейчас у задернутых занавесок, тех самых, за которыми скрылась домовина. Лицо ее выражало неподдельную, совершенно не служебную скорбь.

— Так и Верка с нами училась, — принялась пояснять Этти, и тут ее окликнул мужчина в черном костюме, свекровь повернулась к нему, а я двинулась к сотруднице агентства, та внезапно развернулась и быстрым шагом пошла к выходу. Незнакомка стремительно пересекла пустое пространство около окон, а мне пришлось пробираться сквозь толпу, и я замешкалась, когда же выбралась наконец наружу, двор оказался пуст, только возле автобуса курил водитель.

— Простите, — бросилась я к нему, — тут около вас стояла женщина...

Шофер приветливо кивнул.

— Черненькая такая?

— Да, — обрадовалась я, — как ее зовут?

— Понятия не имею.

— Неужели? Она же вроде с вами приехала, от похоронного бюро.

— Нет, — помотал головой мужчина, — тут от агентства я один.

— Что же девушка около вас толкалась? — растерянно протянула я. — Вроде вы разговаривали с ней или я ошибаюсь?

Водитель отбросил окурок.

— Она подошла и спросила: «Калягина хоронят?» Я ответил: «Лучше у родственников поинтересуйтесь». А она замялась и бормочет: «Не знаю никого здесь, неудобно как-то». Ну я пошел, посмотрел в путевом листе и ответил: «Катафалк заказывала Вера Калягина». Почему около меня осталась, не знаю, у нее спросите.

— Куда же девушка подевалась? Во дворе никого нет, — растерянно пробормотала я.

Мужчина махнул рукой в сторону центральной аллеи.

— Туда потопала, небось на выход двинулась.

Забыв поблагодарить словоохотливого собеседника и не простившись с Этти, я побежала по дорожке к видневшимся впереди воротам. Вокруг царила пустота, только пара девочек младшего школьного возраста разыскивали пропавшую кошку.

— Кис-кис, Дуся, ты где, кис-кис, — тонкими голосами звали дети животное.

Я выскочила на улицу и облегченно вздохнула, молодая женщина, которую я приняла за сотрудницу ритуальной конторы, садилась в довольно старенькие «Жигули» серо-голубого цвета.

Отбросив в сторону всяческие церемонии, я подлетела к автомобилю и спросила:

— Простите, если не ошибаюсь, вы присутствовали сейчас на похоронах Андрея Калягина?

Незнакомка, уже успевшая устроиться за рулем, повернула голову. Я увидела вблизи ее лицо, фарфорово-бледное, с легкой россыпью нежных веснушек на носу. Покрасневшие, ненакрашенные глаза девушки выглядели больными, но они все равно были большими и красивыми, пухлый рот с сочными губами без слов свидетельствовал: его владелице нет и тридцати. Да и красивая шея, выглядывавшая из воротника черной блузки, могла принадлежать только молодой особе.

— Да, — ответила незнакомка, — а в чем дело?

— Я тоже провожала Андрея Львовича, — пояснила я, — извините, конечно, не подвезете меня чуток? Тут транспорта не дождаться, а до метро топать далеко.

— Конечно, — вежливо ответила незнакомка, — садитесь. Вам куда?

Я влезла в автомобиль и чуть не выскочила назад. Внутри противно воняло. Через секунду стало понятно, что «аромат» исходит от «елочки», болтающейся на зеркальце. Оранжевый картон пересекала надпись, сделанная черными буквами: «cocos», а я терпеть не могу ничего, что имеет вкус или запах экзотического ореха. Мне делается не по себе даже при виде рекламы шоколадных батончиков. Стоит мужскому голосу вкрадчиво завести про «райское наслаждение», как мой рот мигом наполняется слюной, но не от того, что хочется немедленно слопать шоколадку, а от подобравшейся к горлу тошноты. И вот теперь мне предстояло провести довольно большой промежуток времени, ощущая себя обезьяной под кокосовой пальмой. Все-таки работа детектива не слишком приятна, выйти из машины я не имею права.

— Вам куда? — переспросила девушка.

Внезапно я почувствовала, как по спине побежали мурашки, в голове стало жарко, сердце быстро забилось, наверное, подобную сосудистую реакцию испытывают актрисы, стоя в кулисе и разглядывая в щелочку полный зал. Служительницы Мельпомены знают — если трясешься перед выходом на сцену, значит, удачно сыграешь. Но я ощутила подобное чувство впервые.

Губы раздвинула вежливая улыбка.

— Лучше скажите, куда вы направляетесь.

— Еду домой, — вздохнула женщина, — на Воронинскую улицу, это очень далеко.

— Ну надо же! — воскликнула я. — И мне туда! Вы в каком доме живете?

— Во втором.

— А я в четвертом квартиру снимаю.

— Удивительное совпадение, — ответила незнакомка, — случается же такое.

— Давайте познакомимся, Таня.

— Ася, — сказала водительница.

Некоторое время мы ехали молча, потом я попыталась осторожно завязать контакт.

— Вы давно знаете Андрея Львовича?

— Не слишком, — уклончиво ответила Ася, — училась у него.

— В Академии менеджмента и дипломатии?

— Нет.

— А где?

Ася ловко повернула налево.

— Калягин готовил меня в вуз.

— Да уж, — протянула я, — он умел это делать.

Ася искоса глянула на меня и неожиданно отреагировала на замечание:

— Вы сказали последнюю фразу таким тоном, будто Андрей Львович совершал нечто постыдное.

— Никогда, — спохватилась я, — просто я имела в виду, что Андрей Львович всегда всем помогал.

— Он был очень добрым, отзывчивым, — грустно пробормотала Ася, — а еще щедрым и ласковым. Сейчас подобные мужчины редкость.

— Так хорошо его знали?

Ася промолчала и сделала вид, будто полностью поглощена дорогой.

Я решила подъехать с другой стороны.

— Жена убивалась! Страх смотреть!

Ася не издала ни звука.

— Вот бедняжка! — фальшиво вздыхала я. — Наверное, у них любовь была.

Ася стоически не раскрывала рта.

— Не слишком Вера красива, — посыпала я солью

рану, — толстая и немолодая уже, только говорят, Андрей супругу обожал.

Ася с непроницаемым лицом держалась за руль.

— Мне Этти рассказывала, — я не оставляла попыток выбить Асю из колеи, — она с Андреем Львовичем с институтской скамьи дружила. Знаете, что говорила?

Ася равнодушно пожала плечами.

— Нет.

— Сейчас такое выложу! — прикинулась я самозабвенной сплетницей.

— О мертвых говорят только хорошее, — отрезала Ася и покраснела.

Поняв, что скорлупа, в которую спряталась девушка, дала трещину, я удовлетворенно вздохнула и заявила:

— Что же плохого в настоящем, активном мужчине? Вот Этти сказала, а уж она точно знает, Андрей Львович не чаял в жене души. Все для любимой делал, на руках носил, пылинки сдувал, пальто с себя снимал и в лужу ей под ноги бросал. Только у нее в последние годы какие-то нелады со здоровьем начались, и ему пришлось заводить себе любовниц, исключительно для физиологического удовлетворения, естественно, ни о каких чувствах речи не шло! Болтают, будто Вера сама мужу их подыскивала и условие ставила: отношения не должны длиться больше полугода. Он ее слушался, потому как продолжал любить, обожать и лелеять!

Внезапно «Жигули» вильнули к обочине.

— Случилось что-то? — фальшиво изумилась я.

— Жарко на улице, — дрожащим голосом сказала Ася, — вода в радиаторе вскипела, надо постоять в холодке.

И девушка принялась чиркать зажигалкой, ее рука мелко дрожала, пламя не зажигалось.

Я тоже вытащила сигареты и предложила:

— Давай попробую.

Ася безропотно отдала мне дорогое, похоже, золотое огниво, я ловко откинула крышечку, голубоватое пламя вырвалось наружу.

— Хорошенькая штучка, не копеечная, похоже. Дорого стоила? — нахально поинтересовалась я.

— Это подарок, — почти прошептала Ася.

— Небось от любовника, — с хамской бесцеремонностью заметила я, — эх, где мне богатенького папика найти. Ублажила бы старичка со всех сторон! Прямо облизывала бы. Жуть как нищета надоела! Но вечно на пути уроды попадаются, даже пиво им сама покупаю. Ходят же по земле пожилые мужчины со средствами, вопрос, где? Ты своего как нарыла? Экая зажигалочка крутая.

Внезапно Ася уронила голову на руль и судорожно зарыдала.

— Ты чего? — испугалась я.

Девушка не отвечала, плечи ее мелко-мелко тряслись.

— На, возьми платок, — предложила я, — хочешь, за водой сбегаю? Или в аптеку сгоняю.

— Не надо, — еле слышно ответила Ася, — просто я устала и не скоро поеду дальше, тебе лучше сесть в другую машину.

Я замолчала, Ася вытерла заплаканное лицо и добавила:

— Иди на метро, тут в двух шагах станция, завернешь за угол и увидишь.

— Но нам на одну улицу, — напомнила я.

— Поеду не скоро.

— Ничего, я подожду, — прикинулась я идиоткой.

— Извини, мне хочется побыть одной, — решительно ответила Ася.

Я взяла зажигалку, лежащую на панели, и решительно спросила:

— Это ведь он тебе подарил?

— Кто? — дрожащим голосом спросила Ася.

— Андрей Львович Калягин.

— Откуда ты знаешь? — ахнула собеседница, в тот же момент прелестные огромные глаза девушки вновь стали наполняться слезами.

— Мне многое известно, — спокойно сказала я, — Андрей был твоим любовником, так ведь?

— Зачем вам подробности? — вжалась в дверцу Ася.

Я отметила, что девушка вновь перешла со мной на «вы», и задала следующий вопрос:

— Лучше ответь, ты любила его или просто так, для развлечения держала?

Ася посмотрела в ветровое стекло, вытащила сигареты и неожиданно призналась:

— Это единственный мужчина в моей жизни, все остальное, что было и что будет, не в счет, со смертью Андрея рухнул мир.

— Ты должна мне помочь.

— Вам? И в чем же? — попыталась взять себя в руки Ася.

— Видишь ли, я частный детектив, которого наняли для расследования обстоятельств гибели Калягина. Извини, что хамски беседовала с тобой, хотела разговорить, не раскрывая себя, но не вышло. Ты ведь, наверное, заинтересована в том, чтобы убийцы Андрея были найдены и наказаны?

— Кто вас нанял, жена?

— Неважно, какая разница! Человек, которому «пепел Клааса стучит в сердце». Надеюсь, ты читала книгу «Тиль Уленшпигель», — не к месту щегольнула я эрудицией.

— Это чушь, что Вера подбирала Андрею любовниц, вы выдумали гадость! — зло отозвалась Ася. — Мерзость и пакость.

Я кивнула.

— Да, специально, чтобы вывести тебя из равновесия, уж прости, пожалуйста. Кстати, как вы познакомились с Андреем? Где?

Ася выпустила струю дыма. Голубое облачко сначала покачалось под потолком, потом нехотя поплыло в открытое окно.

— Ничего особенного в нашем знакомстве нет, — вдруг начала она.

Я включила диктофон и стала внимательно слушать рассказ Аси.

Глава 16

Андрея Львовича родители Аси наняли в качестве педагога.

Два года Калягин ездил к школьнице домой, преподаватель понравился Асе, в отличие от школьных учителей, по большей части злых, замороченных теток, перед ней сидел приятный, подчеркнуто вежливый мужчина, обращавшийся к ученице исключительно на «вы». Он не выходил из себя, не вопил, как классная руководительница: «Дура, пробы на тебе ставить негде», — а методично пытался вложить ей в голову знания.

Однажды Ася воскликнула:

— Просто отвратительно! Ну кому взбрело в голову включить в программу вирши Ломоносова, их же прочесть невозможно! Меня сегодня на литературе прямо затошнило.

— Согласен, — кивнул головой Андрей Львович, — но это условия игры. Знаете, как китайские мандарины при встречах церемонно кланяются: два шага вперед, один назад, три влево, затем присесть и вправо ступить. То же и со школьной программой. Выполнишь все положенные приседания, получишь аттестат и пойдешь в институт. Там иные «танцы» начнутся, так уж устроен мир, везде свои правила, и тех, кто их не соблюдает, подвергают остракизму. Я с вами согласен, у меня у самого от отвратительно-патетических рифм Михайла Васильевича аллергия начинается, но альтернативы нет. Вирши придется изучать, имейте в виду, в мире взрослых сильно развито лицемерие, которое люди моего возраста называют хорошим воспитанием. Если на экзамене попадется билет, посвященный основателю Московского университета, не следует сообщать комиссии ваше истинное отношение к трудолюбивому сыну рыбака. Надо восхититься его творчеством и получить честно заработанную пятерку. Конформизм крайне полезная штука, умение кривить душой вам понадобится в жизни намного больше, чем знание поэтического наследия России. К счастью, навык вранья в наших школах воспитывают гениально.

Ася притихла, так с ней никто до сих пор не разговаривал. Родители и школьные учителя по большей части врали.

— Пушкин — это то, от чего интеллигентный человек получает удовольствие, — закатывала глаза русичка, — я способна читать только книги авторов, которые будоражат ум и сердце. Достоевский, Чехов, Толстой, Бунин...

Одно время Ася полагала, что училка и в самом деле такая прибамбахнутая, но потом однажды увидела ее в метро с томиком Смоляковой в руках и не поверила своим глазам. Асенька сама любит криминальный жанр, и хорошо сколоченные повести Смоляковой ей нравятся, следовательно, училка просто прикидывается такой рафинированной, а на самом деле она как все.

Не лучше вели себя и предки.

— Учись, детка, — вздыхала мама, — главное, хорошо закончить школу, получить высшее образование. Вот я, например, в своем классе была лучшей.

И Ася наивно верила матери. А потом в их доме начался ремонт, с антресолей стащили набитые всякой ерундой чемоданы, и среди ненужных бумаг нашелся дневник родительницы, густо усеянный двойками.

Асенька, как все подростки, болезненно воспринимала ложь. Мама перестала казаться ей образцом для подражания. И вот теперь Андрей Львович спокойно объяснил, отчего взрослые кривят душой, оказывается, в их мире подобное поведение приветствуется.

Когда Ася благополучно поступила в вуз, Андрей Львович перестал ходить к ней в дом, всякая связь с Калягиным прервалась. Примерно год назад Асенька, уже дипломированная специалистка, зашла в кондитерскую, чтобы купить пирожных. Возле стойки толпился народ, девушка вежливо спросила у стройного мужчины:

— Простите, вы последний?

— Какая обидная фраза, — сказал человек, поворачиваясь, — очень неприятно чувствовать себя последним, на худой конец, я согласен быть крайним.

В тот же момент девушка узнала Андрея Львовича, а педагог воскликнул:

— Асенька, как вы похорошели!

Решив отметить случайную встречу, преподаватель и бывшая школьница сели за столик. Андрей Львович заказал коньяк. К изумлению Аси, репетитор показался ей интересным мужчиной, из Калягина потоком лились забавные, смешные истории. В тот день, слушая преподавателя, Ася хохотала до колик, на фоне ее всегдашних кавалеров, закомплексованных юношей, судорожно соображавших, могут ли они позволить своей даме заказать еще одно мороженое, Андрей Львович выглядел Крезом. Коньяк лился рекой, а когда встали из-за стола, педагог, оказавшийся в тот день без машины, мигом поймал такси, купил в ближайшем ларьке огромный букет роз и повез Асю домой. Пара села на заднее сиденье, и девушка без конца нюхала цветы.

— Здесь есть одна ни с чем не сравнимая роза, — улыбнулся Андрей Львович.

— Вы говорите о ней? — спросила Ася, показывая пальчиком на огромную, вишнево-красную красавицу.

— Нет, — совершенно серьезно заявил педагог, — царица цветов меркнет рядом с вашим прелестным личиком, вы красивей всех букетов вместе взятых, я очень надеюсь на следующую встречу.

Так начался их безумный роман. У Аси имелась своя квартира, и ничто не мешало влюбленным принадлежать друг другу.

Андрей был честен, он сразу признался, что является семейным человеком.

— С женой любви нет, — объяснил он Асе, — но оставить ее я не смогу.

Ася не настаивала, она была счастлива и желала только одного — чтобы Андрей всегда находился рядом. Девушка никогда не звонила любовнику домой, а когда Калягин собирался уходить от нее, не ныла:

— Останься ночевать.

Нет, Асенька понимала пикантность ситуации и вела себя безупречно, была абсолютно неконфликтной любовницей, не доставлявшей кавалеру ни малейших хлопот, многие мужчины мечтают о подобной женщине. Целых полгода длилась незамутненная радость. Андрей делал ей подарки, иногда вызывающе шикарные, вроде золотой зажигалки, порой милые пустячки. Один раз принес открыточку с надписью «Думаю о тебе» и засмеялся.

— Вот, шел мимо, увидел и купил, сразу о любимой вспомнил.

И копеечная почтовая карточка оказалась для Аси дороже флакона французских духов, потому что она являлась доказательством того, что Андрей постоянно думает о ней.

Зима закончилась, промчалась весна, а там и лето наступило. Асенька строила робкие планы. Вот бы удалось на недельку слетать к теплому морю! Но вслух ничего не говорила.

Счастье кончилось разом, однажды любимый не пришел, Асенька позвонила на мобильный и услышала:

— Да.

— Андрюшенька...

— Слушаю, — достаточно сухо ответил он.

— Извини, я волнуюсь, где ты?

— У меня урок, перезвоню позже.

Ася покорно отсоединилась.

Андрей позвонил только через два дня и довольно сердито спросил:

— Ты меня искала?

Ася оторопела, подобным образом любовник с ней никогда не разговаривал.

— Что случилось, Андрюша?

— Нет, позволь у тебя спросить, отчего ты так поступила?

— Как? — не понимала девушка.

— Отвратительно, вот уж от тебя ничего подобного не ожидал, гадко, глупо, подло! И еще надеешься, что после ТАКОГО поведения мы сохраним добрые отношения?

— Да что я сделала? — чуть не плакала Ася.

— Еще спрашиваешь?! У нас с Верой из-за тебя развод намечается.

— Ничего не понимаю, — бормотала растерянная Ася.

— Ладно, — довольно грубо заявил всегда корректный Андрей, — вижу, никакого раскаяния в тебе нет, сделала пакость, а теперь козой прикидываешься, здорово получается. Что ж, прощай, жаль разбегаться, но иметь дело с хамкой не хочу.

И он повесил трубку.

Асенька прорыдала два дня, без конца пытаясь соединиться с любовником, но мобильный Калягина вначале тупо твердил:

— Абонент временно недоступен, — а к среде завел иную песню. — Данный номер заблокирован.

К домашнему аппарату постоянно подходила только Вера, услыхав ее голос, Ася сразу вешала трубку, объясняться с женой Калягина было выше ее сил. Через неделю, измучившись окончательно, Ася поехала в Академию менеджмента и дипломатии и подстерегла любимого, когда тот садился в машину.

Андрей не заметил серо-голубые «Жигули» и поехал в сторону МКАД, Ася покатила за ним, она не очень хорошо понимала, зачем преследует Калягина. Спустя некоторое время бывший любовник припарковался возле совсем неприметного дома, простенькой блочной пятиэтажки, стоящей в глубине квадратного двора. Боясь, что Андрей увидит ее и заругается, Ася спряталась за углом. Калягин вытащил из багажника сумку, щелкнул брелком сигнализации, роскошная машина, коротко гуднув, мигнула фарами. Затем Андрей вошел в подъезд. Ася, полная решимости, надумала подождать его, она знала, что репетитор занимается с детьми по два часа. В принципе можно было уйти и вернуться к определенному времени, но Ася побоялась рисковать. Она потратила много сил, чтобы подстеречь Андрея, и теперь хотела довести начатое дело до конца: схватить Калягина за рукав и потребовать объяснений.

Ася села на скамеечку поодаль от дома и уставилась на подъезд, куда вошел Андрей. Она приготовилась к длительному ожиданию, но буквально через полчаса дверь распахнулась, и появился Калягин. Безупречный его вид портил мешок с мусором, который Андрей нес в руке. Спокойным шагом Калягин пересек двор и выбросил ношу в контейнер, а потом вернулся в подъезд.

Ася замолчала и принялась терзать сигарету, когда тонкая белая бумага лопнула, и мелкое коричневое крошево высыпалось на колени девушки, я не выдержала.

— И как ты поступила?

— Никак, — слабым голосом ответила Ася, — поехала домой.

— Не стала выяснять отношения?

— Нет.

— Почему? — недоумевала я. — Специально его подстерегла и ушла! Странная ты, однако.

— Нет, — печально улыбнулась Ася, — просто я сразу поняла, в чем дело. Другую он завел, поэтому и придумал повод, чтобы меня бросить. Наверное, боялся: начнет бабенка плакать, за пиджак цепляться. Вот уж не ожидала от Андрея, неужели он не понимал, как я его люблю! Ему бы сказать честно: «Извини, дорогая, я другую нашел».

Мне спокойствие и счастье Андрея дороже собственных эмоций. Только он решил сбежать, объявив меня виноватой, не слишком красивый поступок...

— С чего ты решила, что у него новая любовь?

Ася включила зажигание.

— Когда мы вместе жили, он всегда мусор выносил, целовал мне руку и приговаривал: «Грязная работа для мужиков, эти пальчики должны быть знакомы только с колечками и духами». Наверное, как все «ходоки», он имеет привычные приемы обольщения женщин.

— И ты после всего явилась к нему на похороны! — вскипела я. — С цветами!

— Я его люблю, — ответила Ася, — и буду любить всегда, даже мертвого.

Домой я неслась как на крыльях. Адрес любовницы Калягина надежно хранил в памяти диктофон. Ася назвала улицу и номер дома, единственное, чего она не знала: в какую квартиру входил ее бывший любовник, но уточнила:

— Там в здании три подъезда, он направился в средний.

Я ликовала, в пятиэтажках, как правило, на лестничных клетках всего четыре двери. Узнать, где обитает дама сердца Андрея Львовича, не представит труда, Гри просто обязан похвалить меня.

Но он лишь проронил:

— Молодец, завтра поедешь и выяснишь у любовницы, что к чему.

— Можно после обеда? — попросила я.

— В общем, да, — милостиво разрешил хозяин, — а почему?

— Хотела утром с Этти в агентство сходить.

— В какое агентство тебе надо? — заинтересовался Гри.

Я охотно рассказала про планы, связанные с покупкой новой квартиры, Гри поджал губы.

— Тебе что-то не по душе? — испугалась я. — Хочешь отправить меня на работу прямо с утра?

— Да нет, — пожал плечами Гри, — просто в силу своей профессии я стал очень недоверчив. Ничего не произойдет, если добудешь нужные сведения на два часа позже, драмы не случится.

— И что могло тебе показаться подозрительным в покупке квартиры? — удивилась я.

— Да так...

— Ну все же?

Гри переворошил на столе какие-то бумажки.

— Может, конечно, я лезу не в свое дело, но отчего Этти не предложила тебе совместное владение апартаментами?

— Это как? — удивилась я.

— Очень просто, — объяснил Гри, — покупаете жилплощадь на двоих, обе становитесь полноправными хозяйками. Тебе не кажется, что, оформляя право собственности на себя, свекровь хочет обмануть невестку-вдову? Двадцать тысяч вложишь, а потом на улице останешься. Скажет твоя распрекрасная Этти: «Вали, девочка, прочь, звать тебя никак, и место твое на вокзале под лавкой».

Не боишься? Еще классик говорил про квартирный, испортивший всех, вопрос. Вспомни сказку про зайку и лубяную избушку.

— Ну ты даешь! — всплеснула я руками. — И впрямь подозрительный сверх меры. Да Этти моя лучшая подруга!

— Ох, я могу такого про хороших приятельниц рассказать! И мужей уводят, и вещи воруют! Сколько у меня баб было, ни одна про свою знакомую ничего хорошего за глаза не сказала!

— Этти не такая!!!

— Хорошо, хорошо, — примиряюще поднял руки Гри, — тебе видней, просто хочу предупредить: есть возможность владеть квартирой совместно. Ну не дуйся, я вовсе не хотел обидеть твою свекровь, может, она и в самом деле ангел с крыльями!

Я заморгала, а потом возмутилась:

— Ну нельзя же думать о людях только гадости!

Гри скривился.

— Насколько знаю, народ в основном печется о собственной выгоде!

— Это неправда! Просто тебе не повезло, не встретились настоящие друзья, — с жаром принялась возражать я.

— А у тебя они есть?

— Да!

— Много?

— Этти!

— И все?

— Вполне хватит, кое-кому и одного приятеля не досталось!

Гри почесал шею, потом более мягким тоном осведомился:

— В твоей жизни имеется лишь свекровь?

— Верно.

— Отчего мужика не заведешь?

Бесцеремонность вопроса неприятно меня поразила.

— Зачем он мне? — вырвалось у меня.

Дедуля захихикал.

— Может пригодиться в хозяйстве.

— Спасибо, обойдусь, — сердито ответила я.

— Нельзя же букой сидеть, — пер дальше танком Гри, — этак недолго и в старую деву превратиться.

— У меня был любимый муж, — резко оборвала я слишком разговорившегося дедка, — другого не надо.

— Даже в Индии перестали хоронить вдов вместе с телом супруга, — почему-то обозлился Гри, — кстати, отчего он умер?

Я тяжело вздохнула.

— Не знаю.

— Как это? — изумился Гри. — Что с ним произошло?

— Знаешь, бывает такая цепь событий, все одно к одному, вроде ничего особенного, а сложится вместе — беда! Миша никогда не болел, ну так, по мелочи, гастрит его иногда мучил, пару раз простужался. Жили мы не слишком богато, но особо и не бедствовали, на еду хватало, да и Этти порой подбрасывала деньжат, она очень любила Мишу. И вообще, Этти наш добрый ангел, у нее куча знакомых в самых разных сферах, вот свекровь и пыталась при их помощи улучшить нашу жизнь. Началась трагедия с удачи. Миша великолепно владел автомобилем, мог с закрытыми глазами разобрать и собрать любой механизм, «лишних» деталей у мужа в результате не оставалось.

Гри крякнул.

— Я один раз надумал починить кофемолку, развинтил ее без проблем, а вот назад «мельница» не сложилась, вроде все путем, а не заработала.

Я грустно улыбнулась.

— У Миши работало даже то, что давно умерло. Вот почему один из приятелей Этти и попросил мужа перегнать ему из-за границы иномарку, пообещал очень хорошие деньги. Миша согласился и выполнил работу отлично, на заработанное он мне купил шубку из натурального меха! Понимаешь, какой у меня был супруг? Не себе что-то приобрел, а жене подарок сделал.

Гри хмыкнул.

— Нормальные мужики так всегда поступают, эка невидаль.

— Ладно, — кивнула я, — не стану спорить, только очень я радовалась обновке, но не долго. Миша во время дороги сильно простудился, заработал грипп, тот дал осложнение, ну и понеслось. Никто из врачей сказать не сумел, отчего мужу плохо, вроде лечили, а Миша загибается, начали думать об онкологии. Потом вдруг Мише стало лучше, кашель прошел, муж повеселел, мы решили, что он избавился от болезни, и буквально возликовали, да еще одна радость привалила. Этти ухитрилась пристроить меня на необыкновенное место работы, помощником секретаря к одному очень богатому бизнесмену. Зарплату положили такую! Одна беда, график напряженный, да еще мой хозяин решил стать депутатом, пришлось с ним поехать в командировку, в Хабаровск, на месяц. Я очень скучала по дому!

Внезапно по щекам покатились слезы.

— И дальше что? — тихо спросил Гри.

Я кое-как справилась с рыданиями.

— Каждый день звонила Мише, долго мы не разговаривали, связь дорогая, просто говорили друг другу: «Все хорошо, скоро встретимся». Но потом... потом...

— Что?

— Меня вызвала начальница, правая рука хозяина,

Анна Михайловна, ей все помощники подчинялись, вручила билет и велела: «Ближайшим рейсом лети в Москву, у тебя муж умер».

— И от чего он скончался?

Я вытерла лицо.

— Оказывается, проводив меня в командировку, муж снова угодил под дождь, болезнь вернулась. Этти живо вызвала врачей, те уверили ее, будто опасности нет, и свекровь с Мишей решили мне ничего не сообщать, волновать не хотели. Да и ничто не предвещало беды, она разразилась внезапно. В понедельник утром Этти ушла на работу, в обед Миша позвонил матери, и они спокойно поговорили, а вечером она нашла сына в коматозном состоянии. Ночью мой муж, не приходя в сознание, умер.

— Бред! — воскликнул Гри.

— Так случается, — тихо сказала я, — Этти заставила врачей сделать вскрытие, онкологии не обнаружилось, у Миши случился инсульт.

— Да уж, — пробормотал Гри, — не повезло тебе.

Я внезапно ощутила гигантскую усталость и еле слышно завершила рассказ:

— Страшнее тех дней я и вспомнить не могу. Вылететь из Хабаровска не сумела. Над областью разразился буран, настоящее стихийное бедствие, шквальный ветер, ураган... Посрывало крыши с домов, оборвало провода... Две недели просидела, как в осаде, самолеты не летают, поезда не ходят, на автомобиле до Москвы не доехать, трасса завалена снегом. Мишу хоронили без меня. Все заботы упали на плечи Этти, я увидела лишь фото супруга в гробу и могилу. Прости, мне очень трудно говорить.

— Ступай отдыхать, — отчего-то зло сказал Гри, — у меня работы полно! Кстати, о белом арапе...

— О ком? — вынырнула я из пучины воспоминаний.

— Помнишь, мы говорили о смерти Никиты Дорофеева и словах, которые он успел нацарапать на сигаретной пачке.

— Да, — кивнула я, — что-то типа «Ищите белого арапа».

— Не так откровенно, но суть подмечена точно. Скажи, как ты думаешь, белый арап совсем не смуглый? Ну, допустим, итальянцы, испанцы выглядят всегда загорелыми, а финны нет. Белый арап ближе к кому будет?

Я пожала плечами.

— Право, не знаю. Может, Никита имел в виду не араба, не негра, а, допустим, человека, который сильно отличается от остальных, как белый арап от прочих людей, ну там косой, горбатый, кривой, с тремя ногами...

— Очень ценное замечание, — обозлился Гри, — в особенности последнее, про количество конечностей. Вали спать, тетеха, никакой от тебя пользы, кроме неприятностей.

Глава 17

Утро мы с Этти провели в конторе, торгующей недвижимостью. Я уже упоминала, что у нее полно знакомых, поэтому нас приняли прекрасно, риелтор по имени Оксана старалась изо всех сил, показывая проспекты и альбомы с фотографиями.

В конце концов я ткнула пальцем в один снимок и спросила:

— Сколько такое стоит?

— Бетон сорок пять тысяч, с отделкой шестьдесят три.

— Не поняла, — воскликнула я, — какой бетон?

Оксана улыбнулась.

— Если берете без обоев, паркета, сантехники, то сорок пять.

— А как же потом, без унитаза? — растерялась я.

— Поставите, какой захотите, наймете рабочих. Люди, когда въезжают в новые квартиры, чаще всего ремонт затевают, меняют плитку, линолеум... Поэтому и начали жилплощадь без отделки продавать, лучше сразу под себя сделать.

— Вот здорово, — обрадовалась я, — надо брать такую! Дешевле намного!

— Ерунда, — фыркнула Этти. — Естественно, покупаем полностью готовую, тебе жить негде!

— Но тогда придется больше платить!

— За ремонт тоже возьмут бешеные деньги! Не станешь же жить без паркета.

— Но...

— Не спорь! — стукнула кулаком по столу Этти. — Давай, Оксана, выписывай ей пропуск, поедет хоромы смотреть, на месте и определимся.

Риелторша оживилась.

— Сейчас бланк принесу.

Мы с Этти остались в комнате одни.

— Ты такие деньги на мою квартиру потратишь, — прошептала я.

Этти хмыкнула.

— Покупаю-то на себя, получается, что я тебе десять кусков должна.

— Но жить ведь там я буду.

— Конечно, на законных основаниях, по прописке, — улыбнулась Этти, — кстати, помнишь мой гарнитур из столовой?

— Стенку с диваном?

— Да. Нравится?

— Шикарная мебель!

— Она твоя.

— С ума сошла!

— Вовсе нет. Еще получишь кухню и прихожую.

Я разинула рот.

— Я ремонт начинаю, — пояснила Этти, — меняю все, а старье тебе скину. Разбогатеешь, выбросишь.

— Ничего себе старье, — пробормотала я, — отличная мебель, словно новая глядится.

— Ну мы-то знаем с тобой, сколько ей лет, — рассмеялась Этти.

Я глубоко вздохнула, услышь этот разговор Гри, у него бы мигом пропали все сомнения в отношении Этти.

И вдруг, неожиданно для себя самой, я спросила:

— А что такое совместное владение жилплощадью?

Выпалив вопрос, я покраснела и смутилась. Сейчас Этти обидится и будет права, но свекровь совершенно спокойно объяснила:

— Это когда двое или несколько человек имеют равные права на жилье. Кстати, это могло быть идеальным вариантом для нас, если бы не одна маленькая деталька.

— Какая? — заинтересовалась я.

— Каждый из собственников в данном случае должен заплатить налог. Например, с тебя три тысячи долларов и с меня. Получается, теряем крупную сумму. Понимаешь? А если один приобретает, то платим намного меньше, сообразила? Я думала поступить по-другому, оформляем бумаги, а через год презентую тебе хоромы, так дешевле выйдет, если ты, конечно, не устроишь истерику. Лучше, конечно, сразу сделать тебя хозяйкой, но ведь сама не хочешь, стесняешься подарки брать, дурочка!

Я улыбнулась: нет, мне феноменально повезло с Этти, а Гри стоит пожалеть, дед незнаком с настоящими друзьями.

Выйдя из риелторской конторы, мы расстались, Этти понеслась на работу, я же, следуя приказу Гри, поехала по адресу, который дала Ася.

Дом, где жила любовница Андрея Львовича, выглядел непримечательно, обычная пятиэтажка из блоков. Дверь в нужный подъезд оказалась запертой на кодовый замок, но сбоку на стене детская рука написала черным маркером «12».

Я нажала на кнопки, замок лязгнул, с лестницы пахнуло кошачьей мочой. Лампочка отсутствовала, и после яркого, солнечного дня я очутилась в почти кромешной темноте. Сначала чуть не упала, споткнувшись о щербатые ступеньки, потом поднялась на нужный этаж и поняла, отчего на лестнице стоит черная ночь. Окна были заделаны фанерой. Очевидно, тут постоянно били стекла, и жильцам надоело жить с пустыми рамами. На подоконнике стояла консервная банка, набитая окурками, и валялись разодранные газеты, а около батареи выстроились пустые бутылки, две пивные и одна водочная. Я вытащила сигареты, теперь следовало решить, в какой квартире живет любовница Калягина. Как поступить? Ну не звонить же в двери с вопросом: «Простите, не вы ли спали с Андреем Львовичем?»

Внезапно по спине побежали мурашки. Звонить в квартиры? Почему нет?

За дверью с номером 18 стояла тишина, очевидно, все обитатели маялись на работе. Зато соседняя створка распахнулась сразу, передо мной возникла дама, облаченная в расшитое драконами кимоно.

— Вы ко мне? — удивленно спросила она.

Я придала лицу самое почтительное выражение и протянула:

— Ну, это, в общем, здрасти, я пришла, как договорились.

— Не понимаю, — ответила дама, поправляя прическу, — мы с вами никогда не встречались.

— Оно верно, — изо всех сил изображала я из себя деревенщину, — Андрей Львович меня нанимал, я теперича ваша домработница, вот, могу приступать.

— Какой такой Андрей Львович? — хлопала глазами хозяйка.

— Муж ваш.

— Я живу одна.

— Да ну? — вытаращила я глаза. — Кем же он вам приходится, заботливый такой?

— Что-то вы перепутали, милочка, — процедило «кимоно».

— Дом четыре, квартира девятнадцать?

— Да.

— Адрес дал хозяин, Андрей Львович Калягин, договорились на три дня в неделю, стирка, глажка, уборка...

— Вы ошиблись.

— Но я задаток получила! — тупо стояла на своем я.

— Девушка, вы неправильно записали координаты, — чинно ответила дама.

— Делать-то чего? — зудела я. — Может, в восемнадцатую квартиру зайти?

— Дорогая, — усмехнулась дама, — там живут горькие пьяницы, они бродят у метро, бутылки собирают. Алкоголикам домработница не по карману, да и все равно им, в каком свинарнике жить, лишь о водке мыслят.

— Может, в двадцатой Андрей Львович имеется? — поинтересовалась я.

— Нет, — покачала головой женщина, — здесь Надюша обитает, милейшая девочка, одинокая, с ребенком, ни денег, ни мужа...

— А в двадцать первой?

— В нашем подъезде вообще нет никакого Андрея Львовича, — терпеливо растолковывала хорошо воспитанная тетка.

— Но как же так?!

— Вы перепутали подъезд, квартиру, дом или все сразу.

— Не может быть, — упорствовала я, — на память не жалуюсь, мы приехали в его машине, красная такая, прямо пожар, хозяин вошел внутрь, мне велел в тачке ждать.

Высказавшись, я спохватилась, врать тоже надо уметь, сейчас «кимоно» удивится, ну почему Андрей Львович сам не отвел поломойку к месту службы.

— А-а, — протянула не заподозрившая дурного женщина, — вон вы о ком! Ступайте на пятый этаж, в тридцать шестую, там сей фрукт бывал, сейчас, правда, его уже не вижу. Вас давно нанимали?

— В понедельник.

Дама секунду глядела на меня, потом повторив:

— Пятый этаж, тридцать шестая квартира, — хлопнула дверью.

Страшно довольная собственной предприимчивостью, я побежала вверх, перепрыгивая через ступеньки.

Дверь в квартиру выглядела, как у всех, ободранной, но когда она с легким шорохом распахнулась, я увидела дорогой встроенный шкаф, лаково блестящий пол и картины в бронзовых рамах. Хозяйка походила на супермодель, высокая, стройная, лет тридцати по виду.

— Что вы хотите? — резко спросила она. — Если коробейничаете, то предупреждаю сразу, ничего у разносчиков не покупаю, говно носите, тут же все ломается.

Я поежилась под ее колючим взглядом, но потом ощутила прилив вдохновения и бодро сообщила:

— Нет, я не продаю ручки, скотч и неисправные электроприборы, а провожу опрос.

— Да?

— По заданию газеты «Секс», слышали про такую?

— Всегда ее читаю, — обрадовалась женщина, — прикольная штука.

Я повнимательней пригляделась к хозяйке. «Прикольная штука». Так не станет изъясняться дама, справившая тридцатилетие, подростковый сленг перестают использовать на пороге двадцати, наверное, незнакомка совсем молода, просто слишком яркий макияж ее старит, да еще выкрасила зачем-то волосы в иссиня-черный цвет...

— Вы проходите, — радушно пригласила девушка, — вот сюда, у меня одна комната.

Я сняла туфли, миновала крошечный коридорчик и вошла в жилое помещение. Такие квартиры я знаю как свои пять пальцев, мой дом был построен по аналогичному проекту. Входная дверь, тут же, справа, крохотный, совмещенный санузел, через шаг метровый коридор, ведущий в комнату и кухню. Правда, у меня была «двушка». Из гостиной вела дверь в спальню, такую маленькую, что в ней даже не встала нормальная кровать, пришлось мне покупать раскладной диван, раскрывать который надоело через три дня. Единственное, что удобно в этих домах, чуланчики, отчего-то расположенные не на кухне, а в большой комнате.

В квартире, где я находилась сейчас, тоже имелась кладовая, хозяйка сломала ее, а в образовавшийся альков поставила кровать.

Я огляделась и постаралась скрыть ужас. Комната выглядела словно ожившая мечта пятилетней девочки, все, на что падал взор, было розовым, в рюшечках, бантиках и плюшевых игрушечках. На столе лежала кружевная скатерть, на кровати атласное покрывало и с десяток думочек самых разнообразных форм. Подушки в виде сердца, черепахи, кошки, игральной кости... Довершал картину прикроватный коврик с изображением Белоснежки в компании всех семи гномов. Очевидно, я слишком долго задержала на нем взгляд, потому что хозяйка бесхитростно сказала:

— Нравится, да? В Диснейленде купила, отпадная вещичка.

Я закивала. Действительно, просто хочется упасть при взгляде на этакую красотищу. В комнате не было ни одной книги, из печатных изданий обнаружились лишь глянцевые журналы.

— Садитесь, — суетилась хозяйка, — о чем спрашивать станете? А в «Сексе» сообщат мою фамилию, напишут, кто на вопросы отвечал?

— Конечно, — пообещала я, совершенно не таясь, вытащила диктофон и пояснила: — Теперь с техникой работаем, бланки не заполняем. Представьтесь, пожалуйста.

— Цыганкова Ирина, — затараторила девушка, — возраст говорить?

— Если не скрываете.

— Не-а, — рассмеялась Ира, — без секретов, мне двадцать три.

Надо же! Девица намного моложе, чем я предполагала!

— Незамужняя, — бойко тарахтела Ирина, — и не собираюсь.

— Почему?

— Мужики козлы.

— Так-таки все? Опрос посвящен взаимоотношениям между мужчиной и женщиной, нас крайне интересует ваша позиция.

— Кругом одни уроды, — вещала Ира, — я не встретила никого, способного стать нормальным мужем. Ну прикинь сама, что за кадры. Мишка Ливанов красавец хоть куда, все при нем: рост, морда... Любо-дорого посмотреть, но денег не имеет, ваще никаких. Везде за мой счет ходили: в кино, на «американских горках» кататься. Я ему пиво и сигареты покупала. Ну скажи, кому такой убогий нужен? Жаль печальная. Берем другого. Костя Баклан.

— Ну и фамилия, — улыбнулась я.

— Не, кликуха, — засмеялась Ирина, — Баклан, он и есть Баклан. С деньгами у него полный порядок, фирму имеет, квартиры ремонтирует, архитектурно-дизайнерские услуги, в общем. Кстати, это он мне комнатку делал, клево, да?

Я закивала.

— Единственно, что получила хорошего, — вздохнула Ира, — не зря Костю Бакланом прозвали, полный идиот, таких еще поискать. Оно, конечно, и стерпеть можно, с его деньгами пожениться, только ведь Костька по компаниям шляться любит, не понимает, что его зовут лишь потому, что «капустой» до макушки набит, выпьют ханку, сожрут хавку и давай над ним издеваться, а Баклан и доволен, не доходит до парня, что потешаются. Вот если бы он дома сидел, у телика, то еще ничего, а так ведь со стыда сгореть можно. У людей кругом мужики нормальные, а у тебя кретин. Подумала я, подумала и подбила его мне ремонт сделать, Баклан расстарался, надеялся, что я потом сразу в загс побегу, только облом ему вышел.

Мне оставалось лишь удивляться, слушая простонародный говорок Ирины. Хозяйка частенько ставила неправильно ударения, слишком сильно «акала» и говорила слегка в нос. Все в ней напоминало существо, которое в двенадцать лет твердо уверено, что учиться не надо, в тринадцать тусуется по подъездам с гитарой, бутылкой водки и пачкой дешевых сигарет, а в пятнадцать уже знает все житейские секреты. Элегантно одетый и подчеркнуто интеллигентный Андрей Львович совершенно не «монтировался» с Ириной. Хотя, может, его после студенток и молодых преподавательниц потянуло на дворовых Лолит? Так, съев два куска торта с жирным кремом, человек хватается за солененький огурчик.

— Еще приставал ко мне Кузькин, — неслась дальше Ирина, готовая ради того, чтобы увидеть свою фамилию на страницах любимого издания, рассказать всю свою жизнь, — Кузькин из себя ничего, симпатичный, на гитаре хорошо играл, в компании последним у стены не жался. Да и с деньгами у Сереги полный порядок, сам, правда, не шибко зарабатывает, но у них с братом и квартира есть, и машина, ихние родители при средствах, вот сыночкам любимым всего напокупали, балуют они их.

— Чем же, тебе и этот кавалер не подошел? — заинтересовалась я. — Со здоровьем неполадки?

— Не-а, — протянула Ира, — просто бычачий организм у Сереги, в одиночку шкаф поднимает...

— В чем дело тогда?

Ирина дернула плечиком, обтянутым полупрозрачной кофточкой.

— Прикинь, у него фамилия Кузькин!

— Ну и что?

— Представь, выхожу я за него, родится ребенок у нас, подрастет, пойдет в школу, я за ним приду, а все вокруг заорут: «Вон, видите, Кузькина мать пошла». Жуть просто!

Я подавила смешок.

— Да уж, похоже, не везет тебе.

— Повсюду облом, — пожаловалась Ира, — получится из меня старая дева, вон у нас в подъезде девчонки уже по два раза расписывались. Надо мной небось смеются, болтают на кухнях: Цыганкова-то перестарок, никак не пристроится!

— Знаешь, — улыбнулась я, — только что я ходила по подъезду, в девятнадцатой квартире тетка живет...

— Раиса Петровна, — перебила Ира, — выдра крашеная! Вечно мне замечания делает, как увидит, сразу заведет: «Ты бросила на пол окурок, курила и всю лестницу изгадила». Бесполезняк объяснять, что я живу одна и дымлю в своей квартире. Нет, прицепится, словно банный лист к жопе, не отдерешь, да еще так противно воет: «Ира, Ира, как не стыдно!»

— Она тебе завидует.

— Чему это, интересно? — удивилась девушка. — У ней квартира трехкомнатная, муж зарабатывает и две дочки за богатых выскочили. Ихние мужья ларьки на рынках держат, деньги сумками носят, с какого ляду ей завистничать?

— И тем не менее, — гнула свое я, — она мне во время опроса рассказала, какой у тебя шикарный кавалер, на красной иномарке, всегда с букетом и тортом является, даже мусор выносит.

— Ну е мое, — стукнула себя руками по бедрам Ирина, — заколебали прям с парнем. Бабы во дворе, словно крокодилы, в подол вцепились, расскажи им, кто такой. Затрахалась объяснять, не мой это хахаль, ну ваще, теперь Раиса Петровна туда же! Надоели!

— Но он ходил в эту квартиру? — осторожно спросила я.

— Да, только не ко мне.

— Ты живешь тут не одна?

— Ну и глупость ляпнула, ваще! Че здесь, коммуналка?

— Так секунду назад ты сказала: «сюда приходил, но не ко мне».

— Экая ты малосообразительная, — попеняла Ирина, — у меня знакомая есть, с родителями живет и любовника имеет, поняла?

— Не очень пока.

— Где ж ей с парнем встречаться? Дома боится, вдруг отец невзначай нагрянет или мать заявится, жуткое дело выйдет. Я отдыхать ездила в Египет, меня Баклан повез, все надеялся жениться. Квартира-то пустой осталась, вот я и пустила Наташку потрахаться. Это ее полюбовничек на красном авто разъезжает, жутко шикарный дядька. Жаль, я ему не по вкусу пришлась.

— Где же ваша подруга живет и как ее фамилия? — спросила я.

Не успел звук моего голоса затихнуть, как я обозлилась на себя. Сейчас Ирина совершенно справедливо спросит: «А зачем вам?»

И что тогда отвечать?

Словно услыхав мои мысли, Ира открыла хорошенький ротик с пухлыми, розовыми губками и выпалила:

— А зачем вам?

Я даже не успела сообразить, что к чему, как язык сам собой ляпнул:

— Следующий опрос будет посвящен женщинам, живущим с родителями и имеющим любовников, подойду к вашей подруге с анкетой.

— Лучше на работу ступайте, — деловито посоветовала Ира, — дома она и слова вымолвить не сможет, отца побоится.

— Где трудится ваша подруга?

— Наташка-то? Ой, не могу, со смеху помереть, да за углом, в супермаркете между полками бегает.

— Что же смешного в торговле продуктами? — удивилась я.

— От другого обхохочешься, — щебетала Ира, — мы с Клыковой в одном классе учились. Она самая умная была, сплошные пятерочки. Я после восьмого в училище ушла, на парикмахера учиться, а Натка за один год два класса осилила и в институт попала, какой-то математический. Мне ее всегда в пример ставили: вот видишь, Ира, как Наташа учится. И чего вышло? На работу по специальности устроиться не смогла, ей во всяких НИИ такие деньги предлагали, целых триста рублей в месяц. Она, правда, год поколупалась, а потом ушла. Да и куда деваться, родители старые, пенсионеры, кушать хотят, самой одеться надо. Плюнула Натка на науку и теперь в супермаркете людям кланяется за хорошую зарплату. Ну и чего? Стоило ради подобного места институт заканчивать? Вот и вышло, что я двоечница была, зато сейчас у меня клиентов море. Адресок по эстафете передают, чаевых — лом, ни от кого не завишу, а у Наташки никакой профессии, только таблицу умножения знает. Какой от ее умища прок?

Уйти от болтливой Ирочки оказалось не так просто. Я пару раз порывалась встать, но хозяйка продолжала тарахтеть, словно гигантская погремушка. Слава богу, во время рассказа про очередного своего кавалера Ира замерла, потом воскликнула:

— Ну ни фига себе! Заболталась! Мне же на работу!

Боясь, что она снова начнет нести глупости, я нацепила туфли и побежала искать супермаркет, завернула за угол, увидела большое здание с огромными стеклами и, не поглядев на вывеску, влетела внутрь.

Сразу стало понятно, это не супермаркет, продуктами тут и не пахло. Повсюду висела одежда, нескончаемые ряды юбок, брюк и платьев, я машинально подошла к стойке и подвигала вешалки. Сначала под руку попались два жутких ярко-зеленых костюма с синими пуговицами. Но за ними обнаружилось миленькое бежевое платье с клешеной юбкой, я взглянула на ценник и удивилась, сто рублей. Недоумевая, я разыскала продавщицу и спросила:

— Вещь с браком?

— Мы же дисконт-центр, — ответила женщина.

— Извините, не понимаю.

— Система наших магазинов предлагает ассортимент по демпинговым ценам, — охотно пустилась в объяснения сотрудница, — продаем товарные остатки. Ну, допустим, разорился бутик, знаете, такой, в котором вещи простому человеку не купить. Магазин-то погорел, но товар остался, не выбрасывать же его? Вот и привозят к нам и ставят за копейки, чтобы хоть что-то выручить. Еще поступает конфискованное с таможни. Есть такие дельцы, ввозят в страну, допустим, мужские костюмы от дорогого производителя, не хотят пошлину большую платить и оформляют их как детское питание. Только ничего хорошего не получается. Таможенники обман просекают, большой штраф накладывают, а шмотки конфискуют и к нам. Да вы походите, поройтесь, тут славные вещички за копейки отыскать можно. Умные люди не во всякие бутики, а сюда едут.

Я, забыв про дела, пошла бродить по залу и через полчаса, отыскав коричневое платье, зарулила в примерочную. Повертевшись перед зеркалом, я попросила другую продавщицу, женщину лет пятидесяти:

— Посмотрите, сзади не морщит?

Служащая внимательно оглядела меня.

— Сидит очень хорошо, только разрешите дать вам совет?

— Конечно.

— Зачем берете унылую вещь невразумительного цвета?

Я растерялась: давным-давно, лет с семнадцати, ношу одежду мрачных оттенков — черную, темно-фиолетовую, серую, неужели продавщица не понимает, в чем дело?

— Я толстая, вот и хочу казаться стройной.

Продавщица мягко улыбнулась:

— Кто вам сказал такую глупость?

— Светлое полнит, всем известно.

— Я не про цвет одежды, вы женщина нормального телосложения, а не сушеная кикимора. К тому же обладаете яркими глазами, красивыми волосами. Следует подчеркнуть достоинства, погодите минутку, сейчас принесу, тут висит один костюмчик, словно на вас сшит.

Сказав эту фразу, продавщица ушла. Я села на стоящий в примерочной стул. Через пару минут она принесла вешалку, на которой висели пиджак и слаксы цвета берлинской лазури.

— Не ношу брюки, — попыталась отбиться я, — только юбки.

— Почему?

— Ну с моим задом...

— А вы попробуйте.

— Нет, нет.

— Померяйте, — настаивала женщина, — за пробу-то денег не берут, что случится, если просто прикинете?

Я молча принялась натягивать вещи, а и правда, отчего не померить?

Надев костюм, я повернулась к зеркалу. Следует признать, такой роскошной вещи я никогда не имела в своем гардеробе. Этти, с радостью отдававшая мне мебель, ковры, плиту, духи, никогда не предлагала одежду, да и понятно почему. Свекровь носит сорок четвертый размер, и ее юбчонки мне даже на нос не налезут. Денег же, чтобы самой пойти в хороший магазин, у меня не было никогда, и вот теперь всего за двести пятьдесят рублей предлагается вещица, полностью изменившая мою внешность.

Длинный пиджачок с красивыми перламутровыми пуговицами подчеркивал невесть откуда взявшуюся талию, потом он расширялся книзу и прикрывал полноватые бедра. Широкие, свободные брюки создавали обманчивое впечатление того, что внутри их находятся стройные ноги. Я выглядела замечательно, первый раз понравилась сама себе.

— Блеск, — чмокнула губами продавщица, — словно на вас сшито, ну-ка, погодите.

И она снова испарилась. Я, не веря своим глазам, вертелась перед зеркалом. Там отражалась молодая женщина приятной полноты, кокетливая пышечка, но более того, уродливая толщина испарилась без следа.

— Вот, — азартно выкрикнула, прибегая назад, продавщица, — немедленно надевайте. Наверное, тридцать восьмой носите?

И она поставила передо мной туфли, простые, но очень элегантные лодочки серо-синего цвета.

— Абсолютно точно, — пробормотала я, — как вы угадали?

Женщина засмеялась.

— Я всю жизнь с обувью работала, только последний год сюда перебралась. Меряйте, к ним и сумочка имеется в тон.

— Нет, нет, — замахала я руками, — спасибо, не надо.

— Если денег с собой нет, могу отложить, — настаивала продавщица, — да на цену посмотрите! Такая обувь и всего за двести рубликов, качество отменное, уж поверьте, знаю в товаре толк.

— Деньги-то у меня есть, — вздохнула я.

— Так в чем дело?

— Каблук не ношу.

— Ну попробуйте.

Пришлось послушаться и признать, на каблуке я стала выглядеть еще лучше, стройней и привлекательней.

— Конфетка, — воскликнула продавщица, — прямо так и ступайте. Если возьмете костюм и туфли, на сумочку скидку сделают, вообще за копейки ее получите. Нет, как все-таки одежда меняет внешность, каждый раз просто диву даюсь. Знаете, вам еще надо оттенить волосы, сделать их чуть рыжее, и просто шикарной станете. Вот ведь какие пустяки: одеться по-другому, перечесаться, и готово, иной человек.

Я заплатила и вышла на улицу, дверь в супермаркет оказалась рядом со входом в дисконт-центр. В огромном зале равномерно гудели десятки холодильников, шумели покупатели, стрекотали кассовые аппараты. Я пошла вдоль стеллажей, первой на глаза попалась краска для волос. Может, и впрямь оттенить волосы? От природы мне достались густые кудри, они красиво лежат и слушаются даже неумелого парикмахера. Вот только цвет подгулял, серый, маловразумительный, словно мех мыши зимой. Наверное, приветливая продавщица из магазина распродаж права, рыжий оттенок мне будет к лицу. Как она только что сказала:

— Оденься по-другому, сделай новую прическу, и готово, иной человек.

Внезапно я остановилась.

Переодеться, изменить цвет волос... Отчего фраза мне кажется важной? Что заставило меня встрепенуться? Отчего я насторожилась?

Глава 18

Наташа Клыкова работала в отделе рыбных консервов. Маленькая, худенькая, черноволосая, она аккуратно расставляла пирамидой банки с лососем.

Решив подъехать издалека, я спросила:

— Девушка, тут тунец представлен, он тушкой или кусочками?

— Сейчас поглядим, — ответила приветливо Наташа, — смотрите, написано: «рубленый», следовательно, в баночке лежит не целая рыбка. Да и потом, тунец-то огромный, его в консервы невозможно целиком запихнуть, это же не шпроты и не сардины.

— Ага, ясненько. Может, еще и про крабов знаете?

— Что именно?

— Почему на одних банках пишут: «камчатский продукт», а на других «Чатка», что это слово значит?

Наташа улыбнулась, обнажив мелкие, но ровные и белые зубы.

— На самом деле смешная история. Боюсь соврать, в каком году, довольно давно, для одного камчатского рыбозавода отпечатали новые этикетки. На них должно было стоять: «Камчатка. Крабы в собственном соку». Но произошла типографская ошибка, и получилось просто «Чатка. Крабы в собственном соку». Слог «Кам» испарился. Заметили сей ляпсус поздно, тираж уже был готов, переделывать его дорого, подумали, подумали и решили: раз этикетки есть, их следует использовать, и наклеили на банки. Неожиданно продукция ушла влет, загадочное слово «Чатка» заинтриговало покупателей, и тогда рыбозавод оставил его, сделав своей торговой маркой. На Камчатке много предприятий, производящих консервы, но только одно указывает на этикетке «Чатка».

— Надо же, — восхитилась я, — как вы много знаете! Это вам в торговом училище рассказали?

Наташа покачала головой и принялась вновь возводить пирамиду.

— Нет, я не заканчивала специальных торговых учебных заведений. Просто была знакома с одним человеком, он собирал всякие курьезы, связанные с языком, правда, в основном с английским, но и о русском знал много.

— Бьюсь об заклад, что знаю имя вашего приятеля, — воскликнула я, — Калягин Андрей Львович, преподаватель. Ведь так?

Наташа попятилась, задела Эверест из банок, они с громким стуком посыпались на пол, а затем раскатились в разные стороны. Я кинулась поднимать консервы, Наташа молча начала наводить порядок. Когда неприятность была ликвидирована, я решила продолжить удачно начатую беседу:

— Ну и чего? Я угадала?

Наташа прикусила нижнюю губку.

— В общем, да, а вы его откуда знаете?

— Он у нас преподавал, — принялась бодро врать я, — всегда что-то такое рассказывал, интересненькое. Уж не знаю, отчего сейчас подумала: «Историю про этикетку Андрей Львович рассказал». Отличный мужик был, прямо жаль.

— Почему? — удивилась Наташа.

— Так ведь он умер, — брякнула я, — только похоронили, народу туча пришла, ученики его, коллеги!

Наташа попятилась и вновь обвалила «пирамиду».

— Чего ты их все на пол кидаешь? — вздохнула я. — Замучилась подбирать.

Наташа присела на корточки и принялась сгребать банки, но руки плохо слушались ее, пальцы дрожали, консервы выскальзывали. Наконец Клыкова кое-как сгрудила крабы и дрожащим голосом поинтересовалась:

— Вы ведь не просто так сюда подошли, он вас послал сказать мне про то, что все же выполнил задуманное? Только, ей-богу, я не виновата, Андрей хотел меня удержать, но, понимаете, не могла я остаться с человеком, который обманывает на каждом шагу. У меня просто сердце кровью облилось, когда я про Анастасию Глебовну узнала, случайно вышло, я не хотела в чужом белье рыться...

— Кто такая Анастасия Глебовна? — удивилась я.

— Жена Андрея Львовича, — грустно ответила Наташа, — я как выяснила про нее, мигом сказала: «Извини, Андрей, но оставаться с тобой считаю в данном случае непорядочным».

Он стал умолять, упрашивать, объяснять, но я приняла решение расстаться. Андрей тогда так сурово спросил: «Это твой окончательный вердикт? Знай, если покинешь меня, я покончу с собой, сяду в машину и со всего размаха врежусь в стену дома. Будешь потом всю оставшуюся жизнь совестью угрызаться, да поздно».

Но мне еще больше не понравилось, что Калягин решил заняться шантажом. Мы расстались после безумного месяца, проведенного вместе, в самом разгаре романа. Андрей Львович очень привлекательный мужчина, но иметь дело с вруном и негодяем я не хочу. Когда он умер?

— Пару дней назад.

Наташа с облегчением вздохнула:

— Значит, не я была причиной самоубийства, с момента нашего разрыва прошло довольно много времени.

— Его убили, — тихо сказала я.

Продавщица сделала шаг вбок и снова обрушила банки, на сей раз «Лосось в томатном соусе».

— Убили? — прошептала она. — Кто? Где? Как?

— Послушай, — вздохнула я, — мы можем тут найти

укромный уголок и поболтать немного, а то ты все время консервы расшвыриваешь.

— Только в кафе на втором этаже, — пробормотала Наташа, — продавщиц там со скидкой кормят.

— Пошли, — велела я.

Устроившись в самом углу, за крохотным квадратным столиком, я спросила:

— Ты знала, чем занимался Андрей Львович?

— Естественно, — вздернула брови Наташа, — он не скрывал никогда, что преподает в вузе и еще имеет частных учеников. Кстати, очень выгодный бизнес, пока мы встречались, Андрей не стеснялся в средствах, тратил деньги, как воду, он обожал делать дорогие презенты. Мне на день рождения преподнес серьги и браслет, очень красивые, элегантные, но я вернула все подарки, когда мы расстались.

— Он тебе нравился? — поинтересовалась я, отхлебывая невкусный кофе.

— Пока не начал врать, да. Вернее, пока я не узнала о лжи, потому что впоследствии выяснилось: Андрей не сказал о себе ни слова правды, — с горечью вымолвила Наташа, — простите, как вас зовут?

— Таня.

— А я Наташа.

— Знаю, Наташа Клыкова.

— Откуда? — изумилась продавщица. — Кто вам про меня рассказал?

Я повертела в руках пустой стаканчик и, проигнорировав ее вопрос, задала свой:

— Тебе его жаль?

— Естественно, — ответила Наташа, — любого человека, чья жизнь трагически обрывается, жаль, а уж если речь идет о том, с кем были особо близкие отношения... Хоть я и решила не иметь с Андреем ничего общего, но скорблю о его кончине.

— Хочешь, чтобы его убийца оказался за решеткой?

— Вы из милиции? — догадалась Наташа.

— Не совсем.

— Откуда тогда?

— Работаю частным детективом, меня наняла жена Калягина.

— Анастасия Глебовна?

— Нет, Вера.

— Кто такая Вера?

— Супруга Калягина.

— Что вы, — метко поправила меня Наташа, — несчастную жену Андрея зовут Анастасия Глебовна.

Я, удивленная сверх меры, спросила:

— Ты в этом уверена?

— Конечно, — с жаром сказала Клыкова, — я общалась с ней, она мне все-все рассказала.

— Наташенька, — ласково улыбнулась я, — сделай одолжение, попытайся объяснить суть дела. Похоже, я попала в дурацкую ситуацию, до сих пор считала супругой Андрея Львовича Веру Калягину.

Девушка на секунду замялась, потом решилась:

— Насколько понимаю, это была тайна от меня, раз Андрей погиб, то и смысла нет хранить молчание. Только сразу предупреждаю, история некрасивая, ничего в ней хорошего, одна грязь.

— Будь добра, расскажи, — закивала я, — может, быстрее выйду на след киллера.

Наташа отодвинула тарелку с недоеденным пирожным.

— Ладно, слушайте.

Я включила в кармане диктофон и замерла, стараясь не пропустить ни слова.

Клыкова познакомилась с Андреем Львовичем случайно, столкнулась в книжном магазине. Наташа любит рыться на полках, все новинки исторической литературы она скупает пачками. В тот день Клыкова остановила выбор на томике «Мария Стюарт» незнакомого ей автора Вадима Глызова.

Полистав хорошо иллюстрированное, дорогое издание, Наташа пошла платить за покупку и пристроилась в хвост очереди. К сожалению, покупателей обслуживала только одна кассирша, и стоять пришлось довольно долго. Чтобы не тосковать от безделья, Наташа раскрыла книгу и начала читать.

— Вы совсем не похожи на женщину, увлекающуюся дамскими романами, — донеслось вдруг сбоку.

Наташа обернулась, ей улыбался элегантно одетый мужчина со стопкой книжек в руках. Девушка машинально взглянула на корешки: Анатоль Франс, «Остров пингвинов», Франсуа Рабле, «Гаргантюа и Пантагрюэль». Незнакомец, похоже, тоже не любил ни криминальные романы, ни фэнтези. Почувствовав в нем родственную душу, Наташа улыбнулась. Вообще говоря, она никогда не знакомится с представителями противоположного пола на улицах. Если бы мужчина стоял с карманными изданиями какой-нибудь Смоляковой, девушка постаралась бы избежать контакта, ушла бы из очереди и вновь побродила по залу, поджидая, пока нахал покинет магазин.

Но незнакомец отобрал «серьезную» литературу, к тому же на его ногах сверкали ярко начищенные ботинки. Наташа терпеть не может мужчин в грязной обуви, и пахло от него не перегаром или дешевыми сигаретами, а хорошим, явно дорогим одеколоном французского производства. Только не подумайте, что Наташа принадлежит к числу женщин, которые имеют дело лишь с богатенькими Буратино. Нет, для Клыковой главное внутренний мир избранника, общность интересов, и если к этому еще прилагается аккуратность вкупе с умением хорошо одеваться... Одним словом, мужчина производил отличное впечатление, и девушка с улыбкой ответила:

— Надеюсь, не обижу вас, если отвечу, что терпеть не могу «сказочки для дам». Кстати, у меня в руках историческое произведение, биография Марии Стюарт.

— Смею вас уверить, — парировал мужчина, — что из романистов жизнь несчастной королевы лучше всех описал Стефан Цвейг, надеюсь, читали эпохальную книгу?

— Нет, — честно ответила Наташа.

— Ужасное упущение, быстро поменяйте то, что держите в руках, на произведение настоящего писателя. Пойдемте, покажу, где искать роман.

Примерно через час, выяснив общность интересов во многих областях, Андрей Львович и Наташа оказались в небольшом кафе. Затем преподаватель пригласил девушку в консерваторию. Начался роман, красивый, со страстными признаниями, подарками, букетами, конфетами и прочими атрибутами.

Потом остро встал вопрос: где встречаться?

— Извини, дорогая, — развел руками Калягин, — я затеял в своей квартире колоссальный ремонт, сношу стены, выламываю двери и окна. Вот через пару месяцев приведу все в надлежащий вид, и ты приедешь ко мне, а пока я сам боюсь в апартаменты заглядывать. Кругом пыль, грязь, штукатурка, побелка, краска, поверь, отвратительный пейзаж! Поэтому и телефон я тебе дал только мобильный, сам ночую у приятелей.

Наташенька не заподозрила ничего плохого, ее родители не так давно закончили белить потолки и клеить обои, и она помнила, какой беспорядок царил у них в квартире, хотя делали они всего лишь «косметику», чего же ждать, когда сносят стены!

— Может, квартиру снимем? — предложил кавалер. — Тебе в каком районе больше нравится?

Но Наташа очень не любит выбрасывать деньги, даже чужие, на ветер.

— Ничего пока снимать не требуется, — сказала она, — во всяком случае сейчас, одна моя знакомая едет отдыхать и оставит нам ключи.

— Это временное решение проблемы, — настаивал кавалер, — на какой срок апартаменты наши?

— На две недели.

— Значит, придется искать квартиру через четырнадцать дней.

— Там посмотрим, — ответила Наташа, которая очень не любила загадывать вперед.

Естественно, провести вместе ночь им не удалось ни разу. Наташин отец мог убить дочку, заподозрив ее в интимных отношениях с мужчиной до свадьбы. По этой же причине Андрей никогда не звонил домой любовнице. В качестве средства связи был избран мобильный.

— Мой номер знаешь только ты, — нежно говорил Андрей, вручая девушке черненький аппарат, — никому его не сообщай, хорошо?

Несколько дней пролетели изумительно. Наташа соврала родителям, что вынуждена подменять больную сослуживицу, поэтому обязана работать каждый день.

Супермаркет располагается недалеко от отчего дома, но девушка не боялась, что предки поймают ее на лжи. Во-первых, всегда можно объяснить свое отсутствие в торговых залах тем, что тебя отправили в подвал наносить на продукты штрих-код, а во-вторых, отец с матерью никогда не заходили в этот магазин, считая его неприлично дорогим. Поэтому утром, около десяти, Наташа уже была «дома» и занималась «хозяйством». Андрей приезжал в районе четырех, и любовники мигом ныряли в кровать. Бутылочка шампанского поджидала в холодильнике, в блюде лежали чудесные пирожные, в изголовье кровати источал аромат роскошный букет роз. Андрей умел создать соответственный антураж и продумывал такие детали, о которых мужчины, как правило, не заботятся: свечи на столе, приятная музыка, и еще он никогда не ложился в кровать, предварительно не помывшись, впрочем, и после любовных объятий бегал в душ. Эта хорошая привычка в конечном счете и подвела его.

После очередной постельной битвы Андрей пошел в ванную, бросив на ходу:

— Дорогая, хочешь, поужинаем в ресторане?

Наташа кивнула, а когда кавалер исчез за дверью, встала и решила погладить юбку. Андрей швырнул на ее одежду свой костюм и скорей всего измял тонкий шелк. Девушка взяла брюки любовника, раздался легкий стук, на пол упал мобильный. Наташа подняла его и увидела, как экран заморгал. Прибор оказался поставлен на режим «без звука». Потом появилось графическое изображение конверта. Наташа удивилась, Калягин несколько раз настойчиво повторял, что мобильный был приобретен недавно, номер не знает никто, кроме него и любимой. И вот теперь некое лицо отправило Андрею SMS-сообщение. «Маленькая ложь рождает большое подозрение», — классическая фраза из культового фильма про Штирлица молнией пронеслась в мозгу, и Наташа совершила бестактность: нажала на пару кнопочек, а потом прочитала фразу:

«Срок вышел. Где деньги? Настя».

Плеск воды прекратился, Наташа быстро сунула сотовый на место и мигом оделась.

— Ты уже готова? — весело сказал Андрей, появляясь в комнате. — Сейчас только причешусь, и поедем. Какую кухню предпочитаешь: итальянскую, китайскую, а может, еврейскую? Тут недалеко есть чудесный ресторан, там подают совершенно волшебную рыбу-фиш, пальчики оближешь.

С этими словами он исчез в ванной, прихватив с собой одежду. Наташа, у которой в голове теснились нехорошие подозрения, осторожно подошла к двери и заглянула в щелку.

Любовник с мрачным лицом смотрел на дисплей мобильного. Потом он сунул телефон в карман, Наташа одним прыжком оказалась в комнате. Андрей вышел, на его губах по-прежнему сияла улыбка, глаза весело блестели, он потер руки и спросил:

— Ну, выбрала?

— Может, посидим дома? — предложила Наташа. — Смотри, дождь идет.

— Что мне снег, что мне зной, что мне дождик проливной, когда мои друзья со мной, — дурачась, запел любовник. — Нет уж, хочу отметить день особо, все-таки юбилей.

— Какой? — удивилась Наташа.

— Как это? — изумился Андрей. — Только не говори мне, что не помнишь! Сегодня двадцать девятое число, ровно месяц со дня нашей первой встречи.

— Ошибаешься, — поправила Наташа.

— Никогда, — с жаром воскликнул Калягин, — такое невозможно, этот день навсегда останется в моей памяти.

Неизвестно отчего его восторженный тон покоробил Наташу.

— Ты просчитался в другом, — довольно сухо ответила она, — сегодня тридцатое.

— Э, нет, — погрозил ей пальцем Андрей, — тридцатое завтра, и нам, к сожалению, не удастся встретиться, с утра лекция, а потом у меня ученик, весь день под завязку забит...

— Сегодня тридцатое, — повторила Наташа и протянула газету, — видишь дату?

— Мама родная, — совсем по-бабьи взвизгнул любовник, — какой ужас! Который час?

— Пять вечера.

— Жуть, — заметался по комнате Калягин, — просто катастрофа! Натуральный кошмар. Ресторан откладывается, прости, дорогая, я опаздываю на урок. Видишь, как в тебя влюблен, про все позабыл и даже числа перепутал, такого со мной никогда не случалось. Прости, Настюша, убегаю...

— Ты назвал меня Настюшей, — сердито сказала Наташа, — забыл не только про число, но и про имя.

— Я? — изумился Андрей, зашнуровывая ботинки. — Я?! Назвал тебя Настюшей? Дорогая, тебе послышалось!

— Я не жалуюсь на слух, — протянула девушка, — Настя твоя любовница?

— Дурочка ревнивая, — засмеялся Калягин и звонко чмокнул Клыкову в нос, — маленькая, но страшно сердитая, глупенькая моя, я произнес: «Натюша», образовал ласковый вариант от твоего имени, Натюша, Натюшенька... Нет у меня никаких любовниц и не было, есть только ты, единственная и неповторимая Натюша.

С этими словами он выскочил за порог и понесся по ступенькам вниз, приговаривая:

— Надо же, перепутал день! Совсем ума лишился.

Наташа вышла на крохотный балкончик, сверху ей было отлично видно, как Андрей подбежал к своей приметной, ярко-красной машине, распахнул дверцу, сел за руль, но автомобиль отчего-то не двинулся с места.

Калягин вылез наружу, поднял капот и начал рыться в моторе. Потом к нему подошел парень в тельняшке, стоявший возле побитых «Жигулей». Андрей замахал руками, юноша поднырнул под капот, но ничего не изменилось. Иномарка заводиться не желала. Андрей Львович и парень в тельняшке оживленно поговорили о чем-то, потом приблизились к грязной «шестерке», сели внутрь, и автомобиль, дребезжа всеми частями престарелого организма, испуская из выхлопной трубы черный дым, довольно бойко покатил вперед.

Наташа застыла на балконе; чем больше она думала о произошедшей сцене, тем меньше ей нравилось поведение Андрея. В душе роились нехорошие подозрения, которые через несколько минут превратились в уверенность: Андрей врет, он великолепно разыграл на ее глазах этюд «Человек, потерявший от любви память». Естественно, он великолепно помнил, какое сегодня число, просто прочитал сообщение, пришедшее от Насти, и ринулся на зов. Кто она такая, если Андрей разом бросает все и летит по ее свистку? Что их связывает?

Наташу затрясло от негодования, потом пришла здоровая злость. Где была ее сообразительность? Куда смотрели глаза? Кинулась в объятия мужика, не думая ни о чем. Что ей известно о любовнике? Ничего, кроме озвученной им самим информации, что преподает в институте, имеет частных учеников, делает в квартире ремонт.

Наташа стояла на балконе, глядя во двор, и проклинала себя за глупость. Даже адрес Андрея тайна, у девушки есть только номер его мобильного.

На улице было сыро, шел дождь, Клыкова замерзла, но в комнату не шла, ей не хотелось видеть разобранный диван и недопитое шампанское. Кто она, эта Настя? Жена? Постоянная любовница? И какая роль отведена Наташе? Игрушки на час?

Неожиданно на нее накатила душная волна ревности, Наташа продолжала мерзнуть на балконе, пытаясь справиться с собой.

Внизу раздался шум мотора, она глянула вниз и увидела парня в тельняшке, вылезающего из побитых «Жигулей», внезапно в голову пришло решение.

— Молодой человек, — закричала Наташа, — эй, посмотрите наверх.

Юноша поднял голову.

— Вы мне?

— Подождите, сейчас спущусь.

Прямо в тапочках и халате Наташа ринулась вниз.

— Случилось чего? — спросил парень, оглядывая ее.

— Вы сейчас подвозили мужчину, такого стройного, вот его красный автомобиль стоит.

— Хорошая тачка, — ухмыльнулся шофер, — прямо здоровская, красивая, блестящая, одна беда — ехать не хочет.

Вымолвив последнюю фразу, он захохотал, весьма довольный собой, и продолжил:

— Вот, пришлось ему на моей раздолбайке кататься, да уж, если торопишься, без разницы на чем, лишь бы не пешком. Утюг дома забыл выключить, всю дорогу погонял: «Скорей, скорей, не ровен час, квартира сгорит».

— Вы помните, куда его отвезли? — нервно спросила Наташа.

— Конечно, в трех километрах от МКАД, поселок Лебедево, на самой окраине дом стоит громадный из светлого кирпича. Я еще подумал, богатый парень, видать, машина дорогущая, домище трехэтажный, мне бы хоть кусок его денег, а чего интересуетесь?

— Квартиру он у меня снять хочет, каких-то родственников поселить, — на ходу придумала Наташа, — вот я и решила узнать о нем побольше. Увидела, как к вам в «Жигули» садится, и решила, что вы приятельствуете...

— Нет, — покачал головой парень, — он меня просто нанял, а я не отказался. Да и зачем? Деньги нужны, а у этого гуся их как грязи, вы не сомневайтесь, похоже, ему любую квартиру снять по плечу...

На этой фразе Наташа замолчала и принялась ковырять ложкой руины пирожного.

— Ну и что ты сделала? — спросила я.

Девушка тяжело вздохнула:

— Поехала в это Лебедево, отыскала нужный дом, узнала, что там живет жена Калягина, Анастасия Глебовна ее зовут. Мы с ней немного потолковали, и я разорвала с Андреем отношения. Не люблю, когда мне врут. Сказал бы честно, что женат, тогда... тогда... ну не знаю, как бы я поступила... Хотя мои принципы не позволяют рушить чужое счастье, а Анастасия Глебовна явно любит своего непутевого супруга. Вот так. Она, правда, просила не говорить Андрею, по какой причине я рву с ним отношения, не хотела, чтобы Андрей знал про нашу встречу. Я ее просьбу выполнила, просто сказала ему: извини, больше мы не можем встречаться.

— А он что?

— Прямо взбесился, требовал объяснений, умолял изменить решение, чуть ли не плакал. Потом принялся пугать самоубийством. Но я сдержала слово, данное Анастасии Глебовне, мне ее очень, очень жаль, ее судьба наказала.

— Как? — решила уточнить я.

Наташа молча поводила пальцем по пластиковому столику, потом пробормотала:

— Жестоко, крайне жестоко.

Глава 19

На улице начался дождь, но духота не исчезла, парадоксальным образом она усилилась, воздух походил на желе, его хотелось раздвинуть руками.

Чтобы слегка прийти в себя, я зашла в большой магазин, где работали мощные кондиционеры, и позвонила Гри.

— Хорошо, — воскликнул хозяин, услыхав отчет, — скажи, ты не устала?

— Нет, — бодро воскликнула я, — готова работать дальше, знаешь, кажется, я нашла любовницу Андрея Львовича, думаю, это та самая Анастасия, ну с какой бы стати ей называться супругой Калягина. Ну репетитор! Хорош педагог! Потаскун!

Гри кашлянул.

— По-твоему, учитель не имеет права на личную жизнь?

— У него была жена, — с жаром воскликнула я, — Вера! Но, похоже, муженек не слишком хранил ей верность, шлялся безостановочно по бабам! Я обнаружила уже несколько, с позволения сказать, дамочек, с которыми он амурничал. Хороший, однако, пример для детей! Учитель-ловелас!

— Полагаешь, он потом рассказывал подопечным о своих шашнях? — захихикал Гри.

— Нет, конечно, но...

— Что «но»? — перебил дедулька.

Я осеклась, а действительно? Если Калягин был умелым педагогом, то кому какое дело, чем он занимался в свободное время? Ведь, если вдуматься, ничего криминального он не совершал, правда, изменял жене, но кто не без греха? Внезапно я вздрогнула: может, и Миша имел любовницу? Иногда муж поздно приходил с работы и частенько бывал занят по выходным. И, если честно, наша жизнь с ним не была очень веселой. Мы бегали словно водовозные клячи по заведенному маршруту: работа — дом — работа.

— По-моему, тебе надо отдохнуть, — заявил внезапно Гри, — в общем, иди, гуляй до одиннадцати вечера. Поняла? Нечего домой притаскиваться и тухнуть у телика. Ступай в кино, да не вздумай покупать поп-корн, он слишком калориен. Кстати, ты заметила, насколько постройнела?

— Да, — воскликнула я, — прямо чудо.

— Никакого чуда, — ответил Гри, — просто ты теперь не жрешь вечером и ночью, не пьешь сладкие напитки и не наедаешься фаст-фудом. Результат налицо, вернее, на заднице. Сообразила, тетеха?

— Сколько я ни ограничивала себя в пище, ничего не помогало! Я и раньше пыталась сидеть на диете, но безрезультатно.

— Теперь не пытаешься, а реально соблюдаешь ее, — хмыкнул Гри, — от мечты до ее осуществления гигантское расстояние, очень многие люди считают, что прошли путь, лишь подумав о нем. Значит, слушай меня, дурного не посоветую. Сейчас — отдыхай, до двадцати трех часов дома не показывайся. Если надумаешь подкрепиться, не ходи в кафе, там...

— Очень дорого, — живо перебила его я.

— Тетеха! — возмутился Гри. — Предприятия общественного питания готовят еду на масле, заливают потом готовое блюдо всякими соусами, знаешь, зачем они так поступают?

— Чтобы вкусней было!

— А вот и нет, любая подливка успешно маскирует не слишком удавшуюся рыбу или мясо второй свежести. Кстати, основная доза калорий содержится именно в майонезе или панировке, лучше есть продукты в натуральном виде, без «улучшителей».

— Ну, думаю, сырое мясо или картошку без обработки мне не слопать, — элегически отметила я.

Но Гри пропустил мое справедливое замечание мимо ушей.

— Лучше купи в магазине творог или нечто...

— Малокалорийное! — снова встряла я.

— Ну тетеха! Смотри еще за количеством жиров и углеводов. Первых на порцию должно быть не более пяти, а вторых десяти граммов. И последнее! Тебе нельзя потреблять более пятисот килокалорий в сутки. Усекла?

— Угу, — отозвалась я, — а ты что будешь делать?

— Излишнее любопытство вредит здоровью, — крякнул Гри, — по делам понесусь! Встречаемся в одиннадцать вечера у подъезда!

Забыв, что хозяин не видит меня, я кивнула и решила позвонить Этти. Свекровь отозвалась сразу:

— Танюсик! Как дела?

— Давай приеду и расскажу, — предложила я.

— Ой, — откровенно расстроилась Этти, — вот незадача! Я уже на пороге! На переговорах работаю, в одной фирме, они кофе торгуют, я у них уже полгода как подвизаюсь, отличный приработок, люди милые, да и кофе их оказался очень хорошим, потом дам тебе попробовать.

— Хорошо, свидимся в другой раз, — бодро воскликнула я и отправилась бродить по городу.

Спустя час стало понятно — деваться мне некуда. В попавшемся по дороге кинотеатре показывали замечательную ленту «Маньяк с бензопилой», мне отчего-то совершенно не захотелось покупать билет. Можно было просто пошататься по улицам, «пооблизывать» витрины, но я не принадлежу к категории женщин, для которых поход по лавкам с полупустым кошельком является развлечением, мне обязательно захочется что-нибудь купить, и я очень огорчусь, поняв, что не имею возможности на траты. К тому же начал моросить мелкий дождик.

Я приуныла, а потом приняла решение: еду домой. Правда, мы с Гри договорились встретиться у подъезда в 23.00, но что мешает мне в 22.50 спуститься во двор и изобразить, что я только-только прибежала с проспекта. Сейчас квартира окажется в моем полнейшем распоряжении, и отдохну самым наилучшим для себя образом: сначала спокойно приму ванну, а потом лягу на диван у телика с тарелкой, наполненной вкусностями!

Ноги понесли меня к метро. Пусть Гри обзывает меня тетехой и пытается заставить вести активный образ жизни, я привыкла к спокойному ритму, и, пока шебутной дедуська носится сломя голову по Москве, я имею право на тихий отдых. Осталась лишь одна проблема: купить разносолов и слопать их в одиночестве.

Войдя в супермаркет, я была полна желания последовать советам Гри, потерянные килограммы радовали, а обретенная талия вдохновляла. Поэтому я с гордо поднятой головой прошла мимо полок с конфетами, печеньем, пирожными и чипсами. Отныне употребляю лишь правильную еду, вот, например, сыр, мягкий, который можно намазать на хлеб.

Я схватила круглую баночку. Мама родная, жирность 55%, а углеводов и того больше. Увы, любимый сыр придется отложить, но не стоит расстраиваться, вон тут сколько продуктов, сейчас найдется что-то вкусное. Начнем лучше с крекера, ну какая толщина от тоненького, хрупкого печенья? Ни малейшего вреда, небось его можно лопать тоннами, ну-ка, ну-ка, изучим пачку...

Не ожидая сюрпризов, я вытащила из ряда яркую упаковку и обомлела. 500 килокалорий и немерено жиров с углеводами! Крекер упал на пол. Да сей продукт просто бомба, начиненная моим будущим весом! Но отчего же все вокруг советуют вместо хлеба употреблять сухари?

В полном недоумении я принялась бродить по супермаркету, очень внимательно читая этикетки, обертки и информацию на ящиках. Скоро стало понятно: госпожа Сергеева лишняя на этом празднике жизни. Все консервы, даже овощные отпадали скопом. По совершенно непонятной причине баночка «Морковь в соке» должна была наградить меня почти двумястами калорий, а от тары «Баклажан с аджикой» я шарахнулась, словно от больного проказой. Масло, сыр, колбаса, творог, сметана, готовые салаты, сосиски, пицца, пельмени, хлеб, пирожные, конфеты, шоколад, рыба... Все полнилось калориями, если же последних было немного, тогда в продуктах таилась армия запрещенных углеводов. В конце концов таки я обнаружила яство из одного белка — черная икра. Всем хороша баночка, только цена непомерная. Следовало признать, мне суждено скончаться от голода посреди продуктового рая, единственный подходящий харч не предназначен для бедной девушки. Предстояло решить сложную проблему: что делать? Жить толстой и сытой, либо стройной и голой, запретив себе даже нюхать сочную ветчину?

С одной стороны, терять талию жаль, с другой — перспектива оказаться через месяц в гробу, пусть даже с объемами 90-60-90 и весом менее чем у таксы, не радовала.

В конце концов я вышла на улицу, растерянно оглянулась по сторонам, и тут до носа долетел упоительный аромат жареной курицы. Не помня как, я оказалась около тонара, внутри которого на вертелах исходили соком бройлеры, покрытые золотистой корочкой.

— Шо, — ласково улыбнулась необъятная торговка, — целиком птичку хочешь, али частями?

— Половинку, — не подумав, ляпнула я, но потом бдительно поинтересовалась: — А сколько в ней жиров?

— Не сомневайся, — закивала торговка, — вкусно до смерти, на совесть приготовлено, не обманываю людей.

— Потолстеть боюсь, — вздохнула я, — только потому и спросила.

Продавщица засмеялась.

— То ж курчонок! Какая с него толщина! Диетический продукт! Чай не сало!

— Правда? — обрадовалась я.

— Штоб мне сдохнуть! — бодро завела баба, шмякая на тарелку половинку ароматной тушки. — Глянь, какая красотища! Харнир желаешь?

— Что?

— Ну че тебе к ней дать? Картошечки фри?

— Ой, нет!

— Чаво так?

— В ней полно калорий!

Продавщица покраснела.

— Всяк обидеть норовит, — воскликнула она, — хошь, санитарную книжку покажу, прямо в морду тебе ее ткну! Никаких болезней не имею! Да у нас, знаешь, як хозяин за порядком зырит! Усе анализы сдадены! Промежду прочим, у меня на точке ни мух, ни тараканов немае, не то что этих, как ты их там назвала... с калом... кало... колоро...

— Вы меня неправильно поняли, — сдерживая смех, объяснила я, — я имела в виду, что от картошки полнеют.

— Тю! — уперла руки в бока бабенка. — Яка така от дряни жирность? Кабы ты сливок ведро выпила, и то б худо не стало! И потом, глянь вокруг! Одни цуцики драные ходят, мослами трясут! Тебе майонезиком на картошечку плеснуть?

— Нет, он слишком калорийный!

— Завела корова Якова про всякого! Майонез-то чем тебе не угодил? Тама ж ничаво нет: яйца да ойла подсолнешная с горчицей...

Я не успела и глазом моргнуть, как на прилавке появилась тарелка, от содержимого которой исходил невероятный, головокружительный, волшебный запах.

— Ешь, — улыбнулась баба.

— Заверните с собой, — еле сдерживая желание проглотить курицу вместе с картонкой и пластмассовой вилкой, попросила я.

— Оно верно, — кивнула торговка, — дома спокойней.

Примчавшись в квартиру, я быстро надела халат, вывалила курчонка на красивую фарфоровую тарелку, прошла в гостиную, села за стол, поставила перед собой восхитительное кушанье, включила телевизор, занесла вилку, нацелясь на самый поджаристый кусочек картошки, и... услышала стук двери, а потом голос Гри:

— Входи, входи, дома никого нет.

Ситуация напомнила бессмертный рассказ А.П.Чехова, может, читали, как один мужчина на Масленицу решил полакомиться блинами, взял с блюда самый красивый и начал сдабривать его маслом, яйцами, рыбой, икрой... Описание подготовки кушанья занимает пару страниц, в конце концов обжора разинул рот и: «тут его хватил апоплексический удар», то есть инсульт.

Судя по голосу, Гри приближался к столовой, я в панике схватила так и не попробованный ужин и сунула тарелку со всем содержимым под гобеленовое покрывало на диване, потом плюхнулась в кресло и сделала вид, что поглощена сериалом.

— Давай сюда, — ворковал Гри, — поставим мясо на стол.

— Я не ем туши убитых животных, — капризно протянул женский голосок.

— Ну и не надо, салатик слопаем.

— Фу, он с майонезом, от него разносит! — занудничала гостья.

Дверь распахнулась, я наклеила на лицо радостную улыбку, в комнату вступил... Аристарх.

— Ты чего тут делаешь? — заорал он.

— Где Гри? — одновременно воскликнула я. — Слышала его голос.

— Нас с дедом все путают! А ты почему тут? Гри сказал, что дома никого не будет, — рявкнул красавчик.

Из коридора медленно выплыла девица, не дожидаясь приглашения, она уселась на стул и противным голосом осведомилась:

— Рися, это кто? Твоя мама?

Я онемела от злости, а мачо сначала заржал, но потом, придя в себя, пояснил:

— Не, любовница моего дедушки.

— Не ври! — вскипела я. — Мы с Гри коллеги и друзья!

— Ладно, ладно, — гадко заулыбался Аристарх, — ты почему дома, а не в кино?

— Не твое дело! — ответила я, слегка удивленная вопросом о кино.

Хотя, наверное, Гри сказал внуку, что помощница отправилась отдыхать.

— Фу, грубиянка, — скривился Рися, — видно, вас, мадам, не обременяли особым воспитанием. Ладно, знакомься, Марина, она модельер!

Внезапно мне стало весело.

— Ах, Мариночка, — заулыбалась я, — значит, вы кутюрье, ах, как интересно... Платья, красивые женщины... Замечательно...

— Отвратительно, — обронила девица, — вешалки только на подиуме душки, а в раздевалке стервы, все алкоголички.

— Так уж и все? — спросила я, которой разодетая в пух и прах Марина не понравилась до зубовного скрежета.

— Восемь из десяти, — ответила гостья.

— Вот видите, — не успокаивалась я, — значит, все-таки двое нормальные.

— Нет.

— Сами же сказали, только восемь из десяти пьют!

— Оставшиеся наркоманки, а модельеры геи или лесбиянки, людей с традиционной сексуальной ориентацией в фэшн-бизнесе просто нет!

— А вы к какой категории относитесь? — брякнула я.

В наступившей тишине стало слышно, как бодро тикают старинные часы, висящие над дверью в комнату.

Молчавший до сих пор Аристарх быстро заявил:

— Министерство внутренних дел объявило конкурс на новую форму. Марина, на мой взгляд, придумала лучший вариант, во всяком случае, очень и очень оригинальный.

Рися явно пытался задуть пламя начинающегося пожара. Я вспомнила о гостеприимстве и почувствовала укол совести, нужно вести себя прилично.

— Да? — изобразила я оживление. — Расскажи.

— Может, Марина сама? — предложил мачо. — Все-таки автор лучше объяснит.

— Нет, — отрезала девица, — боюсь, это общество не оценит мою идею.

— Тогда я выступлю, — широко улыбнулся Аристарх, он явно пытался спасти ситуацию. — Значит, так. Длинный китель с медными пуговицами, брюки клеш, к комплекту прилагается жилетка, знаешь, такая со множеством карманов: шесть спереди, два сбоку, четыре сзади, на спине.

— Между лопатками зачем, как оттуда вещи доставать? — изумилась я.

— Вам ни за что не догадаться, — фыркнула Марина.

— Куда уж нам, сиволапым, рядом с тонкими аристократами, — не осталась я в долгу.

Отчего-то Марина бесила меня все больше, прямо до невменяемости, до белых глаз и полной потери самоконтроля.

— На брюках тоже карманы, — повысил голос Рися, — на штанинах восемь штук.

— Во, — захихикала я, — здорово придумано! Увидит кто из ментов преступника и давай по кармашкам пистолет отыскивать, в одном нет, в другом тоже, в третьем, десятом... Практичная модель.

— Ты не перебивай, — сердито сказал Аристарх, — на куртке будут нашиты разноцветные светящиеся полосы, чтобы представителя власти было видно издалека.

Я засмеялась.

— Что вас развеселило? — сердито вскинулась Марина.

— Постового зимой перепутают с рождественской елкой, — ответила я, — красиво будет выглядеть, стоит, такой разукрашенный.

— А на голове, — повысил тон Рися, — шапочка, типа чалмы, в середине фонарик.

Тут уже я захохотала в голос и еле выдавила из себя:

— Жезл надо сделать в виде ручки от опахала.

Марина пожала плечами:

— Простому человеку не понять художника. Ладно, где у вас тут покурить можно?

Мне вновь стало неудобно перед модельершей, в конце концов, Марина не виновата, что Аристарх противный. Решив быть приветливой, я с готовностью предложила:

— Садитесь на диван возле окошка и дымите за милую душу.

Марина вылезла из-за стола, я со злорадством отметила, что к красивому, умело накрашенному лицу и довольно стройной верхней части прилагался весьма объемистый «нижний» этаж с короткими толстыми ногами.

— Сюда, сюда, — засуетился Рися, — усаживайся поудобней.

Мариночка бухнулась на гобеленовую накидку. Раздался странный треск, словно кто-то сломал сухую палку.

— Ой, — подскочила гостья, — это что?

— Не знаю, — удивился Аристарх.

— У дивана ножка от тяжести треснула, — схамила я.

— Там под пледом что-то колется, — заявила Марина.

Рися сдернул покрывало, перед присутствующими предстали осколки тарелки вперемешку с бело-желто-красной массой.

— Это что? — ошарашенно поинтересовался Рися.

Я быстро накинула на диван голебен и пояснила:

— Ерунда, посуда от завтрака осталась, а твоя дама ее раздавила! Очень красивая тарелочка была, фарфоровая, с нежным узором. Жутко жаль! Она дорогая!

— Мне и в голову прийти не могло, что под покрывалом что-то прячется, — отбивалась Марина.

— Вы в другой раз так не поступайте, — фальшиво заботливо заявила я, — осторожной следует в чужом доме быть, мы хоть и не модельеры, но понимаем, как себя вести надо!

— Рися, проводи меня, — велела гостья.

— Уже уходите? — постаралась изобразить я любезную хозяйку. — Очень жаль.

— Кажется, мое дальнейшее пребывание тут неуместно, — отрезала Марина, — прощайте!

— Скатертью дорога, — фыркнула я, — идите аккуратно, там дождик льет, не ровен час, поскользнетесь, ногу сломаете. Хотя я уже вторую пассию Риси за последние сутки вижу! Одной больше — одной меньше!

Модельерша метнула в меня убийственный взгляд, а Аристарх исподтишка погрозил кулаком.

— Спасибо за заботу, автомобиль у подъезда, — рявкнула Марина и унеслась, мачо бросился за красоткой.

Не успела за противной гостьей захлопнуться дверь, как я подскочила к дивану, сгребла с него испачканную накидку, завернула в нее осколки и сунула довольно большой ком под софу. Сейчас Аристарх устроит мне дикий скандал, а потом, когда буря уляжется, я выброшу куль. Конечно, я была груба, но Марина произвела на меня отвратительное впечатление. Аристарх жутко противный, его бабы мерзкие особы. Но в доме царила тишина, очевидно, мачо уехал с гостьей. Я вынесла мусор, выпила пустой чай и ушла в свою комнату. Спустя полчаса хлопнула дверь. Рися вернулся, и я решила не высовываться, через полчаса створка снова хлопнула о косяк. Аристарх покинул квартиру, не пожелав сказать мне «до свидания».

Глава 20

Ровно в 22.55 я спустилась вниз, через пять минут к подъезду подлетел Гри.

— Ну, как дела? — спросил он.

— Отлично, — ответила я.

— Аристарха не видела?

— Не слежу за ним, — буркнула я, не решаясь сообщить дедусе правду.

— Не нравится он тебе, — констатировал Гри, рыся к лифту.

— Нет.

— А почему?

— Противный очень.

— По-моему, красавец!

— Урод!

— Знаешь, сколько у него женщин! Миллионы! И всем он нравится!

— Следовательно, я та самая, миллион первая, которую от сладкого тошнит.

— Тетеха, — покачал головой Гри, — нет бы пококетничать! Ну чем он не муж тебе! Хорош-то как! Загляденье!

— Ой, ни за что с таким рядом не сяду.

Дедуля открыл дверь.

— Не хотел тебе раньше говорить, но Рися богат.

— И что?

— У него денег холмы, горы, Эвересты.

— Откуда? — удивилась я. — Только не говори, что он великий актер или композитор.

— Наследство получил, теперь живет припеваючи, все себе позволить может, жены только нет. Та, что за него выйдет, в шампанском купаться будет, — зачастил

Гри, — Аристарх ко мне прислушивается, хочешь, протекцию тебе составлю?

— Лучше умереть!

— Тетеха! Богатство упустишь!

— Спасибо, мне много не надо, а уж если к деньгам прилагается Аристарх, то и копейки не захочется! Лучше заработать!

— Ты же мечтала об обеспеченной жизни и не испытывала радости от службы, — напомнил Гри.

Я пожала плечами.

— Сейчас я слегка переменила мнение, очень хочется узнать, кто убил Калягина.

— Мне тоже, — кивнул дедуля, — охота и деньги за работу получить, значит, завтра, с утра, двигай в это Лебедево и отыщи Анастасию Глебовну. Эй, ты куда?

— Спать, — пояснила я.

— Прямо так?

— А как надо?

— Даже не спросив, что следует предпринять, дабы отрыть Анастасию Глебовну? Не пожаловавшись на тяжелую долю? Не зарыдав от усталости?

Я усмехнулась.

— Нет повода для слез, доля у меня нормальная, работа интересная, начальник, правда, с прибамбахом, но кто из нас без изъяна. А с заданием справлюсь сама, включу фантазию и вперед.

— Вот такой ты мне нравишься, — потер руки Гри.

— И ты мне тоже перестал быть противен, — отбила я мяч.

Дедуля покачал головой.

— Ну вот! И эта в меня влюбилась! Предупреждал же! Без приставаний! Кстати, я беднее церковной мыши, лучше на Аристарха переключись!

Я хмыкнула и ушла в свою спальню.

Путь до Лебедева занял немного времени, от метро «Тушинская» шло маршрутное такси, которое доставило меня прямо до места. Сегодня моросил дождь, я вышла на мокрое шоссе, раскрыла зонтик и побрела вдоль обочины. Маленькие, покосившиеся черные избенки выглядели уныло. Надо же, отъехала от столицы всего пару километров, а такое ощущение, будто забралась в невероятную глушь. Кажется, тут нет централизованного водоснабжения и канализации, повсюду торчат колонки и дощатые, выкрашенные темно-зеленой краской будки. Впрочем, похоже, и газ сюда забыли подвести, во всяком случае, возле дома, где я остановилась, виднелось два красных, высоких, толстых баллона.

— Чего забор подпираешь? — высунулась из окна молодая бабенка. — Дачу снять хочешь?

Я посмотрела на беспрерывно несущийся по шоссе поток машин. Хорошее место для летнего отдыха! Выхлопных газов наглотаешься больше, чем в городе.

— Тут у вас где-то живет Анастасия Глебовна, — крикнула я в ответ.

Окно захлопнулось, женщина, вытирая о фартук мокрые, красные руки, выскочила на крыльцо.

— У нас? В Лебедеве? Анастасия Глебовна? Может, Анастасия Григорьевна? Библиотекарша?

— Наверное, я отчество перепутала, — улыбнулась я.

— Ерунда, — откликнулась бабенка, — вот ейный домик, некрашеный, аккурат к нашему забору примыкает. Да ты ступай, не бойся, у ней собак злых нету, одни кошки.

Я посмотрела на крохотную, скособоченную сараюшку с маленьким, подслеповатым окошком. На подоконнике буйным цветом пламенели густые герани, короткие занавески колыхались от ветра.

— Нет, мне, похоже, не сюда.

— Сюда, сюда, — подхватила словоохотливая аборигенка, — Анастасия Григорьевна туточки. К ней вход со двора, с шоссе — в библиотеку.

— Мне нужна Анастасия Глебовна.

— А такой нет, поверь, я всех знаю, почту разношу, да наше Лебедево всего тридцать домов.

— Здесь где-то она проживает, — растерянно пробормотала я, — в доме кирпичном, вроде большое здание, оно должно быть в Лебедеве одно.

Бабенка прищурилась и неожиданно стала церемонно «выкать».

— А-а, вон чего, ну, с той я незнакома, имени не слыхивала, идите через поле, угол скосите, до опушки доберетесь, чуток влево заберете, прямо ворота и увидите, она от людей прячется.

— Чего так? — решила я разузнать побольше о неведомой даме.

Но молодая женщина потеряла к прохожей всякий интерес.

— Недосуг болтать, стирки полно корыто, — сообщила она и ушла в избу.

Я пошла к полю, огромный квадрат незасеянной земли расстилался перед глазами, его пересекала узенькая тропка, по бокам которой виднелись комья земли и лужи. Опушка леса была далеко-далеко, я поплелась по тропке, чувствуя, как на ноги налипает глина. Минут через десять устала, через пятнадцать чуть было не легла прямо в грязь, а спустя полчаса, отдуваясь, доползла до края пашни. Перед глазами и впрямь показался забор из высоких бетонных блоков и выкрашенные бордовой краской глухие ворота.

Я приободрилась, вот он — конец пути, сейчас окажусь в теплом, сухом помещении, скину вконец измазанные, промокшие туфли. Может быть, хозяйка окажется милой и предложит кофе. Больше всего мне хотелось чего-нибудь горячего, обжигающего.

До уютного дома оставалось метров сто, когда сзади вдруг раздался тяжелый топот и послышалось шумное дыхание. Я обернулась, взвизгнула и понеслась вперед с реактивной скоростью.

На поле без всякой привязи разгуливал огромный бело-черный бык самого зверского вида, толстые рога украшали голову, маленькие, налитые кровью глазки глядели злобно, и он явно замыслил сожрать прохожую, потому что издал протяжное «Му-му» и ринулся на меня.

Никогда еще я не бегала с подобной скоростью, у меня в спине словно заработало сопло, как у ракеты. И пары секунд не прошло, как я подлетела к забору, бык дышал в затылок. Я судорожно нажала на кнопку домофона.

— Кто там? — раздался женский голос.

Я затряслась, омерзительное животное подобралось вплотную, огромный розовый язык, весь в белой пене, свисал из разверстой пасти.

— Помогите! — заорала я. — Спасите!

— Кто? Не понимаю, — донеслось из динамика.

И тут я, визжа от ужаса, совершила невероятный поступок. Потом, вспоминая произошедшее, очень долго удивлялась, каким образом я взлетела вверх по идеально гладкому забору. При этом учтите, что я абсолютно не спортивна, пройдя пару метров быстрым шагом, у меня непременно начинает колоть в боку. Сейчас же, словно гибкая рысь, я вскарабкалась по блоку и уселась на него верхом. Мигом вокруг вспыхнули сигнальные лампы, раздался вой сирены, потом злобный лай, и под забором запрыгали две огромные, черные, гладкие собаки с большими висячими ушами.

Ощущая от плиты холод, я на всякий случай поджала ноги. Забор, правда, высоченный, но вдруг эти монстры до меня доберутся? Вдобавок ко всему дождь, до сих пор тихо моросящий, припустил изо всех сил. Ледяные струи потекли за шиворот, и я чуть не зарыдала.

В таком положении я оказалась впервые в жизни. Слева огромный бычище с острыми рогами, справа беснующиеся собаки. Неизвестно, кто хуже, один затопчет, другие загрызут. Неожиданно по щекам потекли слезы. Ну зачем я согласилась работать у Гри? Надо было регулярно покупать газету «Из рук в руки», вполне вероятно, что в конце концов нашлось бы хорошее местечко в приемной у начальника. И сколько мне тут торчать? Пронизывающий холод пробрал до костей, на улице весна, май, а такое ощущение, что сижу голой попой на льду.

— Эй, Марат, Герцог, фу, — раздался спокойный голос.

Я боязливо посмотрела вниз — там стояла маленькая девушка, скорей подросток, в огромных, закрывавших почти все лицо, темных очках.

Собаки заткнулись, теперь они сели на траву, разинули клыкастые пасти и вывалили наружу мокрые языки.

— Что вам надо? — спросила школьница. — Зачем залезли на забор?

— Там бык, — прошептала я, — он гнался за мной, хотел убить.

Девушка вытащила из кармана брелок, щелкнула, открылась калитка.

— Му-му, — проорал бычара и рванулся внутрь.

— Бегите, — завизжала я, — он вас затопчет.

Но девушка засмеялась и похлопала грозного великана по крупу.

— Ну даешь, трусиха, это же корова, моя Машка.

— Но у нее рога, — пролепетала я.

— Эх ты, дитя газового мегаполиса, — издевалась девица, — будет времечко, сходи в зоопарк или купи себе книжку «Наши животные». Знаешь, чем корова от быка отличается? У первой вымя, а у второго, как бы поделикатней сказать, э-э-э, детородный орган.

Я уставилась быку между ног — там и впрямь болтался огромный грязно-розовый мешок с сосками.

— Машка добрая, — пояснила девица.

— Она за мной гналась, — попыталась я оправдаться.

— Чушь собачья, приласкаться хотела, хлебушка с солью просила. Давай слезай.

— Там собаки!

— Марат и Герцог никого без команды не тронут.

— Все равно боюсь.

— Откуда ты взялась на мою голову, — всплеснула руками незнакомка, — ладно, эй, мальчики, на место, живо, бегом.

Захлопнув жуткие пасти, собаки порысили за дом.

— Ну, спускайся.

— Боюсь, — почти плакала я.

— Теперь кого? Меня? Поверь на слово, я не кусаюсь и рогов с копытами не имею.

— Высоко очень, мне не спрыгнуть, ноги сломаю.

— Как же взобралась наверх?

— Сама не знаю, — зарыдала я, — что-то меня подняло и подбросило, в ум не возьму, как тут оказалась. Снимите, пожалуйста!

— Вот е мое, ладно, сейчас, потерпи немного, — буркнула девица и побежала в глубь сада. Я покорно осталась сидеть на верхотуре, ощущая себя промокшей вороной. Внезапно мне стало жаль несчастных птичек, обреченных в любую погоду жить на свежем воздухе. Слезы вновь потоком хлынули по щекам, к горлу подступил ком. Бедные, бедные, бедные воробушки, голуби, синички и каркуши. Сегодня же вывешу за окно кормушку и начну подкармливать пернатых.

— Не реви, — прокричала незнакомка.

Отдуваясь, она приволокла длинную садовую лестницу, приставила ее к забору и сказала:

— Ну, теперь запросто слезешь.

Все еще всхлипывая, я поставила ногу на ступеньку.

— Не так, раззява, кто же вперед мордой спускается, — завозмущалась девица.

Но мне было страшно, лесенка выглядела хрупкой, а развернуться вообще было выше моих сил.

— Ничего, так сойду.

— Нет, повернись, упадешь.

Но я упорно сползала вниз и в какой-то момент почувствовала, что теряю равновесие, поручни, за которые судорожно цеплялись руки, начали заваливаться.

— Помогите, — завизжала я, — ловите...

И в ту же секунду рухнула на землю, прямо на незнакомку.

Стало не только холодно, но и мокро, девушка резво вскочила на ноги.

— Твою мать! Предупреждала же! Идиотка! Ты ничего не поломала?

Я кое-как поднялась.

— Вроде нет.

— Послушай, — хихикнула худышка, — извини за нескромный вопрос, ты всегда разгуливаешь в трусах? Меня-то шокировать трудно, но неужели не холодно?

Я опустила глаза вниз и увидела свои обнаженные, грязные ноги.

— Ой, мамочка! — завопила я, потом попыталась натянуть на измазанные, исцарапанные коленки кофту. — Где юбка?

Продолжая хохотать, девушка, теперь тоже грязная и мокрая, вновь щелкнула брелком и вышла за ворота.

Через секунду она вернулась, держа в руках коричневую тряпку, в которой при ближайшем рассмотрении я узнала свой наряд.

— Вот, — потрясла незнакомка тем, что еще утром было чистой и отлично отглаженной вещью, — соображаешь, какая штука получилась?

— Не-а, — прошептала я.

Мне отчего-то перестало быть холодно и мокро. Правда, дождь лил с неба не переставая, просто я вымокла до основания и уже не обращала внимания на стекающую по мне воду.

— Когда ты от ласковой, наивной коровы спасалась и на забор вспрыгнула, — веселилась девица, — юбчонка по шву лопнула и свалилась. Кто же в такой одежде по заборам лазает? Если предполагаешь спортом заниматься, брюки носить надо.

— Мне в голову прийти не могло, что придется на бетонные блоки карабкаться, — буркнула я и, выхватив у весело смеющейся незнакомки остатки несчастной юбки, попыталась завернуться в них.

— Собственно говоря, кто ты такая? — опомнилась вдруг девушка. — Куда шла? Здесь никаких домов нет. Уж не по грибы ли собралась с дамской сумочкой?

— Ищу Анастасию Глебовну, — ответила я, придерживая двумя руками на бедрах кусок ткани, — наверное, это твоя мама?

— Нет, моей матери давно нет в живых, что не удивляет, учитывая, что она всегда завтракала портвейном, обедала водкой, а ужинала настойками на спирту, — хмыкнула моя спасительница.

— Извините, — сконфузилась я, — не знала.

— Ерунда, — отмахнулась девчонка, — не расстраивайся, давно дело было. Ладно, пошли в дом, хватит мокнуть, сейчас кофейку глотнем. Какой уважаешь? Растворимый или натуральный?

— Сейчас мне все равно, — клацнула я зубами, холод с новой силой набросился на меня, — лишь бы горячего.

Девушка вновь рассмеялась, и мы пошли в дом.

— Учитывая необычность нашего знакомства, — объявила незнакомка, — вполне можем без церемоний посидеть на кухне.

Я кивнула, и тихая радость наполнила душу, наконец-то стало тепло. Потом я получила не только отличный кофе, но и огромный, уютный махровый халат. И стала наслаждаться сухой одеждой и ароматным напитком, а булочки, которые девица вытащила из СВЧ-печки, просто таяли во рту.

— У тебя есть утюг и иголка с ниткой? — спросила я, опустошив вторую кружку и слопав пятую плюшку.

— Естественно.

— Будь добра, принеси, постараюсь привести одежду

в порядок, мне нужно поговорить с Анастасией Глебовной.

— О чем?

Я улыбнулась.

— Дело у меня к ней.

— Какое?

— Извини, но оно конфиденциальное.

Девица хмыкнула:

— Выкладывай, не стесняйся, Анастасия Глебовна сидит перед тобой.

От неожиданности я поперхнулась и закашлялась, а потом ляпнула:

— Ты? Да быть такого не может.

— Почему? — веселилась хозяйка.

— По моим подсчетам, Анастасии Глебовне должно быть больше сорока, а тебе лет двадцать.

Девушка расхохоталась.

— Ну давно такого комплимента мне не отпускали! Извини, если разочаровала, но скоро полтинник отмечать буду.

— Врешь! — от полной растерянности выпалила я.

— Паспорт показать? — продолжала смеяться Анастасия Глебовна. — Могу принести.

— Извините, — прошептала я, — крайне неудобно вышло.

— Наоборот, великолепно получилось, — возразила хозяйка, — кстати, меня никто по отчеству не величает, зовут просто Настюша или Настя, кому что больше по душе, а к тебе как обращаются?

— Таня.

— Вот и чудненько, теперь выкладывай, зачем явилась. Дело, очевидно, нешуточное, коли в такой дождь на своих двоих притопала.

Все заготовленные дома речи вылетели у меня из головы. Странная, почти пятидесятилетняя тетка, похожая на подростка и ведущая себя словно восьмиклассница, настолько удивила меня, что я, не подумав, внезапно ляпнула:

— Служу частным детективом.

— Кем? — расхохоталась Настя. — Частным детективом, ты? Джеймс Бонд, испугавшийся коровы? Никитá, не умеющая лазить по лестницам? Поняла! Разыскиваешь пропавших собачек или улетевших попугайчиков. Нужное дело!

Неожиданно мне стало обидно. Конечно, я сглупила, удирала от вполне мирной коровы, но, с другой стороны, живу всю жизнь в городе, полезных сельскохозяйственных животных вижу только на картинке. Кто дал право этой молодящейся особе издеваться над другими?

— Нет, — с достоинством ответила я и, решив окончательно расставить точки над «и», сообщила: — Другое дело сейчас веду.

— И какое? — дурачилась Настя, наливая в электрочайник воду из большой, пятилитровой бутыли. — Ежели не идешь по следу болонки, то чем занимаешься? Ой, знаю! Вылавливаешь убежавших кошек.

— Ищу убийцу Андрея Львовича Калягина!!! — сердито воскликнула я.

Глава 21

Настя резко повернулась, поставила электрочайник на плиту, нажала какую-то кнопку и тихо спросила:

— Кого?

Вырвавшееся из горелки веселое пламя опоясало пластмассовый чайник. Я выхватила его из огня и укорила:

— Чего делаешь? Он же электрический!

Но Настя, словно не слыша последней фразы, повторила:

— Кого?

— Калягина Андрея Львовича.

— Андрюша умер?

— Его убили.

— Как? Где? Почему?

— Избили возле кинотеатра «Буран», измолотили до неузнаваемости и сбросили в пруд. Выяснилось, что у преподавателя с собой имелась большая сумма денег, очевидно, охотились за долларами.

Настя отвернулась к окну, в комнате стало тихо-тихо, слышалось только, как на улице хлещет нескончаемый дождь.

— Ну и зачем ты приехала? — отмерла Настя. — Думаешь, я его укокошила?

— Нет, конечно, — ответила я, — навряд ли женщина способна так изуродовать мужика, его даже хоронили в закрытом гробу, гример не сумел восстановить лицо, сплошная рана.

— Кто же опознал Калягина? — тихо поинтересовалась хозяйка. — Может, это вовсе и не Андрея прибили?

— Костюм, ботинки, рубашка его, жена подтвердила личность, да еще в кармане лежали документы, паспорт, служебное удостоверение, а в брюках нашли мобильный. Сомнений никаких не было, это он, но сильно изуродованный, похоже, железной трубой лупили, извини за подробность, головы практически нет, кстати, рук и ног тоже, туловище все переломали. — Я излагала то, что Гри узнал от своего друга-следователя.

— Так, так, — протянула Настя, — говоришь, огромные деньги при себе имел? Небось собрал с учеников дань, да? Вся сумма пропала? Или я ошибаюсь? Сколько при нем было? Наверное, больше двухсот тысяч?

— Около трехсот, — поправила я, — если уж совсем точно, то вроде двести шестьдесят, а откуда ты знаешь?

Настя не ответила, я не видела выражения ее лица. Вообще говоря, хозяйка выглядела странно. В пасмурный дождливый день она нацепила на себя черные очки, закрывавшие часть лба, глаза, щеки, виднелись только рот и нос. Причем губы у Анастасии Глебовны оказались ярко намазаны оранжевой помадой, а на носу лежал, наверное, килограмм тонального крема. Хотя, может, у нее больные глаза. Не так давно, года два назад, Этти сделала себе операцию, убрала близорукость, после этого ей предписали целый месяц ходить в очках от солнца. Что же касается дурно наложенного макияжа, то каждый уродует себя по-своему, как умеет.

Словно подслушав мои мысли, Настя улыбнулась кончиками губ и поинтересовалась:

— Тебя не напрягает, что я не снимаю очки?

— Да нет, — вежливо ответила я.

— Смотри, — сказала Анастасия Глебовна и сдернула оправу.

Увидав полностью открывшееся лицо, я не сумела сдержать вскрик, понимая бестактность своего поведения, я попыталась замолчать, но вопль рвался из горла, и я сшибла чашку с кофе. Коричневые горячие потоки заструились по белоснежному махровому халату.

— Ну и как? — засмеялась хозяйка. — Впечатляет?

Я кивнула, радуясь тому, что сумела замолчать. Ужас! Подобное лицо, вернее, его отсутствие, демонстрируют в фильмах про Фредди Крюгера. Из воспаленных, красных ям выглядывали крохотные глазки без ресниц. Может быть, в свое время у Анастасии Глебовны были красивые карие очи, но теперь они выглядели так, что я содрогнулась. Брови тоже отсутствовали, лоб покрывали жуткие рубцы, толстые шрамы змеились по щекам, в основном бледным, но кое-где блестяще-красным. Более или менее по-человечески выглядели нос, рот, подбородок.

— Шея выглядит еще хуже, — сообщила Анастасия Глебовна. — Вот руки сохранились, потому что я была в перчатках.

— Господи, — прошептала я, — что же с тобой, то есть, простите, с вами, случилось?

Анастасия водрузила очки на нос и приветливо улыбнулась.

— Это сделал Андрей Калягин.

— Как? — шарахнулась я. — Зачем?

Настя спокойно включила кофеварку, молча подождала, пока тоненькая коричневая струйка наполнит чашку, и довольно равнодушно бросила:

— Он сначала хотел меня убить, потом раскаивался полжизни, а затем задумал убежать. На девяносто процентов я уверена, что Андрей жив.

Я подскочила и опять опрокинула чашку.

— Жив?!

Настя по-прежнему спокойно продолжала:

— Не будешь против, если я вручу тебе сей халатик при уходе в качестве подарка? Все равно его, похоже, не отстирать.

— Калягин жив?! — не успокаивалась я.

— Не могу утверждать точно, но, думаю, не ошибаюсь в своих расчетах. Он замыслил аферу давно, говорил о ней пару раз, а вот теперь осуществил.

Настя хрипло рассмеялась и вновь «оживила» кофеварку.

— Небось все ему капитально надоели, Вера, ученики, родители, Людмила и я, естественно! Очень старалась ему жизнь испортить и вполне преуспела, понимаешь, да? Я его сначала любила, потом ненавидела, через какое-то время сделала его своей дойной коровой, затем пожалела, знаешь, от любви-то не так легко избавиться, она во мне опять голову подняла, да и раскаивался он совершенно искренне... Но показывать слабость я не хотела, наоборот, дань увеличила вдвое, чтобы он ни о чем не догадался. Деньги, кстати, мне совершенно не нужны, сама зарабатываю столько, что потратить все не могу, но он должен был платить, платить и платить! Андрей любит звонкую монетку, оттого и выбрала я ему наказание: расставание с купюрами. Самое интересное, что под конец мы превратились в добрых приятелей, он приезжал сюда, валился на диван и плакался: устал, все надоели, мечтаю убежать. Вот такой клубок, понимаешь?

— Нет, — ошарашенно ответила я, — совсем ничего не ясно.

Настя опустошила четвертую по счету чашку кофе, вытащила тоненькие сигарки и со вздохом произнесла:

— Ладно, слушай, попытаюсь объяснить подробно, может, и сама заодно пойму, что к чему!

Я незаметно включила диктофон, который я заблаговременно переложила в карман халата, и оперлась локтями о стол. Чем дольше говорила Настя, тем больше я изумлялась. Мне, жившей спокойно и просто, сначала в нормальной семье, с обычными родителями, потом с добрым мужем и приветливой свекровью, и в голову прийти не могло, что с некоторыми людьми случаются ужасные, дикие вещи.

Настя и Андрюшка не помнили дня, когда они были незнакомы. Их матери соседствовали, комнаты Калягиной и Рымниной находились рядом. Жили они в огромном бараке, «система коридорная, на двадцать восемь комнаток всего одна уборная». Это про их сарай, выстроенный ткацкой фабрикой. Гордые москвички не хотели бегать в наушниках между отчаянно громыхавшими станками и резать руки о нити. Поэтому добрая половина ткачих была лимитчицами, знаете такое слово? Вот для этих девочек, приехавших в Москву в надежде на лучшую жизнь, и было построено общежитие. Матери Андрея и Насти повторили путь многих и многих, мечтавших о браке с москвичом, своей квартире и дачке на шести сотках. Обе из глухой провинции, обе веселые хохотушки, обе нашли в заводском клубе кавалеров, забеременели и остались матерями-одиночками.

Детство Насти и Андрея прошло в государственных учреждениях: ясли, детсад, школа. Мамочки их отчаянно пытались устроить личную жизнь, заводили бесконечные романы, но, видно, на роду им было написано оставаться бобылками. Разочаровавшись, обе тетки начали прикладываться к бутылке и за один год допились до смерти. Их и хоронили почти вместе, с разницей в один день.

Настя и Андрей рано поняли, что в жизни им не поможет никто, из «очка» придется вылезать самим. Другим детям любящие родители старательно мостили дорогу: школа — институт — работа. Насте с Андреем предстояло после восьмого класса отправиться в ПТУ. Девочке предлагалось стать ткачихой, а парню наладчиком, в их среде все бегали по этому кругу. Только ни тот, ни другая не желали связывать свою жизнь с ткацкой фабрикой.

— Погоди, — прервала я Настю, — но Вера говорила, будто Андрей из простой, но хорошей семьи: мама вроде учительница, папа военный.

— Это они потом придумали, — ухмыльнулась Настя, — Андрюха жутко стеснялся своего происхождения, прямо комплекс развился, лет с восьми на вопрос: «А кем твои родители работают?» — спокойно врал: «Папа полярный летчик, он геройски погиб, спасая людей, а мама начальник цеха на секретном оборонном предприятии».

Ты меня не перебивай, давай по порядку, иначе не поймешь.

Я кивнула, Настя вновь схватилась за кофе и продолжила рассказ.

Не по годам серьезные мальчик и девочка поставили перед собой цель выбиться в люди и преуспели. Настя хорошо рисовала и после восьмого класса таки пошла в ПТУ, но в особое, художественное. Там ковали кадры для театров и киностудий, готовили гримеров, костюмеров, осветителей. Девочка выбрала профессию декоратора, она намеревалась потом стать художницей, оформлять спектакли, рисовать картины. Андрей остался заканчивать десятилетку. В школе, где учились сплошь дети ткачих и заводских рабочих, он резко выделялся усидчивостью, трудолюбием и примерным поведением. Может, знания его были и не такими крепкими, но Калягин с детства умел нравиться людям, в особенности женщинам, а именно из лиц слабого пола и состоит коллектив школьных преподавателей. Педагоги знали, естественно, что Андрюша Калягин живет в бараке вместе с мамой-ткачихой, но им иногда казалось, что он из семьи профессоров МГУ. Вежливый, никогда не забывающий поздороваться мальчик, встающий, когда к нему обращаются старшие, почтительный, охотно соглашающийся после уроков мыть класс. Если Мария Ивановна или Анна Петровна, охая, выходили из учительской с авоськой, набитой до отказа тетрадями, тут же, откуда ни возьмись, появлялся Андрюша, улыбаясь, брал сумку и доносил до дома. А еще он занимался спортом и умел играть на гитаре. Поэтому там, где другой ребенок, невоспитанный и грубый, получал тройку, Андрею всегда ставили «пять». Золотую медаль он заслужил играючи. Один на весь выпуск.

Теперь предстояло поступать в институт, и Андрюша Калягин отдал документы в суперпрестижный, практически недоступный для «простого» подростка вуз, а затем сделал такой финт, до которого не додумался никто из абитуриентов. Перед самым первым экзаменом, сочинением, вчерашний школьник явился на прием к ректору и совершенно спокойно толкнул перед изумленным академиком речь, суть которой была проста. Он, Андрей, сирота, совсем недавно умерла его мама, он живет в бараке, страшно нуждается, но обладает великой тягой к знаниям, в кармане аттестат с одними пятерками и сверкающая золотая медаль. Естественно, Андрюша завалит сочинение, поэтому пришел спросить: нельзя ли будет хоть как-то пристроиться учиться, на заочное или на вечернее.

Опешивший ректор поинтересовался:

— Почему, молодой человек, вы решили, что не сумеете написать сочинение?

Андрюша потупился и спросил:

— Честно сказать или соврать, что чувствую себя неподготовленным?

— Естественно, я хочу услышать правду, — вскинул брови профессор.

— В ваш институт берут только тех, кто имеет протекцию, а я кухаркин сын.

Академик побагровел.

— Вы ошибаетесь, намекая на взятки, у нас все честно, сдал — поступил.

Андрюша улыбнулся.

— Вот и проверим. Смотрите, у меня за все годы учебы в школе по русскому языку и литературе не было даже четверок, я знаю эти предметы намного лучше остальных абитуриентов, и если меня завалят, значит, от вас поступила такая команда. Кстати, я буду сопротивляться, обращусь с апелляцией и сразу предупреждаю — писать сочинение стану под копирку, второй экземпляр спрячу, потому как знаю, что иногда в работе невесть откуда появляются «лишние» знаки препинания.

Ректор не нашелся что возразить. С подобным школьником он сталкивался впервые, все остальные абитуриенты жались по стеночке, ретивость проявляли родители, но этот мальчик дрался за свое счастье сам.

То ли ректор велел поставить «пять» Калягину, то ли Андрей и впрямь написал великолепное сочинение, а может быть, в институте не все решали взятки, но парнишка получил высокий балл и был зачислен на первый курс.

В тот год везение случилось дважды, сначала Калягин стал студентом, а потом барак пошел под снос. Жильцам объявили о предстоящей перемене заранее. Семейные наконец-то должны были получить отдельные квартиры, одиноким доставались комнаты в коммуналках. Андрей пришел к Насте и заявил:

— Пошли в загс, как мужу и жене нам отпишут хорошую жилплощадь.

Настенька, давно влюбленная в Андрюшу, радостно согласилась. Они уже целый год жили вместе, и теперь оставалось только узаконить их отношения. Одна беда, детям было по семнадцать, восемнадцатилетие они собирались справлять в будущем году. В Советской России разрешались ранние браки, но только с согласия родителей. Андрей и Настя были сироты, о которых забыл отдел образования и не назначил опекунов.

Калягин пошел в загс, потолковал с заведующей, и их без всякой помпы расписали. Как уже говорилось,

Андрюша умел очаровывать женщин всех возрастов и профессий.

Насте стало казаться, что судьба решила вознаградить ее за нищее детство. Своя квартира, любимый и любящий муж, который обязательно сделает карьеру. Да еще после окончания училища Настя ухитрилась поступить в Строгановку. Одним словом, ткацкая фабрика и барак были забыты, словно дурной сон, началась иная жизнь, впрочем, как и раньше, бедная, но счастливая. С детьми они решила подождать.

— Сначала получим дипломы, — планировал Андрей, — устроимся на хорошую службу, заработаем и только тогда родим. У самих ничего не было, а у нашего ребенка должно иметься все!

Настя согласилась, впрочем, она всегда во всем поддерживала мужа, любила его слепо, полностью растворялась в нем. Да и как могло быть иначе? Андрюшенька ведь самый умный, красивый, ласковый, нежный.

Однажды вечером, ложась спать, Настя сказала:

— Тебе не кажется, что у нас пахнет газом?

Андрюша прошел на кухню, потом вернулся в комнату и сказал:

— Полный порядок, вентиль перекрыт, я открыл форточку.

Настя спокойно заснула. Ночью ей захотелось в туалет, она тихо встала и спросонья побрела по коридору. В кухне горела маленькая лампочка, над газовой горелкой с каким-то инструментом в руках склонился Андрей. Настя сходила в туалет и юркнула в кровать, все действия она проделала в полусне, решив завтра спросить у мужа, что случилось с плитой. На следующий день девушка никуда не торопилась, поэтому вылезла из кровати в десять и, зевая, пошла на кухню. Андрей давным-давно убежал в институт. Вентиль у плиты был открыт, форточка плотно затворена, очевидно, Андрей с утра, выпив кофе, забыл перекрыть трубу.

Настенька чиркнула спичкой, горелка не загорелась. Удивленная девушка, держа в руке горящую спичку, наклонилась пониже, и тут грянул взрыв. Настя даже не поняла, что случилось, разом вспыхнули волосы, ночная рубашка, жизнь девушке спасло одно обстоятельство. Неделю назад у Насти, постоянно возившейся с красками и растворителями, началось нечто похожее на нейродермит. Другие студентки посоветовали на ночь намазать руки специальной мазью, а сверху обязательно натянуть перчатки, желательно кожаные.

— Отличное средство, — пояснили товарки, — им тут все пользуются, только очень вонючее и пачкается, потом белье не отстирать, перчатки надень, поспишь в них пару дней и забудешь про язвы.

Настенька послушно воспользовалась темно-коричневой, противно воняющей субстанцией. Чайник вскипятить она отправилась прямо в перчатках, думала сначала поставить воду, а пока та будет греться, спокойно помыться в ванной. Но полыхнул пожар. И сейчас обезумевшая от ужаса и боли девушка била по горящим волосам и ночнушке руками, затянутыми в свиную кожу.

Стараясь погасить пламя, Настя рванулась к мойке, но из кранов не вытекло ни капли воды. Кухня полыхала, шкафчики, занавески, стол — все занялось жарким огнем. Настя не помнила, как ей удалось вырваться из этого ада, добежать до соседей и позвонить в дверь. Она вообще ничего не задержала в памяти. Ни того, как на нее, чтобы сбить пламя, набросили толстое одеяло, ни приезда «Скорой» и пожарных.

Очнулась несчастная уже в реанимации ожогового центра, вся жизнь теперь превратилась в сплошную боль. Первое время прошло в темноте, потом с глаз сняли повязку. Мир предстал в тумане, врачи разводили руками, что-то говорили о пересадке роговицы, Настя плохо понимала смысл их слов. Перевязки, капельницы, операции. Зеркала ей не давали, его в этом отделении не было даже в туалете, впрочем, лицо оказалось замотано бинтами, смоченными какой-то желтой жидкостью.

Несколько раз в палате появлялся мужчина в белом халате, накинутом на плечи и с планшетом в руках, звали его Константин Олегович. У Насти все расплывалось перед глазами, внешность посетителя осталась неразличимой, но голос у мужика был молодой, и он задавал без конца вопросы.

— Давно ли сломана плита? Кто перекрыл подачу воды в мойке?

Настя не могла отвечать, она начинала плакать и твердить:

— Ничего не знаю, не понимаю, где Андрюша?

Тут же прибегали врачи и бодро «пели»:

— В палату интенсивной терапии не допускаются посторонние, вот спустим в отделение, тогда муж и придет.

Настя успокаивалась, но один раз задалась вопросом: а как же сюда проходит Константин Олегович с планшетом? Почему для него сделано исключение, а не для Андрюшеньки?

Но долго размышлять она не могла, от больших доз обезболивающих сознание туманилось, наваливался сон.

Шло время, Андрей не появлялся, зато пришел другой мужчина, явно немолодой, и завел ошарашивающий своей откровенностью разговор.

— Здравствуй, детка, — сказал он, — меня зовут Иван Сергеевич, и я очень хочу тебе помочь, поверь мне и выслушай спокойно. Врачи говорят, что якобы зрение спасти практически невозможно. Правый глаз погиб, левый видит только на 30 процентов, но и он скоро ослепнет, тебя ждет жизнь в темноте.

— Лучше умереть, — прошептала Настя.

Она уже могла теперь ощупывать свое лицо и, ощущая под рукой шрамы, понимала, какой уродиной стала, жалела, что не сгорела совсем.

— Ну-ну, — похлопал ее по плечу Иван Сергеевич, — не все так ужасно. Говорю же, хочу помочь. В Глазго имеется научно-исследовательский институт ожоговой медицины. Там берутся вернуть тебе зрение полностью и обещают подправить лицо. Сразу скажу, красавицей ты не станешь, но пересадят волосы, сделают зрячей и поставят на ноги. Имей в виду, такое возможно лишь в Глазго, здесь, в Москве, ты неминуемо ослепнешь. Ехать далеко, но не бойся, я дам тебе в сопровождающие врача и медсестру.

— Где это Глазго? — прошептала Настя. — На Урале, в Сибири?

— В Великобритании, — спокойно пояснил Иван Сергеевич.

Напомню вам, что дело происходило в советские годы, для граждан СССР Объединенное Королевство было страной загнивающего империализма, попадали туда редкие граждане, в основном крупные партийные чиновники, дипломаты, спортсмены или артисты. Для простого человека путь во владения королевы Елизаветы был закрыт.

— Почему вы хотите мне помочь? — пролепетала Настя. — Кто вы такой и что потребуете взамен?

Иван Сергеевич опять погладил девушку по голове.

— Сущую ерунду. Завтра к тебе опять придет следователь, начнет задавать вопросы, поинтересуется, хорошо ли работала плита. Отвечай: плохо, пахло газом, давно хотела вызвать аварийную службу, да все недосуг было. Затем он захочет узнать, почему в мойке оказалась перекрыта вода. На это тоже есть ответ. Сообщи, будто всегда на ночь «стопоришь» трубу, боишься залить соседей, вот и проявляешь предосторожность. Начнет приставать с разговором о взаимоотношениях с супругом, говори: любим друг друга безумно. Поняла? Выполнишь мои указания, отправишься в Глазго, скажешь что-нибудь другое, останешься в Москве, слепой!

— Где Андрюша? — прошептала Настя.

— Андрея подозревают в организации покушения на убийство жены, — сухо ответил Иван Сергеевич, — а я хочу спасти его и помочь тебе. От того, как поведешь себя со следователем, зависит очень многое. Главное, напирай на то, что плита не работала, а воду перекрыла сама. Только в этом случае спасешь мужа и вернешь себе зрение, вкупе с более или менее нормальной внешностью.

Глава 22

Все вышло так, как предсказывал Иван Сергеевич. На следующий день явился Константин Олегович с планшетом и вновь принялся терзать вопросами пострадавшую. Настя отвечала, как учил Иван Сергеевич. Следователь ходил по кругу, выясняя подробности, но девушка стояла на своем. В конце концов следователь обозлился и заорал:

— Дура, он хотел тебя убить! Испортил горелку, отключил воду и преспокойненько уехал в институт, думал, вернется, а жена сгорела, избавиться решил от тебя.

— Что вы несете? — возмутилась Настя. — С ума сошли?

Константин Олегович тяжело вздохнул, вынул из портфеля фотографию и протянул Насте.

— Смотри.

Настя недоуменно взяла снимок, на нем улыбалась хорошенькая, может, только чуть полноватая девушка. Легкие светло-русые волосы обрамляли круглое личико с розовой нежной кожей, голубые глаза смотрели весело, открыто, так глядит человек, никогда не знавший в жизни горя, обожаемая папина дочка, очевидно, хохотушка и любительница плясок до упада.

— Кто это? — удивилась Настя. — Я ее не знаю, впрочем, могу и ошибаться, сейчас пока очень плохо вижу.

— Вера Ивановна Носова, слышала про такую?

— Нет, никогда.

— Неудивительно, — хмыкнул Константин Олегович, — у твоего муженька, Андрея Калягина, с ней бешеный роман, дело катит к свадьбе. Знаешь, кто у девушки отец?

— Нет, — ошарашенно ответила Настя.

— Иван Сергеевич Носов, правая рука такого человека, что и выговорить страшно, — ответил Константин Олегович, — и в отличие от тебя, голодранки да нищеты горькой, у Верочки есть все — трехкомнатная квартира, машина, дача, сберкнижка, а главное, любящий папа, который в лепешку расшибется, но для дочурки аленький цветочек из-за моря достанет. Зятя своего, будь уверена, Иван Сергеевич на хлебное место пристроит. Доченька папашей вертит как хочет, жена у Носова давно умерла, он боится, что Верочка почувствует себя сиротой, вот и старается. Дочери Носова приглянулся Андрей Калягин. Я тут порасспрашивал кое-кого, все в один голос твердят: Вера влюблена в парня, как кошка, сама ему предложение сделала, мол, женись, дорогой, не пожалеешь! Андрей согласился, они и к папе съездили. Одна беда, ты есть, вот и решили от тебя избавиться. Вместе небось продумывали, как жену на тот свет побыстрей отправить, я абсолютно уверен, что Вера ему помогала советом. И ведь ловко дело состряпали, утечка газа, взрыв, бах-бабах, и нету Настеньки.

— Зачем им меня убивать, — прошептала Настя, — можно развестись.

— И ты могла предоставить мужу свободу? Без скандала? — усомнился следователь.

Настя кивнула.

— Для меня счастье Андрея дороже собственного.

— Я тебе еще не все сообщил, — покачал головой Константин Олегович, — насколько знаю, Иван Сергеевич собрался зятя с дочуркой на работу в посольство, за границу пристроить. На дворе апрель, в июне Андрей должен защитить диплом, только оформление документов уже сейчас пора начинать. И еще, в системе МИДа разведенных не любят, их считают ненадежными. А вот вдовец — это нормально, умерла у человека жена, он снова расписался, такое не возбраняется. Вера с Андреем помозговали и решили тебя убрать. С папой не посоветовались, сами действовать стали, но сорвалась задумка.

— Вы врете, — отрезала Настя.

— Почему твой муж сюда глаз не кажет? — усмехнулся следователь. — Чего боится?

Настя молчала, пытаясь переварить информацию.

— Знаю, что тут Иван Сергеевич побывал, — давил Константин Олегович, — доченьку свою из-под удара выводит. Только наше с тобой дело добиться торжества социалистической законности. Поэтому подумай как следует про горелку с мойкой и скажи правду. Ну?

Следователь выжидательно посмотрел на Настю. А та внезапно вспомнила, как проснулась ночью, чтобы сходить в туалет, увидела мужа возле газовой плиты... Память услужливо подсовывала воспоминания: Андрей в последнее время являлся домой за полночь, кулем рушился в кровать, практически не уделял Насте никакого внимания, злился, орал на жену...

— Ну? — повторил Константин Олегович. — Ну? Как дело обстояло? Говори, записываю. Справедливость должна восторжествовать, даже если меня уволят из органов.

Настя всегда была умной девочкой, и в эту минуту она внезапно поняла — следователь не обманывает. Андрей в самом деле хотел от нее избавиться, значит, их счастливой жизни конец. Бесспорно, очень хочется отомстить мужу за мучения и наказать его любовницу — соучастницу преступления, только что получит она, Настя? Полную слепоту? Иван Сергеевич отправит ее в Глазго только в одном-единственном случае: если она выведет из-под удара его обожаемую дочурку. И Настя приняла решение.

— Воду я перекрыла сама, — спокойно ответила она. — Горелка давно не работала. Вот про мужа вы правильно сказали, у нас с ним шло к разрыву. У меня любовник есть, и у Андрея баба имеется, просто я не знала, как ее зовут, никогда не видела женщину и не испытываю желания с ней общаться. Теперь уходите, я очень устала, больна, а от ваших посещений мне делается хуже.

Синий от злости, Константин Олегович удалился. Настя опрокинулась на подушку. Социалистическую законность пусть соблюдает следователь, получающий за работу зарплату и паек, она же не хочет провести жизнь в темноте, существовать беспомощной инвалидкой.

Иван Сергеевич сдержал слово. Через некоторое время Настя вернулась домой после многих операций, зрячая. Лицо не удалось привести в нужный вид. Меньше всего пострадал рот и подбородок, поэтому девушка не снимала очков, больших, с темными стеклами. Иван Сергеевич помогал невинной жертве и дальше, давал деньги, потом пошептался с кем надо, и Настю, закончившую Строгановку, взяли на работу в издательство, отличное место, с великолепным окладом.

Первые два года девушка провела почти спокойно, потом вдруг вспыхнула запоздалая злоба. Настя позвонила Андрею и заявила:

— Хочешь, чтобы я и дальше держала рот на замке, плати мне пенсию.

Андрей мигом согласился и стал раз в месяц приносить мзду. Сначала он просто совал ей конверт и убегал, потом начал задерживаться, проходил на кухню, пил чай. Один раз бухнулся на колени и завыл:

— Прости, ну прости, бога ради, бес попутал. Все она, Верка, соблазнила обеспеченной жизнью, хорошей карьерой, я не хотел, поверь, сопротивлялся, а она подзуживала, прямо в спину толкала. Господи, прости, прости!

Настя отмахнулась.

— Бог простит, только платить будешь всю жизнь, да имей в виду на всякий случай: решишь в недобрый час меня снова на тот свет отправить, мигом соответствующие органы письмо получат, я подстраховалась.

Андрей зарыдал и вновь завел:

— Прости, прости, я не хотел.

Несколько лет бывшие супруги общались сухо, сводя все контакты к простой формуле: деньги в обмен на молчание. Затем судьба Насти сделала зигзаг. Она написала картину и выставила на продажу. Полотно неожиданно снискало успех, так же влет ушло второе, третье. Настя не успела оглянуться, как внезапно стала модной и покупаемой. В разных изданиях замелькали восторженные статьи, Настюшу в них сравнивали с великими импрессионистами, твердили об оригинальной игре красок, четких композициях и поэтических образах. За год никому не известная женщина превратилась в модную художницу, пришли и деньги, они в основном текли из-за рубежа, где охотно раскупали ее полотна. Настя разбогатела в тот миг, когда вся страна стремительно нищала.

В этот же год наметились коренные перемены и в ее отношениях с Калягиным. Настя, став обеспеченной дамой, затеяла строительство дома, она упоенно листала каталоги. Плитка, обои, мебель, электроприборы. Ей хотелось иметь все самое лучшее, а еще очень нравилось, завидев Андрея, небрежно бросить:

— Погоди чуток, сейчас вот только отдам распоряжение по поводу облицовки камина и займусь тобой.

Однажды Андрей пришел в тот самый момент, когда бывшая жена собиралась на какую-то тусовку. В элегантном вечернем платье, обвешанная драгоценностями, изумительно пахнущая, она провела последний раз расческой по волосам и равнодушно проронила:

— Извини, времени нет тебя кофе угощать.

Внезапно Андрей, опустившись на стул в прихожей, обхватил руками голову и прорыдал:

— Если бы ты только знала, как мне тяжело, еле живу на свете.

В тот день Настя так и не попала на вечеринку. Андрей, сидя у двери, рассказывал о своих несчастьях, а она слушала, тихо удивляясь тому, что не испытывает радости.

Собственно говоря, жалеть Калягина не было никакой необходимости. Андрей мечтал о финансовом благополучии, стабильном положении в обществе, хорошей квартире, машине, даче, и он получил все, другое дело, что за обладание благами пришлось заплатить непосильную цену. Брак с Верой оказался неблагополучным, замешанным на преступлении, и держался на страхе, этот союз был обречен с самого начала. Андрей пытался несколько раз вырваться из семейных пут, но Вера цепко держала муженька за шиворот.

— Всем расскажу, как ты с Настей поступил, — пригрозила она после одного, особо бурного скандала.

— Между прочим, придумала историю ты, — вызверился муж, — а я, дурак, пошел на поводу!

Вера ухмыльнулась:

— В милиции каяться будешь, кстати, на скамье подсудимых один останешься, папа меня отмажет. Имей в виду, не хочешь неприятностей, живи со мной, по крайней мере двадцать пять лет.

— Почему так долго? — ошарашенно ляпнул Андрей.

— А пока срок давности не истечет, — хмыкнула супруга, — пойми, лучше тебе полюбить меня и смириться.

Кроме постылой жены, у Калягина еще имелся всесильный Иван Сергеевич, который после перестройки из партийного функционера вмиг превратился в преуспевающего бизнесмена. Квартира, дача, машина — все было записано на Веру, и кубышка с заначкой хранилась у нее в шкафу, Андрею было некуда деваться, и потом, он вульгарно боялся тестя.

Чтобы хоть как-то скрасить унылую жизнь, Калягин начал заводить любовниц. Знакомился он с ними повсюду, был крайне неразборчив, мог подойти на улице к первой понравившейся девушке. Одна беда, через месяц-другой дамы начинали вызывать у него отвращение, и Калягин под благовидным предлогом избавлялся от них.

— Наверное, я люблю только тебя, — плакал он сейчас в прихожей, глядя на Настю, — господи, что же мы наделали!

— Я-то ничего не совершала, — спокойно парировала Настя, — твоя идея была, захотел любовь на деньги променять, успешно осуществил задуманное! Видели глазки, что покупали, теперь ешьте, хоть повылазьте.

После этого разговора их отношения превратились в дружеские. Андрей стал приезжать просто так, заглядывал «на огонек». Настя, почувствовав, что в ее душе вновь начинает разгораться прежнее чувство к бывшему супругу, испугалась и потребовала:

— Вот что, дорогой, теперь вы с Веркой платите мне за молчание в два раза больше!

Она надеялась, что Калягин взбунтуется и исчезнет из виду, но Андрей повиновался, он не перестал приходить в гости. И один раз, ввалившись усталым, измученным, лег в гостиной на диван и пробормотал:

— Боже, как у тебя хорошо, тихо, никого нет... Слушай, давай убежим!

— И как ты себе такое представляешь? — хмыкнула Настя.

Андрей оживился:

— Да очень просто. Скоро у меня в руках окажется большая сумма денег.

— Что ты говоришь? — ехидничала Настя. — А Верка не отберет?

— Нет, — на полном серьезе ответил бывший муж, — это доллары, которые ученики платят за поступление, около трехсот тысяч в общем получается.

— Ну и что?

Андрей потянулся.

— А я их возьму и дальше не отдам.

Настя рассмеялась:

— Да тебя родители в порошок сотрут.

— Нет, я прикинусь убитым.

— Это как?

— Пока не придумал, но ведь могли же меня избить и ограбить, а? В пустынном месте? Вот один из недорослей живет возле кинотеатра «Буран», там глухо, страшно даже днем. Прикинь ситуацию — находят на берегу пруда изуродованный труп в моем костюме и с документами. Денег нет, какие претензии? Убили Андрюшеньку, доллары пропали...

А мы в день «смерти» за границу улетим, надо только все подготовить заранее, продать твой дом, мне собраться. Сколько эти хоромы стоят? Думаю, тысяч пятьсот запросто отхватим, двинем в Испанию, купим домик на побережье...

Настя покачала головой.

— Извини, думается, нам лучше держаться врозь, если хочешь бежать, рви когти один.

— Да это я так, — опомнился Андрей, — просто мечтаю.

Настя замолчала, я сидела с раскрытым ртом, пытаясь переварить услышанное.

— И ты никому никогда не рассказывала, отчего с твоим лицом жуткая штука произошла? — сумела я спросить в конце концов хозяйку.

— Нет, конечно, — поморщилась Настя, — все вокруг уверены, что просто был несчастный случай. Газ — коварная штука.

— У меня на днях квартира сгорела, — неожиданно сообщила я, — плиту плохо подсоединили, и полыхнуло.

— Ты подумай, может, муж решил тебя убить, — мрачно пошутила Настя.

— Мой муж умер, — вздохнула я, — никому я не нужна, ни одной душе не мешаю, просто пожадничала сервисную службу позвать, обратилась к соседу, а тот шланг на соплях приделал, ничего удивительного, что рвануло, сама виновата, не думала, насколько с газом шутки опасны.

— Как ты про меня узнала? — спросила вдруг Настя.

— Девушка одна сказала, любовница Андрея, она вроде приезжала сюда.

— А-а-а, — протянула Настя, — Наташа. Хорошая девчонка, наивная такая, вроде меня в юности. Прирулила, встала на пороге, чуть не плачет, а потом решилась на откровенный разговор, глаза прищурила и вопрос задала: «Вы жена Андрея? Скажите честно, я не хочу никого обманывать».

— И ты ей все рассказала?

— Нет, конечно, пожалела дурочку, со ста метров видно было, как она в Калягина влюблена прямо до одури. Вот и решила, пусть лучше глупышка сама от Андрея откажется, меньше травма будет, легче рана зарастет. Ну и приврала чуток, мол, гляди, инвалид я, потому муженек по бабам и носится.

— Зачем же мне правду выложила? — осведомилась я.

Настя вытащила сигареты, чиркнула зажигалкой, посмотрела в чашку и пробормотала:

— От кофе уже тошнит. Отчего разоткровенничалась? Да очень просто. Тебя наняли искать убийцу? Вот и действуй, работай и скажи спасибо, что подсказала: жив Андрей, почти наверняка, сбежал от всех, от меня в том числе. Ищи Андрея. Он обязан мучиться, а не кайфовать с денежками, не может быть ему счастья, пока я изуродованной живу. Понимаешь? Теперь я опять Калягина ненавижу!

Прослушав запись на диктофоне, Гри мрачно пробормотал:

— Ну и ну, интересная история получается, мне она кажется правдоподобной, более того, теперь виден свет в конце туннеля, понимаешь?

— Нет, — пожала я плечами, — не очень. При чем тут тогда Игорь Самсонов, письма, и каким образом Вера опознала труп?

— Боже, — закатил глаза Гри, — неужели не ясно? Головоломка складывается в секунду. Слушай, как обстояло дело!

Калягин решил удрать вместе с крупной суммой денег. Ему надо, чтобы все вокруг думали: его убили. Андрюша замыслил подстраховаться и «приготовить» киллера, для этой роли он и подобрал Самсонова. Сначала капитально обозлил того, отказался накануне вступительных экзаменов заниматься с Катей. А я-то никак понять не мог, ну почему он бросил девчонку! Звезд с неба не хватает, но вполне ведь нормальная. Кроме того, Калягин с Людмилой практиковали еще такой финт, как сдача экзаменов подставным лицом. Помнишь, дорогая Людочка предлагала подобный вариант для твоей «дочери»?

Я кивнула.

— Я все голову ломал, — забегал в ажиотаже по кабинету Гри, — ну отчего Андрей отшвырнул девчонку. А дело-то вон как поворачивается. Естественно, Игорь Самсонов озверел, и его можно понять! Платил репетитору бешеные бабки, потом бац, все мимо.

— Зачем он открытки посылал? — удивилась я.

— Кто посылал? — вздрогнул Гри.

— Игорь Самсонов.

— Он ничего подобного не совершал, — торжествующе выкрикнул Гри.

— Кто же тогда отправлял с почты дурацкие сообщения? — окончательно потеряла я нить рассуждений.

— Андрей Калягин! Сам себе!

— Да ты чего, — подскочила я. — Игоря служащая на почте опознала.

— Ой, не могу, — выкрикнул Гри, — ну включи соображение! У Самсонова на лице густая борода, вот девица лишь «заросли» и видела.

— У Калягина-то бритые щеки! — напомнила я.

— Деточка, — с жалостью произнес Гри, — тупая моя, хочешь, сделаю из тебя бородатую даму, звезду балагана?

— Как?

— Элементарно, куплю в магазине фальшивые бакенбарды и приклею.

— Действительно просто, — пробормотала я.

— Дошло наконец! Поэтому человек, отправлявший письма, сделал все, чтобы его запомнили на почте: ругался без всякого повода, придирался к служащей, а под конец назвал «свои» имя и фамилию. Согласись, весьма странное поведение для типа, который рассылает анонимки. Задумав гадость, он приходит на почту возле своего дома, более того, заявляется туда регулярно, трясет окладистой бородой, громко орет в телефон: «Да, Игорь! Самсонов слушает!» — и при этом желает сохранить «инкогнито»? Неужели этот Самсонов такой кретин? Не похоже, вроде он удачливый бизнесмен, вполне адекватный в других ситуациях. Нет, это был сам Калягин, желавший сойти за Самсонова.

— Но почему он потом к тебе обратился? — недоумевала я.

Гри скорчил гримасу:

— Во-первых, думал, дурак-дед никогда не докопается до истины, ухватится за подсунутую нить — и рад стараться, скажет Вере: «Вашего мужа убил Самсонов, причина ясна — решил наказать репетитора». Андрею нужно изобразить перед женой свою смерть правдоподобно. Поэтому он не рискнул пойти в крупное агентство, явился ко мне, за идиота посчитал.

— Почему не в милицию? — бубнила я свое.

— Татьяна, — строго сказал Гри, — ты меня поражаешь полным неумением мыслить логично. Ну не мог же Калягин в правоохранительных органах рассказывать о взятках!

— Зачем он вообще пришел к нам? — тупо повторяла я одно и то же.

— Господи, — обозлился Гри, — ясно как день. Хотел продемонстрировать жене, что ему угрожают, он встревожен, озабочен поисками негодяя. В первую очередь Андрей желал усыпить бдительность супруги. И еще, думается, ему было приятно посадить Самсонова за решетку, только не знаю почему, но причина явно имелась!

— Ладно, — кивнула я, — пусть так, но как же Вера труп опознала?

Гри плюхнулся в кресло.

— Представь ситуацию: женщине только что сообщили о трагической смерти супруга. Ладно, они не слишком счастливо жили, не Ромео с Джульеттой, но ведь она его когда-то любила, а может, и любит. Естественно, Вера взволнованна, испугана, ее вводят в морг, и что она видит? Лицо Андрея разбито, вместо рук сплошные раны. Мне, кстати, было непонятно, почему изуродовали кисти? По голове, предположим, лупили железкой оттого, что намеревались убить, но руки? Теперь ясно, уничтожали пальцы, про отпечатки слышала?

Я кивнула.

— Хорошо хоть элементарщину знаешь, — похвалил меня Гри, — не совсем пропащий кадр. Вера посмотрела на стол прозектора, ей, скорей всего, стало дурно, взгляд зацепился за одежду, костюм, ботинки. Да еще из карманов достали документы. Естественно, она подтвердила, что это ее муж.

— Ага, — бормотнула я, — но откуда взялся труп?

Гри спокойно ответил:

— В столице полно бомжей, если один из них исчезнет, никто удивляться не станет.

— Я слышала, что вроде можно тело из могилы выкопать уже после похорон и установить личность! — решила не сдаваться я.

Гри с жалостью поглядел на меня.

— Ты совсем плохая, Калягина кремировали! Ладно, будем действовать спокойно. Завтра поезжай к Вере, мне нужна одна из последних фотографий Андрея Львовича.

— Зачем?

— Потом объясню.

Я кивнула. Раз надо, значит, надо, но потом решилась задать еще один вопрос.

— А любовницу его искать не станем? Ту самую, не слишком юную особу?

— Обязательно нужно установить ее личность, — оживился Гри, — вдруг Андрей преспокойненько у тетки живет?

— Небось за границу уехал.

— Может, да, а может, нет, — пробормотал Гри. — Слишком много пока непоняток. Во всем! Прямо устал! С какого боку тут Дорофеев? И кто такой белый арап?

— При чем тут дело Дорофеева? — еще больше изумилась я.

— И я того же мнения, — невпопад сказал Гри, — ну при чем, а? Ладно. Начнешь с фото Калягина!

— Можно к Вере после трех съезжу? — робко попросила я.

— Это почему? — рявкнул Гри.

— Риелторша пропуск дала, завтра в десять я должна посмотреть на предполагаемую новую жилплощадь воочию и сказать, подходит она мне или нет.

— Хорошо, — хмуро согласился Гри, — но давай договоримся, в следующий раз ты планируешь всяческие мероприятия в выходной.

— И когда он у меня?

— Пока не закончим дело, отдыхать не будем, — отрезал хозяин.

Я не нашла слов от возмущения.

— Теперь звони Вере и договаривайся на завтра о встрече, — приказал Гри.

«Кто девушке платит, тот ее и танцует», — неожиданно всплыла в моей памяти фраза, которую иногда говорит Этти, собираясь на работу. Но спорить с Гри дело бесполезное, поэтому я пошла спокойно к телефону и около получаса пыталась соединиться со вдовой Калягина. Трубку никто не хотел брать, что, учитывая поздний час, казалось странным, но я не удивилась. Очевидно, Веру достали бесконечными звонками родители учеников и она просто отключила аппарат.

Утром меня разбудила Этти.

— Эй, подруга, — затараторила она в трубку, — как здоровье? Едешь смотреть квартирку?

— Собираюсь, — зевнула я, — хочешь со мной?

— С удовольствием бы, но работа не позволяет. Вот чего звоню, прихвати с собой сантиметр и тщательно промеряй окна. Занавески тебе подарю, свои, из гостиной. Надеюсь, подойдут по размеру.

— Бордовые с цветами, — ахнула я.

— Именно.

— Ты с ума сошла, такие роскошные портьеры.

— После ремонта они мне по тону не подойдут, — затарахтела Этти, — стены хочу сделать светло-зелеными.

Я молча слушала, Этти не давала мне вставить даже восклицания в поток слов, сообщала о задуманных изменениях в интерьере своей квартиры. Я понимала, что она просто хочет сделать мне очередной подарок. Как всегда, было не очень комфортно, сама-то я не имею возможности преподносить свекрови презенты.

Как-то раз, получив очередную губную помаду, я решилась и сказала:

— Нехорошо получается, ты столько на меня тратишь.

— Есть деньги, пускаю на ветер, — преспокойно заявила Этти.

— Но я оказываюсь в долгу, право, мне неудобно!

— Глупее ничего не придумала? — фыркнула подруга.

— Ты такая добрая.

— Нет, — захохотала свекровь, — неправильное слово, не добрая, а расчетливая. Ну посуди сама, из родственников никого, кроме тебя, не имею, вот состарюсь, превращусь в нищую, немощную старуху, ты меня кормить станешь, в благодарность за старую мебель и дешевую косметику.

Я грустно улыбнулась. Этти невозможно представить бабкой с палкой в руке, свекровь до ста лет сохранит живость ума, элегантный внешний вид и вряд ли станет нищей. Человек, свободно владеющий иностранными языками, не останется без куска хлеба, на худой конец Этти отправится учить неразумных деток.

— Ты чего молчишь? — воскликнула она. — Поняла про сантиметр?

— Да, — подтвердила я.

— Когда собираешься идти в новый дом?

— Кофе выпью, оденусь и двину.

— Эх, жаль, мне на работу, — вздохнула подруга, — вечером созвонимся. Оглядись там как следует, все изучи, платишь немалые деньги и имеешь право капризничать.

Я пообещала быть предельно внимательной и, попрощавшись с Этти, пошла в ванную. «Платишь немалые деньги»! В этой фразе вся Этти, она не сказала: «Я плачу», нет, свекровь так построила фразу, чтобы нищая невестка не испытывала смущения.

Глава 23

На кухне не нашлось еды, никакой. Шкафчики и холодильник зияли пустотой, ни сахара, ни масла, ни хлеба в доме не хранилось, лишь на подоконнике сиротливо тосковала банка с чайной заваркой.

Внезапно я разозлилась. Очень часто, руководствуясь благими побуждениями, люди делают жизнь того, кого решили осчастливить, невыносимой. Мало кто, как Этти, скажет «платишь немалые деньги», душевная тонкость весьма редкое качество у двуногих. Основная масса предпочитает действовать, как Гри, напролом, силой тащить себе подобного к счастью, пинком отправлять в светлое будущее. Хозяин решил, что мне, чтобы жить и радоваться, следует похудеть, и рьяно взялся за дело. В принципе, я с ним согласна, лишний вес меня угнетает, но, похоже, Гри надумал извести меня, заморить голодом. Слабым оправданием для рьяного дедули служит тот факт, что бойкий пенсионер не в курсе, как мне делается плохо, если я не поем три-четыре раза в день, такова особенность организма, доставшаяся мне от мамы и папы, с природой бороться бесполезно, да и, кстати говоря, опасно. Если желудок требует оладушек, он должен их получить, иначе неминуемо возникнут гастрит, колит, язва или, не дай бог, рак.

Люди, подобные мне, не способны сидеть на диете, только не думайте, что я слабохарактерная, нет, просто я не могу испытывать голод и сейчас нахожусь в предобморочном состоянии. Кто разрешил Гри издеваться над помощницей? Между прочим, я уже потеряла невероятное количество килограммов, с меня хватит! Худая корова еще не газель! Я не рождена быть изящной козочкой! А ограничивать себя в еде не желаю, вернее, не могу по состоянию здоровья. Нет, Гри все-таки жестокий, плохо воспитанный старикан. Интересно, где они с противным Аристархом питаются? Рися не похож на аскета, довольствующегося солнечными лучами, он явно гедонист, бонвиван, любитель всех радостей. Ясное дело, и он и дедок лопают картошку фри в ресторане, а я обречена на медленное угасание от голода.

Слезы наполнили глаза, ощущая головокружение, я оделась и потопала к метро. Как назло, на пути то и дело попадались ларьки с шаурмой, вагончики с курами-гриль, прилавки, набитые бубликами...

Не выдержав, я притормозила возле одной будки и, прежде чем сделать заказ, вытащила кошелек — хорошо знаю, что у меня не так много денег, надо не выпасть из бюджета. Я открыла портмоне, из груди вырвался возглас изумления. В отделении для купюр полно ассигнаций, еще там лежит какая-то записка. Ну-ка, что в ней... «Тетеха, это средства на покупку необходимых для расследования сведений, не вздумай приобретать на них жрачку. Гри».

В глазах потемнело, я огляделась по сторонам, увидела вывеску «Ресторан «У Кэтти» и устремилась к нему.

Гри перегнул палку, цидулька, подсунутая в кошелек, обидела меня до глубины души. По какому праву безумный дед регулирует необходимое количество еды для помощницы? Назло ему сейчас закажу в ресторации все меню и проглочу блюда без остатка! Да, я честный человек и никогда не посмею потратить на себя «государственные» средства, вечером, вернувшись домой, откровенно скажу Гри: «Обедала в трактире, вот счет. Когда станете давать мне зарплату, вычтите сию сумму. И впредь прошу более не «озабачиваться» диетой госпожи Сергеевой».

Впрочем, слова «озабачиваться» нет, следует произнести по-иному «озадачиваться». Нет, тоже неверно, «озаботиваться». Снова неправильно. Наверное: заботиться о диете...

Выбросив из головы мысли о чистоте речи, я рванула на себя тяжелую дверь, вступила в прохладный полумрак холла харчевни и оробела.

Вы уже знаете, что я не богатая вдова, впрочем, не

имелось у меня особых средств и когда была замужем. Мы с Мишей могли позволить себе зайти в небольшое кафе, но по дорогим заведениям не шлялись. И вот сейчас я оказалась в помпезном, пафосном месте, стою в холле, пол устлан мягким ковром, стены сплошь увешаны картинами в бронзовых рамах, а с потолка свисает хрустальная люстра невероятного размера.

Наверное, следовало попятиться и дать деру, но я опоздала это сделать. Из глубин помещения выплыл мужчина в безукоризненно сидящем черном костюме и белоснежной рубашке. Вместо галстука под воротником была бабочка.

— Желаете позавтракать? — слегка склонил он голову. — Прошу, проходите, лучший столик у окна, с видом на бульвар, ждет вас, сюда, сюда, не споткнитесь.

Окинь официант посетительницу презрительным взглядом, и я бы спокойно ушла прочь, не испытывая обиды. По Сеньке и шапка. Никогда не захожу в дорогие бутики, не заглядываю в магазины, где на вешалках висят-покачиваются эксклюзивные меха, так какого черта сейчас приперлась в ресторан для олигархов?

Но халдей вел себя так, словно увидел постоянную посетительницу, оставляющую после трапезы немереные чаевые. Ретироваться показалось неприличным, а мужчина начал кланяться, приговаривая:

— У нас новый повар, прямо из Италии, эксклюзивный специалист. Сюда, сюда, в креслице. Разрешите, постелю салфеточку на коленочки?.. Вот меню, желаете аппетитивчик? Свежевыжатый сок? Имеем все: апельсин, грейпфрут, яблоко, манго, ананас, морковь, сельдерей...

От его болтовни и суетливости у меня закружилась голова.

— Можно воды? — попросила я.

— Минеральной?

— Да.

— С газом?

— Без.

— А какой именно?

— Несите любую.

— Но как же?!

— На ваш вкус.

— О-о-о, спасибо за доверие, — восхитился официант. — Аква очень хороша с лимоном...

— Давайте акву, — согласилась я.

— Великолепный выбор, — закивал подавальщик, — пока меню изучаете, приготовим водичку.

И он резко повернулся и исчез с такой скоростью, словно провалился сквозь пол, я осталась наедине с кожаной папочкой. Рука осторожно открыла переплет, глаза побежали по строчкам. «Салат «Котэ», «Тар-тар из сомона», «Бижу мальтийского болона». Матерь божья, на каком языке сделаны записи? Вроде по-русски, но ничего не понятно. Если с салатом еще можно разобраться, то кто такой мальтийский болон? Если он является мужем мальтийской болонки, то, наверное, следует бежать прочь из пафосного заведения!

Послышалось позвякиванье, я повернула голову и увидела официанта, который в сопровождении двух коллег приближался к моему столику. По телу пробежал озноб, я невольно вздрогнула.

— Ваша вода, — объявил официант, — прошу!

Один из вновь прибывших лакеев поставил на стол бутылку, развернув ее этикеткой ко мне.

— Аква! — оповестил уже знакомый прислужник. — Одобряете?

Окончательно растерявшись, я кивнула.

— Антон, — тоном глашатая, возвещающего о смерти короля, воскликнул распорядитель церемонии, — открывайте.

Рука в белой перчатке ловко сдернула пробку.

— Готово, Семен Михайлович, — отрапортовал Антон.

— Олег, наполняйте бокал.

Еще одна ладонь, на этот раз затянутая в ткань цвета кофе с молоком, наклонила стеклянную емкость.

— Антон, лимон! Олег, подайте бокал. Прошу вас, пейте!

Абсолютно выбитая из колеи наблюдением за «водной церемонией», я отхлебнула прозрачную жидкость. Честно говоря, глядя на процедуру, я ожидала ощутить на языке нечто невероятное, нектар, амброзию. Но в стакане оказалась самая обычная, чуть кислая от лимона вода, она ничем не отличалась от той, которую я покупаю в палатке у дома.

— И как? — склонил голову набок Семен Михайлович. — Не слишком холодная?

— Замечательно!

— Может, недостаточно лимона?

— Спасибо, в самый раз.

— Нет ли лишнего запаха?

— Все идеально, — заверила я главного официанта.

Семен Михайлович слегка расслабился.

— Что пожелаете на завтрак? — спросил он угодливо.

Я порыскала глазами по меню и, о радость, натолкнулась на отлично знакомое слово. Палец ткнул в строчку.

— Это!

— Глазунья по-гончаровски! Великолепный выбор! Рваную яичницу наш шеф готовит вдохновенно.

— Какую? — вытаращила я глаза.

— Рваную, — повторил Семен Михайлович.

«Ее у кого-то вырвали?» — чуть было не спросила я, а официант методично продолжал:

— Это рецепт великого писателя Ивана Гончарова. Яйца взбалтываются с небольшим количеством муки, соли и сахара, потом смесь выливается на специальную сковородку и доводится до готовности. Затем повар разрывает болтунью на части, снова складывает на тарелке в целое, украшает сверху вареньем по вашему вкусу, лично я осмелюсь порекомендовать черешневое, и... приятного аппетита!

— Но зачем яичницу раздирать на части? — удивилась я.

В глазах Семена Михайловича взметнулось беспокойство.

— Право, — забормотал он, — вы первая, кому пришел в голову подобный вопрос... ну... рецепт великого писателя Ивана Гончарова. Яйца взбалтываются...

Сообразив, что сейчас вновь услышу про муку, соль, сахар и варенье, я быстро прервала официанта:

— Тогда «Бижу мальтийского болона»

Семен Михайлович слегка покраснел и, понизив тон, сообщил:

— Не советую. В это время года мальтийский болон еще не набрал сочности.

— Ага, — протянула я.

— И цвет Бижу не будет нужным.

— Ага!

— Вместо белого — розовый! Правда, ужасно?

— Отвратительно, — подхватила я, — розовое Бижу — это нонсенс.

— К тому же мальтийский болон всегда слегка жестковат.

— Понятно.

— Мы его, правда, маринуем в соке древесной черницы!

— Вот как!

— Но для настоящего маринада не хватает шишек.

— Шишек?

— Ну да, плодов островного Гуго, они созревают в сентябре. Нет, мальтийского болона категорически не советую. Лучше обратите внимание на творог по-нероновски.

— По-каковски? — вырвалось из меня.

Семен Михайлович откашлялся, выставил вперед ногу и начал новый монолог:

— Великий император Нерон обожал творог. Рецепт пришел к нам из глубины веков. Значит, так, берем панхель, фружутовое масло, семена тычки, зелень рамиса и, естественно, творог. Все смешиваем, растираем, заворачиваем в лист скряки, замораживаем, отмораживаем, варим, потом запекаем, посыпаем тертым мисуном и... приятного аппетита. Желаете попробовать?

— Нет, нет, спасибо, у меня... э... аллергия на мисун.

— Какая жалость! — с подлинным состраданием в голосе воскликнул официант.

— Ерунда, — отмахнулась я, — выпью сейчас водички и побегу.

На лицо Семена Михайловича наполз ужас.

— Отпустить посетительницу голодной! Возьмите пашот с гренками! Очень легкая еда, такая не отяжелит желудок!

Я ощутила невероятное облегчение, наконец-то слышу два знакомых слова: паштет и гренки.

— Несите.

— Не успеете вздохнуть, как завтрак поспеет, — потер руки Семен Михайлович и хлопнул в ладоши.

Поднялась суета, Антон порысил на кухню, Олег бросился накрывать на стол. Передо мной появились приборы, четыре чайные ложки, столько же ножей, солонка, перечница, баночка с неизвестной сушеной травой, бутылочки с оливковым маслом и уксусом. Я сидела, замерев, словно кролик в гостях у кобры. Наконец материализовался Антон с подносом.

— Прошу, наслаждайтесь! — воскликнул Семен Михайлович. — Не смеем мешать, лишь последний вопрос: какую музыку вы предпочитаете? Чем сопроводить трапезу?

— Доверяю вашему вкусу.

Семен Михайлович прослезился от умиления. Кланяясь и пятясь задом, обслуживающий персонал испарился. Я осталась наедине с паштетом и гренками, и чем дольше обозревала поданное яство, тем сильней удивлялась. Одинокий кусочек поджаренного хлеба был овальной формы, без корки и очень маленький, просто крохотный, хорошая порция для Дюймовочки, а мне на четверть укуса. Впрочем, ничем, кроме кукольного размера, тостик не поразил, но вот паштет!

На тарелке возвышался стакан, похоже, сделанный из крутого, бездрожжевого теста, заполненный странной дрожащей массой бело-желтого цвета. Я ткнула в нее ложечкой, зачерпнула малую толику, попробовала и поняла, что паштет сделан не из мяса, больше всего он напоминал омлет, приготовленный для язвенников в момент обострения их малоприятной болячки: нечто кашеобразное, безвкусное, несоленое. Терпеть не могу подобную еду, да еще стаканчик из теста оказался тверже некуда, о такой легко можно сломать зубы.

Но делать нечего, нужно слопать заказанное. Я, вздыхая, воткнула ложечку в трясущийся холмик, и тут послышалась музыка. Столовый прибор вывалился из моих пальцев, отчего-то самой подходящей мелодией к завтраку Семену Михайловичу показался похоронный марш.

Чуть не зарыдав, слушая торжественные всхлипы инструментов, я выскребла «тару», потом попыталась съесть стакан, но потерпела сокрушительную неудачу, его стенки были крепки, словно Петропавловская крепость. Представляю, как расстроится милый, услужливый официант, увидев, что завтрак не пришелся посетительнице по вкусу.

Музыка стихла, сообразив, что сейчас Семен Михайлович вновь появится в зале, я мгновенно раскрыла окно, около которого стоял мой столик, выкинула на улицу остатки еды и замерла, навесив на лицо выражение крайнего восторга.

— Как вам пашот? — осведомился Семен Михайлович, материализуясь рядом.

Тут только до меня дошло, что я заказала не плебейский паштет, а некий пашот.

— Потрясающе! Невероятно вкусно! Не оставила ни крошки!

Семен Михайлович расцвел.

— Кофе?

— Да, да.

— Турецкий, арабский, греческий, русский, со льдом, глясе, фраппе?

Я уже собралась было заявить: «На ваш вкус», но вспомнила похоронный марш и воскликнула:

— Эспрессо.

— Один момент, разрешите кокотницу убрать?

— Что?

— Кокотницу! Форму, в которой готовят и подают пашот.

— Такой стаканчик?

— Совершенно верно.

— Я его съела!

Семен Михайлович отступил на шаг влево.

— Вы проглотили кокотницу? — осторожно переспросил он.

— Да, да, — затрясла я головой, — великолепно! Вкус волшебный, специфический!

— Но горшочек не употребляют в пищу, — пробормотал официант, — он из глины особого сорта, белой мастики.

Я заморгала.

— Простите, я решила, что это такое тесто, крутое бездрожжевое, как для пиццы или лапши.

Официант крякнул, я почувствовала себя идиоткой.

Профессиональная вышколенность не позволила Семену Михайловичу удивиться или, тем паче, возмутиться. Получив деньги по счету, он с поклоном довел меня до двери и, распахнув ее, сказал:

— Приходите еще, кстати, через неделю подвезут австралийского гаманоида, думаю, вы оцените его филе по достоинству.

Я закивала, вылетела на проспект и бросилась к ларьку, стоящему прямо у входа в пафосное заведение. Голод терзал желудок, терпеть его укусы было невозможно.

— Дайте сосиску! — велела я торговке.

Та молча протянула мне ее, я проглотила хот-дог, порция показалась мизерной.

— Еще сарделечку, — воскликнула я, — нет, лучше две или даже три, и хлебушка побольше, можно с маслом. Ну что вы на меня уставились?

Продавщица выудила из кастрюли сардельки, потом со вздохом сказала:

— Лучше к врачу сходи!

— С какой стати?

— Уж, извини, конечно, — сморщила нос баба, — но, похоже, у тебя глисты!

Я сначала онемела от негодования, потом принялась возмущаться:

— С ума сошла! Что ты себе позволяешь! Какие глисты?

— А хрен его знает! Солитер, то есть цепень!

— Офигела? — закричала я, роняя сосиску и одновременно забыв о необходимости изъясняться литературным языком.

— Просто совет даю. Я видела, как ты в ресторан зашла, у окна села, долго там проваландалась, значит, поела от души, — ворковала «сосисочница», — потом вышла и ко мне! Разве ж здоровый человек столько жрать станет?

— Прекратите! — заорала я и отбросила в сторону аппетитную булку.

Отчего-то мне совершенно расхотелось есть.

— Не переживай, — утешила меня баба, — подумаешь, червяки, эка невидаль, у кого их не было. Скажи спасибо, что не какая-нибудь зараза вроде собачанки.

— Собачанка? — в недоумении повторила я. — Это еще что?

— Болезнь такая, жуть смотреть, — охотно пояснила торговка, — когда я еще у матери в деревне жила, у нас одна заболела, ну е мое, во что лицо превратилось!

— Наверное, волчанка, — поправила я, — ты неправильно называешь болезнь.

— Собачанка!

— Волчанка!

— Собачанка!!! Отлично помню! Приходила бабка заговаривать заразу и пояснила, от собак дрянь приходит, лизнут в лицо, и готово, отсюда и название, собачанка!

— Ты путаешь, волчанка!

— Это почему же ее так назвали?

— Не знаю, — ответила я, — отчего оспу оспой именуют, а холеру холерой? Придумали так.

— Вот и нет, — торжествующе объявила баба, — собачанка, потому что от собак. Ладно, недосуг болтать, эй, мужчина, вам чего?

— Сосиску с кетчупом, — раздалось за моей спиной.

Продавщица повернулась к кастрюле, а я пошла к метро. Злость на Гри куда-то испарилась, от голода, хоть мне практически ничего не удалось съесть, не осталось и следа.

Глава 24

Дом, в котором мне через некоторое время предстояло жить, находился почти у самого леса. Я, ехавшая сначала в душном, пропахшем потом вагоне метро, а потом в набитой до упора маршрутке, полной грудью вдохнула свежий воздух, наполненный ароматом чего-то цветущего. Через секунду стало понятно, что так замечательно пахнет: большой куст, вольготно росший у подъезда. Риелторша оказалась права, никакой дачи при наличии такой квартиры не потребуется, деревья окружали здание со всех сторон. Кузьминки, где я раньше жила, тоже радовали глаз зеленью, но она была чахлой, какой-то несчастной, покрытой липкой, серо-желтой пылью. Здесь же на одной из веток, запрокинув голову, заливалась счастливым щебетом маленькая птичка с ярким оперением, явно лесная жительница, в центральных районах Москвы остались только воробьи, голуби и вороны, впрочем, еще есть мухи.

Сам дом выглядел хоть куда, высокий, широкий, с красивыми стеклопакетами на окнах. Где-то на уровне седьмого этажа развевалось огромное полотнище «Продаются квартиры». И стояла тишина, такой не было в Кузьминках, где на площади шумел рынок, по улице постоянно, даже глубокой ночью, неслись машины, а к подъезду следовало пробираться, лавируя между прохожими.

Я двинулась по дорожке, на большой парковочной площадке не теснилось стадо автомобилей, там тосковала только одна иномарка с тонированными стеклами.

Медленно, наслаждаясь воздухом, я дошла до двери подъезда, схватилась за ручку и тут же ощутила резкую боль в ухе.

Я вскрикнула, почувствовала легкое головокружение, подняла руку вверх, но тут некая сила потянула меня вперед, левая нога зацепилась за порог, и я упала лицом вниз. Обваливаясь, я попыталась удержаться, схватилась за входную дверь, но та открылась внутрь, и я рухнула самым идиотским образом, голова и грудь в подъезде, порог на уровне талии, ноги на улице.

В первый момент мне показалось, что потеряла сознание, а может, я и впрямь на пару мгновений лишилась чувств.

— Что же ты так неаккуратно, — раздался мужской голос.

Крепкие, прямо железные руки подхватили меня и поставили на ноги.

— Э, да ты себе ухо поранила, — продолжал баритон.

Я подняла голову и увидела молодого, довольно полного парня, одетого в черные брюки и рубашку.

— Эй, дорогуша, — сказал он, — тебе плохо стало? Может, «Скорую» вызвать?

— Нет, — пробормотала я, — глупо так плюхнулась.

— О порог споткнулась, — сообщил охранник, — ты уже третья, я в контору позвоню, пусть переделают, не ровен час, кто-нибудь шею сломает. Иди за лифт, там туалет, умойся, вся в кровище.

Я поспешила в подсобное помещение и обнаружила там довольно чистые раковину, унитаз, жидкое мыло и рулон туалетной бумаги.

Следующие полчаса я пыталась остановить кровь, текущую из уха, какое насекомое ухитрилось так поранить меня, осталось непонятно. Я очень хорошо знаю, что всякие осы и пчелы выпускают жало, зубов у них нет, но зеркало бесстрастно показывало странную картину: на самом краю мочки ранка, небольшая, чистая, словно чья-то рука острым ножом отхватила крохотный кусочек хряща.

Наконец поток крови иссяк, изведя рулон туалетной бумаги, я вытерла шею, кое-как застирала пятна на кофточке и, обретя более или менее приличный вид, вышла в подъезд.

Полный парень, насвистывая, разглядывал стекло во входной двери.

— Извините, — сказала я, — всю туалетную бумагу истратила.

— Не переживу, — хмыкнул дежурный и обернулся.

В тот же момент я увидела у него на груди бейджик «Арсений» и поняла, что охранник не толстый, а накачанный. Литые мышцы эффектно перекатывались под тонкой рубашкой.

— Придется тебе в магазин бежать, — продолжал Арсений, — как же без бумаги, а?

— Да, конечно, — засуетилась я, — только подскажите, где тут супермаркет.

— Ой, не могу, — засмеялся Арсений, — да успокойся ты, записку от риелтора покажи, ключи дам, поглядишь хоромы!

Квартира, просторная, светлая, казавшаяся еще больше из-за отсутствия мебели, понравилась мне чрезвычайно. Неужели бывают такие люди, которые сдирают вот эти красивые обои, выбрасывают роскошную, розового цвета, сантехнику, сбивают белый кафель? Зачем вообще делать ремонт в новехонькой квартирке? Даже плита тут стояла изумительная, с грилем, и больше всего меня порадовало, что она электрическая, после взрыва мне, честно говоря, было боязно даже приближаться к газу.

Спустившись на первый этаж, я и думать забыла про ухо и глупое падение. В голове крутились лишь радостные мысли, занавески Этти, бордовые, с цветами, как нельзя лучше подойдут по тону к обоям.

— Слышь, подруга, — спросил Арсений, — тебя как зовут?

— Таня, — улыбнулась я.

— Скажи, квартиру ты сама покупаешь?

Я слегка опешила.

— Что ты имеешь в виду?

— Одна жить собираешься? С родителями? С мужем? Деньги где взяла на покупку? Дал кто или заработала?

Наглость Арсения поражала, и я решила поставить охранника на место.

— Ты из налоговой инспекции?

— Нет, конечно.

— Тогда не следует проявлять любопытство, твое дело ключ дать, а не выяснять, кто где деньги раздобыл.

— Оно так, конечно, — потер рукой затылок Арсений, — только, похоже, тебя убить хотели.

Я уставилась на секьюрити, потом осведомилась:

— Водку пьешь или героин употребляешь? Большей чуши я еще не слышала!

— Иди сюда, — велел Арсений, — видишь?

Я проследила за его пальцем и уперлась глазами в маленькую круглую дырочку в стекле входной двери. В разные стороны от отверстия тянулись тонкие трещины, похожие на паутину.

— Надо же, — воскликнула я, — это я разбила, когда падала, нехорошо получилось.

— Нет, — покачал головой Арсений, — это след от пули.

— Что?!

— Кто-то стрелял в тебя с улицы.

— Быть такого не может!

— Нет, тебе просто повезло, я с такими случаями сталкивался, пролетела дура мимо, очень близко к голове, и краешек уха, как ножом, срезала.

— Меня пчела укусила! Или оса!

Арсений хмыкнул.

— Даже если предположить, что они уже летать начали, то получается, что на тебя напал мутант, с зубами и ножницами вместо лапок! Да какая пчела способна кусок от уха отгрызть, а? Раскинь мозгами, уж поверь мне, это была пуля, я в Чечне служил, много чего повидал.

— Бред, — прошептала я и почувствовала, как снова заболело ухо, — полный бред!

— Нет, — покачал головой Арсений, — знаешь, как дело обстояло? Ты подошла к подъезду, а киллер выстрелил. Но некоторых людей господь хранит, у нас сержант был, Вовка Макашев. Ехала колонна, в их машину снарядом угодило, все насмерть, на Воване ни царапины. Потом пошел с приятелем патрулем, того снайпер снял, а в Вовку не попал, промахнулся из винтовки с оптическим прицелом. Бывают везунчики заговоренные. Пуля тебе по уху чиркнула, а ты в ту же секунду за порог запнулась и упала. Киллер решил, что убил жертву, и умотал. Знаешь, где он сидел?

— Нет, — пробормотала я, ощущая, как начинают трястись колени.

— Иномарка тут подъехала, минут за пятнадцать до твоего прихода, черная, тонированная, без номера. Я еще на нее поглядел и удивился, чего стоит? Только никакого права документы проверить у меня нет, и потом, плохого шофер не делал. Ну сидел, не выходил, так, может, музыку слушал, ждал кого. Стекла не опускал. Тоже понятно почему, в таких тачках кондиционеры. Но только ты шлепнулась, он мигом завел мотор и умчался. Спрашивается, зачем приезжал? Так что думай, кому насолила! Может, с возвратом денег задержалась? Взяла на квартиру и не отдаешь? Сейчас народ горячий, у меня приятеля за долг утопили.

Внезапно страх уступил место любопытству.

— Ладно, предположим на секунду, что в меня стреляли, — сказала я. — И где пуля тогда, а? Должна либо на полу лежать, либо в стену врезаться! Ведь не проглотила же я ее?

— Сам о том же подумал, — вздохнул Арсений, — пока ты квартиру смотрела, все тут проверил.

— И чего?

— Нету!

— Не было никакой пули, — весело отозвалась я, — это тебе после Чечни повсюду боевики с автоматами мерещатся. Просто в ухо какая-то дрянь вцепилась, ободрала, я за порог зацепилась, плюхнулась, по стеклу зонтиком попала, видишь, он у меня из сумки торчит? А иномарка ждала кого-то, надоело небось зря стоять, она и уехала. Никаких таинственных происшествий. Знаешь, я не из тех людей, на которых наемные убийцы охотятся, денег нет, подруг особых не имею, чужих мужей не увожу.

Арсений посмотрел на меня бездонными карими глазами и ничего не сказал.

— Лучше разреши позвонить, — попросила я, — неохота деньги на мобильном тратить.

По-прежнему молча парень протянул трубку, я вновь улыбнулась ему и стала набирать номер Веры, раз, другой, третий. Но в ухо по-прежнему летели длинные гудки, вдова Калягина отсутствовала, а может, не желала отзываться. Скорей всего, Вера сейчас дома, она просто в осаде, скрывается от родителей учеников.

— Спасибо, — кивнула я и вернула телефон на место.

— Не за что, — буркнул Арсений, — ты чего вечером делаешь? Я сменяюсь в шесть, давай в кино сходим.

Я удивилась безмерно, второе подобное предложение за неделю! Почему мужчины начали проявлять интерес ко мне?

— Не могу, — как можно ласковей ответила я, — работаю на хозяина, он не отпустит.

— Телефончик оставь, а? — не успокаивался Арсений.

— Извини, пока не имею номера. Сам видишь, даже в квартиру еще не въехала, а мобильный лишь для служебных дел выдан, — ловко выкрутилась я, с одной стороны, не хотелось обижать охранника, а с другой... Ну зачем он мне нужен?

— Ладно, подожду, — улыбнулся Арсений, — какой номер хаты, напомни!

— Сто двадцать, — сказала я и пошла к двери.

— Осторожно, порог, — предостерег секьюрити.

— Да уж теперь вряд ли про него забуду!

— Все равно, — неожиданно строго заявил парень, — это была пуля!

— Ага, — хмыкнула я, — еще скажи баллистическая ракета! Нанять киллера знаешь каких денег стоит? Даже если меня с потрохами продать, таких не заработать.

— Не скажи, — покачал головой Арсений, — кое-кто из моих бывших сослуживцев особо цену заламывать не станет, если заказывают обычного человека, а не банкира или олигарха.

Я молча вышла во двор, хоть и хорохорилась перед охранником, но на душе было скверно. Естественно, ни в какие покушения я не верила. Но ободранное ухо противно дергало, макияж с лица я смыла в туалете, а косметичку забыла дома. Правда, кофта наконец-то высохла и пятен на ней не осталось, зато выглядела одежда просто отвратительно, мятая, словно изжеванная коровой. Поэтому я ощущала себя ужасно, но возвращаться домой, чтобы переодеться, было недосуг, следовало торопиться к вдове.

У Веры в доме работал только один лифт, маленький, большой не желал ехать вниз, прождав довольно долго кабину, я в конце концов вознеслась на нужный этаж и сразу поняла, почему грузовой подъемник не спешил на вызов. Кто-то из жильцов переезжал, взлохмаченные парни в синих комбинезонах таскали мебель. Еще через секунду я сообразила, что диваны, кресла и шкафы уносят из апартаментов Калягиных.

Распоряжался всем красномордый мужик с пятнами пота на рубашке. Его лицо отчего-то показалось мне знакомым. Я приблизилась к дядьке и вежливо спросила:

— Простите, а где Вера?

— Чего? — рявкнул тот.

В ту же секунду я узнала его: передо мной возвышался тот самый человек, который лупил по щекам Веру, требуя отдать деньги, отец одного из учеников. Калягина назвала его фамилию, немного странную, необычную. Шорох! Нет, Шелест.

— Вы не знаете, где Вера? — повторила я вопрос.

— Съехала она, — нелюбезно буркнул грубиян.

— Куда?

Шелест замахал руками и заорал на грузчиков:

— Эй, эй, стой, все поцарапаете, идиоты, аккуратней, не дрова несете, пианино.

Парни, тащившие на лямках фортепиано, ничего не сказали, но я поняла, что охотнее всего они бы опустили музыкальный инструмент прямо на голову Шелесту.

— Куда уехала Вера? — настаивала я.

— Хрен ее знает, — прогавкал тот в ответ.

— Почему вы берете ее мебель? — недоумевала я.

— По кочану и по кочерыжке, — вызверился Шелест, — тебе какое дело?

И тут меня осенило.

— Видите ли, я заплатила Андрею Калягину большие деньги за поступление своего сына в институт, но мужа Веры убили, вся сумма пропала. Вот, пришла в надежде получить от вдовы хоть что-нибудь!

Шелест вытер рукавом рубашки потный лоб.

— Обломалось тебе, фиг теперь что выручишь, все баба с рук сбыла.

— Не понимаю.

— Плохо жить с куриными мозгами, — вдруг почти

ласково заявил Шелест, — дело простое. Позавчера Верка мне позвонила и сказала, что квартиру продала, ее люди замучили, затрахали всю, звонят и звонят, денег требуют. Пришлось апартаменты срочно спускать. Я прямо озверел, как заору: «А, падла, всем должки раздала, а мне чего?»

Ну она и предложила. Бери мебель, ключи у соседки, этажом ниже. Я и согласился, тут кожаная «тройка» на пару тысяч баксов тянет. Так что теперь я без претензий. А куда Вера съехала — я без понятия, мне все равно, ключи велено опять соседке отдать. Надеюсь, больше не свидимся.

И он снова заорал:

— Ну вы, козлы, кто же прямо стол волокет, бочком, бочком...

Я постояла минутку, наблюдая за процессом грабежа, и пошла на этаж ниже, звонить к соседям.

Дверь мне открыла невысокая стройная женщина в легком, почти прозрачном халатике.

— Вы ко мне? — настороженно поинтересовалась она.

— Извините, вы не знаете, куда съехала Вера Калягина?

— Нет.

— Но она у вас ключи оставила.

Женщина кивнула:

— Правильно, попросила сначала мужчине отдать, он у нее мебель купил, а потом агенту вручить, скоро из риелторской конторы явится.

— Вот незадача, — пробормотала я, — чего она вдруг сорвалась?

Соседка развела руками:

— Говорила, после смерти мужа никак не может в прежних стенах оставаться, тоска заедает, да и куда столько комнат одной, опять же, с деньгами небось проблема, добытчик умер.

— Как бы узнать, куда она переехала? — задумчиво пробормотала я.

— Скоро риелторша явится, у нее и спросите, — посоветовала соседка и захлопнула дверь.

Я уселась на ступеньку, делать нечего, придется ждать. Время, как назло, словно остановило свой бег. Я вся извелась, ерзая на приступке. От скуки пересчитала сначала кафельную плитку, украшавшую стену, потом рассмотрела трещины на потолке и принялась изучать пол. Через некоторое время потный Шелест принес ключи. Соседка взяла их и, не сказав мне ни слова, захлопнула дверь. Агентша явилась, когда я уже почти засыпала, привалившись к перилам.

Увидав старомодно одетую тетку, я обрадованно воскликнула:

— Вы из конторы, которая занимается недвижимостью.

— «Новый дом», к вашим услугам, что хотите? — привычно произнесла риелтор.

— Дайте мне новый адрес Веры!

— Кого?

— Ну той женщины, ключи от бывшей квартиры которой вы приехали сейчас забрать.

— Зачем вам координаты Калягиной? — сурово осведомилась тетка.

— Деньги ей должна, — сделала я озабоченное лицо, — брала на полгода, точно в срок принесла, а Веры нет. Надо же, переехала, а мне ни слова не сказала.

Лицо риелторши разгладилось.

— Да, похоже, ей деньги жутко нужны, раз такие хоромы на барак поменяла.

— На барак? — удивленно вскинулась я.

— Ну да, а еще к нам обратилась.

— Чего же в вашем агентстве плохого?

— «Новый дом» замечательная контора, — обиделась тетка, — только мы платим за метры меньше, чем другие.

— Какой смысл тогда к вам идти?

— Приобретаем апартаменты сами, не ждем покупателя, — пустилась в объяснения женщина, — кстати, вот моя визитка.

Я взяла ярко-голубой прямоугольник, на котором синими буквами было написано: «Решим все проблемы. Малягина Софья, агент».

— Да, — неслась дальше госпожа Малягина, — мы предлагаем за квартиру чуть меньше, чем другие, зато оказываем уникальную услугу. Вам не потребуется ждать покупателя. Знаете, в некоторых агентствах годами не могут ситуацию разрешить, а мы идем на риск, сами выкупаем метры, очень удобно, хотите всю сумму разом, желаете, можем подобрать меньшую жилплощадь, разница к вам в карман.

— И Вера захотела в барак? — недоверчиво спросила я. — На нее это мало похоже!

Софья печально улыбнулась.

— Обстоятельства вынудили, муж набрал денег в долг и умер, вот вдове теперь расплачиваться приходится. Народ сейчас нервный, на руку быстрый, ей пригрозили, ну и пришлось продавать квартиру. В моей практике, кстати, не первый такой случай.

— Где же ее теперь искать?

Малягина вытащила из сумочки ежедневник.

— Так, Калягина Вера... Мне ее очень жалко стало, любимый супруг скончался, да еще из насиженного гнезда съезжать пришлось, по-моему, хватило бы и одного несчастья выше крыши. Я для нее расстаралась как для себя, нашла коммуналку на Старом Арбате, но Вере показалось дорого, и она попросила подешевле.

— Нашлось такое?

— Как не найтись, — грустно ответила Софья, — в бараке, на первом этаже, газовая колонка, восемнадцать соседей и до ближайшего метро семь верст лесом.

— Это в области?

— Почему?

— Вы про лес только что сказали.

— Так просто, ради красного словца обронила. Тупиковая улица, на мой взгляд, лучшего названия для нее и не придумаешь. Я как увидела хоромы, чуть замертво не упала. Комнатенка эта у нас в базе данных почти два года моталась, никто брать не хотел. И вот, нашлась покупательница, правда, я думала, Вера откажется. Поглядит на барак и согласится на Старый Арбат, но Калягина осталась довольна, даже повеселела и заявила: «Ну спасибо, удружили, это именно то, что я хотела».

Все бумаги мы оформили в один день, это еще одна отличительная особенность нашего агентства.

— И сколько она на руки получила? — заинтересовалась я.

— Всю сумму, кроме комиссионных и нескольких тысяч за новую комнату. Сумма является коммерческой тайной, — спокойно сообщила Софья, — сами понимаете, такие вещи не разглашают.

— Ладно, дайте адрес, — потребовала я.

— Тупиковая улица, дом четыре, комната два. Езжайте до метро «Полежаевская», потом наземным транспортом до остановки «Товарная», а уж оттуда пешочком, в горку, минут за двадцать дойдете, — пообещала Софья.

Глава 25

До «Полежаевской» я добралась без труда, а вот автобуса пришлось ждать очень долго. Когда железный ящик на колесах наконец прибыл и распахнул двери, из его нутра пахнуло жаром и такими «ароматами», что я сначала шарахнулась в сторону, но делать было нечего, пришлось втискиваться в злую, потную толпу.

Автобус захлопнул двери и поколесил по переулкам, меня охватила тоска. Со всех сторон дорогу обступали высокие заборы, тут и там торчали разнокалиберные трубы, гаражи и грязные, ржавые конструкции, то ли незаконченные стройки, то ли разрушенные дома. Ни магазинов, ни ларьков, ни жилых зданий. Автобус резво скакал по мостовой, петляя, словно заяц, но пейзаж за окнами оставался неизменным: удручающим, давящим.

Наконец из динамика прохрипело:

— Платформа «Товарная».

Я протолкалась к выходу, выскочила на улицу, всей грудью вдохнула свежий воздух и осталась одна. Одышливо кашляя, «душегубка» на колесах исчезла за поворотом, больше здесь никто не сошел, и спросить дорогу было решительно не у кого. Вздохнув, я пошла в гору, за заборами царила тишина, наконец показался мужик с портфелем.

— Где тут Тупиковая улица? — обрадовалась я.

Он пустился в объяснения:

— Прямо топай, не сворачивай, через пути перейдешь, забирай левее, потом увидишь забор, в нем дыру, лезь туда и дуй прямиком через пустырь, там стоят дома, это тебе Тупиковая и будет.

— Другой дороги нет? — ошарашенно поинтересовалась я.

— Одна она тута, через пути, — ответил абориген и ушел.

Я побрела в указанном направлении, минут через двадцать, когда перед глазами предстала изгородь с огромной дырой посередине, меня охватила злость. Кому пришло в голову построить тут дома? Как их жильцы добираются на работу?

Барак, в котором купила комнату Вера, выглядел столь отвратительно, что я даже на секунду зажмурилась. Я и не предполагала, что в Москве могут быть подобные здания, вернее хижины. Длинное, приземистое, одноэтажное сооружение смотрело на мир тусклыми, грязными окнами, на двери отсутствовала ручка, и я ободрала пальцы, пока сумела открыть ее. Перед глазами предстал длиннющий извилистый коридор, темный и вонючий. Из-за дверей раздавались звуки выстрелов, детский плач, музыка и громкие вопли. Население барака смотрело телик, воспитывало детей и ругалось.

За дверью с цифрой 2 стояла тишина, я сначала постучала, потом толкнула створку, та оказалась не заперта.

Крохотная, едва ли десятиметровая комната выглядела убого. Давно не мытое окно, подоконник с облупившейся краской, стены, покрытые ободранными обоями, на полу доски, выкрашенные темно-коричневой краской, а в углу железная кровать с панцирной сеткой, на которой валялась газета. Веры не было, и похоже, что она сюда не приезжала, потому что вещи отсутствовали.

Я покусала губу. Хорошо, пусть Калягина продала все: мебель, посуду, люстры, но личные вещи? Милые сердцу мелочи? Зубная щетка, в конце концов! Или Вера собиралась провести остаток жизни на койке без матраса и постельного белья? И куда подевалась сама Калягина?

Поколебавшись минуту, я толкнулась в соседскую комнату.

— Кого черт принес? — не совсем трезвым голосом заорал мужик в грязной футболке.

Перед ним на столе громоздилась сковородка с жареной картошкой, бутылка пива и лежал батон колбасы. У окна стояла женщина в ситцевом халате, а с дивана, застеленного ковром, таращился болезненный, худосочный ребенок, очевидно, девочка, потому что в ушах у нее покачивались огромные, по-цыгански ярко-золотые серьги.

— Надо чего? — рявкнул хозяин.

— Не знаете, где Вера Калягина?

— Кто? — рявкнул парень.

— Соседка из второй комнаты, женщина, которая недавно купила ее.

— Мы и не слыхивали, что кто-то приобрел конурку, — тихо сказала тетка в халате, — как Лёнька до смерти допился, она пустой стояла, уже два года небось.

— Значит, не видели?

— Нам недосуг за другими приглядывать, — продолжал злиться мужик, — своих делов хватает.

— Извините, — улыбнулась я, пытаясь установить контакт с ним, но он начал мрачно тыкать вилкой в картошку, потеряв ко мне интерес.

— Вы ступайте в двенадцатую, — посоветовала женщина, — там Анна Михайловна живет, у ей спросите, она тута всю жизнь колготится, могет знать.

Я пошла по коридору, но нужная комната оказалась заперта на огромный, театрально-бутафорский висячий замок. В конце концов ноги привели меня на кухню, где две тетки неопределенного возраста ссорились из-за места на плите. Увидав постороннюю женщину, они не прервали своего увлекательного занятия и лишь мимоходом огрызнулись:

— Никого мы не видели.

Я принялась бродить по коридору и бесцеремонно заглядывать во все комнаты. Добрая половина обитателей барака пребывала в пьяном состоянии, их трезвые собратья не желали разговаривать, лишь бурчали:

— Тут постоянно жильцы меняются, за всеми не углядишь.

В конце концов я устала и захотела пить. Стоит ли упоминать о том, что нигде мне не предложили чаю и не пригласили сесть? Плохо воспитанные, злые люди держали незваную гостью на пороге, торопясь вытолкать ее в коридор.

И только слегка пьяноватая бабка из пятнадцатой комнаты проявила милосердие.

— Да ты садися, — она пододвинула мне колченогую табуретку, — передохни.

Я мужественно вытерпела запах перегара и повторила прежний вопрос:

— Значит, новые жильцы не въезжали? Никаких женщин по имени Вера?

— И, милая, — всхлипнула бабка, потом она уцепила со стола эмалированную кружку и принялась жадными глотками пить воду, — тут разве всех упомнишь? Один помер, другая мужика убила, третья повесилася... Сама зачем сюда заявилась?

— Комнатку хотела купить, — соврала я, — вторую.

— Ты чего, — выпучила блеклые глаза старуха, — с горы упала? Хуже места, чем наш барак, во всем свете не сыскать, чисто ад на земле, беги отсюдова, пока жива, здеся людя, как мухи, мрут! Бац и нетути...

По щекам бабки потекли мутные слезы. Старуха пошарила на подоконнике, выудила из-за грязно-серой тряпки, заменявшей занавеску, початую бутылку с наклейкой «Водка Комсомольская» и спросила:

— Глотнешь со мной?

Я помотала головой.

— Брезговаешь? — надулась бабка. — Так у меня тут заразы нету.

Не желая обижать приветливую бабуську, искренне предлагавшую «угощение», я поспешила соврать:

— Язва вчера открылась.

— А-а-а, — протянула пьянчужка, — тогда ясно, здоровье беречь надо, его не купить ни за какие денежки, правильно, девка, молодец.

Сделав прямо из горлышка пару глотков, старуха совсем повеселела.

— Эх, слышь, я все про вторую комнату расскажу!

Уставшая от беготни по городу, я тупо сидела на жесткой табуретке, не особо следя за путаной речью бабки.

— Сначала там Ванька жил, его здеся гнидой прозвали...

Следовало встать, попрощаться и идти назад, к метро, но стоило вспомнить бесконечный путь к автобусной остановке, как вся моя решимость пропадала.

— Машка Кольке башку сковородником проломила, — журчала бабка, не забывая прикладываться к бутылке, — ен не помер, идиотом стал, отправили в дурку, а Машке срок дали, и правильно...

Я собрала всю волю в кулак и поднялась.

— Ты куда? — насторожилась бабка.

— Пора мне, уже поздно, пока до дома доеду!

— Я только ищо про трех первых хозяев рассказала, — возмутилась старуха, — ладно, давай о Леньке, о последнем!

Но я решительно шагнула за порог, великолепно понимая, что ничего интересного не услышу.

Быстрым шагом я двинулась через пустырь, обратный путь оказался длинней, к тому же я совершенно не узнавала дорогу. Сначала возникли мусорные баки, потом какие-то покосившиеся халабуды, запертые на висячие замки. Из-за дверей доносилось кудахтанье. Жители бараков, тратившие все заработки на алкоголь, вели натуральное хозяйство, они держали кур и даже пытались вырастить немудреные овощи, я чуть было не наступила на грядку.

Увидав вскопанный квадрат земли, я остановилась. Нет, определенно шла сюда другой дорогой, никаких сараев и посевов на пути не попадалось. В ту же секунду меня осенило, и я от злости топнула ногой. Ну и дурака сваляла, повернула у дома направо, а нужно было идти налево, и теперь, вместо того чтобы приблизиться к забору с дырой, я удаляюсь от него.

Ругая себя за глупость, я хотела повернуть назад, но тут с неба стеной хлынул ливень, дождя на сегодня не обещали, однако я твердо знаю, что синоптик ошибается всего один раз, но зато каждый день, поэтому всегда имею при себе зонтик. Дрожа под крупными каплями, я шарила в сумочке. Ничего. Очевидно, крохотный, складывающийся четыре раза японский агрегат непостижимым образом потерялся.

Ливень усилился, теперь он хлестал так, словно некто на небесах опрокинул вниз бездонную бочку. Взвизгнув, я кинулась к сараям и принялась трясти дверцы. Поддалась четвертая, скоба, на которой держался замок, выпала из паза, и я влетела внутрь маленького, темного помещения.

Тут, слава богу, было сухо, а через пару секунд мне стало понятно, что в сарае не темно. Сквозь тусклое окошко с пыльными стеклами проникал робкий свет. Я вздохнула и огляделась: сесть не на что, никакой мебели в помещении не нашлось, он был забит каким-то хламом: досками, банками, узлами с тряпками, полуразбитыми бутылками, и еще тут отвратительно пахло чем-то приторно-сладким, тошнотворным. Если бы не падавший стеной ливень, я ни секунды бы не задержалась в лачуге.

Внезапно откуда-то снизу донесся мелодичный звук: та-та-та, тра-та-та. Удивленная, я поглядела на пол и возле большой кучи узлов заметила женские часики, похоже, золотые. Согласитесь, странная находка для грязного сарая, набитого дерьмом.

Я подняла безделицу. Циферблат был прикрыт резной крышечкой, на нем, причудливо переплетаясь, чернел вензель «ВИ». Я уставилась на часы — где я видела подобные? Тут крышечка внезапно открылась, и механический голосок пропищал: «ку-ку-ку-ку». От неожиданности я выронила находку. И мигом вспомнила, чью руку украшал сей предмет. В памяти ожила картина: вот я сижу у Веры, и вдруг раздается «та-та-та, тра-та-та».

— Папа подарил, — поясняет женщина, — очень давно, ездил в Швейцарию и привез. Я еще в институте училась, весь курс смотреть бегал, удивлялся, ни у кого таких не было.

Внезапно мне стало страшно, значит, Вера приходила в этот сарай... Зачем? Что привело ее сюда?

Я вновь подняла часы, сунула их в карман, потом принюхалась и с громким визгом вылетела под хлещущий дождь.

Увидев на пороге меня, мокрую до нитки и перепуганную насмерть, Гри мгновенно сказал:

— Немедленно иди в ванную и встань под горячий душ, еще простынешь, тетеха!

Я ощутила прилив благодарности к хозяину и, шмыгнув носом, последовала его совету. Неожиданно мне стало легче, теплые струи смыли усталость, из носа выветрился мерзкий, сладкий аромат.

Когда я вышла на кухню, Гри ткнул пальцем в тарелку с салатом.

— Ешь, тебе нарезал! Без майонеза!

Я хотела разозлиться, но вдруг сказала:

— Спасибо, мне и не хочется жирный соус.

— Кто тебя спрашивать станет, — хмыкнул Гри, — тут я решаю, кому что есть или пить. Теперь живо рассказывай, что приключилось!

Я вытащила из кармана золотые часики и положила

перед хозяином. «Та-та-та, та-та-та», — зазвучала нудная мелодия.

— Это что? — изумился Гри.

Я начала рассказ, удивляясь тому, что способна связно излагать мысли.

Где-то около полуночи Гри вошел ко мне в комнату.

— Не спишь?

— Устала очень, — ответила я, откладывая журнал, — вот и нет сна.

— Ну-ну, — хмыкнул Гри, — ты мне про новую квартиру ничего не рассказала.

Я, забыв о стеснении, села и радостно принялась описывать комнаты с кухней.

— Хорошо, что плита электрическая, теперь я газа боюсь! И еще...

— Что? — насторожился Гри.

— Да меня пчела за ухо там укусила, — засмеялась я. — Перед подъездом летала и тяпнула, теперь болит.

— Надо было сразу валокордином помазать, ну-ка, покажи!

Крепкими пальцами Гри ухватил меня за ухо и цокнул языком:

— Ага... Пчела, говоришь? Не похоже. Укус выглядит как вздувшийся прыщик с дырочкой, а у тебя кусочек мочки отхвачен, правда, крохотный.

Я засмеялась.

— Тоже, как и Арсений, намекаешь на бандитскую пулю?!

— Какой Арсений? — сурово сдвинул брови Гри.

Я встала, взяла сигареты, распахнула окно и стала рассказывать про охранника. Честно говоря, думала, что Гри развеселится и начнет хихикать над глупым секьюрити, но хозяин сделался совсем мрачным, он молча выслушал меня и протянул:

— Тебя последнее время просто преследуют неприятности. Сначала натыкаешься на труп Дорофеева, взрывается газ, потом на дороге попадается пчела с зубами.

— За мной еще пьяный на машине гонялся, — хмыкнула я, — я в витрину вскочила, чудом не изрезалась.

— Ты мне ничего об этом не рассказывала, — с угрюмым видом упрекнул Гри.

— Не хотела волновать, — отмахнулась я, — зачем людям из-за ерунды настроение портить.

— Ладно, — протянул Гри, — спи, набирайся сил!

Утром я провалялась до полудня, не услышала звонка будильника, еле-еле продрала глаза, наткнулась взглядом на циферблат и в полном ужасе бросилась на кухню. Гри сидел за столом, около него стояла чашка.

— Прости, — залепетала я, — сама не пойму, отчего в спячку впала.

— Ерунда, — вполне мирно ответил хозяин, — просто ты сильно устала. Знаешь, что лежало в том сарае?

Я закивала.

— Догадываюсь, тело Веры, поэтому там так пахло, я сразу поняла и дико испугалась.

— Точно, — закивал Гри, — обнаружили ее останки под грудой узлов и тряпок. Тот, кто засунул туда труп, хорошо знал, что в этом месте никто рыться не станет, и вообще, Калягину не хватятся!

— Почему? — прошептала я, вновь начиная трястись в ознобе.

— Квартиру она продала, — пояснил Гри, — нового адреса никому не оставила, да и сообщать его некому было. Близких подруг у нее нет, родственников тоже никаких, а соседям по фигу, уехала и уехала. Теперь о сарае. За каждой семьей, живущей в бараке, закреплена одна такая дощатая будка. Люди в них всякую хурду-бурду хранят, лопаты, грабли, ненужные вещи. Тот, в котором нашли Веру, записан за второй комнатой, а обитатели барака, хоть и горькие пьяницы, чужую собственность блюдут. Во второй комнате проживал некий Ленька, он допился до смерти, не успели мужика похоронить за госсчет, как появилась его законная жена и объявила себя наследницей. Комнатенку она решила продать, почти два года пыталась, но никто, сама понимаешь, на Тупиковую улицу не рвался, даже копеечная цена не привлекала. Жители барака в пустую комнату не ходили и в сарай не заглядывали. Чужое, оно и есть чужое, нечего туда шастать. То, что на днях комнату номер два купили, не знал никто. Если бы не ты, тело не нашли бы никогда. Ну, может, лет через десять начали сносить сараи и обнаружили бы косточки. Очень удобное место для того, чтобы схоронить труп, пустынное, никому не интересное. Посторонний человек туда не пойдет, на Тупиковой улице нет ничего, ни магазинов, ни кинотеатров, ни контор, только бараки, а их жители в сарай не полезут. Впрочем, думается мне, найди кто из любопытных мальчишек тело, взрослые бы мигом закопали его в близлежащей канаве. Милицию вызывать там никто не станет, жители бараков предпочитают не связываться с ментами.

— Когда ты все узнать успел! — поразилась я.

— Спать меньше надо, а вообще Федька помог, мой приятель, — пояснил Гри. — Одного не пойму, почему Вера решила жилплощадь на Тупиковой улице приобрести? Знаешь, сколько ей агентство за роскошные хоромы с настоящим евроремонтом отвалило?

Я покачала головой.

— Нет.

— Триста двадцать тысяч, не рублей, конечно, — воскликнул Гри, — дом у Калягиных элитный, кирпичный, лифт, консьержка, два санузла, кухня с лоджией, паркет наборный, высота потолка три пятьдесят. В таких зданиях квадратный метр минимум по две тысячи долларов идет, а если учесть, что стоит домик почти в самом центре, но в тихом зеленом дворе, то думаю, что и все три на метре можно затребовать, а их там имелось почти двести. Агентство хорошо нагрело руки на апартаментах Калягиной. Но странно, очень странно. С чего она так торопилась? Почему понеслась в «Новый дом»? Наверное, ведь понимала, что теряет существенную сумму.

— Вере постоянно звонили родители учеников, угрожали, требовали деньги назад, вот она и решилась на отчаянный шаг, — напомнила я. — А торопилась она от того, что хотела раздать побыстрей долги, наверное, думала о детях, которые еще могут успеть заплатить за вступительные экзамены.

— Ладно, — кивнул Гри, — пусть так, но зачем купила это непотребство? Могла приобрести миленькую однушку.

— Деньги экономила, хотела вернуть долги, — терпеливо повторила я.

— Насколько помню, — сказал Гри, — речь шла о двухстах шестидесяти тысячах. У Веры на руках оказалось триста двадцать. Целых шестьдесят кусков получилось «лишними». Хватило бы на маленькую, но приличную квартирку. За каким чертом селиться на Тупиковой улице? Просто мазохизм какой-то! Иметь свободные средства и польститься на барак!

Я молчала, на ум не шли никакие объяснения.

— А история с мебелью! — не успокаивался Гри. — Зачем отдавать ее всю Шелесту?

— В счет долга, — заикнулась я.

— Но у нее на руках была необходимая сумма! Ладно, предположим, мадам Калягина тронулась умом и перебралась в барак, ну решила сэкономить, припрятать зеленые бумажки на черный день, боялась нищей старости. Но должно же было ей прийти в голову, что даже в дыре понадобятся кровать, шкаф, стол? Зачем всего лишаться, а?

Я пожала плечами.

— Понятия не имею.

— Я тоже, — подхватил Гри, — и уж совсем вызывает оторопь ее поход в сарай. Какого хрена Вера поперлась туда? Хотела посмотреть свои владения?

— Может, ее в сарай принесли уже мертвой.

— Нет, — покачал головой хозяин, — ее убили на месте, ударили по затылку трубой, она осталась лежать в сараюхе. И еще: зачем ключи оставила у соседки? Почему сама не передала их Шелесту, не дождалась риелтора...

— Знаешь, это понятно, — воскликнула я, — мужик по щекам лупил, при мне, небось не захотела лишний раз с хамом встречаться! И риелтора видеть не пожелала, тяжело было, морально, вот она и убежала.

— Ну может и так, — нехотя согласился Гри, — во всяком случае, эти факты единственные, хоть как-то поддающиеся объяснению, остальное сплошные загадки. И главная из них: где деньги? Успела Вера их отдать родителям абитуриентов? Или нет?

Глава 26

Утром я не сумела встать. Горло будто раздирали острые кошачьи когти, в носу вращался обезумевший еж, чья-то невидимая рука периодически включала вентилятор, и струя ледяного воздуха окутывала мое тело, мгновенно начинался озноб, потом холод сменялся жаром. Я попыталась сесть, но не сумела даже оторвать голову от подушки, болели все косточки, а под веки словно насыпали песок.

— Эй, тетеха! — прогремел голос Гри. — Хорош дрыхнуть, вставай.

— Не могу, — еле-еле ворочая языком, ответила я.

— Почему?

— Извини, похоже, я вчера простудилась.

Ледяная ладонь легла мне на лоб.

— Ага, — протянул Гри, — погоди-ка.

Я продолжала молча лежать, уткнувшись в подушку, внезапно в подмышку воткнулось нечто холодное.

— Не дергайся, — велел хозяин, — это всего лишь градусник.

У меня не было сил на разговоры, поэтому я никак не отреагировала на слова Гри.

— Понятненько, — вдруг заявил детектив, — ну ладно, отдыхай пока, я побежал!

Дверь тихо скрипнула, я провалилась в сон...

Нос уловил аромат вареной курицы, глаза сами собой раскрылись и наткнулись на хозяина.

— Давай, — заорал Гри, — садись и ешь.

Я невольно выполнила первую часть приказа, сумела кое-как принять полувертикальное положение и с огромным удивлением увидела у старика в руках поднос.

— Вот, — заявил Гри, — начинай.

— Что?

— Ешь! Сварил цыпленка и приготовил жареной картошки, только не говори, что не любишь ее. Между нами говоря, крайне вредная еда, но, если человек болен, он имеет право на маленькие капризы, — заявил Гри.

Я во все глаза глядела на хозяина, а тот принялся заботливо хлопотать вокруг меня. Сначала умостил поднос на кровати, потом, смешно выпучив глаза, засюсюкал:

— Татусенька, открой ротик, съешь капельку бульончика за папочку.

В ту же секунду к моим губам приблизилась ложка, я машинально проглотила ее содержимое, суп оказался слишком соленым, да и перца в него Гри натряс от души, но меня до сих пор никто не кормил с ложечки, разве только в далеком детстве, а я, как и большинство людей, совершенно не помню сладкие годы младенчества.

— Молодец, — похвалил меня Гри, — скушаешь весь супчик, получишь пирожное, смотри я какое купил, с кремом!

— Где взял сладкое? — прошептала я.

— Если скажу, что сам испек, ты ведь не поверишь, — засмеялся хозяин, — в магазин сгонял, вообще-то, я за курицей рванул. Имей в виду, цыпа совершенно волшебное средство при любых недомоганиях. Не зря в древности еду из кур считали лекарством. Ну а потом увидел кондитерский отдел и подумал, что одна корзиночка тебе не повредит. Эй, чего ревешь?

Я попыталась справиться со слезами, но потерпела неудачу, из глаз хлынул просто поток.

— Стоп, стоп, стоп, — начал бестолково бубнить Гри, — не любишь бульон? Или пирожное не с тем кремом? Я взял со взбитыми сливками, ты же один раз сказала, что обожаешь их!

Рыдания стали еще горше, Гри сел на кровать, потом неожиданно обнял меня, я уткнулась головой в его плечо, почувствовала запах одеколона и, неожиданно успокоившись, сказала:

— Ты ходил ради меня в магазин!

— Эка невидаль! — искренне удивился собеседник. — Супермаркет за углом.

— Купил мне сладкое!

— Ясное дело, тебе, сам я подобную гадость в рот не возьму, пирожное никому не нужная еда, но больных нужно баловать. Ты чего, раньше никогда не температурила и тебе вкусного не давали?

— Я простужаюсь два раза в год, — прогундосила я, — весной и осенью, в межсезонье, даже воспаление легких было.

— Почему тогда так удивилась при виде супа? О тебе никто не заботился? Вроде ты замужем была!

Я посидела пару секунд молча, а потом, по-прежнему уткнувшись в плечо Гри, стала неожиданно вываливать свои обиды, накопившиеся за всю жизнь.

Только не надо думать, что детство мое было ужасным. Нет, я росла во вполне обеспеченной семье, имела папу, маму, бабушку, игрушки, книжки... Танечку пытались развивать и умственно, и физически, меня даже записали в секцию плавания и в литературный кружок. Я не голодала, не знала побоев или унижений, но при этом была совершенно несчастной, никому не нужной девочкой.

И отец, и мать целые дни пропадали на работе, службу они считали главным делом своей жизни и частенько вкалывали по выходным. Я сидела с бабушкой, старушка обожала внучку, но, вследствие преклонного возраста, была крайне боязлива и не разрешала мне бегать, прыгать и общаться с другими детьми, потому что от них легко можно подцепить насморк, кашель, грипп, ветрянку, свинку... До семи лет я практически не имела дела со сверстниками. Но и в школе не приобрела друзей. Дети жестокие создания, они с радостью мучают тех, кто имеет недостатки, я же всегда была излишне полной. Правда, одноклассники никогда не травили школьницу Сергееву, они просто не замечали ее. На переменах я стояла одна, после уроков, когда весело щебечущие стайки ребят разбегались по своим делам, я опять оставалась в одиночестве. На мой день рождения собирались друзья родителей, у меня не было близких или дальних подруг, а когда я в девятом классе сломала руку и угодила в больницу, никто из ребят не пришел меня проведать. Училась я средне, была ничем не выделяющейся из массы хорошисткой. Петь, плясать, играть на рояле не умела, похвастаться супермодными обновками не могла и не обладала яркой внешностью: слишком полный подросток с волосами невразумительного цвета и самыми обычными глазами. Мальчики не обращали на меня никакого внимания, а девочки считали чем-то вроде мебели. Стоит себе в классе парта, ну и хорошо, уберут ее — плакать не станем.

Не лучше обстояло дело и в институте, одногруппники отчего-то вели себя так же, как одноклассники, меня никогда не зазывали в компании, не приглашали в кино или на пикники.

Потом мама вышла на пенсию, она обрела кучу свободного времени и начала вдруг бурно воспитывать подросшую дочь. Замечания сыпались из нее, словно горох из разорванного пакета. «Не сутулься, ты кривая», «Не ешь сладкое, ты толстая», «Не сиди букой, ты угрюмая», «Не стягивая волосы в хвост, ты уродка», «Ты никогда не выйдешь замуж», «Проживешь старой девой», «Кому такая нужна», «Попытайся улыбаться людям, авось какого-нибудь дурака подцепишь», «Вот умрут родители, и останешься одна»...

К двадцати годам я четко составила о себе мнение: толстая, мрачная, никому не нужная, нелепая ошибка природы, невесть зачем явившаяся на свет.

Ну а потом я вышла замуж за Мишу. Не знаю, испытывала ли любовь к мужу, меня затопило безмерное чувство благодарности к человеку, который обратил свое внимание на никчемную Танечку. Я очень хорошо помнила слова к тому времени уже покойной мамы:

«Если случится чудо и колченогий старик решит жениться на тебе, следует быть ему благодарной и стараться вести себя так, чтобы супруг не разочаровался и не сбежал к другой, красивой женщине. Помни — твоя стезя домашнее хозяйство, вряд ли сумеешь сделать карьеру на работе».

И я старалась! Вскакивала в пять утра и неслась на рынок, чтобы муж к завтраку получил горячие сырники, мыла без конца квартиру, стирала, гладила. Правда, еда у меня получалась не ахти какая, а пыль победить я так и не смогла. И еще одно: меня никогда не баловали. Если я заболела, то все равно приходилось жарить мужу котлеты. В выходные Миша спал до полудня, а я бегала за картошкой, тащила неподъемные сумки.

Потом супруг внезапно умер, но я не осталась одна. Господь одарил меня подругой, наверное, решил поощрить неумеху, теперь у меня есть Этти.

Слова лились из меня потоком, вперемешку со слезами и соплями, Гри молчал. Потом он вдруг схватил меня за плечи, встряхнул и сказал:

— Тебе нравится Аристарх?

— Нет, — удивилась я столь резкой смене темы разговора.

— А почему?

— Ну... он слишком смазливый!

Гри усмехнулся.

— Значит, не во внешности дело. Тебя просто затюкали в детстве, да и муж попался гад.

— Не смей так говорить!

— Гад, — упорно повторил Гри, — пользовался тобой, небось понял, что ты один сплошной комплекс, вот и сел верхом.

— Миша любил меня.

— Правильно, а за что тебя не любить? Не пьешь, не бегаешь по мужикам, ломаешься у плиты!

— Я некрасивая.

— И чего? А потом, кто вбил тебе в голову эту чушь? Посмотри в зеркало, очень даже миленькая.

— Толстая! Корова!

— Ну, во-первых, ты сейчас сильно похудела. А во-вторых, лично мне нравятся девушки в теле. Хочешь правду?

Я кивнула.

— Говори.

— Ты вполне симпатичная киса, — улыбнулся Гри, — с хорошим характером, не подлая, не дура, за такими парни в очередь стоят. Мне Рися вчера сказал: «Надо к Таньке присмотреться, надоели прошмандовки, пора жизнь устраивать».

— Ой, нет, — испугалась я.

— Почему? Он богат.

— Спасибо, не хочу.

— Красив!

— На мой взгляд, даже слишком, — фыркнула я, — просто мачо из рекламы сигарет. Брр! Помнишь, ты меня спрашивал про необитаемый остров? Так вот, с Аристархом никогда.

— А со мной? — вдруг спросил Гри.

Я хотела было возмутиться, но внезапно поняла, что мысль о совместном ведении хозяйства с Гри не вызывает у меня ужаса. Конечно, это не любовь, мне трудно увидеть в дедушке мужчину. Хотя не такая уж у нас и огромная разница в возрасте, и потом, Гри только внешне старик, похоже, душа у него моложе моей, да и разговаривает он не как дед. Если закрыть глаза, то можно принять моего хозяина за тридцатилетнего парня. Гри не кряхтит, не жалуется на здоровье, не говорит: «Вот в мое время сахар был слаще, а вода жиже», не осуждает других, не брюзжит, не стонет, не злится. И он принес помощнице в кровать пирожное, никто до сих пор никогда так не беспокоился обо мне. Если честно, то Миша не был внимателен, он никогда не поздравлял меня с 8 Марта, не дарил цветов. Вот Этти, та всегда...

Гри слегка толкнул меня в плечо, я обвалилась на подушку.

— Спи, тетеха, — велел хозяин, — вот на тумбочке вода и телефон. Чего случится, звони. Уж прости, но мне надо бежать, не скучай, скоро вернусь. Впрочем, могу попросить подежурить у койки Рисю.

— Не надо, — прокашляла я.

Холодная ладонь Гри снова легла на мой лоб.

— У тебя тридцать девять, хватит болтать, давай одеяло подоткну.

Я ощутила хлопки, хозяин старательно укутывал меня в перину, из глаз снова потоком полились слезы, потом на душе вдруг воцарилось спокойствие, и я неожиданно заснула с такой легкостью, словно сбросила с плеч два мешка со свинцовыми гирями.

Три дня Гри где-то носился, ни о чем не ставя меня в известность. Я выздоровела и бесцельно бродила по квартире, от скуки занимаясь хозяйством.

В четверг Гри никуда не пошел, он вызвал меня в кабинет и заявил:

— Сквозь тучи пробился луч света, сколь веревочке ни виться, а кончик видно, одним словом, я почти разобрался во всем.

— Да ну? — недоверчиво спросила я.

— Ага, — хвастливо подтвердил Гри, — теперь знаю, отчего Вера купила убогую комнатенку. Калягина никто не убивал, Андрей решил сбежать, но не один, а с женой.

Я чуть было не села мимо стула.

— Не может быть!

— Может, — закивал Гри, — очень даже может. Парочка надумала провести старость в комфорте и срежиссировала представление. Андрей собрал деньги у учеников, и на руках у него оказалась круглая сумма. Калягин спрятался где-то в городе и велел Вере избавиться от квартиры, но человека нельзя выписать со старой жилплощади в никуда, поэтому махинаторы подобрали самый дешевый вариант, чтобы много денег не терять. Потом Вера, прикинувшись бедной овечкой, продала роскошную квартиру. Ну-ка сложи двести шестьдесят и триста двадцать? Сколько тысяч получится?

— Пятьсот восемьдесят, — машинально ответила я.

— Вот, — поднял вверх указательный палец Гри, — огромная сумма. Они с ней и собирались уехать.

— Куда? И потом, Веру же убили!

— Ты мне не дала договорить, — рассердился Гри, — что за идиотская манера перебивать на полуслове! Калягин сволочь! Он придумал гениальный план. Сначала милейший Андрей Львович берет жену в сообщники, предлагает ей бежать вместе с деньгами. Помнишь, его первая жена Настя неоднократно подчеркивала: Андрей легко может уговорить любую бабу, дамы падают вокруг него штабелями. Вера, которая, очевидно, до конца любила ветреного мужа, с радостью согласилась участвовать в спектакле.

Она изобразила скорбь и, опознавая изуродованное тело, заявила:

— Это мой Андрей.

Естественно, ни у кого сомнений не возникло, и неизвестный бомж был кремирован под именем Андрея Калягина.

Потом наступает следующий этап операции. Мадам корчит из себя суперчестную особу, желающую вернуть деньги ученикам, продает квартиру, покупает халупу. Все ее действия должны убедить окружающих: вот как жизнь ударила бедную Веру, мало того, что осталась вдовой, так еще и жилья лишилась. Получив всю сумму на руки, Калягина отправляется к мужу, который прячется где-то в необъятной столице...

Гри замолчал, потом ровным голосом добавил:

— Зря думают, что лучше всего затеряться в провинции, нет, там каждый новый человек на виду. А наш Андрюша не глуп, он в Москве кантуется. Небось снял квартиру в спальном районе в одном из огромных домов, где никто не знает, как зовут ближайшего соседа.

Вера присоединяется к мужу, очевидно, он пообещал ей совместный побег за границу или еще что-нибудь такое, переезд в Санкт-Петербург, например. Наивная женщина приносит деньги, вырученные за квартиру, и тут Калягин под каким-то предлогом заманивает ее в сарай. Все, комедия окончена. Тело засунуто под узлы с тряпками, никому в голову не придет искать там труп. Конечно, Калягин совершил ряд оплошностей, но в целом придумал замечательный план. Разве можно заподозрить давно мертвого человека в убийстве? То-то и оно, что нет, даже если останки Веры найдут, подозрение падет на кого угодно, кроме Калягина. Про него и думать не станут, потому что репетитор давным-давно покойник. Гениально!

— Зачем ему убивать Веру?

— Господи, я ведь объяснил, он хотел получить вырученную за хоромы сумму.

— Он не мог сам продать апартаменты?

— Как? Все документы на жену! Нет, Калягин обязательно должен был взять супругу «в долю», все-таки опасно подсовывать вместо своего чужой труп. Вдруг бы Вера заорала на опознании: «Это не мой муж! У Андрюшеньки родинка на ноге!»

И пиши пропало! Нет, жена все знала, только не предполагала, что сама станет следующей жертвой.

— Делать-то теперь что? — протянула я.

— Искать Калягина. Лишь обнаружив его убежище, мы спасем Игоря Самсонова. Пока Андрей считается умершим, вернее, убитым, труп кремирован, Самсонов обвиняется в совершении преступления. Вот такой расклад.

— И где Калягин может прятаться? — спросила я.

— Интересный вопросец, — хмыкнул Гри, — везде. Ну ты бы куда отправилась на его месте?

Я заколебалась.

— Могла поехать к Этти, больше не к кому.

— А имейся у тебя в руках куча свободных денег?

— Ну, не знаю... В гостиницу пойду.

— Дура ты, однако, — хихикнул Гри, — в отеле потребуют паспорт.

— Калягин небось запасся фальшивым документом. Кстати, а где его удостоверение личности?

— Не знаю, — протянул Гри, — как правило, «серпастый, молоткастый» сдают после смерти владельца в загс. Но могу тебя успокоить, любые бумаги теперь можно купить без всяких проблем! Скорей всего Калягин теперь какой-нибудь Иванов. Черт возьми!!!

— Что?

— Машина!!! Мы забыли про его автомобиль! Красная иномарка, приметная и дорогая! Калягин очень любил своего «коня»! Куда он его дел?

— Может, катается спокойно по городу, — предположила я.

Гри сел в кресло и переплел ноги.

— Нет, Андрей Львович не такой идиот, понимает, как опасно светиться. Скорей всего автомобиль продан. Вопрос когда?

— Не понимаю...

Гри вскочил и забегал по комнате, натыкаясь на мебель.

— Ну подумай сама! В день своего якобы убийства Калягин был на машине, на ней он подъехал к кинотеатру «Буран». Есть свидетель, кассирша, которая вышла покурить и увидела, что на площадке у пруда паркуется роскошный автомобиль. Она обратила внимание на цвет тачки: огненно-красный, а куда иномарка потом делась? Про колеса мы забыли, и где документы на машину?

— Вдруг тачка так там и стоит, у «Бурана»?

— Может быть, может быть... Только думается, Андрей спустил ее с рук уже после своего «убийства». Вот найдем покупателя и получим ниточку, сечешь? Разве мертвец способен совершать торговые операции?

Я спокойно возразила:

— Скорей всего машиной занималась Вера, было бы странно со стороны людей, тщательно запланировавших преступление, забыть о дорогущем авто.

— Может быть, может быть, — твердил Гри, кусая губы. — Вот что, поезжай к кинотеатру «Буран», отыщи кассиршу и порасспрашивай бабу, вдруг она обратила внимание, кто уезжал на иномарке. Тетка должна хорошо помнить тот день, небось не каждый раз из пруда утопленников вытаскивают! Действуй.

Я только вздохнула. Меньше всего мне хотелось переться через весь город к кинотеатру «Буран», да еще на улице хлестал дождь. Но Гри, увидав выражение моего лица, хладнокровно заявил:

— Вперед! Смелого пуля боится, храброго штык не берет. Эй ты, манная каша, створоживайся, выздоровела уже, тетеха, и дуй к «Бурану».

В моем мозгу внезапно молнией пронеслось восхитительное видение: тарелка с белой, изумительно сладкой, чуть клейкой кашей, а посередине небольшой островок варенья. В детстве меня на все лето отправляли с бабушкой и няней на дачу. Родители работали и не могли сидеть с ребенком три месяца в Подмосковье. Няня у меня была замечательная, еще довольно молодая, но жутко толстая Катя. Готовила она простые, удивительно вкусные блюда, я ела их только в деревне, манную кашу с вареньем, гречку с жареным луком и шкварками, картофельное пюре с зеленым горошком, сорванным на грядке, макароны с тушенкой.

Мой рот наполнился слюной, есть захотелось нестерпимо.

— Эй, ты заснула? — пихнул меня Гри.

Я очнулась, выгнала из головы воспоминания о манке и отправилась в путь.

Глава 27

Кинотеатр «Буран» и впрямь оказался на краю света. Приземистое серое здание из бетонных блоков словно растеклось на небольшой площади, на фасаде трепыхался плакат «Самый лучший боевик года, в главных ролях звезды Голливуда». Странное дело, но вокруг не было никаких палаток или павильончиков.

Я обошла дом с тыльной стороны, увидела небольшой, круглый, словно блюдце, пруд и закрытый ларек. Довольно крутой берег был выложен серой плиткой, вниз вела узкая лестница с железными перилами. Лучше места для убийства не придумать, ближайшие дома стоят довольно далеко, кинотеатр повернут к водоему тыльной стороной, никаких торговых заведений тут нет, на берегу не видно скамеек, мало кому в голову придет прогуливаться в столь безлюдном месте.

Постояв пару минут и поглядев на мутную воду, я вновь обошла бетонный «кубик» и толкнулась в небольшое помещение, где располагались кассы. Из пяти окошек работало одно, за ним восседала пожилая дама с книгой в руках. Услыхав шаги, она отложила любовный роман и с надеждой поинтересовалась:

— Желаете билетик?

— Сколько стоит посмотреть фильм? — решила я поддержать разговор.

— VIP-место сто тридцать рублей.

— Дорого как!

— У нас и за двадцатку устроиться можно, — не сдалась кассирша. — Хотите?

— Когда начало сеанса?

— Идите прямо сейчас, десять минут всего прошло, лента хорошая, — принялась соблазнять тетка потенциальную зрительницу, — и любовь, и стрельба, и погони, артисты красивые, есть постельные сцены.

— Не люблю их.

— Я тоже, — подхватила кассирша, — но многим нравится. Знаете, сколько народу пришло, когда «Лесбиянки Амазонки» показывали? Давно такого не было, почти полный зал.

— А на обычные ленты плохо ходят?

Кассирша отмахнулась.

— Загибается кинотеатр, да оно и ясно почему. У народа теперь видики, бегут в прокат и за двадцать рублей в комфорте кино глядят, у себя дома, в трусах и тапках. Раньше влюбленные заглядывали, деться им некуда, родители целоваться не дают. Схватят молодые билетики на последние кресла и просиживают, так им все равно какое кино, лишь бы пообжиматься. В буфет сгоняют, мороженое купят, бутерброды с колбаской, лимонад, да за все удовольствие два рубля отдать надо. Старики забредали, от скуки на экран таращились. А теперь на кого рассчитывать? Молодым у нас скучно, старикам дорого. Ну кто из пенсионеров за сто тридцать рублей пойдет детектив смотреть? Устраивают, правда, для пожилых бесплатные сеансы, в девять утра, по воскресеньям. Только что-то никто на них не рвется. Да и расположен «Буран» далеко от центра, одна надежда на жителей близлежащих домов. Закроют нас, наверное, скоро. Знаете, раньше как интересно тут было! Встречи с писателями, актерами, оркестр в фойе играл, люди танцевали, выставки устраивали, да все прахом пошло. Правда, в центре народ валом в кино валит, а у нас — тишина.

Кассирше явно было скучно, и она воспользовалась моментом, чтобы поболтать.

— Место здесь и впрямь глухое, — поддакнула я, —

наверное, после последнего сеанса страшно выходить. И пруд такой мрачный, мне кажется, в нем недавно труп нашли.

— А вы не экстрасенс случайно? — удивилась кассирша. — Здесь и впрямь мужчина погиб.

— В самом деле! — всплеснула я руками. — Вы видели, да? Ну и ну! Прямо детектив! И что, утонул?

Тетка поправила высоко взбитую прическу.

— Подробности плохо знаю, не в мое дежурство случилось, Нина Косицына работала, она вон в том доме живет, видите серо-розовую башню? Так она перепугалась, что сначала бюллетень взяла, а потом уволилась. «Гори все огнем, — сказала, — не могу вечером тут одна сидеть, страх разбирает». Оно и понятно, ни охраны, ни посетителей, любой может в кассу попасть. А мужчину того, говорят, ограбили и в пруд сунули.

— Скажите, пожалуйста, какой ужас! — воскликнула я.

— В страшное время живем, — поддакнула кассирша, — так как, пойдете в зал? Ступайте, вас бесплатно пущу.

— Спасибо, — улыбнулась я, — домой тороплюсь, в выходной загляну.

Выйдя на улицу, где снова пошел дождь, я поежилась и побежала в сторону высокой серо-розовой башни.

Надежда обнаружить во дворе словоохотливых бабулек или молодых матерей с колясками, готовых от скуки сплетничать о соседках, лопнула сразу. Непогода разогнала всех по домам, к тому же дверь подъезда оказалась заперта, правда, сбоку виднелся домофон.

Постояв пару минут возле панели с черными кнопками, я решительно набрала «33». Отчего именно эта цифра пришла мне на ум, не спрашивайте, сама не знаю!

— Кто? — квакнул динамик.

— Откройте, врач.

— Мы не вызывали.

— Как это, в путевке записано тридцать третья квартира.

Замок щелкнул, я вошла в довольно чистый подъезд и посмотрела на железную табличку, висящую у лифта, нужная квартира оказалась на шестом этаже.

Не успела я выйти из кабины, как дверь, на которой

сияли две медные тройки, распахнулась, и из нее выглянула тетка лет пятидесяти.

— Нам не нужен доктор, — накинулась она на меня, — вы перепутали адрес.

— Вот и нет, — сурово заявила я, — где больная?

— Нет тут никого!

— Вы Нина Косицына?

— Кто?!

— Нина Косицына.

— Первый раз про такую слышу! Меня зовут Евгения Николаевна.

— А Косицына где? — старательно притворялась я.

— Понятия не имею.

— Но в поликлинике дали ваш адрес, квартира тридцать три, Косицына.

— Господи, — обозлилась Евгения Николаевна, — сколько раз повторять, ошибка вышла.

И она хотела захлопнуть дверь, но я ловко сунула ногу между косяком и створкой.

— Как вам не стыдно!

— Что такого я сделала? — изумилась Евгения Николаевна.

— В том-то и дело, что ничего, — рявкнула я, — ладно, в регистратуре начудили, случается такое, у нас по сорок вызовов в день, ясное дело, у тех, кто на телефоне сидит, крыша едет, но вы-то!

— Что я-то?

— Соседка тяжело больна, ждет помощи! Неужели трудно проявить чуткость?

— Не понимаю, — оторопела Евгения Николаевна, — доктор-то вы, а не я.

— Подумайте, кто может знать, в какой квартире проживает Нина Косицына! У вас кооператив?

Евгения Николаевна кивнула:

— Да.

— Позвоните председателю правления и уточните.

Несколько мгновений женщина, вытаращив глаза, смотрела на непрошеную гостью. Через пару секунд мне показалось, что сейчас Евгения Николаевна рявкнет: «А пошла ты», — и захлопнет дверь.

Но тетка внезапно буркнула:

— Погодите, — и исчезла в одной из комнат.

До меня донеслось попискивание, потом голос:

— Эммануил Львович, извините за беспокойство, у нас в доме живет некая Нина Косицына? В сорок восьмой? Вы не ошибаетесь? Там же Вера Павловна! А-а-а, вон оно что, спасибо.

Я, привалившись к косяку, терпеливо ожидала хозяйку. Наконец та снова возникла на пороге.

— Ступайте в сорок восьмую, — велела она, — оказывается, это Нинуша, дочка Веры Павловны. А я и знать не знала, что девчонка замуж выскочила.

— Спасибо, — кивнула я.

Неожиданно Евгения Николаевна улыбнулась в ответ.

— Ерунда. Большое вам спасибо.

— За что? — изумилась я.

— Очень правильно меня отругали, — пояснила Евгения Николаевна, — мы стали бездушными и жестокими по отношению друг к другу. Двадцать лет назад я бы бросилась бегать по этажам, чтобы выяснить, кому потребовалась помощь врача, а сегодня... Поверьте, мне очень стыдно за свое поведение.

— Не ругайте себя, — приободрила я ее, — время сейчас такое, жестокое.

— В любую годину следует оставаться человеком, — сказала Евгения Николаевна и захлопнула дверь.

В сорок восьмой квартире оказалось пусто. Я нажимала на звонок минут пять, но никто не спешил к двери. Постояв у закрытой створки, я посмотрела на часы, небось хозяева на работе, придется ждать.

С глубоким вздохом я села на подоконник. Надо было прихватить с собой журнал или книгу, но я не проявила догадливости и теперь наказана скукой. Не успел из груди вырваться вздох, как зашумел лифт, заскрипели автоматические двери, из недр кабины выскочила ярко накрашенная девица с батоном хлеба в руке и ринулась к двери с номером 48. Когда она всунула в замочную скважину ключ, я, обрадовавшись донельзя, вежливо поинтересовалась:

— Простите, вы тут живете?

Пришедшая сдула со лба слишком рыжую челку и, прищурившись, ответила:

— Нет, прусь в чужую квартиру с хлебом и ключами.

— Не подскажете, Нина скоро придет? — Я решила не обращать внимания на хамство.

— Это я, — фыркнула вертихвостка, — что вам надо?

— Меня зовут Таня.

— Ни с кем знакомиться не собираюсь, — не сдалась Нина, она наконец справилась с замком и распахнула дверь.

— Вы работали в кинотеатре «Буран»? — не сдавалась я.

— Мучилась полгода за копейки, — неожиданно охотно ответила грубиянка.

— Меня хотят взять на вашу должность.

— Семь футов тебе под килем, — засмеялась Нина, — место тихое, прямо как кладбище, здорово там, аж скулы сводит, только от меня ты чего хочешь?

— Вы забыли оставить заявление.

— Чего?!! — заморгала ярко-зелеными веками девчонка.

— Ну, когда уходили, не написали бумажку такую, «я, Нина Косицына, прошу уволить меня по собственному желанию», поэтому до сих пор числитесь в штате, и другого человека не могут оформить!

— Во бред, — рявкнула Нина, — большего идиотизма еще не слышала! Мне трудовую отдали и расчет. Ухохотаться, бешеные бабки, сто два рубля двенадцать копеек. В особенности копейки обрадовали!

— Сделайте одолжение, напишите бумагу, — заканючила я, — мне деньги до жути нужны, а больше нигде работу найти не могу.

Нина оглядела нежданную гостью с головы до ног и вдруг приветливо произнесла:

— Заходи, горемыка, лучше бы на рынок торговать шла.

— Сама-то небось в кинотеатре сидела, — изобразила я обиду, входя в просторную, хорошо обставленную квартиру, — а мне предлагаешь тряпками трясти на улице, под дождем!

Нина вырвала из толстой тетради листок в клеточку и, ища ручку, мирно возразила:

— Я в кассе по недоразумению оказалась и ушла, как только представилась малейшая возможность.

— Значит, не советуешь мне на твою должность устраиваться?

Нина, нашедшая наконец дешевенькое пластмассовое стило, хмыкнула:

— Нет, конечно. Отстойное место, скукотища, целый день одна-одинешенька в маленькой комнате без окон. Я хотела телик из дома притащить, хоть какое развлечение, но директриса разоралась: «Нельзя, нельзя, твое дело зрителей обилечивать, а не в экран пялиться». А какие там зрители? Два с половиной человека в месяц? Ты прикинь, эта дрянь, моя начальница, регулярно в кассу заглядывала и проверяла, что я делаю, не читаю ли случаем...

— Тоже нельзя? — удивилась я. — А чем заниматься?

— Народ «обилечивать», — засмеялась Нина, — здоровский глагол. Кстати, мои сменщицы вязали весь рабочий день и ничего. Галина Владимировна к ним не приматывалась, она молодых терпеть не может. К ней самой климакс подобрался, вот и ненавидит всех, кому тридцати нет. А я еще недавно замуж вышла, ей это вообще поперек горла! Сама-то в старых девках осталась, полтинник прозвенел, и никто из мужиков на ее красоту не польстился, вот и зудит без стопора: «Нина, что за вид! Юбчонка до пупа, тушь, помада, тени! В твоем возрасте мы стеснялись употреблять косметику и демонстрировать голые ляжки». Я терпела, терпела, а один раз не выдержала и поинтересовалась: «Ну и чего вы добились? Все парни таким, как я, достались, а вы небось с вибратором по ночам забавляетесь, в полной темноте, под одеялом и при закрытых окнах!»

— А она промолчала? — абсолютно искренне поинтересовалась я.

— Куда там, — захихикала Нина, мигом ставшая при этом воспоминании довольной и радостной, — держи карман шире! Как заверещит, словно ей хвост дверью прищемили, орала час без передышки, я уж испугалась, что мадам сейчас инфаркт хватит или паралич разобьет, она на одной ноте визжала: «Мерзавка, как посмела...»

— А ты?

Нина рассмеялась.

— Подождала, пока директриса успокоится, и мило так спросила: если вас возмутило мое предположение об использовании вибратора, то прошу прощения. Вы, наверное, его никогда не видели. Та как завопит: «Нет, конечно, что за гадость, мне и в голову не придет резиновой штукой мужчину заменять». И тут я...

Нина сделала эффектную паузу, а потом торжествующе закончила пассаж:

— Тут я тихонечко так поинтересовалась: а откуда вы тогда знаете, как этой штукой пользоваться? И почему точно упомянули слово «резиновый»? Если никогда игрушки не видели, отчего не подумали, что она деревянная? Вот это, блин, полный аут был. Она сначала побледнела, затем покраснела, посинела, прямо радуга. Билетерши в кучу сбились и трясутся, а директриса ваще с катушек съехала и давай визжать: «Увольняю, за нарушение трудовой дисциплины». А я ей: «Права не имеете!»

Цирк, одним словом, вечером я, правда, сама заявление написала. Э, погоди, — Нина отложила ручку, — вспомнила, я его ей на стол положила.

— Небось она потеряла, — вздохнула я, — сделай милость, нацарапай еще раз. А правда, что у вас в кинотеатре мужика убили?

— Нет, рядом, на пруду.

— Жуть какая, и ты видела? — стала я развивать главную тему беседы.

— Как укокошили, нет, только когда вытаскивали из воды.

— Ужас, но вроде пруд не видно из кассы...

— Я курить выходила.

— И тут же тело обнаружила?

— Нет, его зрители углядели. Последний сеанс закончился, а выпускают из кино сзади, там дверь есть. Ну и приметили мужика, он из воды-то выполз, но скончался. Милиция потом приехала, два часа с вопросами к нам приставала.

— Небось на машине был!

— Ага, на красной, — кивнула Нина, — припарковал ее на площадке, я как раз курила. Еще удивилась, чего его сюда принесло, ну не в кино же собрался? А как он за «Буран» шмыгнул, мне сразу понятно стало.

— Что?

— Приспичило ему, в кусты побежал. Мог, конечно, у меня за двадцатку билет купить и в комфорте устроиться, но пожалел денег.

— Ну?

— Что «ну»? Я на рабочее место пошла, а часа через полтора народ заорал: «Помогите, милиция, убили!»

— Машина красивая?

— Не отказалась бы от такой, шикарная тачка.

— Куда же она потом делась?

— Не знаю, — пожала плечами Нина и подняла на меня тяжелый взгляд, — а тебе какое дело?

— Просто любопытно, человек приехал на машине, отошел на несколько минут и умер, что же с тачкой было?

— На, — протянула Нина мне исписанный листок.

— Может, ее кто отогнал?

— Кого?

— Машину.

— Любопытная ты, как я погляжу, — хмыкнула Нина, — ступай себе. Машину, наверное, потом родственники забрали. Топай отсюда, у меня дел полно, заявление тебе написала, чего еще надо?

— Ничего.

— Прощай тогда, — бесцеремонно сказала Нина и выставила меня за дверь.

Оказавшись на лестничной клетке, я тяжело вздохнула и принялась рыться в сумочке, разыскивая сигареты, но не успели пальцы наткнуться на пачку, как из-за спины донеслось:

— Алло, это я, Нина.

Удивленная, я обернулась. Сзади было пусто, но в ту же минуту я поняла, что голос несется из-за двери, возле которой я стою, пытаюсь «откопать» курево. Створка из прессованной древесной крошки великолепно пропускает звуки, а телефон у Нины в прихожей. Я немедленно обратилась в слух.

Глава 28

— Имейте в виду, — тарахтела девица, — легко не отмажетесь. Ишь, сунули мне сто долларов, и думаете, все? Нет уж, несите сегодня еще! Да побольше! Пятьсот!

Очевидно, на том конце провода ей ответили решительное «нет», потому что Нина протянула:

— Ладненько, как хотите, только от меня секунду назад баба из милиции ушла, про машину спрашивала, красную, и прикидывалась, будто и не из легавки она вовсе. Я-то, конечно, сделала вид, что верю, и ничего не рассказала, но ментярка небось недалеко утопала, можно и догнать.

Я стояла не дыша, больше всего боясь, что Нина распахнет дверь и обнаружит меня, прижавшуюся к косяку.

Из квартиры раздался смех.

— Ну вы и хитрюга. Нет, будет по-моему, через двадцать минут возле метро, там есть пиццерия, прямо в зале. Ладно, ладно, хорошо, но не позже. Имейте в виду, не явитесь к назначенному сроку, сразу же двину в милицию, прикиньте, как следак обрадуется, а?

Я отпрянула от двери, вскочила в лифт, спустилась на первый этаж и рысью понеслась к подземке.

На небольшой площади, несмотря на накрапывающий дождик, бойко гудел маленький рыночек, я подбежала к мужику, торговавшему шаурмой, и спросила:

— Подскажите, где тут пиццерия?

Черноволосый и черноглазый продавец схватил лаваш, расстелил его не слишком чистой рукой на прилавке, поднял нож и ласково поинтересовался:

— С кетчупом или майонезом?

— Спасибо, не надо, мне нужна пиццерия!

— Почему «не надо», — лучился улыбкой торговец, — хочешь курицу — ешь курицу, не хочешь, бери говядину, самая хорошая шаурма у Ахмета, везде дрянь, у меня первый класс.

И он с чувством поцеловал кончики пальцев своей правой руки.

— Я совсем не голодна, как пройти в пиццерию?

— Зачем она тебе? Там Рустам заправляет, грязно у него, шум, блям, блям, на кусочке теста маленький грибочек лежит, сыра нет, помидор гнилой, а воду он в свои бутылки вон из того крана набирает. Нальет на улице, а на ценнике стоит: «Чистая ключевая, из источника». Не верь, везде обман, на площади только Ахмет честный, остальным руки надо оторвать.

К ларьку неторопливо приблизился патруль.

— Сделай нам две со свининой, — раздался веселый голос.

— Вот видишь, — ткнул пальцем продавец в парней, одетых в синюю форму, — милиция у Ахмета покупает, к другим не идет, знает, где хорошо!

— Не балабонь, — сердито оборвал его один из сержантов, — да кетчупа с майонезом не жалей, а то в прошлый раз выдавил две капли.

— Подскажите, где тут пиццерия? — обратилась я к служивым.

— За угол зайдите, — ответил самый молодой, — палатку увидите, с кепками, следующий кабак «Итальянский рай» называется.

Я добежала до ярко-красного павильончика, потом вернулась к лотку с шапками, купила серую бейсболку с козырьком, закрывавшим почти все лицо, нацепила ее и вошла в душный зал.

Шум тут стоял неимоверный. Из четырех динамиков, установленных в разных углах, неслась восточная музыка. В центре кафе, составив несколько столов, веселилась компания студентов, у них при себе был бумбокс, из которого несся вопль диджея. И вообще, в крохотном помещении яблоку упасть было негде. Стараясь переорать музыку, посетители разговаривали громко, почти все курили, а на столиках стояли бутылки из-под пива. Над баром парил плакат: «Не курить, распивать спиртные напитки запрещено». Но зачем его прикрепили, оставалось непонятно, потому что лица присутствующих тонули в синем дыму, а бармен, он же официант, не делал никому замечаний.

Я хотела было сесть за свободный столик, но потом сообразила, что если стану маячить в харчевне просто так, то либо привлеку к себе внимание посетителей, либо меня хозяин выгонит. Поколебавшись несколько секунд, я попросила бармена:

— Сделайте мне кофе.

Черноволосый мужчина согласно кивнул, повернулся к шкафчику, вытащил пакет, и я тут же пожалела о своем заказе. В трактире, расположенном у метро, не было кофемашины, буфетчик собрался развести кипятком содержимое пакетика, наверное, вы встречали такой вариант, три в одном, немного коричневого порошка, пара кристалликов сахара и белая пыль под названием «сухие сливки». Когда сие «лакомство» только появилось в России, я решила, что лучше его ничего нет, во-первых, быстро, во-вторых, вкусно, в-третьих, дешево. Предвкушая наслаждение, я сгоняла на оптушку, купила упаковку и состряпала чашечку напитка. Сразу стало понятно, что к настоящему кофе получившаяся гадость не имеет никакого отношения, жидкость имела светло-песочный цвет, оказалась приторно-сладкой и отчего-то пахла жженой пластмассой. Потом, слегка поразмыслив и произведя в уме кое-какие расчеты, я поняла, что сей «кофе» еще и очень дорог. Да, за порционную упаковку вы отдадите несколько рублей, но, если посмотрите на вес лакомства, а потом умножите количество граммов на сумму, то станет ясно: килограмм «раствора» идет почти по цене черной икры. К тому же бурда была сделана в Сингапуре, что окончательно убило желание пить ее.

И вот сейчас мне подали именно такой вариант: стакан кипятка и пакетик.

Я отнесла добычу на столик, села и, чтобы не привлекать к себе внимания, разорвала хрусткую упаковку, вытряхнула ее содержимое в воду, перемешала, машинально глотнула и была приятно удивлена. Неожиданно напиток оказался вкусным, он пах, как кофе, выглядел так же, был в меру сладким. Удивившись, я принялась рассматривать пустой пакетик и нашла надпись: «Сделано в России». Ага, теперь понятно, наши производители решили потеснить сингапурцев с их ужасной бурдой. Что ж, я очень хорошо знаю, что российские продукты конкурентоспособны.

Когда на просторы бывшего СССР хлынуло продуктовое изобилие, изголодавшиеся граждане кинулись сметать яркие упаковки. Но очень скоро мы поняли, хоть турецкое печенье, польское мороженое, датская колбаса, вьетнамский шоколад и немецкое масло упакованы в приятные глазу коробочки да завернуты в блестящую бумагу, но ничего хорошего в этих продуктах, кроме внешней красоты, нет! Конфеты и зефир отечественных фабрик это здорово, копченая колбаса, сделанная на московских мясокомбинатах, восхитительна, а про мороженое или «Вологодское» масло и говорить нечего, ох, не зря кое-кто из импортных производителей начал подделывать наш товар, выпускать его под хорошо знакомыми российскому потребителю названиями. Вот и кофе у нас получился лучше, кстати, как его название? Куплю такой домой! Хитрый Гри отнял у меня сахар, но против «Арабики» он ничего не имеет, пока детектив разберется, что в упаковке есть и песок, и сухие сливки...

Я расправила скомканный пакетик. «Кофе «Белый Арап». Сначала я удивилась. Господи, отчего его так назвали? Может, следовало подумать над другим наименованием, чтобы люди мигом поняли, перед ними наш товар. Затем я улыбнулась, белый арап — это кто-то, отличный от других. Значит, верное название, не похож «Белый Арап» на произведенный в Сингапуре кофейный напиток, не чета ему по вкусу. И вообще, очень удобно, если вы любите «Арабику» с сахаром и молоком, можно спокойно брать пакетик на работу или в дорогу. «Белый Арап»... Белый Арап!!!

Следующая мысль вонзилась в мозг, словно гвоздь. Белый арап! Может, убитый Никита Дорофеев имел в виду не человека, а кофе? Почему он, умирая, нацарапал именно эти слова? Какое отношение его убийца имеет к «Белому Арапу»?

И тут мои глаза приметили входящую в шалман Нину, я мгновенно опустила еще ниже козырек бейсболки, надеюсь, Косицына не увидит моего лица.

Бывшая кассирша не стала долго изучать зал, окинув присутствующих быстрым взглядом, она прошла в противоположный от меня угол и плюхнулась на стул. Я скрипнула зубами от злости, женщина, к которой подошла Нина, сидела спиной ко мне. Я могла любоваться лишь ее довольно широкими плечами, обтянутыми черной кофтой. Волосы дамы прятались под шляпкой с круглыми полями. Ни лица, ни фигуры незнакомки не было видно, о чем она разговаривает с Ниной — не слышно, я-то находилась в противоположном конце зала, впрочем, окажись парочка совсем рядом со мной, и то я бы не разобрала ни звука. В пиццерии слишком шумно, идеальное место для тех, кто не желает, чтобы его разговоры достигли чужих ушей.

Внезапно я увидела, что освобождается столик, расположенный около туалета, сообразив, что оттуда можно увидеть хоть часть лица собеседницы Нины, я собралась пересесть, но в этот миг что-то холодное потекло мне за шиворот. От неожиданности я взвизгнула.

— Ой, простите, — забормотал парнишка лет шестнадцати, — водой вас случайно облил.

— Аккуратней надо, — недовольно буркнула я.

— Стакан наклонился, — принялся оправдываться мальчишка.

— А ты его прямо держи, — злилась я.

— Ну извините, я не нарочно же, с каждым случиться может. Слава богу, это не сок и не морс, простая минералка, мигом высохнет и следа не останется.

— Ладно, — сменила я гнев на милость, — сама знаю, что с кофтой ничего не произойдет, испугал меня просто. Ну кому понравится, если его ледяной водой обдают!

Паренек развел руками:

— Я споткнулся, а стакан легкий, пластиковый, вот и поехал на подносе.

Я махнула рукой, взглянула на столик, за которым сидели Нина с незнакомкой, и бросилась к выходу. Пока я разбиралась с парнем, вылившим мне за шиворот холодную воду, дама в черной блузке и шляпке испарилась.

Вне себя от злости, я выскочила на улицу, вокруг роились люди, на многих женщинах была черная одежда, кое-кто из дам, поглядев на хмурое, затянутое тучами небо, нацепил шляпку. Понимая, что из-за дурацкого происшествия упустила незнакомку, я чуть не затопала ногами. Чтобы успокоиться, мне пришлось сесть возле пиццерии на красный пластмассовый стульчик и закурить.

Внезапно серые низкие тучи расступились и блеснуло солнце. Сразу стало веселей, я поправила бейсболку. Следует признать, работа у Гри нравится мне все больше и больше. Разве можно ее сравнить с тягостным сидением в офисе, где полностью зависишь от капризов начальника. Да ладно бы только от него! К сожалению, у всех боссов имеются жены, считающие секретаршу мужа кем-то вроде прислуги. «Дорогуша, сходите купите мне газет» или «Любезная, у вашего начальника на письменном столе пыль», «Купите консервов моей собачке», — требуют они, не моргнув глазом. Наверное, нужно сразу поставить зарвавшихся дамочек на место и хладнокровно отвечать: «Я не ваш секретарь, а помощница Ивана Ивановича, по поводу пыли же все претензии к уборщице».

Но мне не хотелось иметь врага в лице жены начальника, поэтому, стиснув зубы, я бегала в ларек и бралась за тряпку.

Гри же хоть и может вспылить, но никогда не унижает меня, я даже не заметила, как перешла со своим работодателем на «ты». И потом, расследовать преступления оказалось очень интересно, намного увлекательней, чем печатать дурацкие документы, посвященные проданным трубам, форсункам, или принимать факсы с цифрами.

Я выбросила окурок. Вот уж чего никак не ожидала, так это обретения увлекательной работы, и потом, оказывается, у меня талант, я умна, могу разговорить собеседника, выудить из него информацию, легка на подъем и почти всегда теперь пребываю в хорошем настроении.

Нет, как здорово, что Гри подвернул тогда ногу, я теперь совсем другая не только внешне, но и внутренне, и все благодаря ему.

— А-а-а, — понесся из пиццерии крик.

Я повернула голову. В харчевне явно что-то произошло, посетители, жуя на ходу, выскакивали на улицу, один из мужчин чуть не упал на меня.

— Там пожар? — спросила я.

— Сейчас небось милиция явится, — невпопад ответил кавказец, — отволокут мигом в отделение, у них просто, раз темный, значит, чеченец, террорист, сколько раз объяснял: братцы, я армянин, в Москве с 1981 года, нет, тащат в отделение и орут: «Ща узнаешь, где раки зимуют».

— Зачем милиция придет? — удивилась я.

— Девка в пиццерии загнулась, — ляпнул армянин и был таков.

Я кинулась назад. В большом зале остались всего несколько человек, хозяин Рустам с бледным, даже синим, лицом кричал в телефон:

— «Скорая», да? Скорей давай, да, может, жива еще, да?

Два худощавых светловолосых парня стояли возле столика, за которым сидела Нина. На первый взгляд она выглядела нормально, но уже через секунду мне стало понятно: Рустам совершенно зря торопит врачей, Нина была мертва, мертвее некуда. Тело несчастной навалилось на стену павильончика, правая рука, странно вывернутая, свисала вдоль тела, глаза, широко открытые, выпученные, не мигая, уставились в одну точку, изо рта вытекала слюна.

— Что случилось? — воскликнула я.

Рустам, повесив трубку, нервно ответил:

— Молодая совсем, да, а гнилая! Вон, сердце заболело, да, только захрипела и бац, да, плохо, может, жива, да? В больницу свезут, вылечат, да?

— Нет, — коротко ответил один из светловолосых парней, — умерла она, похоже, отравили, вон как рот ей переклинило.

— На что ты намекаешь, да? — возмутился хозяин. — У Рустама продукты свежие, да! Мясо у своих беру, масло, яйца, первый сорт. Я тут третий год, да! Меня весь район знает! Больная, да! Может, наркоманка!

— Не похожа, — процедил второй парень, — что я, торчков не видел. Колька прав, отравили ее.

— Умные, да! — чуть ли не со слезами на глазах воскликнул несчастный Рустам. — Больше всех знаете! Доктора, да?

— Почти, — ответил первый юноша, — на пятом курсе медицинского учимся, потому и остались тут, думали, вдруг понадобимся. Может, конечно, и сердце схватило, только на отравление больше похоже.

— Я на эту девчонку внимание обратил, когда она сюда вошла, — подхватил второй, — хорошенькая киска, и на сердечницу совсем не походила, влетела на всех парах и шлеп за столик, больные так не бегают.

— Ой, горе мне, горе, — заломил руки Рустам.

Потом он вдруг замолчал и другим, совершенно нормальным голосом сказал:

— Слышь, ребята, давайте ее во дворик вынесем и на стул посадим, вон туда, где бачки. Вы же небось мертвых не боитесь?

Я поразилась метаморфозе, произошедшей с хозяином. Из его речи испарился сильный акцент, и он больше не вставлял через каждое слово «да».

— Ясное дело, навидались трупов, — ответил первый юноша, — только зачем? До приезда милиции нельзя ничего трогать.

— Милиция-шмилиция, — отмахнулся хозяин, — скажем, во дворике умерла, не у Рустама в кафе. Я вам денег дам.

— Глупо очень, — хмыкнул второй студент, — вся площадь видела и слышала, как твои посетители с визгом разбегались. Нет, мой совет, оставь все как есть, а вот и менты.

Послышался звук шагов, и мужской голос равнодушно, как-то устало спросил:

— Что здесь стряслось?

Я повернулась, тихо, бочком, просочилась за дверь, быть свидетельницей мне совершенно не с руки.

На улице неожиданно настало жаркое лето, тучи разбежались, вовсю шпарило солнце. Я, одевшая с утра слишком теплую одежду, мигом вспотела и решила съесть мороженое, благо рядом маячил лоток.

— Дайте рожок, — попросила я у продавца, мальчишки в белой полотняной куртке.

Тот открыл холодильник, выудил мороженое, хитро прищурился и сказал:

— Ежели заплатите пятьсот рублей, интересное расскажу.

Я от неожиданности чуть не выронила затянутый в целлофан пакетик.

— Кому?

— Так вам, — кивнул мальчишка, — чего, не узнали меня?

— Извини, — насторожилась я, — нет. Разве мы встречались раньше?

— Я только что воду на вас пролил, — засмеялся продавец.

— А-а-а, — сообразила я, — и что?

— Думаете, я такой неловкий, стакан на подносе удержать не могу?

— Со всеми случиться может, не дергайся, я уже забыла, одежда давно высохла, — успокоила я мальчика, — ерунда, не переживай.

Мороженщик хихикнул.

— И не парюсь совсем, мне велели вас облить и денег за это дали.

— Кто?!

— Информация стоит пятьсот рублей, — заявил продавец.

Поколебавшись, я вытащила кошелек. В портмоне лежали три тысячи «представительских», Гри велел тратить их на нужды расследования, более того, он сказал:

— Если понимаешь, что сведения интересные, плати, не стесняйся.

— Хорошо, — кивнула я, — только чек мне не дадут, как отчитываться?

— Никак, — хмыкнул Гри, — на слово поверю.

Поэтому сейчас я заколебалась, давать ли наглому пареньку столь большую сумму или поторговаться?

— Столько нету, — наконец заявила я, — триста хочешь?

Мороженщик сложил губы трубочкой и свистнул.

— Не, пятьсот, если вам охота разузнать, кто над вами пошутил, несите бабки, я всегда тут стою.

— Дорого просишь.

— Так за дело!

— А если мне и неинтересно вовсе?

— Чего тогда торгуетесь?

Делать нечего, пришлось вынимать купюру. Подросток внимательно поглядел ее на свет, поковырял ногтем, аккуратно сложил, засунул в висящий на поясе кошелек и завел рассказ:

— Подошла ко мне чувырла, расфуфыренная такая, и спросила:

— Хочешь заработать?

— Делать чего? — предусмотрительно поинтересовался торговец.

— Ерунду. Купить в пиццерии минеральную воду и по моему знаку вылить ее на девушку.

— На какую?

— В кафе сидит, бейсболку на себя нацепила, козырек опустила, думает, ее никто не узнает, — хмыкнула «заказчица», — у окошка устроилась. Я руку подниму и волосы поправлю, вот так. Как увидишь, опрокидывай на гадину воду.

— А если она мне по морде настучит? — заколебался парнишка.

— Так за что я деньги плачу? Впрочем, не бойся, дело ерундовое, подумаешь, минералка, со всяким случиться может, ну поорет пару минут. Ты ее, главное, отвлеки, чтобы в мою сторону не глядела.

— Зачем?

— Боже! Какой любопытный! Впрочем, ладно. Гадюка за мной следит, ее наняла жена моего любовника, мужик сейчас сюда подойдет, вот я и хочу, чтобы мы успели уйти, пока девка с тобой лаяться станет.

— Ладно, дело простое! — захихикал парнишка.

— Что за бред! — вспылила я. — Ни о каком муже я не слышала! Как эта чувырла выглядела? Она тебе не назвалась случайно?

— Паспорт показала, с пропиской!

— Да ну! И как зовут врунью?

Паренек с жалостью поглядел на меня.

— Ну ты даешь?! Ясное дело, ничего киса о себе рассказывать не стала, но ты можешь на нее посмотреть.

— Где?

— В пиццерии, у Рустама, до сих пор там сидит, мертвая. Кстати, не знаешь, кто ее, а? Я уже потом сообразил, что она меня обманула.

— Почему?

Мороженщик почесал в затылке.

— Когда тебя облил, я хорошо столик видел, где эта девка сидела. Специально так встал, чтобы условный знак не пропустить. Ну она волосы поправила, я стакан опрокинул, ты обернулась и давай вопить. А из-за столика вовсе даже не мужик поднялся, а тетка, вся в черном и в шляпе. Пока ты кипела, баба убежала, а девка, что мне денег дала, сидеть осталась. Я тебя, сколько мог, отвлекал, думал, чувырла тоже сбежать хочет, но нет, она навалилась на стенку и ни с места.

— Не видел, куда тетка в черном понеслась? — в нетерпении воскликнула я.

— Вон, около газетного ларька Сеня сигаретами торгует, столик видишь маленький?

— Да.

— У него спроси.

— Почему?

Мороженщик скривился.

— Он тут ругался, остановиться не мог, эта, в черном, ему лоток снесла...

Я побежала к парню с сигаретами, оглядела его товар и решила завести разговор издалека.

— Отчего справа курево дешевле? Просроченное?

Сеня мрачно буркнул:

— Не кефиром торгую, табак долго хранится, пачки грязные, упали на асфальт, вот и пришлось себе в убыток цену назначить, может, кто польстится. Кстати, внутри они чистые, с сигаретами ничего не случилось, только сверху в пятнах, бери, пользуйся моментом.

— Что же ты так поступаешь, — укорила я продавца, — пошвырял товар, этак ведь не разбогатеешь.

— О каком богатстве речь, тут бы на еду хватило, — надулся Сеня.

— Вот видишь, — не успокаивалась я, — дела и так плохо идут, а ты еще неаккуратен.

— Я тут ни при чем! Баба-идиотка по улице неслась и мой лоток опрокинула. Охнуть не успел, пачки на асфальт попадали.

— И ты за ней не погнался? Отчего не потребовал компенсацию? Помнишь, как она выглядела?

Сеня нахмурился.

— В шляпе.

— Ну хоть сколько лет нахалке? — «дожимала» я Сеню.

— Хрен разберет, тощенькая девчонка. Джинсики, курточка...

— И шляпа?!

— Ага, — не усмотрел ничего странного в этом сочетании Сеня, — пронеслась вихрем, вскочила в «Жигули», и фр-р-р.

— Ты бы номер записал, — наседала я.

— А смысл, — мирно ответил Сеня, — такой хачмобиль типа такси, вон их сколько стоит! Близорукость у меня, вдаль плохо вижу, вот цвет помню, белый!

Глава 29

Гри, выслушав мой доклад, тяжко вздохнул.

— Может, попросить твоего приятеля из милиции, Федора, проверить владельцев соответствующих машин? — предложила я. — Вдруг шофер помнит, куда вез девицу.

Гри покачал головой.

— Дурацкая идея. Во-первых, неизвестен точный цвет машины.

— Как это? Белый.

— Это лоточник сказал, а может, «Жигули» были светло-серые, бежевые, палевые, наконец. И потом, представляешь себе, сколько тачек с таким окрасом зарегистрировано в столице. Нам года не хватит, чтобы обойти владельцев. Нет, без номера никаких шансов. Ладно, ступай отдохни, мне надо спокойно подумать. Да, кстати, дай мне твой мобильный.

— Зачем? — удивилась я.

— Надо, — загадочно ответил Гри, — некоторое время походишь без связи.

— Почему?

— Потому! Кто в доме хозяин?

— Ладно, — кивнула я, — сейчас принесу, он в сумке, а она в прихожей. Только Этти станет волноваться.

— По какой причине? — скривился Гри.

— Начнет звонить, а я недоступна.

Хозяин потер затылок, потом неожиданно сказал:

— Твоя свекровь в ближайшую неделю не прорежется. Ее наняла в качестве переводчицы одна туристическая фирма, открывающая новый отель в Турции, Этти уехала в Анталию.

Я подскочила от удивления.

— Откуда информация?

Гри прищурился.

— Ты вчера в душ пошла, а я сел чай пить, слышу, мобильный разрывается, один звонок, второй, третий, четвертый... Вот и подумал, вдруг какая-то беда случилась, не станет нормальный человек так тупо сто раз подряд номер набирать! Вытащил трубку и сказал:

— Таня в ванной, попробуйте соединиться с ней через полчаса.

Не успел произнести фразу, как услышал женский голос:

— Кто вы и отчего отвечаете по этому номеру?

Естественно, я сообщил чистую правду, что являюсь работодателем госпожи Сергеевой, а тетка очень вежливо попросила:

— Сделайте одолжение, передайте Танюше, что ей звонила Этти, я стою на посадку в самолет, улетаю в Анталию, по работе, дело очень спешное закрутилось, буквально за пару часов. Пусть Таня не волнуется, роуминга у меня нет, ответить на ее звонки не смогу.

Ну я и пообещал рассказать, только не дождался тебя, заснул. Уж извини, сейчас сообщаю: Этти, наверное, на пляже. Давай неси телефон.

В легком недоумении я пошла в прихожую. Кто разрешил Гри шарить в моей торбе? Вот уж некрасивый поступок! И почему он хочет арестовать аппарат? Ладно, вернусь в кабинет и потребую у него объяснений.

Я взяла стоящую на пуфике сумку, порылась в ней, выудила мобильный и решила все же позвонить Этти, наверное, та уже включила роуминг, странно, однако, что междугородная связь у нее не работает. Не так давно Этти ездила в Чехию, и мы с ней свободно общались.

— Да, — ответила свекровь.

— Привет, как дела?

— Таня, ты?

— Я.

— Уже вернулась? — весело спросила Этти.

— Откуда?!

— Из Анталии.

— Кто?

— Ты.

Я растерялась.

— А ты сама разве не уехала?

— Я?

— Ты.

— Нет, конечно, работы полно. Странно, однако.

— Что?

— Позвонила тебе вчера, подошел твой начальник и сказал: «Танечки не будет три недели, я ее отправил по работе в Турцию, на побережье, заодно и отдохнет. Телефон она, растеряха, тут забыла, больше не звоните. Вернется, сама с вами соединится».

Я удивленно молчала.

— Он у тебя с прибамбахом? — поинтересовалась Этти.

Неожиданно я обиделась за хозяина. Я уже поняла, что Гри никогда ничего зря не говорит, значит, имелась веская причина для столь его странного поведения.

— Эй, Танюша, чего молчишь? Алло, алло... Ну и связь, — разозлилась Этти, — работает через пень-колоду, алло, алло!

Я отсоединилась, потом набрала 100 и, слушая, как хорошо поставленный голос бубнит: «Московское время...» — отправилась к Гри.

Этти небось сейчас набирает мой номер, пусть думает, что телефон заклинило, я сначала хочу выяснить у Гри, отчего тот наболтал глупостей.

При виде меня Гри отложил книгу.

— Что стряслось?

— С чего ты решил, будто произошла неприятность? — прищурилась я.

— Используя метод дедукции, столь прославленный Шерлоком Холмсом, — спокойно ответил Гри, — я, взглянув на твое красное лицо, растрепанные волосы и горящие глаза, пришел к выводу: в нашем доме произошла очередная гадость. Что на этот раз?

— Очень смешно, — фыркнула я, — ты зачем сказал Этти про мой отъезд в Турцию?

— Кто, я?

— Ну не я же!

— Твоя свекровь не страдает глюками?

— Нет, она совершенно нормальна, между прочим, мне ты то же самое заявил про Этти, а моя подруга...

— Она тебе свекровь! — перебил Гри.

— Подруга!

— Свекровь!!!

— Подруга, — ледяным тоном отчеканила я, — лучшая, единственный человек, который любит меня и заботится обо мне.

— Ты уверена? — спросил Гри. — Никогда нельзя знать точно, что у другого на уме.

— Этти единственная родная душа для меня.

— А я? Я не считаюсь другом?

— Ты платишь мне деньги!

Гри растерянно улыбнулся.

— Я считал, что мы подружились, значит, если я обеднею, ты меня бросишь?

— Не пори чушь, — обозлилась я, — великолепно к тебе отношусь и испытываю настоящую благодарность за все. Я даже похудела благодаря тебе. Но Этти моя лучшая подруга.

— Она меня не поняла, — пожал плечами Гри, — шум в канале связи, нестыковка информации, а я, наверное, не так воспринял то, что сообщила дама.

— Да?

— Да! Этти спросила, когда у тебя будет свободное время, а я сообщил, что планирую поехать вместе с секретаршей в отпуск, на что дама заявила: «Я сама хочу в Анталию съездить», — вот мы и сделали неверные выводы из чужих слов.

Я вернулась к себе в спальню и набрала номер Этти.

— Просто отвратительно, — кипела подруга, — сначала разъединилось, а потом было занято.

— Линия старая, — краснея от вранья, вздохнула я.

— Что, твой Гри совсем ума лишился? Какая Турция?

— Забудь, — вздохнула я, — у него случаются заскоки, возраст не юный, вот мозги и заклинивает.

— Уж извини, пожалуйста, — язвительно заявила Этти, — я очень рада, что ты устроилась на работу со стабильным окладом, но твое начальство определенно с тараканами в голове. И потом, из-за службы ты совсем меня забыла! Скоро мы не узнаем друг друга при встрече! Кстати, я имею для тебя сюрприз, думаю, тебе понравится, давай завтра пообщаемся. К сожалению, весь следующий месяц буду тотально занята, а подарочек испортится.

— Ладно, — радостно воскликнула я, — где?

— В полдень, на Дорогомиловской улице, возле кафе, идет?

Я согласилась, но не успела повесить трубку, как на пороге возник Гри.

— Велено же было отдать мне телефон, — рявкнул он.

— Можно мне в полдень встретиться с Этти? Ненадолго, — перебила я хозяина.

— Зачем?

— Ну... Она потом будет очень занята, а мы давно не виделись, у Этти есть сюрприз для меня! Я не имею право на выходной? Хоть на два часа!

Гри поджал губы.

— Увы, завтра нет! Видишь ли, какое дело. Рися отправляется к зубному врачу, а у меня срочное дело, придется тебе посидеть дома.

— Почему?

Гри ухмыльнулся.

— Конечно, ты посчитаешь меня полным идиотом, но квартира не должна быть пустой. В письменном столе лежит очень крупная сумма денег, поэтому я не хочу, чтобы ты уходила, ясно?

Я пожала плечами.

— Раз прикажешь, придется подчиниться.

— Именно приказываю, — с несвойственной ему жесткостью заявил Гри и ушел.

Я в задумчивости уставилась на не арестованный им телефон, потом схватила трубку.

— Этти, завтра не получится.

— Почему?

— Хозяин не разрешает выходить из дома!

— С какой стати?

— Он оставляет в кабинете большую сумму денег, боится воров, мне приказано стеречь банкноты.

— О господи! Нашел охранницу! Надо же, как неудачно складывается! Теперь мы месяц не увидимся, сюрприз пропадет, впрочем... твой хозяин живет один?

— Нет, с внуком.

— Вот черт! Хотела сама к тебе подъехать.

— Риси тоже не будет, он уйдет к стоматологу.

— Отлично. Говори адрес. Прикачу в полдень, пару часиков потреплемся, отдам тебе подарок и уеду. Дико по тебе соскучилась.

— Я тоже, только...

— Что еще?!

— Гри не разрешает никого приглашать, извини...

— Ерунда, — воскликнула Этти, — ничего ему не говори, как только дедок и внучок умотают, звони мне, мигом прискачу.

Я заколебалась, приказ Гри нарушать нельзя, и я никогда бы не разрешила постороннему человеку зайти в его кабинет. Но Этти! Моя подруга честна до глупости, думать, что она способна украсть деньги, просто смешно! И потом, какой сюрприз уготован Танечке? Этти всегда делает восхитительные подарки, а я так люблю их получать!

— Ладно, — зашептала я, — будь по-твоему, дождусь ухода Гри и звякну.

На следующий день ровно в одиннадцать Гри крикнул:

— Убежал по делам, вернусь к полуночи!

Я высунулась из своей комнаты, увидела хозяина, одетого в красивый светло-бежевый костюм, и сказала:

— Счастливой дороги, мне будить Рисю?

— Он давно уехал, — ответил хозяин, — небось ночью возвратится, иди в кабинет.

— Не волнуйся, — заверила я, — носа наружу не высуну.

Гри ушел. Я позвонила Этти, а потом побежала в ванную, поплескалась с полчаса, затем, пользуясь тем, что дома никого нет, вышла голой в коридор. Я любила раньше ходить по своей квартире без халата, но теперь, поскольку живу не одна, всегда закутываюсь в пеньюар после душа. Сейчас же весело сновала туда-сюда, не прикрытая ничем. Нет, все-таки хорошо хоть изредка остаться в одиночестве.

Этти позвонила в дверь без одной минуты двенадцать.

— Хорошие апартаменты, — одобрила свекровь, стаскивая ярко-розовый пиджак, — прихожая просторная, очень неудобно в двухсантиметровой передней.

Я показала ей свою комнату, потом провела Этти в кабинет, притащила чайник и сказала:

— Только не удивляйся, сейчас угощу тебя смесью из пакетика «Белый Арап».

Этти улыбнулась.

— Вы тоже его пьете?

Я хотела было спросить, откуда подруга знает про «Белого Арапа», но тут Этти уронила на пол одно пирожное из принесенных ею к столу. Корзиночка перевернулась, жирный белый крем прилип к ковру.

— Боже, какая я неловкая! — воскликнула Этти. — Надо скорей замыть!

— Ерунда, — засмеялась я и побежала на кухню за тряпкой.

Ликвидировав через пять минут следы от крема, я села за стол, взяла чашку... Дальнейшие события разворачивались словно в фильме ужасов.

Не успела я оторвать чашку от блюдца, как в комнате гулко прозвучало:

— Не пей!

— Это ты сказала? — удивилась я, глядя на Этти.

— Нет, — оторопело ответила та.

В ту же секунду дверки большого просторного шкафа, еще вчера вечером забитого книгами, распахнулись, и оттуда выскочил незнакомый молодой мужик. «Грабитель», — молнией пронеслось в моей голове, в кабинете сейчас полно денег, потом из горла вырвался визг.

Вор довольно спокойно сказал:

— Не ори, дай сюда чашку!

В то же мгновение Этти повела себя более чем странно, быстрее молнии свекровь метнулась ко мне, выбила у меня из рук емкость с «Белым Арапом» и ринулась в прихожую. Оттуда незамедлительно послышалась громкая брань. Я, разинув рот, смотрела, как коричневая жидкость быстро впитывается в палас. Чудом уцелевшая чашка откатилась к ножке письменного стола. Мужик, вылезший из шкафа, словно черт из табакерки, неожиданно заявил:

— Очень глупо, пробу с ковра можно запросто взять!

— Точно, — раздалось от стены.

Я вздрогнула и окончательно лишилась дара речи. Другой книжный шкаф, стоявший в противоположном углу комнаты, распахнулся, и из его нутра выбрался Гри, одетый в элегантный светло-бежевый костюм.

— Это что такое? — пробормотала я. — Ты же ушел? Почему в шкафу оказался? И кто этот парень?

Но ответа на свои вопросы я получить не успела, потому что в кабинет из коридора ввалилась во главе с Федором целая группа мужиков. Один из них моментально присел около мокрого пятна на ковре, раскрыл чемодан и принялся деловито вырезать большими ножницами кусок покрытия.

Я только хлопала глазами.

— Где Этти? — вырвалось у меня через пару минут.

— В машине, — спокойно ответил Федор.

— Где? — не поняла я.

— В автомобиле, под охраной, — пояснил Федор.

— Почему? — спросила я, ощущая себя героиней пьесы абсурда.

— Все объясню позже, — торжественно объявил Гри.

Глава 30

Прошло два дня. Гри только отмахивался, слыша мой очередной вопрос:

— Что произошло?

Наконец утром в среду он велел:

— В полдень явишься в кабинет при полном параде.

— Зачем?

Гри хмыкнул.

— Скоро поймешь!

В полном недоумении я нацепила брючный костюм и накрасила губы. Без десяти двенадцать раздался звонок, я распахнула дверь. На пороге стояли... Самсоновы.

— Вы к нам? — изумилась я. — Ой, Игоря отпустили?!

— Таня, — выглянул в прихожую Гри, — рассади гостей в кабинете.

Не успел хозяин закрыть рот, как в прихожую ввалился Федор.

— Все в сборе, — удовлетворенно заметил Гри, — можно и плюшками побаловаться. Давай, Танюшка, накрывай чай.

Некоторое время у меня ушло на хозяйственные хлопоты, когда я втолкнула в кабинет столик на колесах, заставленный чашками, Гри недовольно сказал:

— Умирать соберусь — тебя за смертью пошлю. Где шлялась?

— Чай готовила, сам же велел плюшки подать!

— О боже, — закатил глаза Гри. — Садись.

Я покорно села на диван.

— Итак, почти все действующие лица в сборе, — торжественно заявил Гри. — Могу начинать.

— Сделай милость, — сказал Федор, — извелись все в ожидании развязки, ведь правда известна только тебе.

Его лицо было абсолютно серьезно, но в глазах прыгали бесенята, а уголки губ предательски пытались подняться вверх. Но Гри, словно токующий глухарь, не заметил явной издевки друга.

— Слушайте, — возвестил он, — без долгих предисловий приступлю сразу к сути.

Андрей Калягин, мальчик из неблагополучной, бедной семьи, всю жизнь стремился к богатству и респектабельности.

В юности он сделал страшную глупость, пожелал уехать из барака не в коммуналку, а в отдельную квартиру, и для этого женился на Насте.

Отдельные апартаменты Андрей получил, правда, вместе с женой в придачу, но на первых порах Настя его не раздражает, она любит Калягина и изо всех сил пытается окружить мужа любовью и заботой. Но потом на жизненном пути Андрею попадается Вера, и он мигом соображает, какого дурака свалял, соединив свою судьбу с нищей, безродной девчонкой. Вера, дочь высокопоставленного чиновника, просто теряет разум при виде Андрюши. Калягин обладает редким талантом, женщины любого возраста сразу влюбляются в него и начинают совершать невероятные глупости, лишь бы остаться вместе с ним. И Вера не стала исключением.

Кому из парочки первому пришла в голову мысль убить Настю, так и останется неизвестным, но то, что любовники разрабатывали план вместе, это точно.

— Я смотрел то давнее дело, — вмешался Федор, — ежу понятно, что к чему, но Иван Сергеевич, отец Веры, сумел тогда замять историю.

Гри кивнул.

— Да, папенька вывел из-под удара любимую дочурку и будущего зятя, только, как выяснилось потом, оказал им медвежью услугу. Андрей ведь никогда не любил Веру, она была для него только средством приобрести одним махом то, о чем мечталось: шикарную квартиру, машину, дачу, сберкнижку, отличное место работы. Надо сказать, что Калягин не просчитался и обрел благополучие. Вот только маленькая деталь — он попал в рабство к Вере. Андрей Львович даже и помыслить не мог о разводе, обретя свободу, он мигом вновь стал бы нищим.

Семейная жизнь текла уныло, конечно, иметь деньги хорошо, однако ради финансового благополучия приходилось мириться с нелюбимой женой. Но Андрей был хитер, долгое время Вера считала, что муж к ней отлично относится, правда, без особой страсти, зато уважает, ценит. Опытный бабник Калягин знает, что принесенный букет, коробка конфет или флакон духов способны творить с любой дамой чудеса и его супруга не исключение. Андрей старательно изображает замечательного мужа, при этом без конца заводит на стороне амуры. Работа репетитора очень удобна для него, можно в любое время убежать из дома, коротко сообщив: «Спешу на урок».

Вера, естественно, никогда не звонит ученикам, ей и в голову не приходит подозревать Андрея, так они и живут до недавнего времени вполне нормально, но потом происходит некое событие, коренным образом меняющее ситуацию. Андрей влюбляется в Этти.

— Что! — подскочила я. — В кого?

— В Этти, — спокойно повторил Гри.

— Не может быть!

— Почему? — пожал плечами молчавший до сих пор Федор.

Я притихла, а действительно, почему?

— Они знакомы давно, — продолжил Гри, — еще со студенческой скамьи, но потом пути однокурсников разошлись, и долгие годы Калягин и Этти даже не вспоминали о существовании друг друга, но вдруг за дело берется господин Случай.

У одной из знакомых Этти есть дочь, собирающаяся поступать в институт. Девочка занимается с Калягиным. Этти приходит в гости к подруге и сталкивается с репетитором. Между бывшими однокурсниками вспыхивает бурный роман. До этого момента Калягин имел дело только с молоденькими девчонками, его привлекают свежие мордашки, женщины за тридцать, а тем более за сорок не волнуют ловеласа, и вот теперь он неожиданно затевает роман с «пожилой» дамой. Мало того, наверное, первый раз в жизни Андрей теряет голову, он влюбляется в Этти, которая ведет себя как восемнадцатилетняя девочка, выглядит едва ли на тридцать, но при этом обладает умом женщины сорокалетней. До сих пор Калягин бросает своих любовниц месяца через два после первой встречи. Хорошенькие, свеженькие девчушки очаровательны, первое время Андрей Львович просто упивается ими, но потом каждый раз происходит одно и то же, с любовницей надо разговаривать, невозможно же, вылезая из койки, сразу прощаться и исчезнуть. А вот с умом у молоденьких плохо, вернее, они просто другое поколение, с иными интересами, девочки не читали тех книг, от которых приходил в свое время в восторг Андрей, «Роллинг Стоунз», «Лед Зеппелин», «Битлз» для них покрыты плесенью старости, Хемингуэй и Ремарк — занудливые, примитивные писатели, «Голос Америки» всего лишь одна из самых обычных радиостанций, а не символ свободы и демократии. Юные любовницы Калягина никогда не слышали глухой голос Севы Новгородцева, пробивающийся сквозь треск и писк «глушилок». Большинство девушек Калягина родилось в восьмидесятых, их становление пришлось на посткоммунистическую эпоху, между ними и Андреем Львовичем лежит огромная культурная пропасть. Иногда, расставаясь с очередной симпатичной дурочкой, Калягин безнадежно думал: «Господи, вот бы найти свою ровесницу, но с телом молодой бабы».

Однако всем понятно, что такое почти невозможно, одногодки репетитора уже подгнившие фрукты, без упругой кожи, волнующе высокой груди и стройных ног. И тут ему попалась Этти. Калягин удивлен без меры, словно пятнадцатилетний мальчик, он готов простаивать под окнами любимой, ловить ее взгляд, он настолько теряет голову, что рассказывает обожаемой женщине о себе все: про брак с Настей, испорченную газовую горелку, жизнь с Верой, череду любовниц. Первый раз Калягину хочется раскрыть перед другим человеком душу, он влюблен по-настоящему и капитально теряет разум. Ему и в голову не может прийти, что очаровательная, веселая, приветливая, с виду молодая Этти на самом деле совершенно другой человек, холодный, расчетливый и злобный.

— Неправда, — подскочила я, — она не такая!

Гри печально вздохнул.

— Что ты знаешь о красавице?

— Все!

— Нет, — покачал головой хозяин, — только то, что она тебе рассказывала.

— Этти бескорыстная! Она отдавала мне свои вещи.

Гри засмеялся.

— Какие? Старую, ненужную ей мебель?

— Этти помогала мне деньгами!

— Нет.

— Как это?

— Очень просто.

Я разозлилась.

— Не знаешь, а болтаешь! Этти давала мне тысячу рублей в месяц все время, пока я сидела без работы!

— Целую тысячу, — хмыкнул Гри, — офигенная сумма.

— Для меня огромная!

— Ладно, скажи, ты мыла у нее окна? — неожиданно поинтересовался хозяин.

— Да.

— И еще помогала убирать квартиру?

— Естественно, у Этти после смерти Миши стало больное сердце. Ей нельзя перенапрягаться!

— У Этти сердце из гранита, — фыркнул Гри, — или из чугуна, впрочем, чугун ломкий материал, главный мышечный орган у мадам из стали. У нее никогда ничего не болит, желаю тебе иметь ее здоровье. Этти попросту сделала из невестки домработницу и бросала ей изредка подачки. Только переваренная лапша, Танечка Сергеева, не понимала ситуации. Впарили ей старую мебелишку, так все равно предстояло выкинуть диван. Ну отслюнявили тысячу целковых, так дурочка чувствует себя обязанной и пашет на ниве домашнего хозяйства, словно раб на плантации. Кстати, дамочка сэкономила немало денег, хорошую домработницу за штуку в месяц не найти!

Я растерянно молчала, мне не приходило в голову посмотреть на взаимоотношения с Этти таким образом.

— Она дарила мне духи и губную помаду, — пролепетала я.

— Самой не смешно? — хмыкнул Гри.

Но я, цепляясь за последнюю надежду, воскликнула:

— А вот и неправда, что Этти отдавала всегда только старые вещи. А квартира! Квартира! Ты все врешь! Этти хорошая!!!

Гри помолчал пару минут и тихо сказал:

— Таня, к сожалению, все равно рано или поздно ты узнаешь правду. Наверное, лучше, чтобы я рассказал тебе ее, а не следователь. Этти задумала тебя убить, предприняла несколько попыток, но неудачно.

— Что ты несешь!

— Слушай. Последний год у Этти начались трудности с финансами. Как думаешь, отчего она так хорошо жила?

— Она знает несколько языков, много работает!

— Правильно, но еще Этти получала крупные суммы денег от Ильи.

— От кого?

— От бывшего мужа, отца своего сына Михаила.

— Муж ее бросил! Этти даже имени его никогда не произносила!

— Правильно, только опять у тебя однобокая информация. В семидесятых законный муж красавицы, Илья Нейман, подал документы на выезд в Израиль. Этти категорически отказалась ехать вместе с супругом, и пара развелась. В те времена выехать семье целиком было очень трудно, приходилось хитрить, вот почему они и объявили о развале семьи. Впрочем, полагаю, что Этти была рада избавиться от супруга, но она вела себя безупречно, оформила развод. Илья очень хотел эмигрировать, просто до дрожи, но покинуть СССР являлось непростой задачей, камни в колеса вставляли по любому поводу, и одним из «стоп-сигналов» было наличие несовершеннолетнего ребенка. В ОВИРе Нейману заявили:

— У вас нет шансов на отъезд, кто станет платить алименты мальчику? Ждите восемнадцатилетия сына!

В полном отчаянии Илья обратился к бывшей жене и сказал ей:

— Объяви, что Мишка не от меня, а я буду обязательно посылать вам деньги до тех пор, пока мы снова не воссоединимся.

— Хорошо, — кивнула Этти, — только перепиши тогда на меня дачу и машину.

Илья, естественно, выполнил формальности и получил возможность благополучно уехать из Страны Советов. Нейман был честным человеком, и хотя он так и не попал в Израиль, оказался сначала в Вене, а оттуда отправился в США, но о брошенных в СССР ребенке и жене не забыл. С каждой оказией Этти получала немалые деньги, на которые жила, ни в чем себе не отказывая. Она эмигрировать не собиралась, создавшееся положение Этти устраивало, бывшему супругу она врала, что ее не выпускают из страны, и в конце концов Илья понял: фиктивный развод стал фактическим.

В Америке Нейман сделал неплохую карьеру, основал фирму, выбился в люди, начал отлично зарабатывать. Этти же, передавая ему письма, жаловалась на отчаянно трудную жизнь, на то, как тяжело одной тянуть ребенка, не забывала упомянуть, что, не желая приводить в дом к Мишеньке отчима, так и не нашла женское счастье. Одним словом, как могла, поддерживала у Ильи комплекс вины перед ней и сыном. Нейман в свою очередь тоже не обзавелся новой семьей, вот и старался ради Этти с Мишей. А потом поток долларов внезапно иссяк, так как Илья неожиданно скончался от инфаркта.

Через несколько месяцев после его кончины Этти получила письмо из адвокатской конторы. Пришло оно в ее квартиру, но было адресовано умершему сыну. Женщина только заскрипела зубами от злости. Нейман оставил Мише все свое немаленькое состояние. Последняя воля была изложена четко: деньги переходят во владение сына, если тот умирает, состояние достается его жене Татьяне, и лишь в случае кончины последней капитал уходит к Этти. Честный, порядочный Илья, слишком долго баловавший бывшую женушку, без конца дававший ей деньги, решил наказать Этти, он узнал некие сведения, не красящие мадам. Только Нейман и предположить не мог, что Миша переживет отца всего на две недели.

Гри замолчал и принялся чиркать зажигалкой, я сидела, окаменев, не веря своим ушам. Наконец хозяину удалось раскурить сигарету и он заявил:

— Конечно, подобное предположение звучит ужасно, но Этти, похоже, обрадовалась кончине сына, всю жизнь ей хотелось иметь большие деньги, и вот они рядом, но теперь, чтобы получить средства, придется зависеть от сына, и тут Миша очень кстати умирает. Остается маленькая загвоздка в лице Танечки. Конечно, хитрая Этти дружит с невесткой, она специально внушает Тане, что той не нужны другие подруги. Кстати, у Этти много знакомых, но она не желает помогать невестке с работой. Дама понимает, что через биржу Тане не устроиться, пусть девица будет несамостоятельной, одинокой, такая легко разрешит Этти управлять упавшим на голову наследством. Впрочем, неизвестно, что придумала бы хитрюга, желавшая заполучить деньги, но именно в этот момент Калягин приходит к Этти и, как следует выпив, неожиданно рассказывает о своем браке с Настей, о попытке ее убить. Этти осеняет: боже, как все просто! Убрать невестку и уехать в Штаты, где ее ждет большое наследство. Английским языком она владеет, как русским, богатство же обеспечит ей спокойную, комфортную жизнь в чужой стране.

А Андрей Львович тем временем предлагает любовнице бежать вместе.

— Я придумал замечательный план, — говорит он, — скоро ученики сдадут деньги...

Этти спокойно выслушивает Андрея. Двести шестьдесят тысяч долларов весьма неплохая сумма, только прилагающийся к ней Калягин Этти совершенно не нужен. Андрей не знает, что его любимую ждет в Штатах большое состояние, он радостно ей сообщает:

— Господи, надоело мне все хуже горькой редьки, тупоголовые детки, их отвратительные родители, Вера. Пусть люди думают, что меня убили, а мы с тобой тихонечко уедем из Москвы, купим небольшой домик где-нибудь в теплом местечке и заживем вместе.

Этти слушает без памяти влюбленного в нее мужчину, и внезапно в ее голове оформляется план, как заполучить наследство и заграбастать еще двести шестьдесят тысяч.

— Дорогой, — кидается она на шею любовнику, — мы воплотим твою идею в жизнь!

Но как только за счастливым Андреем захлопывается дверь, Этти недрогнувшей рукой набирает номер Веры.

— Зачем? — подскочила я.

Гри мрачно улыбнулся.

— Твоя свекровь жадна без предела, впрочем, Калягин ей под стать. Он предлагает Этти дьявольский план, Андрей расскажет Вере о своем желании убежать... вместе с женой. Супруга должна на опознании подтвердить, что изуродованный труп принадлежит Калягину, а потом, раструбив на всех углах, что родители учеников вынудили ее отдать им деньги, продать квартиру и уехать в тихое местечко, далеко, туда, где будет ждать ее Андрей. Только, естественно, никуда Вера не отправится, передаст тысячи, вырученные за апартаменты, мужу и скончается. Андрей задумал ее отравить, ему показалось, что смерть жены не вызовет подозрений: не вынесла кончины любимого супруга и потери квартиры, вот и покончила с собой.

Этти и Вера встречаются в кафе. Законная супруга с трудом верит бывшей однокурснице, но та выкладывает историю про Настю, и Вера понимает, что давняя знакомая говорит правду. Андрей уже один раз в своей жизни пытался при помощи любовницы убить жену, теперь он хочет пойти по проторенной дороге. Если педагог открыл Этти страшную тайну про Настю, значит, он сильно увлечен новой любовью.

Глава 31

Нет ничего страшней обманутой, разочаровавшейся в любви женщины. Вера едет домой, сталкивается с Андреем, который, не предполагая, что жена все знает, начинает разговор о побеге. Супруга соглашается, а сама звонит Этти и заявляет:

— Хорошо, действуем по плану.

Собственно говоря, делать им ничего особенного не приходится. Свою гибель Андрей тщательно готовит сам. Он злит до потери пульса Самсонова, ходит на почту, посылает себе самому открытки.

— Почему Калягин выбрал Игоря на роль своего убийцы? — спросила Надежда Самсонова.

Гри сказал:

— Логичное объяснение лишь одно — борода. Андрей Львович великолепно понимал, что густая растительность на лице Самсонова тут же привлекает к нему внимание. Большинство людей видит лишь заросли на лице. Кстати, его расчет оправдался. Девица с почты бросает беглый взгляд на фото Игоря и мигом сообщает: «Это он опускал открытки в ящик».

Потом, когда ей покажут снимок загримированного Калягина, девушка начнет колебаться, но первую реакцию выдает именно ту, на которую рассчитывал Андрей Львович.

— Значит, борода, — задумчиво протянул Игорь, почесывая себя за ухом, — сбрею я ее к черту!

— Есть еще одно объяснение, — сообщил Гри, — из области психологии. Андрей вам завидовал, ему, постоянно мотавшемуся по урокам, вынужденному приседать перед богатыми родителями, торговля мебелью казалась ерундовым делом. По его мнению, Игорь зарабатывал бешеные деньги, не прилагая никакого труда.

— Ничего себе! — взвился Самсонов. — Да если б вы знали, сколько сил и здоровья я угрохал, поднимая бизнес, да и сейчас...

Гри поднял вверх руки.

— Спокойно, я говорю не о своей позиции, а о том, как видел ситуацию Андрей Львович. Калягин ведь сначала пришел к вам как репетитор, сказал привычные слова о неподготовленности девочки и взялся за работу, мысль сделать из отца Кати «киллера» пришла чуть позднее. У Игоря имелось все, чего преподаватель был лишен, стабильный, абсолютно честный бизнес. Калягин-то нарушает закон и, естественно, боится неприятностей, и еще Самсонов счастлив по-житейски, у него хорошая семья, очаровательная дочка. Вера так и не смогла родить ребенка, и в преддверии старости Андрей ощущает себя деревом, которое не дало всходов. А тут удачливый Самсонов, да еще борода.

— Зачем ему вообще был нужен «киллер»? — спросила я.

— Перемудрил чуток, — ответил Гри, — перестраховался, понимал, что у следствия возникнет неизбежный вопрос, откуда убийца знал, что у преподавателя с собой большая сумма. А так просто замечательно, Самсонов идеальная фигура для обвинения.

— Чтоб он сдох, — взлетел над стулом Игорь, — от души желаю ему сломать шею.

— Он давно мертв, — ответил Гри.

— Как! — заорала я. — Мы же думали, что Калягин прячется с деньгами.

— Нет, — покачал головой Гри, — Андрей Львович, вернее, то, что от него осталось, лежит кучкой пепла в урне.

— Они убили его, — прошептала я, — Этти и Вера, вместе, да?

— Правильно мыслишь, — ответил Гри, — дело обстояло так.

Вечером Андрей Львович подъехал к кинотеатру «Буран», место он подобрал специально. В одном из близ стоящих домов живет его ученик, и Калягин хорошо знает, что пруд за кинотеатром — глухой уголок, который редко посещают люди. Именно там назначена встреча с Этти. Ей вменялось в задачу привезти к пруду бомжа, соблазнив того бутылкой водки, в которой растворен яд. Прямо за кинотеатром стоит пустой ларек.

— Видела его, — кивнула я, — торговый павильончик, запертый.

— Точно. Вот в нем Андрей Львович и предполагал переодеть умершего бомжа в свой костюм, сам преподаватель потом хотел нацепить только что купленную одежду и после смерти бродяги, изуродовав его труп, уйти, но вышло по-другому.

Калягин подкатывает в нужный срок к «Бурану». Как он и ожидал, на парковочной площадке никого нет, на город упал вечер, люди давно сидят дома, никому не охота высовывать нос наружу. Оглядевшись, Андрей Львович шмыгает за кинотеатр, он не замечает, что у входа в кассу курит Нина Косицына, а та сначала не придает никакого значения происходящему — мужик решил справить в тихом месте малую нужду, что тут странного.

В павильончике Калягина встречают Этти и незнакомый, плохо одетый мужик. Андрей Львович спокоен, он считает, что любовница привела кандидата на тот свет, и не успевает ничего сказать, только ощущает легкий укол в спину, и все, свет меркнет для него навсегда. Слава богу, он никогда не узнает, что было дальше. Этти выскальзывает из сарая, бросается к иномарке Калягина, быстро вытаскивает из-под сиденья кейс с долларами и убегает. Киллер доделывает начатое, уродует тело, стаскивает часы, перстень и, сбросив тело в пруд, уходит.

И тут удача окончательно отворачивается от законной жены и любовницы. Женщинам надо, чтобы изувеченное тело нашли, но ведь не сразу же! Дамы предполагали, что супруга поднимет шум наутро, потом возле «Бурана» обнаружат автомобиль погибшего, вода тем временем сделает свое дело, из организма Калягина исчезнут следы яда, но вышло-то по-иному.

— Понятно, почему требовалось изуродовать труп, — перебила я Гри, — если бы на месте Калягина оказался попрошайка, то совершенно ясно, зачем ему покалечили руки и лицо. Но ведь Вера и Этти хотели, чтобы репетитора опознали. Тогда к чему наносить побои по лицу и уничтожать пальцы?

Детектив кивнул.

— Верно подмечено, тут есть одно обстоятельство. Киллер не уродовал внешность репетитора. Калягин очнулся в воде и сумел вылезти на берег, а край пруда облицован острыми камнями. Андрей Львович поранил о них руки, еще он от слабости упал лицом на камни. Понимаешь? Калягин сам нанес себе ранения. Кстати, до сих пор мне было известно только об одном человеке, который, отведав отравленных пирожных, избитый, пришел в себя в ледяной воде и попытался выплыть.

— Григорий Распутин, — щегольнул эрудицией Федор.

Гри кивнул.

— Точно. У Калягина тоже оказалось лошадиное здоровье. Он сумел выбраться на берег и... умер. А тело мгновенно увидели вышедшие с последнего сеанса зрители.

Этти и Вера перепугались до полусмерти, вдруг правоохранительные органы заподозрят неладное, проведут экспертизу, обнаружат яд. Но все обошлось, тело Калягина отдают жене, подельницы облегченно вздыхают, но тут новая напасть. Этти, убегая и торопясь забрать кейс с деньгами, теряет по дороге свою сумку, в которой лежат водительские права, паспорт, визитные карточки, словом, целый набор документов.

— Кстати, где автомобиль? — воскликнула я.

— Стоит в гараже, — отмахнулся Гри, — машина в отличие от квартиры оформлена на Калягина, продать ее трудно, надо ждать полгода со дня смерти хозяина. Ладно, дальше. Этти не замечает, что на пороге кассы попрежнему торчит с сигаретой в руках Нина. Бедной Косицыной скучно на рабочем месте, зрителей в зале раз-два и обчелся, вот девушка и пытается затоптать тоску, разглядывая окрестности.

Когда Этти, вытащив портфель, уносится прочь, Нина подбирает сумочку. Сначала она не думает ни о чем плохом, просто, обнаружив паспорт, решает позвонить растеряхе и предлагает той вернуть пропажу за деньги. Но через некоторое время до Нины доходит, что красная иномарка принадлежит убитому мужику. Значит, не зря тетка так торопилась удрать, не случайно ее обуял ужас. Нина вновь звонит Этти и требует денег. Убийца, готовящаяся вскоре исчезнуть из Москвы, решает заплатить шантажистке. Но Нина жадна, когда к ней подкатывается с разговором Таня, бывшая кассирша мигом чует, гостья врет, ей зачем-то надо узнать подробности о том мужчине. Значит, опять можно поживиться, и она вновь звонит Этти. Но та находится в крайней степени озлобления, отъезд откладывается, весь план идет прахом!

— Разве? — удивилась я. — Ведь деньги у нее.

— Дурочка, — вздохнул Гри, — это ерунда, основная цель убить тебя, чтобы получить необходимое наследство. Этти жадна до потери разума, ей охота и рыбку съесть, и косточкой не подавиться. Отсюда желание заграбастать все, деньги Калягина, Веры, наследство... ладно, не стану распыляться, пока освещу одно преступление, потом расскажу о другом.

Двести шестьдесят тысяч Этти с Верой делят пополам, приходится по сто тридцать кусков на каждую, затем любовница предлагает жене:

— Какого черта тебе жить в Москве? Не ровен час, додумается кто, почему погиб Андрей, давай уедем вместе в Америку.

Чтобы окончательно усыпить подозрения «подруги», Этти показывает той письмо из адвокатской конторы и преспокойно врет:

— Мой сын и невестка погибли в автокатастрофе, видишь, какие деньги мы получим в Штатах. Давай продадим квартиры и смоемся по-тихому.

— Как же провезем купюры? — спрашивает Вера.

— У меня есть приятель в банке, — поясняет Этти, — откроем счет, а потом переведем средства в Нью-Йорк.

И тут Вера теряет бдительность, бумага, подтверждающая факт наследства, просто гипнотизирует ее, и она соглашается. Этти начинает торопить «подружку»:

— Давай быстрей.

И Вера, опять же по совету Этти, обращается в «Новый дом». Выбирает там самую дешевую комнату...

— Зачем? — удивилась Надежда Павловна Самсонова. — Она же собралась оставаться в США?

Гри кивнул.

— Да, только посольским сотрудникам об этом сообщать нельзя, американцы отнюдь не всем дают визы на въезд. Вере, вдове предпенсионного возраста, без средств, попасть в страну статуи Свободы можно либо по приглашению, либо в качестве туристки. Первое, что спросят в консульстве, это адрес.

А когда узнают, что квартира продана буквально за пару дней до отъезда, да к тому же в России не осталось родственников, мигом откажут во въезде, заподозрят, что дама замыслила проникнуть в Нью-Йорк, дабы там остаться навсегда. Вот и приходится покупать халупу, посольские сотрудники ведь не ездят проверять жилищные условия, им важно наличие в паспорте штампа о прописке.

— Глупость! — воскликнула я. — Вера-то не должна была попасть в Штаты, ей и визу оформлять не надо! Ты что-то недодумал, ведь ее планировалось убить.

— Дурочка, — хмыкнул Гри, — имею в виду тебя, Вере-то не сообщили о том, что она будущая жертва. Этти хочет заграбастать деньги, полученные за хоромы, поэтому ей приходится смириться с покупкой комнаты. У Веры не должно возникнуть и тени сомнения: она едет в Америку. Этти сама предлагает ей обратиться в «Новый дом», чтобы Калягина была спокойна. Вдруг у вдовы Андрея возникнет естественный вопрос: как меня выпустят из России, если нет прописки? Американцы всегда были бдительны, а после одиннадцатого сентября в каждом человеке видят террориста.

— Почему ты сказал, что Вера без средств? — спросила я. — А деньги Калягина и тысячи, полученные за квартиру?

— Дорогая, — хмыкнул Гри, — она же не может их задекларировать? Укажет, что имеет с собой тысячу гринов, и все.

Очевидно, Этти обладала настоящим даром убеждения, потому что Вера, словно загипнотизированная, идет у нее на поводу. И уж совсем глупо со стороны Калягиной было заявиться в сарай на Тупиковой улице, прихватив с собой все деньги, полученные за продажу своей квартиры, машины да еще сто тридцать тысяч своей доли.

— Как же она сумела все продать? — спросила Надежда Самсонова. — И квартиру, и мебель, у Игоря недавно умер отец, и нам, хоть других наследников и не было, пришлось ждать полгода.

Гри вздохнул.

— Так у Калягиных все, кроме машины, записано на жену, вот она и спустила имущество спокойно. Андрей Львович по документам нищий.

Этти предлагает Вере:

— Мой приятель-банкир может осуществить перевод денег, но мы не сумеем сами открыть счет, мигом прицепится налоговая, все будет сделано тайно, финансист заберет деньги. Он абсолютно надежный человек, я знаю его всю жизнь. Вручим ему кейс и получим кредитки, только сначала хочет пересчитать сумму, где бы это лучше сделать? В банке никак нельзя, посторонние не должны знать, что деньги принес сам сотрудник, домой ко мне он ехать не желает, кафе, ресторан не подходит, на улице в машине он боится, вдруг гаишник подойдет, а в салоне куча баксов.

— Не знаю, — бормочет Вера, у которой после смерти мужа каждый день болит голова.

— Придумала, — восклицает Этти, — в комнате на Тупиковой! Идеальное место, отдадим ему доллары, тебя никто там не знает, меня тоже!

Другая бы на месте Веры сразу заподозрила неладное, но у Калягиной после убийства Андрея с головой беда. Мигрень просто преследует женщину. Вдобавок ее начинают терзать муки совести, убиенный муж снится по ночам, протягивает руки, глухо стонет. Вера измучилась до предела и потеряла остатки соображения. Она хочет побыстрей попасть в Америку, надеется, что там, в чужой стране, на новом месте, ее перестанут мучить кошмары. И она сама называет день своей смерти.

Итак, все готово. Часть мебели из квартиры отдана Шелесту.

— Почему? — спросил Самсонов. — Она могла ее выгодно продать.

— Видишь ли, — усмехнулся Гри, — родители всех учеников, хоть и потеряли огромные суммы, отнеслись к Вере крайне сочувственно. Ее жалели, выражали соболезнования и не требовали возврата денег. Негодование проявил один Шелест, мужик просто извел вдову, звонил, скандалил, заявился домой, надавал бабе пощечин. Вера справедливо полагала, что он и вовсе взбесится, когда узнает о продаже квартиры, пророет носом тоннель, но найдет ее новый адрес, заявится на Тупиковую. Мог получиться совершенно ненужный скандал, и тогда Вера решает заткнуть глотку хаму посредством мебели. Ей приходится пожертвовать обстановкой ради собственного спокойствия.

Итак, сложив деньги в сумку, Вера едет на Тупиковую улицу. Она, естественно, не знает, что Этти накануне побывала в бараке и обнаружила сарайчик, там у окна была железная труба. Ничего не подозревающая Вера мчится навстречу своей гибели. Она настолько доверяет Этти и так хочет поскорей попасть в Америку, что беспрекословно идет в сарай, где якобы их ждет банкир.

— Она убила Веру, — пролепетала я.

Гри кашлянул.

— Очень ловко, одним ударом. Звать киллера дама не стала, справилась сама, боялась, что наемный убийца увидит купюры, уж очень хотела заграбастать денежки, и это желание придало ей силы. Вера падает и мгновенно умирает, Этти прячет ее тело под тряпками и, прихватив сумку с деньгами, преспокойно уходит. Вечно пьяные обитатели барака ничего не замечают. Теперь Этти остается только решить еще одну проблему, избавиться от Тани, но неожиданно дело стопорится, да еще, на беду, опять появляется Нина Косицына. Глупенькая девчонка, получив один раз от убийцы деньги, хочет сделать из той дойную корову, и Этти решает избавиться от проблемы привычным путем. Как зверь, попробовав один раз человечины, становится людоедом, так и Этти, преступив черту, превращается в жестокую, хладнокровную серийную убийцу. Она приходит на встречу в пиццерию и подбрасывает девчонке в стакан яд.

— Где же она берет отраву? — удивилась Надежда.

— Знаешь, — объяснил Гри, — в аптеке весьма дешево можно купить препарат, который нужно принимать крохотными дозами, лекарство без вкуса, запаха и цвета. Но если бросить в стакан десяток таблеточек, жертва умрет от сердечного приступа почти мгновенно.

— И подобное продают в аптеке? — возмутилась Надежда.

— По твоей логике, нужно тогда изъять из торговли ножи, веревки, палки, молотки, пилы, — парировал Гри.

— Сковородки, — вздохнул Федор, — не поверите, но от удара чугуниной с ручкой по голове погибает намного больше народа, чем от пуль.

— Этти только надо исхитриться, улучить момент, когда Нина отвернется, — продолжил Гри, — и тут Косицына сама приходит на помощь убийце. Девушка-то прибежала на встречу после Этти, сунулась в пиццерию и мигом приметила Таню, прячущую лицо под бейсболкой. А Танечка пьет строго-настрого запрещенный ей сладкий кофеек «Белый Арап» и не замечает Нину. Надо отдать должное Косицыной, та придумывает довольно оригинальный способ отвлечь преследовательницу. Договаривается с мороженщиком, и тот выливает на Таню воду.

Думается, дело происходило так. Нина поворачивает голову в сторону паренька, который ждет условного сигнала, поправляет волосы, в этот момент Этти бросает в стакан отраву, мальчишка идет к Тане... Действия занимают секунды, но именно в это время Нине подсовывают яд.

Минералка течет Тане за шиворот, она оборачивается, начинает ругаться. В пиццерии шумно, из всех углов вопит музыка. Этти преспокойно уходит, правда, уже выйдя на улицу, она начинает торопиться, сшибает лоток с сигаретами, но никто из участников конфликта так и не смог потом описать ее внешность и назвать номер машины, на которой уехала «тетка в черном».

— А почему Нина хотела отвлечь внимание от Этти? — робко поинтересовалась я.

Гри поскреб пальцем щеку.

— Небось не желала терять источник заработка, а может, думала, что в случае ареста Этти и ей влетит, шантаж подсудное дело. Но какие бы мысли ни бродили у Нины в голове, она мертва, и перед Этти остается последняя проблема, решив которую она уедет в Штаты. Собственно говоря, это все, — неожиданно закончил он.

— Как это? — стала возмущаться я. — Лично у меня полно вопросов! Например, почему Калягин был так уверен, что ты пойдешь на почту? Зачем Андрей Львович вообще воспользовался услугами частного сыщика?

Гри прикрыл глаза рукой, потом тихо ответил:

— Репетитор был не лишен умения логично мыслить. И ему нужно, чтобы кто-нибудь сообщил милиции имя Игоря Самсонова. Конечно, это могла сделать Вера, но лучше, если это будет «независимый» свидетель. Впрочем, муж дал жене необходимые указания, и Вера тщательно их выполнила, Танечку она сразу направила по следу «киллера». Но Калягин ведь не думал, что его убьют по-настоящему, и он хотел иметь стопроцентную уверенность в исполнении своего замысла. Поэтому просто покупает газету бесплатных объявлений. По странному стечению обстоятельств, знаешь, Таня, судьба обожает шутить с людьми, так вот, происходит удивительная вещь, взор Андрея Львовича натыкается на мое объявление, оно стояло первым в колонке, и я, кроме телефона, указал там еще и адрес.

— Вот глупость! Зачем сообщил свои полные координаты в газете? Обычно дают лишь контактный номер!

Гри проигнорировал мое восклицание, он продолжил:

— Что же касается почты, то Андрей Львович понимал: у детектива будет открытка со штемпелем. Ясное дело, сыщик поедет в отделение. Впрочем, не додумайся я самостоятельно до нужных действий, Калягин подсказал бы мне правильный путь. Но только ему и в голову не могло прийти, что завяжется целый узел событий и в результате Таня скажет Наде адрес детектива, а жена Самсонова в полном отчаянии кинется к сыщику, чтобы помочь арестованному мужу. Я уже говорил, что судьба большая шутница, наверное, некто на небесах решил восстановить справедливость, иного объяснения для произошедшего нет. Ну и я, конечно, постарался, да! Собственно говоря, это все!

— Но как же... — завозмущалась я.

— Таня, — сурово перебил меня Гри, — с Надеждой и Игорем все! Условия договора выполнены, мне сейчас заплатят, и мы расстанемся друзьями!

— Но...

Самсонов расстегнул барсетку.

— Здесь вся сумма, пересчитывайте.

— Я вам верю, — отмахнулся детектив, — сейчас расписку напишу.

— Я вам верю, — улыбнулся Игорь.

— Спасибо, спасибо, — зашмыгала носом Надя, — обязательно посоветую вас всем знакомым.

— Не надо, — быстро сказал Федор.

Гри сердито глянул на друга, тот начал кашлять. Я снова попыталась влезть с вопросами, но Самсоновы начали прощаться, вместе с ними засобирался и Федор, в конце концов мы с хозяином остались одни.

Глава 32

Гри взглянул на меня.

— Тебя еще не разорвало от любопытства? — хмыкнул он.

Я насупилась, но промолчала.

— Понимаешь, — неожиданно ласково продолжил детектив, — то, что я не захотел продолжить разговор при посторонних, понятно. Информация касается лишь тебя, думаю, она окажется очень болезненной, но мне, как хирургу, придется вскрыть нарыв, будет очень неприятно, зато потом ты станешь выздоравливать. Сначала Этти хотела тебя убить.

— Не верю, — прошептала я.

— Увы, это так.

— Нет, нет, нет, — безнадежно повторяла я.

— Да, — жестоко перебил меня Гри, — да! Из-за денег! И действовала она очень и очень изобретательно. Старуха Агата Кристи отдыхает. Следует признать, у мадам огромный талант, думаю, на зоне ей поручат писать пьесы для театрального кружка. Впрочем, не знаю, имеется ли в лагере таковой!

— Ты о чем? — еле слышно спросила я.

Гри замолчал, потом другим тоном сказал:

— Ладно, слушай. Я вовсе не детектив, и моя фамилия не Рыбаконь. Давай по порядку, только не перебивай.

Ощущая себя щепкой, которую крутит в разные стороны бурный поток, я попыталась сосредоточиться на рассказе Гри.

Мой хозяин с детства мечтал стать актером. Никаких связей в мире подмостков он не имел, пытался пробиться самостоятельно и с третьей попытки таки оказался в вузе, где готовят будущих кумиров. Тем мальчикам и девочкам, которые выбирают профессию звезды экрана, я настоятельно советую задуматься над некоторыми цифрами: ежегодно в России диплом актера получает несколько тысяч молодых людей, а сколько из них потом обретает лавровый венок славы? Единицы. Где же остальные? Они рассеиваются на просторах необъятной страны, кое-кто становится примой провинциального театра, другие до старости играют горничных, лакеев или, пока артрит не схватит за суставы, скачут по сцене в костюмах зайчиков и белочек. Гри пополнил армию безвестных актеров, из всех театров он вылетал, потому что был слишком симпатичен внешне. Правильное мужественное лицо не привлекало режиссеров, еще актер был «зажат» и, на беду, обладал своим мнением по поводу роли, а постановщики любят иметь дело с «пластилиновой» личностью, с человеком, из которого можно «вылепить» Гамлета по своему усмотрению. Гри же вечно лез с дурацкими замечаниями типа: «Я вижу образ по-иному», — за что и был изгоняем из коллективов.

Кстати, его не любили и коллеги, дело опять же упиралось во внешнюю красоту, мужчины считали Гри альфонсом, а многие актриски презрительно шипели:

— У нашего красавчика скоро жизнь наладится, подцепит богатую вдовушку и сделает нам ручкой.

Когда Гри дошел до этой стадии своего рассказа, я тяжело вздохнула. Похоже, он ведет сейчас речь о конце 60-х годов, о времени своей безвозвратно ушедшей юности, может, тогда Гри и являлся Аполлоном, только к чему мне знание сего факта? А дедулька спокойно «ехал» дальше.

Сменив много трупп, Гри в результате остался без работы и в конце концов был вынужден пойти на службу в агентство «Прикол». Фирме требовались актеры, только не подумайте, что она снимала сериалы или ставила спектакли, нет, дело обстояло иначе. В «Прикол» обращались люди, желавшие пошутить над родственниками или приятелями, разыграть их, устроить незабываемый праздник. Ну, к примеру, жена одного бизнесмена надумала поразить своего мужа поездкой в будущее. Супруг приехал со службы домой, открыл дверь и обомлел. В родной квартире стояла незнакомая мебель, встречать его вышла неизвестная, странно одетая и дико причесанная дама. Когда бизнесмен начал возмущаться, тетка спокойно объяснила, что живет тут уже... 20 лет, и вообще, сейчас на календаре 2025 год. Обомлевшему бизнесмену продемонстрировали газету с датой, в гостиной он увидел новости за... декабрь 2025 года, наткнулся на робота, вышиной с человека, который вытирал пыль... В общем, когда вконец замороченный мужик понял, что он провалился в некую временную дыру, появилась родная жена с букетом и завопила: «Розыгрыш!»

Незнакомка и «робот» оказались актерами, газету специально, в единичном экземпляре, сделали для акции, «новости» демонстрировал видик, пока бизнесмен был на работе, бригада рабочих изменила интерьер квартиры. Забава стоила больших денег и была по карману немногим, но «Прикол» устраивал и не столь масштабные «операции».

Гри в агентстве понравилось, тут он нашел себя, мог

проявить выдумку, фантазию, да и платили очень хорошо, но душа хотела славы, поклонниц, интервью в газетах.

И внезапно судьба подбросила ему шанс. Гри позвонили с киностудии, где в картотеке давно пылилась его фотография, и сказали:

— Приезжайте на пробы.

Не верящий в свое счастье актер кинулся на зов и понравился режиссеру, который искал «незамыленное» лицо для сериала. Играть предстояло частного детектива, шебутного дедушку, постоянно вляпывающегося в неприятности. Сочная, замечательная роль с большой долей юмора. Гри пришел в восторг, постановщик был доволен найденным вариантом главного героя, уже начался подготовительный период, но тут спонсора фильма посадили в тюрьму, и процесс застопорился. Гри чуть не разрыдался, счастье было так близко! Но режиссер не потерял присутствия духа.

— Не расстраивайся, — сказал он, — я непременно найду другой денежный мешок, просто придется подождать, ты же пока вживайся в роль.

Гри решил подготовиться по полной программе, он дал в газету бесплатных объявлений сообщение: «Помогу при решении деликатных вопросов, расследую дела, от которых отказались все», актер хотел поговорить с кем-нибудь из тех, кто решил нанять частного детектива, чтобы проверить, достаточно ли убедительно изображает из себя сыщика. Кстати, многие артисты подобным образом вживаются в образ, живут в психбольницах, глухих деревнях, переодеваются в бомжей, лицедеям нужны эмоции. Федор, ближайший приятель Гри, а заодно и сотрудник МВД, попытался отговорить друга от затеи, но актер не послушался и начал ждать «клиентов», он не собирался ввязываться в расследования, перед ним стояла иная задача, просто сыграть роль и посмотреть на реакцию собеседника. Но люди не спешили к «детективу», зато некоторое время назад к Гри обратился мужчина, позвонил ему и хриплым тенорком сказал:

— Ваш телефон я узнал от Риммы Емельяновой, помните такую?

— Да, — ответил Гри, — мы разыгрывали ее сына.

— Верно, теперь я хочу нанять вас, приватно, минуя агентство, — сказал незнакомец, — дело элементарное, справитесь сами.

Гри были нужны деньги, поэтому он решил встретиться с неизвестным и поговорить. Свидание назначили в кафе, пришедший парень оказался узкий в плечах, тонкошеий, но при этом имел неожиданно полный живот и упитанные ноги, туго обтянутые брюками. А еще у нанимателя были кудрявые черные волосы, смуглая кожа, карие глаза, усики щеточкой, треугольная бородка и изящные руки с длинными пальцами.

«Педик», — решил Гри. Незнакомец назвался Вадимом Сергеевичем Никоновым, живущим в Отрадном, и предложил хорошую сумму за сущую ерунду.

В условленный день актер, загримировавшись под почти столетнего дедушку, должен был подождать, пока из подъезда указанного дома выйдет толстуха, некая Таня Сергеева, и разыграть спектакль. Гри надо было привлечь к себе внимание Сергеевой и сделать так, чтобы та пошла на квартиру к некоему Никите Дорофееву. Каким образом Гри выполнит задачу, заказчика не интересовало, главное, чтобы Таня отправилась к Никите домой.

— Дорофеева не существует в природе, — улыбался Вадим, — там буду я, с предложением руки и сердца. Правда оригинально? Танечке понравится розыгрыш, она всегда говорила, что выйдет замуж лишь за того, кто сумеет ее удивить!

Гри пожал плечами, ему ситуация показалась идиотской, но клиенты «Прикола» заказывали и более дикие спектакли. К тому же Вадим Никонов пожелал нанять Гри частным образом, предложил хорошую сумму за пустяк, и актер рьяно взялся за дело. Он решил использовать ситуацию в качестве репетиции, взял за основу образ шебутного дедульки-детектива, в порыве вдохновения заказал пару визиток с дикой фамилией Рыбаконь и в урочный час блестяще выполнил поручение, наврав госпоже Сергеевой с три короба!

Я потрясла головой.

— История про сестер и персиковый йогурт ложь?

— Ага, — кивнул Гри, — ни слова правды, не было девочек и убийства! Завьяловы миф!

— Вау, — вырвалось у меня.

Гри закашлял.

— Подожди, — наконец сказал он, — ты слушай дальше, ваще чума! Я дал тебе визитку, тысячу рублей на расходы, убедился, что тетушка Сергеева помчалась выполнять поручение, и поехал домой.

Представьте теперь изумление Гри, когда спустя некоторое время на пороге его дома возникла трясущаяся от ужаса Таня. Она протягивала ему тысячу рублей, паспорт Аристарха Бабулькина и отказывалась работать помощницей детектива.

У Гри закружилась голова. От изумления он совершил пару, к счастью, не замеченных толстушкой ошибок. Сначала воскликнул при виде девушки «Ох и ни фига себе», просто не сумел сдержать удивления, потом ляпнул: «Никита был в квартире?» Вадим-то сказал, что никакого Дорофеева в природе не существует.

Сообразив, что происходит нечто непонятное, Гри впустил Таню в дом и внимательно выслушал ее рассказ.

Здесь уместно упомянуть о том, что девушки вида Сергеевой абсолютно не нравились Гри, на таких, плохо одетых, не умеющих пользоваться макияжем толстух он никогда не обращал внимания. Гри делил женщин на три категории: швабры, девки и дамы. Таня явно из отряда швабр, но актера поражает ее патологическая честность. Она привозит назад тысячу рублей, не слишком большую сумму, которую она спокойно может оставить себе, да еще портмоне. И потом, есть в ней нечто детское, беззащитное, трогательное...

Гри кусает за сердце жалость, одновременно приходит и тревога. Он звонит Федору и рассказывает о ситуации. Друг наводит справки и узнает: Никита Дорофеев убит на самом деле, а мужчина по имени Вадим Сергеевич Никонов никогда в Отрадном не жил, в Москве вообще нет человека с подобными данными.

— Немедленно прекрати всяческую активность, — злится Федор, — надеюсь, ты не осуществил свою идиотскую затею с объявлением? Не смей играть в детектива, это опасно.

Но Гри уже ощутил азарт, он непременно хочет узнать, кто и по какой причине убил Никиту и заманил туда Таню.

А потом случается невероятное совпадение, в дверь звонит Калягин, из трех объявлений, опубликованных в газете, он выбрал именно то, что дал Гри, актер немедленно начинает играть роль и... втягивается в расследование. Его на самом деле увлекает эта работа, а еще очень хочется помочь неуклюжей, робкой, затюканной жизнью Тане. Гри ощущает себя Пигмалионом, богом, который ломает несчастливую карму женщины, творцом, создающим нового человека.

Повисло молчание, у меня не нашлось слов, после томительных минут Гри продолжил:

— Теперь я знаю все. Этти полагала, что, увидев труп Никиты, ты запаникуешь, закричишь, завопишь, прибегут соседи, вызовут милицию. Тебя начнут допрашивать. Но ничего разумного они не услышат и отпустят тебя домой, велев назавтра прийти в милицию. Куда рванет тетеха? Ясное дело, к Этти! А та напоит невестку чайком с ядом, дождется смерти Тани и наутро сама понесется в отделение с рассказом: ее невестка убила любовника и хотела замести следы, но не сумела справиться с переживаниями и, рассказав Этти правду, отравилась на ее глазах.

Только Таня поступает иначе, она ухитряется тихо уйти от Никиты, а Этти говорит, что ее еще утром взяли на работу в фирму.

Свекровь скрипит зубами, весь ее план строился на том, что невестку в очередной раз «прокатят», та, расстроившись до слез, выйдет на улицу и встретит актера. Но затея срывается.

Этти решает действовать иначе, у нее есть ключ от квартиры невестки. На днях она отдала Таньке плиту и сейчас решает использовать сие обстоятельство, свекровь в курсе, что агрегат подсоединял сосед, ведь Этти сама перевезла плиту к Тане и знает, что невестка воспользовалась услугами косорукого дядьки.

— Сосед сказал, — пробормотала я, — что в сервисной службе возьмут очень дорого, он умеет, всему дому делал.

— Правильно, — кивнул Гри, — сначала у свекрови не имелось, как говорится, преступного замысла, Этти, как всегда, «сбрасывает» невестке ненужную вещь. Ей самой плита не подошла, неудобная, а Танечке сойдет. Дальше события разворачиваются стремительно. Этти узнает, что ты не попала к Дорофееву, а устроилась на работу, надо срочно что-то делать. И тут Этти осеняет: плита поставлена соседом, а невестка сказала, что вернется не раньше одиннадцати, свекровь входит к ней в квартиру, слегка откручивает шланг. Ей кажется, что все произойдет наилучшим образом. Таня придет домой поздно, включит свет или чиркнет на кухне спичкой... Но взрыв грянул без тебя.

Я в ужасе поежилась.

— Потом Этти предпринимает еще несколько попыток, — мрачно продолжил Гри. — Мне она не звонит, потому что не хочет более напоминать о себе, требовать назад деньги за неудавшийся «розыгрыш» Этти не собирается. Мне она никаких координат не оставила и совершенно спокойно считает, что я дурак, принял ее за мужчину. Свекровь пробует сбить тебя машиной. Она знает, что ты никогда не пользуешься подземным переходом и всегда пересекаешь улицу поверху. Но господь хранит тебя, ты успеваешь вскочить через витрину в магазин. Вне себя, Этти нанимает киллера, который должен выстрелить в тебя, когда ты войдешь в подъезд дома, где располагается твоя новая квартира, но снова облом. Стрелок, не профессиональный убийца, бывший военный, решил заработать. Этти находит парня через Интернет, там есть сайты, где люди вывешивают объявления, и свекровь, великолепно умеющая пользоваться компьютером, выхватывает сообщение «Решу любую проблему, дорого, владею всеми видами оружия». Кстати, точно так же она в свое время нанимает и того, кто убил Андрея Калягина. Как все преступники, Этти любит использовать многократно один и тот же прием.

Но, похоже, у госпожи Сергеевой целых десять ангелов-хранителей. Киллер промахивается, пуля чиркает девушку по краю уха, именно в тот момент та спотыкается о высокий порог и падает. Убийца решает, что дело в шоколаде, и уезжает. Однако, к огромному разочарованию Этти, невестка осталась жива!

— Зачем она хотела купить мне квартиру? — воскликнула я.

Гри скривился.

— Наивная моя! Этти не собиралась дарить тебе апартаменты.

— Но мы ходили к риелтору!

— И что?

— Договорились.

— О чем?

— Ну о продаже пепелища и покупке новых апартаментов.

— Ты подписала бумаги?

— Нет. Мне ничего не давали.

— Свекровь водила тебя за нос, специально отправила в район новостройки, а там тебя поджидал киллер. Осмотр квартиры вовсе не означает ее покупки, иные люди годами выбирают новые апартаменты, ходят по разным домам, — пояснил Гри и продолжил рассказ: — В конце концов, обалдев от того, что попытки устранить тебя постоянно оканчиваются неудачей, Этти намеревается действовать решительно, время поджимает, билет в Америку на руках, скоро улетать, а госпожа Сергеева живехонька-здоровехонька.

Гри вытащил сигареты, медленно закурил, но сразу затушил сигарету.

— Понимаешь, я к тому времени догадался почти обо всем, но тебе, естественно, не рассказывал, потому что не знал, правильны ли мои предположения, помог «Белый Арап».

-- Кто?

— Помнишь записку Никиты?

— Ну да.

— Парень отлично знал своего убийцу, кстати, ты ни разу не спросила, как он причастен к этой истории.

— И как?

Гри скривился.

— Этти большая любительница мужчин, причем молодых. После отъезда Ильи в Америку она имела дело лишь с юными обожателями, а в последнее время дамочка, не стесняясь, заводит амуры с теми, кто годится ей в сыновья. Обладая редкостным сексуальным аппетитом, Этти старательно блюдет свое реноме. Мальчиков она находит в основном среди нищих студентов, в некотором роде она близкая родственница Андрея Калягина, тоже недолго живет с одним «объектом», побалуется с юношей и убегает прочь. Знаешь, как она представлялась любовникам? Ну, какое имя называла парням? Таня Сергеева.

От неожиданности я икнула.

— А понимаешь, отчего она прикидывалась тобой?

Сил хватило лишь на то, чтобы покачать головой.

— Мир тесен, — усмехнулся Гри, — плюнь, и попадешь в знакомого. Конечно, Этти хорошо зарабатывает, а в последние полгода больше обычного, дама пристроилась переводчицей в одну фирму, только основной денежный поток шел от бывшего мужа. Этти ухитрилась внушить ему комплекс вины, дескать, она пожертвовала личным счастьем ради Неймана, дала ему развод, осталась одна-одинешенька, положила жизнь на воспитание сына. Этти не хочет, чтобы до Ильи дошли слухи о ее молодых любовниках, вот она и страхуется. И с Никитой Дорофеевым общается как Таня, но потом бросает парня из-за романа с Калягиным.

— Нейман никогда не виделся с сыном? — вдруг спросила я.

— Нет, — помотал головой Гри, — когда эмигранты получили возможность посещать бывшую Родину, он уже был болен. Больное сердце могло не выдержать длительного перелета, врачи запретили Илье садиться в авиалайнер. Этти же тоже не рискнула отправиться в Нью-Йорк. Она ведь в письмах к бывшему супругу постоянно жаловалась на бедность и плохое здоровье. Пару раз Этти вытягивает из Неймана большие суммы, якобы на свои операции, ну как она, выглядящая максимум на тридцать лет, красивая, регулярно занимающаяся спортом, покажется Илье? Нейман представляет себе бывшую супругу седой, полной, хромой, одышливой дамой, а из самолета выпорхнет почти юная красавица, право, нестыковка. И Этти врет супругу, что ее состояние здоровья настолько шатко, что ей не добраться в США. Кстати, Мише она ничего о деньгах, полученных от его отца, не сообщает, писем Ильи она сыну не передает. Отцу врет, что живет вместе с юношей, пишет, что они поменяли квартиру, в конце концов сообщает, что сынок женился, но неудачно, на очень бедной девушке Тане Сергеевой. В общем, Миша уверен, что отец его давным-давно забыл, Илья, полагая, будто сын не простил его за отъезд и не желает общаться с ним, старательно, дабы «замазать» вину перед Мишей, шлет деньги, Этти забирает их себе и живет припеваючи.

Но потом до Неймана таки доползли сведения об Этти, за пару недель до смерти он узнал о ней много интересного, чисто случайно, от общих знакомых, и решил наказать ту, перед которой столь долгое время испытывал комплекс вины. Вот почему эмигрант завещает имущество Мише, а в случае его смерти незнакомой невестке. Нейман полагает, что молодые проживут долго, Этти никогда не дождется столь желанных денег. Он ведь не мог подумать, что сын скоропостижно скончается, а бывшая супруга превратится в убийцу.

Глава 33

Решив избавиться от Тани, Этти начинает прокручивать в уме всякие варианты, вспоминает про Дорофеева и составляет план. Она звонит Никите и лепечет:

— Милый, я соскучилась, можно приеду? Мы зря расстались, я очень скучаю!

— Конечно, — радуется Никита, — жду, когда?

Этти назначает свидание, рассчитав точно время. Она прибывает к любовнику и, как всегда, привозит с собой кофе «Белый Арап».

— Что? — вытаращила я глаза.

Гри потер руки.

— Я уже несколько раз говорил, что твоя расчудесная Этти пристроилась в одну российскую фирму, переводит для них всякие бумаги, компания выходит на международный рынок. Ну и зачем тамошним руководителям понадобилась толмачка, нам неинтересно, но знаешь, чем занимается организация?

— Нет, — ответила я.

— Она производит кофе «Белый Арап», — спокойно пояснил Гри. — Этти пробует напиток из пакетика и приходит в восторг, кофе свежий и неожиданно очень хорошего качества, это российский продукт в отличие от того, что Этти пыталась пить ранее. При всем уважении к импортным производителям должен заметить, что «три в одном» из-за океана не слишком радуют вкус. Этти, часто ездящая в командировки, вынуждена возить с собой банку с кофе, пакетики-то в ее случае удобней! Короче говоря, попробовав «Белого Арапа», Этти начинает пить его постоянно, более того, она рекламирует его знакомым. Дорофеев подсмеивается над любовницей, зовет ее «фанаткой пакетика».

Теперь восстанавливаем события: дамочка приезжает к парню. Время она рассчитала точно. Пока сидит у Дорофеева, невестку обрабатывает актер, скоро Танечка заявится по указанному адресу и найдет труп. Этти подсыпает Никите отраву, парень спокойно выпивает «чаек» и умирает. Очень довольная собой дамочка уносится прочь. Но тут происходит нечто, о чем Этти даже не подозревает. То, что она приняла за смерть, на самом деле было лишь агонией, Дорофеев еще жив, ему остается пробыть на этом свете пару мгновений, огромным усилием воли Никита берет лежащую на столе ручку и царапает на пачке сигарет слова «белый арап». Он пишет их с маленькой буквы, без кавычек и не успевает закончить начатую фразу. Долгое время я ломал голову над тем, кого имел в виду Дорофеев: негра? Или араба? А может, какого-нибудь писателя, поэта? С какой стати тут странное, полузабытое современными людьми выражение «белый арап»? Но потом все стало на свои места: «Белый Арап» — название кофе, который пьет Этти. Ясно?

Ощущая внутри себя звенящую пустоту, я с огромным трудом выдавила:

— Нет.

— Что еще? — блеснул глазами Гри.

— Я ведь могла не поверить тебе и не поехать к Дорофееву, Этти сильно рисковала, убивая заранее Никиту, его смерть оказалась бы зряшной.

Гри молча встал, открыл ящик письменного стола и протянул мне листок.

— Читай, это не подлинник, Федор снял копию.

Я впилась глазами в текст. «Милая, любимая, дорогая моя Этти! Понимаю, что доставляю тебе горе, но ничего поделать не могу, если ты читаешь это письмо, значит, я уже мертва. Ты всегда была моей лучшей и единственной подругой, поэтому хочу перед смертью покаяться. Я убила Никиту Дорофеева, своего любовника, он обещал мне замужество, счастье, детей... но обманул, нашел другую, а я решила: пусть он не достанется никому. Теперь меня мучают муки совести. Прости, Этти, я любила тебя! Оставляю тебе деньги, которые я должна была получить за продажу сгоревшей квартиры. Надеюсь, что на небесах встречу Мишу, который поймет и простит измученную жену-самоубийцу. Сейчас выпью яд! Твоя невестка Таня Сергеева».

Меня заколотило.

— Я не писала ничего подобного.

— Подпись твоя.

— Но почерк лишь отдаленно похож!

— Образец для сравнения есть?

— Что?

— Имеется некий документ, написанный тобой? Дневник? Письма?

— Ну... нет, — замямлила я, — откуда! Некому мне отсылать открытки, да и не люблю я это дело.

Гри сложил листок.

— На то и был расчет. Дорофеев убит, хорошо, конечно, если тебя обнаружат в его квартире, Этти сделала все необходимое именно для такого развития событий. Но если сыщику не удается убедительно сыграть роль, дело поправимо. Спустя два дня свекровь встретится с невесткой, отравит ее, а потом, всхлипывая, отнесет письмо в милицию. Следователь будет рад быстро закрыть дело.

Однако события сразу катятся не в ту сторону, ты говоришь Этти, что устроилась на работу, значит, есть свидетели, что в момент смерти Никиты Сергеева была в другом месте. Ты же сказала, что уже приступила к выполнению обязанностей прямо сразу. Вышел облом. Эксперты зафиксировали час смерти Дорофеева. Сергеева в тот момент была на службе. И Этти решает представить твою смерть не как самоубийство, а как случайность.

— Хороша случайность, — фыркнула я, — нанятый киллер! Вот уж, право, по нашим улицам пули, как мухи, летают!

Гри почесал подбородок.

— Тут два момента. Не забудь, вначале был газ и наезд машины.

— Вот еще вопрос! — заорала я.

— Какой? — вздрогнул Гри.

— За рулем сидела Этти?

— Да.

— Где она взяла автомобиль?

— Эка задача, — засмеялся Гри, — купила за пару сотен долларов раздолбайку и бросила ее потом в близлежащем проходном дворе, оставив на сиденье пустую бутылку из-под водки и две банки пива. Обычное дело, пьяный за рулем, номеров на тачке не было, пойди найди хозяина!

— Но я потом позвонила Этти и сказала, что меня не отпустил хозяин!

— И что?

— Если она сама была за рулем, то знала, что я вру!

— Свекровь великолепно изучила тебя, — кивнул Гри, — и она поняла: ты просто не желаешь волновать ее. И ведь она оказалась права, так?

— Так.

— Вот видишь! Этти сделала выводы из неудавшегося покушения и решила действовать чужими руками, появился киллер, и стрелял он не обычной пулей, а, грубо говоря, емкостью, начиненной ядом. Разорвавшись, пуля с отравой вызывает резкий бронхолегочный спазм, любая «Скорая», прибывшая на место происшествия, констатирует естественную смерть от ну... допустим, приступа астмы. А уж Этти, которую спросят, мигом подтвердит: да, невестка болела, но не лечилась, наплевательски относилась к своему здоровью.

Но бог хранит тебя, и свекровь понимает, надежней яда, поданного собственноручно, ничего нет. Этти потом отнесет в милицию письмо, покаяние самоубийцы, труп Дорофеева уже есть в наличии, может, все не так уж и плохо! В конце концов можно наврать, что Таня удрала с работы на часок.

— Вот почему ты и мне, и Этти сказал про Турцию! Не хотел, чтобы мы какое-то время общались! — сообразила я.

— Ага, — радостно кивнул Гри, — я начал продумывать некий план, но тут случился облом, ложь раскрылась, и я понял, что следует поторопиться.

Едва сдерживая слезы, я прошептала:

— Почему ты мне раньше не рассказал? Зачем устроил этот спектакль?

— Во-первых, мы хотели поймать Этти с поличным, а во-вторых, я пытался открыть тебе глаза, но не смог. Ты твердила, словно зуда: «Она моя лучшая подруга». Что оставалось делать!

— Вот почему ты велел принимать ее в кабинете! — осенило меня. — Никаких денег и в помине не было.

Гри хихикнул.

— Мы с Федькой, пока ты дрыхла, всю ночь из шкафов вытаскивали книги, чтобы было где спрятаться. Здорово устроились. Он и Кошельков в кабинете...

— Кто? — не поняла я. — Кстати, почему Федор решил принять участие в спектакле? Отчего он не отговорил тебя от дурацкой затеи изображать из себя частного детектива?

— Мы с Федькой знакомы всю жизнь, — пояснил Гри, — он знает, как я мечтал получить роль в сериале.

Ну а потом, когда все завертелось, мы решили, что господин Рыбаконь может помочь следствию. И вообще, я столько раз выручал Федьку, что теперь настал его черед.

Петя Кошельков — сотрудник Федьки, а я сам сидел в шкафу в коридоре. Изумительное место! Через дырку виден кабинет, в щелку коридор.

Я тут же вспомнила, как, радуясь одиночеству, носилась по квартире голой, и побагровела, хозяин закашлялся, потом тоже примолк.

Во внезапно наступившей тишине стало слышно, как по крыше резко забарабанил дождь. Гри повернулся к окну.

— Что же теперь будет? — вырвалось у меня.

— С кем? — глухо поинтересовался хозяин.

— Со всеми!

— Этти сидит в изоляторе временного содержания, — пояснил он, — ей предстоит пережить длительный следственный процесс, потом суд. Думаю, вернее, уверен, что она получит большой срок, на ее совести убийство Андрея и Веры Калягиных, отравление Никиты Дорофеева и Нины Косицыной. Говорят, что серийные убийцы среди женщин редкость и вроде в нашей стране к дамам пожизненное заключение не применяют, впрочем, не знаю, но ясно одно — куковать Этти за решеткой не один год.

— А ты?

— Я? Ну... надеюсь на съемки сериала, хотя, если честно, мне очень понравилось ремесло сыщика, — задумчиво протянул Гри.

— А как со мной? Работы снова нет, жить не на что, да и негде...

Гри кашлянул.

— Таня, наследство твое, конечно, но придется пройти ряд формальностей, а потом ты сумеешь купить себе любые апартаменты и навсегда забудешь про нищету.

— Господи, — неожиданно вырвалось у меня, — я и не подумала о деньгах Неймана.

— Рад, что у госпожи Сергеевой теперь будут средства, — мрачно заявил Гри.

— Отчего ты такой кислый?

Актер нахмурился еще больше.

— Знаешь, — сказал он наконец, — вокруг меня до

твоего появления крутилось много баб. Небось ты уже поняла, что я не дед!

Я улыбнулась.

— При первой встрече я была удивлена твоим молодым голосом, потом отметила, что Гри крепок физически и не обладает заморочками старика, ты свободно управляешься с компьютером, не жалуешься на здоровье. Ну а теперь, когда ты сам признался, что для первой встречи загримировался, все стало на свое место... Кстати, почему ты и потом был в образе, с этой дурацкой бородой?

Гри усмехнулся.

— Когда ты неожиданно ввалилась ко мне домой, я сначала хотел притвориться, что случилась ошибка, но ты была настойчива, и пришлось выйти к тебе под личиной Рыбаконя. Ну а потом мне стало не с руки признаться, не превратись ты в богатую наследницу, я бы предложил тебе выйти за меня замуж. Извини, не умею говорить красивые слова, только, похоже, добрый боженька специально заварил историю, прислал ко мне Этти, а потом Калягина, для того, чтобы я нашел свою половину. Ты сначала удивила меня честностью, потом у меня появилась жалость к милой женщине, которую ранее не баловали даже тогда, когда она болела. Потом я понял, что ты не охотница за деньгами и красавчиками, я специально ведь сказал, что Аристарх богат. Если честно, я соврал, у него ничего, кроме этой квартиры, нет. Мне просто было интересно посмотреть на твою реакцию. В общем, если бы не твое стихийно изменившееся материальное положение, сейчас я мог бы сказать: «Тетеха, живи у меня, особого благополучия не предлагаю, хотя, может, конечно, выбьюсь в люди. Кстати, мы могли бы вместе поработать детективами, у нас неплохо получается». Но теперь подобных слов произнести не смогу, получается, что охочусь за богатой невестой.

— Я толстая, — вырвалось из глубины души, — некрасивая.

— Для меня ты самая лучшая, — серьезно ответил Гри, — кстати, я попытался было завести интрижку, отправил тебя в кино, ты, наверное, помнишь эту идиотскую историю? Между прочим, мне в тот момент показалось, что ты ревнуешь к дизайнерше Марине!

— Постой, постой, — забормотала я, — с Мариной,

придумавшей идиотскую форму для милиционеров, приходил Рися!

Гри рассмеялся.

— Я думал, ты давно догадалась!

Потом он аккуратно отцепил бороду, усы, снял парик, взял с подоконника пачку салфеток для удаления макияжа.

Я, находясь почти в коматозном состоянии, наблюдала, как исчезают старческие пигментные пятна, морщины. В конце концов в комнате оказался... Аристарх.

— Уж извини, — развел он руками, — знаю, что «внучок» не пришелся тебе по вкусу, но, может, сейчас, зная меня лучше, ты не обратишь внимание на внешность. Наверное, я и впрямь талантливый актер, раз так хорошо сыграл роль Гри.

— Сколько тебе лет? — выдавила я из полупарализованного горла.

— Тридцать.

— Ты моложе меня!

— И что?

Я рухнула на диван, силы окончательно покинули меня. Еще вчера я была нищей женщиной, не имеющей никакой надежды выйти снова замуж, а наутро превратилась в богатую наследницу, невесту молодого красавца. Ей-богу, просто сказка про Золушку и семерых козлят. Хотя при чем тут козлята? Извините, у меня кружится голова и путаются мысли.

Эпилог

Я вышла замуж, но мне трудно называть супруга Аристархом, он так и остался для меня Гри. Свою девичью фамилию Сергеева я не сменила на Бабулькину. Как, впрочем, и когда шла под венец в первый раз.

Гри так и не снялся в сериале, а я не нашла работу секретарши, но мы с мужем не горюем, потому что увлечены новым, невероятно увлекательным делом, совместным бизнесом. Правда, особых денег он нам пока не принес, зато адреналина теперь в жизни столько, что легко могу поделиться им с вами. Может, когда-нибудь, если будет время и желание, разболтаю, чем мы с Гри теперь занимаемся, а может, и нет, потому что наше дело предполагает умение крепко держать язык за зубами.

Что сказать мне вам на прощание? Знаете, пережив тяжелые времена и узнав правду об Этти, я очень хорошо поняла: никогда нельзя сдаваться, уныние, между прочим, смертный грех. Если же жизнь, по вашему мнению, постоянно подсовывает вам неприятные неожиданности, не переживайте, не хнычьте, не жалуйтесь, это не поможет. Просто засучите рукава, подхватите всех котов в мешках, подброшенных судьбой-злодейкой к вашему порогу, и обменяйте их на одного Кота в сапогах. Думаю, у вас получится, главное, сообразить, что Кот в сапогах чаще всего находится в непосредственной близости от вас и не всегда на нем красуется бархатный камзол с золотыми пуговицами.

Британец китайского производства.

Народный детектив

Повесть

С 15 апреля по 15 июля 2005 года редакция газеты «Московский комсомолец» проводила акцию «Закрути роман с Дарьей Донцовой!» В результате совместной работы Дрьи Аркадьевны и читателей МК появился новый и увлекательный детектив. На протяжении двух месяцев читатели выбирали ключевые моменты из предлагаемых известной писательницей, а также присылали свои варианты развития сюжета.

И теперь мы предлагаем вашему вниманию результат их совместной работы: новую книгу, созданную общими руками. Вы, наверное, уже ознакомились с первоначальним вариантом романа «Старуха Кристи − отдыхает!», завязка которого совпадает с нашим шедевром. Но только завязка!

В создании Народного детектива Дарье Донуовой помогали:

Дроздовская Елена (Москва)
Шахарова Елена (Москва)
Щепилов Михаил (г. Вилючинск, Камчатская обл.)
Корнеев Вадим (г. Владивосток, Приморский край)
Трухонин Николай (г. Пермь)
Косаров Кирилл (г. Рига, Латвия)
Холод Ирина (г. Уфа)
Чернова Татьяна (МО, г. Электроугли)
Сидоркина Галина (МО, г. Королев)
Накленова Екатерина (Москва)
Отенко Марина (Москва)
Дроздова Ксения (Москва)
Щербакова Ирина (Москва)
Ежова Анна (МО, пос. Дубровский)
Карасева Светлана (Москва)
Лебедева Ирина (Москва)

Мы выражаем благодарность
всем участникам этого проекта з
а активность и креативный подход!

Когда не ожидаешь от жизни ничего хорошего, плохое не заставляет себя ждать.

Сегодня мне в очередной раз не удалось устроиться на работу.

— Вам же нужен страховой агент! — в отчаянии восклицала я, услыхав от кадровика равнодушное: «Зайдите через полгода».

Вот и сейчас дядька в отделе кадров буднично заявил:

— Увы, место занято, я поставлю вас в лист ожидания, освободится вакансия, звякнем.

Я обреченно вышла из кабинета и двинулась по длинному коридору, взгляд упал на дверь с буквой Ж. С паршивой овцы хоть шерсти клок, воспользуюсь в конторе туалетом, наверное, он тут бесплатный. Денег нет совсем, даже десяти рублей, которые потребуют за пользование сортиром, мне жалко, ведь в моем кармане последняя сотня и лучше на нее купить продуктов. Ну вот, снова захотелось есть!

Тяжело вздыхая, я втиснулась в кабинку, заперлась на задвижку и пригорюнилась — ну почему везде облом? У меня вполне приличный диплом, высшее образование, я заканчивала педвуз по специальности учитель русского языка и литературы. Но устроиться на службу практически невозможно. Впрочем, даже если меня и примут на работу, то выгонят по истечении испытательного срока, может, во мне есть какой-нибудь дефект? Я уже поняла, что с детьми и их родителями патологически не умею находить контакт. Поэтому теперь пытаюсь пристроиться в разные места, не связанные с преподаванием, но, увы, сегодня снова получила от ворот поворот. Ну почему?

Дверь туалета хлопнула, в предбанник, судя по голосам, вошли две женщины. Не подозревая, что в кабинке нахожусь я, они бойко защебетали.

— Ленк, видела, какая к нам сейчас кума приходила наниматься?

— Видела, Светк, встречаются же такие! Сколько она весит?

— Тонну!

Раздалось веселое хихиканье.

— А платье! Вау! Где она его отрыла!

— Ты на волосы обратила внимание?

— Их нет!

— Андрей Владимирович ей отказал, а потом на секретаршу наорал: «Зачем эту корову пустила! Совсем ума лишилась! Мы с клиентами работаем».

— Ой, и на что такая рассчитывала?

— Прикинь, припрется подобное чудо договор заключать! Пыхтит, сопит!

— Жирная корова!

— Хи-хи. Бегемотиха престарелая!

Дверь снова стукнулась о косяк. Девчонки убежали. Я вышла из кабинки, подошла к зеркалу и уставилась на свое отражение. Жирная корова! Это про меня. Вчера встала на весы и обнаружила в окошке замечательно круглую цифру 90. Если учесть, что мой рост составляет метр семьдесят два, то, наверно, я слегка толстовата. Впрочем, таковой я была всегда, пять «плавающих» туда-сюда килограммов погоды не делают. Меня с детства дразнили «жиртрест», «промсарделька», «свинокомбинат», а еще добрые знакомые уверяли, что выйти замуж девушке с пышной фигурой невозможно. Наверное. Поэтому я проходила в невестах до тридцати лет, особо не надеясь оказаться под венцом. Но потом Господь послал мне Михаила, и целых два года я была невероятно счастлива, пока мой муж не скончался от какой-то непонятной болезни. Врачи так и не сумели установить, что за зараза извела Мишу, в конце концов объявили его онкологическим больным, стали усиленно лечить, но не спасли. Мы с Этти, моей свекровью, остались одни. Вот уж кто тогда поддержал меня и всегда хвалил, так это Этти. Пожалуй, она единственная моя подруга, помогает не только морально, но и материально. Я ни разу не слышала от нее фраз типа: «Вот новая диета, не хочешь ли попробовать», — а после ее прихода в моем кошельке всегда оказывается некая сумма.

Поверьте, мне стыдно брать деньги у Этти, но пока другого выхода нет. Работу никак не могу найти, вот и сегодня снова «пролетела».

Тяжело дыша, я вышла из туалета, дотопала до выхода, выбралась на улицу и чуть не задохнулась от жары. Похоже, погода окончательно взбесилась, на календаре начало мая, а над городом плывет душное марево. По спине потек пот, из-за некоторых особенностей фигуры я не могу нацепить сарафанчик на тонких лямочках, приходится носить закрытую кофту. И вот парадокс, чем жарче на улице, тем сильней мне хочется есть, может, пойти к ларьку на противоположной стороне дороги и купить шаурму?

Но в кармане всего сто рублей, их надо экономить! Рот наполнился слюной, желудок начал ныть... Решительным шагом я двинулась через проезжую часть, черт с ней, с бережливостью, ну пролежит купюра у меня до завтра, и что? Ее номинал увеличится вдвое? Вовсе нет, сто рублей никак не превратятся в двести. Лучше съем шаурму, сяду вот там на лавочке, а потом спокойно подумаю..

Пронзительный визг тормозов заставил меня вздрогнуть, я обернулась. Чуть не задев меня сверкающим крылом, мимо пронеслась роскошная иномарка. Я не слишком разбираюсь в моделях, хоть и была женой шофера, для меня все машины на одно лицо, вернее, на один капот.

Сердито кряхтя, тачка исчезла за поворотом, перед глазами снова открылся вид на дорогу, и я закричала:

— Боже! Вы живы?

Чуть поодаль, в паре метров от меня, лежал на спине мужчина. Я бросилась к нему.

Мужчина медленно сел, и я поняла, что ему много лет, он седой, у него почти белая борода и усы, шея и лоб в морщинах, кожа покрыта пигментными пятнами, дедушке лет семьдесят, если не больше.

— Не блажи, — приятным, совсем не старческим голосом велел он, — чего визжишь?

— Но вас же машина сбила?!

— Нет, я просто упал, — проскрежетал дедок, — жарко очень, давление подскочило, голова закружилась, ну и мотнуло меня в сторону. Хочешь мне помочь, палку подай.

— Где она?

— Вон валяется.

Я принесла тросточку деду, тот оперся на нее и бойко встал. Ростом пострадавший оказался с меня, а вот весу в нем было намного меньше. Жилистый, юркий старичок, наверное, следит за собой, ходит в спортзал.

— Ну, чего уставилась? — сердито спросил он. — Тут не цирк, иди куда шла.

— А некуда идти, — неожиданно выпалила я.

— Ну и ладно, — отрезал дед, — прощай, нечего на меня глазеть, ну свалился, эка невидаль.

Внезапно мне стало так обидно, что и не передать словами. Ну почему люди со мной столь неприветливы? Неужели из-за моего веса? В страховой компании отказали, даже не предоставили мне испытательный срок, а дедушка, которому я бросилась помочь, накричал на меня от души. Неожиданно по щекам потекли слезы. Обозлившись на себя, я резко повернулась и собралась продолжить путь к ларьку, но неожиданно есть мне расхотелось, чувство обиды на весь мир «съело» голод.

— Эй, Дюймовочка, постой, — крикнул дедуля.

Я обернулась.

— Вы меня?

— Да. Пошли, кофеем угощу, вон там, на веранде.

— Спасибо, не хочу, — с достоинством ответила я и попыталась справиться с отчего-то усиливающимся потоком слез.

Дед в два прыжка оказался рядом.

— Не дуйся, чего ревешь? Ну глупо я пошутил про Дюймовочку.

— Ничего, я уже привыкла к насмешкам.

— Хорош ныть, пошли пирожные есть.

— Издеваетесь, да? — с горечью спросила я. — Какие пирожные с такой комплекцией.

Но старичок повлек меня в сторону небольшого ресторанчика, у него оказались просто стальные руки.

Сев за столик, дед заказал коньяк и влил в мою чашку малую толику напитка, я глотнула, зарыдала еще сильнее и немедленно выложила старичку все: про неожиданную смерть мужа, полное отсутствие средств к существованию, невозможность устроиться на работу... Дед слушал молча, потом крякнул и резко спросил:

— На любую службу пойдешь?

— Да, — кивнула я, — полы мыть, мусор вытряхивать, собачек прогуливать, кошек стричь, я на все согласна.

— Оклад какой хочешь?

— Ну... любой, — я не поняла, куда клонит собеседник.

Старик взял салфетку, написал на ней цифру и показал мне.

— Столько хватит?

— Ой, — вырвалось у меня, — так много? А какая работа? И что потребуют за такие деньжищи? Если интим, то я не пойду.

— Господи, — закатил глаза старик, — кому ты нужна? В зеркало давно смотрелась? Сама квашня, на голове мочалка, морда без косметики, ногти обгрызены.

Я хотела было привычно обидеться, но отчего-то не стала и вдруг неожиданно для себя улыбнулась:

— Ну и кому же такая красота понадобится?

— Мне, — прищурился дедуля, — я секретаря ищу, помощницу. Красотки мне поперек горла встали. Только наймешь длинноногую да стройную, мигом замуж выскакивает или на шею вешается.

— Вам? — весьма невежливо ляпнула я.

— А что? — приосанился дед. — Я еще ого-го какой, но не о том речь. Тебе нужна работа, а мне секретарь-помощник, мымра, страшнее атомной войны, с нормальной речью, без семьи, чтобы вся работе отдавалась, любовников не заводила и начальника к себе в койку не тащила, не старая и не воровка. По-моему, мы нашли друг друга.

— Мы совсем незнакомы, — пролепетала я.

— Ничё, какие наши годы, — радостно возвестил дед, — впрочем, у тебя на лбу написано: тетеха, но чужого не возьмет. И чем я рискую? Месяц поработаешь, а там видно будет, продлим контракт или как. Согласна?

— Да, — ошарашенно кивнула я, сраженная наглой напористостью старика.

— Супер! — воскликнул он. — Итак, как тебя зовут?

— Таня. Татьяна Ивановна Сергеева.

— Редкое имя, — кивнул дед, — ну а я Григорий Семенович Рыбаконь, фамилия такая, Рыбаконь, ничего смешного в ней нет. Именно Рыбаконь, ясно?

— Да, — кивнула я.

— Будешь звать меня Гри, — велел он, — отчество я ненавижу, усекла? Теперь слушай. Я — частный детектив.

— Кто?

— Сыщик, которого люди нанимают для решения некоторых деликатных проблем, — объяснил ситуацию Гри. — Работаю я давно, с незапамятных времен, и сейчас занимаюсь очень интересным дельцем. Кстати, ты детективы читаешь?

— Нет, — воскликнула я, — только классику, а лучше поэзию. Криминальные романы пишут для весьма недалекой категории людей, малообразованных личностей, а у меня высшее образование, педвуз, и стыдно подобные книжонки в руки брать.

Гри крякнул, погладил бороду и продолжил:

— Ладно, ситуация такова. Пришла недавно в мою контору девушка, Настя Завьялова, и сказала, что ее родная сестра покончила с собой. У милиции никаких сомнений в суициде не возникло. Девушка выпила стакан персикового йогурта, в котором растворила большое количество снотворного. Момент Аня выбрала самый подходящий, Настя в тот день решила остаться на ночь у своего бойфренда, и поэтому младшую сестру она обнаружила лишь вечером следующего дня. Сразу после бурной ночи Анастасия поехала на работу, домой заглядывать не стала, за что ругает себя сейчас нещадно. Только ничего исправить уже нельзя, Аня умерла. Ясно?

— Нет, — мотнула я головой.

— Правильно, — кивнул Гри, — обрисовываю ситуацию. В квартире никого, кроме Ани, не было, ни Настя, ни милиция следов постороннего человека не нашли. Все стоит на своих местах. На стакане отпечатки пальцев умершей девушки, на столе записка, просто классика жанра: «В моей смерти прошу никого не винить», почерк Анин, доказано стопроцентно. За пару дней до самоубийства девушку бросил возлюбленный, некий Никита Дорофеев, Аня очень переживала. В общем, дело закрыли, слишком оно прозрачное, любовь-морковь и дурочка, решившая свести счеты с жизнью.

— Может, она его и правда любила, — тихо сказала я.

— Ерунда, — рявкнул Гри, — эка печаль, мужик ушел, поплачь и забудь. А ты, лапа, не перебивай, слушай внимательно. Позавчера Настя прибежала ко мне и сообщила: Аню убили, но в милиции дело снова открывать не хотят, найдите преступника, я заплачу любые деньги!

Гри сначала попытался вразумить девушку, но, когда та изложила свои подозрения, призадумался. Доводы Насти показались ему убедительными. Во-первых, похоронив сестру и успокоившись, Настенька стала трезво размышлять. Ее связывала с Аней крепкая дружба, но сестра даже намеком не говорила ей о нежелании жить, более того, когда Настя уходила, Аня поцеловала ее и сказала:

— У меня для тебя сюрприз.

— Какой? — заинтересовалась сестра.

— Завтра расскажу, — хитро прищурилась Аня.

— Хороший или плохой? — настаивала Настя.

— Замечательный, — рассмеялась Аня, — но все потом.

«Потом» не наступило, Анечка отравилась. И навряд ли это было той самой замечательной новостью, обещанной сестре. Еще Аня не любила персиковый йогурт, и было очень странно, почему именно его она предпочла для растворения лекарства. Но, в принципе, все можно объяснить. Напиток из персика обожает Настя, больше в холодильнике ничего не было, вот Ане и пришлось им воспользоваться. Замечательной новостью, наверно, было прочимое ей повышение по работе, об этом со слезами на глазах Насте рассказали коллеги Ани на поминках. Оставалось неясным, отчего сестра надумала свести счеты с жизнью, Аня была в квартире одна... И тут Настю будто стукнуло по голове. Она очень хорошо помнила, как, обнаружив тело сестры, закричала, бросилась вызывать милицию и невесть зачем «Скорую помощь», а затем кинулась в туалет. У Насти больной желудок, и на любой стресс он реагирует всегда одинаково, девушку, простите за подробность, прошибает понос.

Настя плюхнулась на унитаз и тут же вскочила, пластмассовый круг был поднят, она уселась непосредственно на холодный фарфор.

Потом приехали представители правоохранительных органов и пошла суета. Похороны, поминки. Лишь спустя несколько дней в голове Насти вспыхнуло воспоминание о холодном унитазе, и она спросила себя:

— А кто поднял круг?

Имейся в доме мужчина, Настя бы и не озаботилась данной проблемой. Всем известно, что они, подняв стульчак, ни за что не вернут его на место. Это одна из основных причин скандалов во многих семьях. Но Настя и Аня жили вдвоем, они никогда не поднимали круг. Значит, в квартире все же находилось лицо противоположного пола, хитрый убийца, который тщательно замел следы своего пребывания. Каким-то образом он заставил Аню написать записку, угостил ее «коктейлем» и ушел. Но идеальное преступление совершить трудно, негодяй забыл про круг, милиция не заметила его оплошности, что и понятно, следственная бригада состояла из одних мужиков. Настя назвала и имя предполагаемого преступника: Никита Дорофеев, любовник Ани, единственный, кого она впускала в дом без всякой опаски.

— Знаю, как дело было, — шмыгала носом Настя, — Никита бросил Аньку из-за другой, родители нашли ему невесту при денежном папе, вот он и переметнулся. Аня сначала переживала, а потом позвонила ему и устроила скандал.

— Ты мерзавец, — кричала она в трубку, — подонок! Вот позвоню твоей новой подруге, а еще лучше ее папеньке, и все ему выложу! Сам знаешь, про что! А! Испугался! Вот-вот, лучше тебе назад ко мне бежать!

— И что ты про него знаешь? — полюбопытствовала Настя.

— Дерьмо всякое, — отмахнулась Аня, — потом как-нибудь расскажу, сейчас не хочется, слишком противно!

Сложив вместе все факты, Настя побежала в милицию, но там от нее вежливо отделались, заявив, что дело закрыто.

Но Настя не успокоилась, ей очень хочется наказать убийцу сестры. Знакомые подсказали ей адрес Гри, и Завьялова обратилась к нему за помощью.

— Теперь ясно? — поинтересовался Гри и допил кофе. — Ну и гадость тут варят, прямо скорчило меня всего.

— В принципе да, — осторожно ответила я, — но что мне делать надо?

Гри грохнул чашку на блюдце.

— С Никитой поболтать.

— Мне?

— Да. Парня выгоняют из института, у него куча прогулов, к сессии молодца не допускают. Он испугался и начал искать кого-то, кто ему поможет. Вот ты и явишься к нему под видом тетки из ректората, которая готова за некоторую мзду купировать беды Дорофеева.

— Я?

— Ну не я же!

— А почему не вы?

— Вот дура! Не похож я на сотрудника ректората, да еще и мужчина, не вызову к себе его расположения, а ты что надо: толстая, простая, не шикарно одетая, типичная чиновница. Значит, так, поедешь к Дорофееву домой, вот адрес. Скажешь, что способна решить вопрос, но тебе нужен полный список его прогулов. Он начнет называть даты, а ты старательно спрашивай, где он был в такой день, в другой...

— Зачем?

— Если он такой вопрос задаст, ты нахмурься и рявкни: «Хочешь дальше учиться — отвечай, мне справки делать надо, могу в неприятность вляпаться: напишу — лежал в больнице, а тебя в кафе видели». И особенно обрати внимание на 28 апреля, день смерти Ани, по минутам выясни.

— Вдруг он меня заподозрит?

— В чем?

— Ну... скажет, что не видел меня в ректорате.

— Дура! В МГУ куча факультетов, студенты в ректорат не ходят, максимум в деканат заглядывают.

— Но у нас в вузе...

— Ты в помойке училась, а это МГУ! Работа тебе нужна?

— Да, очень.

— А деньги?

— Тоже.

— Хорошо, вот адрес Никиты, езжай туда, он дома, ждет тетку из ректората, я уже все организовал, только бабы не было. Допросишь его и уходи, спокойно пообещай ему: дело, мол, в шляпе. Мобильный имеешь?

— Да.

— А говоришь, плохо живешь!

— Самый дешевый тариф, и за него Этти платит.

— Этти-шметти, — выхватил у меня из рук телефон Гри, — это мой номер, мобильник включен всегда, вот визитка с адресом конторы. Жду тебя с отчетом... Кстати, держи, вот тысяча рублей.

— Зачем?

— На расходы, шевелись, Дюймовочка, — гаркнул Гри, — не спи, замерзнешь.

Дверь в квартиру Никиты никто не открывал, я перестала звонить, решила постучать, ударила кулаком по створке, и та немедленно открылась.

— Никита, — позвала я, войдя в пахнущую одеколоном прихожую, — это Татьяна Ивановна, из ректората. Вы где? Никита...

Никто мне не отвечал, но из противоположного конца квартиры доносилась музыка. Решив, что юноша просто не услышал звонка и моего крика, я, мысленно обозвав хозяина разгильдяем, дошла до двери, из-за которой лились звуки, увидела парня, сидевшего на стуле спиной ко входу, и вздохнула. Конечно, разгильдяй, кто ж еще? На подоконнике вопит радио, на столике работает телевизор, правда, без звука, на Никите наушники, ясно теперь, почему он не отреагировал на посторонние звуки.

Я обошла стул, глянула на парня, хотела его окликнуть, но слова застряли в горле. Рот Никиты был приоткрыт, глаза бездумно смотрели в окно, а между бровями темнело маленькое отверстие, круглое, красное, жуткое...

Др-р-р — ожил мой мобильный.

Словно под гипнозом я вытащила трубку и услышала веселый голос Этти:

— Как дела?

— Не знаю, — пролепетала я, невольно сглатывая стон.

Да и что ответишь на этот вопрос? Я нашла работу? А теперь стою возле трупа? Трупа? Ой. Мама, надо срочно убегать отсюда! Но ноги словно приросли к полу. А в ухе звенел голос Этти:

— Танечка! Почему ты молчишь? Ау! Отзовись!

Внезапно в мозгу всплыло воспоминание. Мой покойный муж обожал кино, я до встречи с ним не очень увлекалась этим видом искусства, но, поскольку Михаил каждый вечер приносил новую кассету, я постепенно втянулась в процесс. Кстати, муж любил детективы, и мы пересмотрели с ним не только всю классику жанра, но и множество современных российских лент. И вот сейчас, как назло, мне вспомнилась одна, в которой главная героиня — милая, скромная студентка, случайно находит труп своего знакомого в его квартире. Не успевает девушка прийти в себя, как в квартиру вламывается милиция, арестовывает несчастную, и она попадает в тюрьму. Далее на протяжении всего фильма бедняжка пытается оправдаться. Сними это произведение американцы, я бы насладилась рядовым хеппи-эндом, умылась бы слезами, наблюдая, как хороший полицейский, нашедший истинного убийцу, встречает у ворот тюрьмы спасенную им невинную овечку. Но сюжет сняли в России, а наши кинематографисты очень любят показывать народу правду, причем делают это с такой же страстью, с какой больной чесоткой раздирает болячку. Поэтому все в той «картине» закончилось крайне плохо. Глупая девчонка, увидев тело, распсиховалась и вызвала милицию, а приехавшая бригада мигом арестовала дурочку. Никто ей на помощь не пришел. Настоящим убийцей оказался высокопоставленный чиновник-гей, он подкупил следователя, и гадкий мент, не обратив внимания на бьющие в глаза улики, сделал из девчонки убийцу. К делу были приложены отпечатки пальцев, дурочка зажигала в квартире убитого свет, открывала дверь... И никто, никто ей не помог. Ни свекровь, которая знала правду...

— Эй, Таня! — заорала Этти. — Не молчи! Дурында!

Я вздрогнула. Так, не надо повторять чужих ошибок, нужно на рысях бежать из квартиры Никиты и сделать вид, что никогда там не была.

— Таня! Отзовись!

— Да, — сдавленным шепотом произнесла я.

— Все нормально? — насторожилась Этти.

— Да.

— А почему ты еле-еле бормочешь?

— Извини, сижу в очереди у кабинета, — нашлась я.

— Понятно. На работу нанимаешься?

— Да.

— Желаю удачи!

— Спасибо, — сдавленным голосом вымолвила я и сунула трубку в карман.

Может быть, следовало сказать Этти правду? Но ведь в том фильме свекровь девушки...

Я вздохнула, похоже, схожу с ума! Стою возле трупа и предаюсь размышлизмам. Беги, Танечка, беги, только сначала уничтожь отпечатки пальцев, иначе влипнешь в беду, как несчастная из слишком правдивой российской ленты.

Чувствуя, как к горлу подступает паника, я вытащила из сумочки носовой платок и принялась методично протирать все, на что падал взор: стол, подоконник, спинку стула, дверь, выключатель...

Потом вышла в прихожую и воровато высунулась на лестницу: никого! Слава богу!

Поелозив носовым платком по ручке, я осторожно притворила дверь и со всей возможной при моем весе скоростью ринулась по лестнице вниз. Из подъезда меня вынесло на реактивной тяге, душный воздух плотной волной ударил в лицо, ноги подкосились. Еле-еле перебирая словно отлитыми из чугуна конечностями, я доковыляла до одной из лавочек, плюхнулась на нее и постаралась перевести дух. Постепенно в голове начали появляться более или менее разумные мысли.

Так, я выскочила из западни, не прищемив хвост. Никто не видел, как я входила к Никите и как выходила из дома. Мне несказанно повезло, несмотря на жаркий день, в уютном дворике совершенно пусто. Итак, что делать дальше?

Я вытащили визитку Гри и мобильный. Денег на счету у меня кот наплакал, но сейчас следует наплевать на экономию.

— Але, — пропел девичий голосок.

Я не усмотрела в данном факте ничего страшного, скорей всего у дедушки есть внучка, вот она и схватила трубку.

— Можно Григория Семеновича?

— Не туда попали!

Я решила повторить попытку.

— Але.

— Позовите, пожалуйста, Григория Семеновича.

— Сказала же — ошиблась ты.

— Простите, какой у вас номер?

Девица нехотя назвала цифры, я уставилась на бумажку.

— Извините. Наверное, в визитной карточке опечатка. Значит, человека по фамилии Рыбаконь тут нет?

Из трубки донесся смешок и возглас:

— Верно! Впрочем, и Свинопаса с Котоптицей тоже.

Я сунула мобильный в карман и машинально вытерла грязным платком лоб. Наверное, Гри недавно сделал себе визитки и не заметил, что номер на них указан неверно.

Липкая жара камнем придавила меня к скамейке, снова страшно захотелось есть, желудок требовал жирного мяса с картошкой-фри, сладкого-пресладкого чая, пирожного с кремом. Дверь подъезда Никиты открылась, оттуда выбралась бабуся, похожая на сверчка, бойко перебирая ногами, она добралась до скамейки, шлепнулась около меня и ласково сказала:

— Здравствуй, Танечка. Чего во дворе мучаешься?

Я уставилась на бабушку, а та продолжала:

— Может, он просто по дурости спать лег? И твоего звонка в дверь не слышал? Вроде из квартиры он не выходил. А ты быстро обернулась, в полдень убежала и уже назад приволоклась. Ой, ну и жарища! Не к добру такое!

Я кашлянула:

— Простите, вы меня знаете? Откуда?

Бабушка мелко засмеялась:

— Ну деточка. Видно, у молодых от этой погоды мозг спекся! Ты же с Никиткой уже полгода живешь, а я у него в соседках, рядом наши квартиры.

— Я?!! Живу с Никитой???

— Ты, — закивала бабушка, — хоть помнишь, как тебя зовут?

— Татьяна Ивановна Сергеева, — машинально ответила я.

— Вот, — закивала бабуля, — разум-то возвращается. Не переживай, Танечка, это ты так от жары раскисла. Оно, конечно, нехорошо советовать, но попробуй похудеть. У Никиты твоя фотография есть. Вот на ней ты хороша! Сколько ты тогда весила?

— У Никиты мой снимок???

— Да, — закивала бабуля, — в кухне, на холодильнике. Или ты не приметила раньше? Вот на нем ты хорошо смотришься. Я к соседу вчера вечером заглядывала. Хлеб у меня кончился, вижу, один скучает, ну и спросила: «А где твоя Танечка?»

Он так весь сморщился и отвечает:

«Все закончено! Сколько просил ее похудеть — не желает. Вон на фото какая толстая, а за последнее время совсем разнесло. В общем, развод у нас, хоть она и хозяйственная, и умная, и с деньгами, а на людях с ней не покажешься. Представляешь, баба Маня, поговорил с ней вчера, а она как заорет: «Фигу тебе! Если со мной жить не хочешь, то и другой не достанешься, пристрелю!»

Неладно ты, Танечка, поступила. Никита хороший парень...

Бабка зудела, как жирная муха, я ощутила себя главной героиней пьесы абсурда. У Никиты имеется моя фотография, где я хорошо выгляжу. Соседка великолепно знает Таню Сергееву? Не раз встречала ее у двери квартиры парня?

Но я впервые пришла сюда, никогда не видела раньше бабку! И уж совершенно точно не обещала пристрелить Никиту. Не в моих правилах хвататься за револьвер, во-первых, не умею им пользоваться, во-вторых, его у меня нет, в-третьих...

— В общем, послушай меня, — услышала я голос бабушки, — плохого не посоветую. Понимаю, поругались вы. Стены в нашей избушке из бумаги, слышала, как вы утром собачились. Ступай назад да повинись перед парнем, пообещай похудеть. Дело-то не сложное, жрать не надо, а то ты постоянно с куском ходишь. Верно?

— Да, — машинально поддержала я разговор.

— Вот и умница, — вздохнула бабка, — главное, вовремя признать ошибки. Ну ладно, побегу за квасом, мои окрошку затребовали. А ты, Танечка, ступай к Никите, иди, иди, не тушуйся! Чего лавочку просиживаешь! Ну наорала ты на него, пообещала пристрелить, так не взаправду же! Милые бранятся — только тешатся! Мы с дедом тоже в свое время шороху наводили.

Продолжая тараторить, старушонка с юной прытью побежала в сторону метро. Я проводила глазами ее тщедушную фигурку, потом вздохнула. Бабуля — сумасшедшая! Вы, наверное, тоже встречали таких... Но откуда ей известно мое имя? И фото! Вдруг оно и впрямь стоит на холодильнике? Нет, такого просто не может быть! Я никогда не общалась с парнем, которого зовут Никита Дорофеев. И что делать? Есть лишь один способ проверить слова бабули.

Тяжело дыша, я снова оказалась около квартиры Никиты, оглянулась по сторонам, убедилась, что вокруг никого нет, быстро приоткрыла дверь и юркнула внутрь. Тишина оглушила меня, я вздрогнула. Господи, дай мне силы добраться до кухни, какое счастье, что тело несчастного парня лежит в комнате. Мне просто повезло, иначе..

В ту же секунду я обозлилась на себя. Таня, очнись! О каком везении может идти речь? Несчастный Никита! Надо немедленно бежать в милицию.

Я дотащилась до кухни. Небольшое, едва ли пятиметровое пространство выглядело стандартно: несколько тесно пригнанных друг к другу шкафчиков, холодильник, на дверце которого белела прижатая магнитом записка, подоконник, заставленный пустыми банками, вместо занавесок окно закрывали жалюзи, маленький стол не был покрыт скатертью... Похоже, Никита особо не утруждал себя наведением уюта.

Взгляд вернулся к холодильнику, я попятилась. Наверху стояла хлебница, самая простая, деревянная, а возле нее, в затейливой рамочке, красовалась... моя фотография.

Я схватила снимок и уставилась на него. Это я, никакого сомнения. Очень хорошо знаю платье, в котором запечатлена на фотке, темно-синее, я довольно часто надевала его, мой гардероб не отличается особой изысканностью, средства не позволяют покупать обновки, а яркие цвета я не ношу, они делают меня еще толще. Спору нет, кадр очень удачный, я выглядываю из-за колонны, поэтому всего туловища не видно, наружу торчат лишь голова, плечо, рука, часть торса и нога. Вот это мой ракурс! Но где сделан снимок? Ума не приложу.

Забыв, что нахожусь в квартире убитого парня, я села на стул, перевернула фото и увидела надпись синими чернилами: «На память Никите о нашей прогулке, моя любовь всегда с тобой, Таня». Рамочка выпала из рук, хорошо, что снимок не был застеклен, иначе мне бы пришлось собирать острые осколки. Надпись оказалась сделана моей рукой, я так пишу буквы «т» и заглавную «н», с загогулинами, говорят, это свидетельство слишком активной натуры. Не знаю, похоже, графология ошибается. Я, наоборот, пассивна. Но, простите, что происходит?

Фото мое, написано моей рукой, соседка утверждает, что я неоднократно бывала у Никиты, у нас был роман, а потом парень бросил госпожу Сергееву из-за тучной фигуры. Мы, по словам все той же соседки, поругались, я пообещала пристрелить Дорофеева и, похоже, сегодня выполнила задуманное.

Я, наверно, сплю. Некоторое время я сидела, тупо уставившись на холодильник, потом вдруг сообразила, что вижу строчки, написанные моим же почерком на листочке бумаги, который держал магнит: «Если не мне, то доставайся богу». Подписи не было.

— Эй, — прозвучал в тишине голос старушки-соседки, — Никита! Опять дверь не запер! Вот торопыга! Убежал! Обкрадут же! Ты где? Унесся! Обалдуй!

Плохо соображая, что делаю, я юркнула под стол и тут же поняла, как это глупо: скатерти нет, сижу, как собака в аквариуме, вся на виду. Вот влипла!

— Никита! — орала активная бабка. — Эге-гей! Ау? О-о-о! Это чтооо! Мамочки! Спасите! Милиция!

Издавая немыслимые вопли, старуха унеслась прочь. Я сразу поняла, что произошло. Любопытная, не по возрасту активная бабка обнаружила труп соседа и ринулась в свою квартиру вызывать милицию. Однако повезло стражам порядка! Примчатся на место происшествия, а тут и предполагаемая кандидатка на роль убийцы, сидит себе под столом, сжимая в лапках доказательство собственной причастности ко всей истории: снимочек с надписью.

Не успела я додуматься до последней мысли, как тело, словно пружина, вылетело из укрытия, на пол с грохотом обвалились все стоявшие на столе предметы: солонка, чайник, блюдце, хлебница...

Но мне было не до утвари, нужно убегать из нехорошей квартиры со скоростью ветра.

Очнулась я в маршрутном такси. Не спрашивайте, как оказалась в дребезжащей колымаге, не помню. Но, наверное, мой внешний вид не вызывал у окружающих никакого удивления, потому что пассажиры спокойно занимались своими делами. Сидевший справа у окна мужчина в бейсболке играл в стрелялку на мобильном телефоне. Две молодые женщины, устроившись на сиденье напротив меня, щебетали о своем.

— Слышь, Кать, — говорила одна, — чё делать, мне Мишка цепочку подарил, дико красивую!

— Носи на шее! — спокойно ответила Катя.

— С ума сошла! Чё мужу-то сказать! Откуда украшение?

Катя призадумалась:

— Ну... Скажи, купила!

— С моей зарплатой! Ваще не поверит!

— Мама подарила, — придумала Катя новый выход из ситуации.

— Ваще, блин! Она же горькую пьет! Совета у тебя прошу, а не издевок!

— Вечно ты, Машка, недовольна, — с укоризной заметила Катя, — чего не скажу — все плохо!

— Лучше думай!

— Скажи, я тебе поносить дала!

— А то мой Костик не в курсе, что у тебя даже обуви приличной нет, — ехидно заявила Маша.

Катя обиженно засопела, а ее подруга продолжала как ни в чем не бывало рассказывать:

— Такая штучка суперская, с брюликом, правда, крохотным. Девки на работе обзавидуются, охота всем показать, да стремно. Костька в соседнем отделе торгует, мигом до него слух о моей прибамбашке дойдет! Ну и чё?

— Не знаю, — буркнула надутая Катя.

Сидевший около меня мужчина положил мобильный в карман.

— Извините, конечно, что вмешиваюсь, — улыбнулся он, — но есть одна идея, до которой вы не додумались. Скажите мужу, что нашли цепочку!

Девушки воззрились на незнакомца.

— Золото? — спросила Катя.

— С брюликами, на улице? — добавила Маша.

— Дорогую вещь?

— На асфальте?

— Ну что здесь такого, — пожал плечами мужик, — вот моя жена, например, позавчера в метро, в вагоне, подобрала браслет. Да такой красивый, с перламутровыми вставками и камушками. Дорогая штучка, но ведь посеял же кто-то! Она нашла, и вы могли!

— Поликлиника, — заорал водитель, — шевелитесь живей! Чапайте, инвалиды, на выход, алмазы не забудьте.

Мужчина встал и начал пробираться к двери, когда его сутулая фигура, упакованная, несмотря на удушающую жару, в костюм, исчезла из вида, Маша спросила:

— Он идиот?

— Не, — ответила Катя. — Все мужики такие, наивные черепашки.

Девчонки захихикали, я тоже улыбнулась, советчик так и не понял, что сказал, и от этого ситуация стала еще смешней. Впрочем, я сама часто попадаю впросак. Както раз я договорилась встретиться с супругом на улице, ориентиром служила бензоколонка. Михаил предупредил, что явится со своим лучшим другом, Игорем. Я ни разу не видела парня, Миша свел с ним знакомство во время службы в армии, Игорь не москвич, он живет в провинции и в столицу практически не приезжает.

Подойдя к бензоколонке, я увидела Мишу. Муж стоял около своей машины, рядом с ним маячил худощавый тип в футболке и джинсах. При виде мужа у меня всегда возникало самое радужное настроение, я очень любила Мишу. Вот и в тот день я расплылась в улыбке, подбежала к супругу, поцеловала его, потом протянула руку Игорю.

— Здравствуйте, я Таня.

— Ага, — осторожно кивнул тот, и, поколебавшись, вытер правую ладонь о не слишком чистые джинсы и осторожно пожал мои пальцы.

Мне следовало насторожиться, интеллигентный человек не станет мусолить лапу о брюки, но у меня при виде мужа отшибло соображение, и я, решив, что лучший друг Михаила просто стесняется, обняла парня за шею и, поцеловав в щеку, заявила:

— Очень рада знакомству!

Миша закашлялся, парень в джинсах вывернулся из моих объятий, отошел на два шага назад, потом наклонился.

Я, как завороженная, наблюдала за ним. У его ног оказалось невесть откуда взявшееся пластиковое ведро с водой, парень вытащил из него тряпку и принялся старательно мыть капот Мишиной машины.

— Это кто? — промямлила я.

— Да вот, — сдавленным голосом ответил муж, — взялся тачку за недорого в порядок привести, извини, я его имени не знаю, кто же с мойщиком знакомится.

— А где Игорь? — растерялась я.

— Сейчас приедет, — ответил Миша и захохотал во весь голос. — Ты в другой раз, — простонал он, — не кидайся незнакомым на шею.

Я заморгала и чуть не заплакала от досады.

— Не хнычь, — велел Миша, — лучше встань вон там за колонну, я сниму тебя, смотри, как солнце красиво садится.

Я выполнила его просьбу, выглянула из-за колонны...

Стоп!!! Вспышка! Вот кто сделал фото! Оно должно быть у нас в альбоме!

По спине побежали мурашки. Происходит нечто непонятное, но я теперь знаю, как поступить!

Немедленно поеду домой и пролистаю альбом, где хранятся наши не столь уж и многочисленные семейные фото, и увижу, что снимок мирно хранится на одной из страниц.

Задыхаясь от жары, я поплелась в родные пенаты. Как назло, в вагоне не оказалось свободного места, кроме узкой полосы дивана между двумя противными старухами, но мне без шансов втиснуться в крошечный просвет, поэтому пришлось стоять. Не успела я привалиться к одной из дверей с надписью «Не прислоняться», как к бабкам подскочила худенькая девочка в бейсболке, с козырьком, закрывающим почти все лицо. Я, не имевшая с собой ни книги, ни газеты, от скуки стала наблюдать за подростком. Десятиклассница устроилась между двумя пенсионерками, вытащила из красивой сумочки довольно тяжелый томик Татьяны Устиновой, начала было читать, а потом вдруг сняла кепку.

Я ахнула. Открывшееся лицо принадлежало женщине, значительно старше меня. Зависть захлестнула горло, а потом я почувствовала злобу. Бывают же такие счастливицы! Конечно, лицо выдает прожитые годы, зато фигура девичья, незнакомка может позволить себе надеть джинсы со стразами и розовую кофточку-стрейч. Мне же приходится париться в бесформенной хламиде, если я попытаюсь влезть в штаны из корабельной парусины, то стану похожа на адмиральский фрегат. Похоже, на мой размер джинсов не производят, а уж обтягивающая блузка вообще недоступная вещь. Ну отчего жизнь так несправедлива? Одним все, другим ничего. У худышки дорогая сумка, на пальце обручальное кольцо, она села на то сиденье, которое я увидела раньше ее, но в силу особенностей своего телосложения не сумела влезть в узкую щель. Еще она только что купила совсем не дешевую книгу и теперь получает огромное удовольствие, для этой бабушки-весны время в дороге пройдет незаметно. Между прочим, я сама бы почитала Устинову, но не могу себе позволить отдать за ее детектив кругленькую сумму! Нет, завтра же сяду на диету, на полный голод, сегодня поем как следует в последний раз, наберусь сил, а с утра более ни крошки! Целый месяц буду пить пустую кипяченую воду, конечно, минералка без газа намного полезней, но мне она категорически не по карману.

Поезд несся сквозь темноту, я мерно покачивалась в

вагоне, ощущая ноющую боль в правом плече. Чего я так разволновалась? Ей-богу, следует успокоиться и разобраться в произошедшем. Некто убил молодого парня, но я-то не имею ни малейшего отношения к случившемуся, значит, бояться мне нечего. Бабка, соседка Никиты, просто слепая, вот и перепутала встреченную во дворе женщину с другой особой. Но почему она назвала меня Танечкой? И, кстати, ей была известна и фамилия Сергеева! Подумаешь! Таня Сергеева! Сколько таких!

Слегка приободрившись, я добралась до дома, отперла дверь квартиры и, забыв снять туфли, быстро прошла в комнату, открыла самое нижнее отделение «стенки» и стала искать альбом. На полках накопилось много всего, в частности тут стояли учебники по русскому языку и литературе, лежала подшивка журналов, коробка с шахматами... Но альбома, не слишком большого, в ярко-красной обложке, не нашлось.

Я в задумчивости стала перебирать книги, очень хорошо помню, что фотографии хранились именно тут. У меня не многокилометровые апартаменты с неисчислимым количеством гардеробных комнат и кладовок, я обитаю в маленькой стандартной квартире, в таких живут тысячи москвичей. Чтобы поддерживать дома хоть какой-то порядок, приходится четко класть каждую вещь на свое место. Альбом всегда покоился внизу. Когда я видела его в последний раз? Ну-ка, Таня, вспоминай.

Я напрягла память. Мой муж умер внезапно, заболел чем-то непонятным и быстро ушел на тот свет. Когда спутник жизни долгие годы лечится, борется с недугом, наверное, воспринимаешь его смерть легче, но на меня несчастье обрушилось внезапно. В понедельник у Миши заболела голова, во вторник он стал жаловаться на слабость, в среду потерял сознание и очутился в больнице. Потом короткий период обследований, во время которых врачи смогли понять лишь одно: Миша болен. Не установив диагноз, в конце концов доктора предположили, что у мужа рак. Наверное, следовало забрать мужа из этой клиники, перевести в специализированный центр, я совсем было приготовилась к решительным действиям, но тут Михаил умер. Последний снимок, который я поместила в альбом, это фото гроба с телом мужа.

После его смерти я не пересматривала снимки, мне было слишком тяжело смотреть на лицо улыбающегося Михаила. Значит, я не видела альбом довольно давно. Хотя нет, постойте-ка! Неделю назад ко мне прибежала соседка с просьбой дать для ее дочери книгу... Ну-ка, ну-ка... Оля позвонила в дверь и спросила:

— Есть у тебя словарь русского языка?

— Конечно, — ответила я.

— Одолжи на пару дней.

— Пожалуйста, — пожала я плечами, пошла в комнату, открыла шкаф, под руку подвернулся альбом, вытащила толстый серый том...

Стоп! Значит, недавно фотографии мирно покоились на полке. И куда они подевались?

Напрашивается лишь один ответ: их унесли. Кто? Зачем? И вообще, каким образом кто-то попал в мою квартиру? Впрочем, некоторые люди сейчас вспомнят, как иногда «друзья», заглядывающие на огонек, уносили потихоньку серебряные ложки. Но ко мне никто не заходит. У меня нет подруг, я живу почти затворницей, даже Новый год я встречала в полнейшем одиночестве. Воры! Меня ограбили!

Я села в продавленное кресло и затрясла головой. Спокойно, Танюша, не следует паниковать. Что у тебя красть? А нечего! Золота, бриллиантов я не имею, раритетных картин и антиквариата тоже, да что там говорить о ценностях, денег и тех нет. В кошельке остались последние рубли, на моей кухне нет баллонов с вареньем, в которых утоплены целлофановые мешочки, туго набитые долларами. Я нищая, живу в абсолютно не престижном месте, не имею работы, по сути, являюсь полным банкротом, ну зачем к такой особе лезть в квартиру?

Додумавшись до этого, я кинулась к двери и принялась внимательно оглядывать снаружи замок. На скважине не было царапин, если дверь вскрывали чужие люди, то они сделали это при помощи родных ключей. Значит, некто имеет связку...

Мне снова стало плохо, пальцы нашарили телефонную трубку.

— Да, — весело почирикала Этти.

— Это я.

— Танюшка! Устроилась на работу?

— Да, — неожиданно соврала я.

— Ой, здорово! Куда? Расскажи. Хороший оклад? — начала сыпать вопросами Этти.

Я никогда не лгала матери Михаила, более того, она моя единственная поддержка, человек, круглосуточно готовый прийти мне на помощь. Этти чем-то похожа на ребенка, она любит весь мир, восхищается окружающими и всегда говорит о людях лишь хорошие вещи. И еще у нее полным-полно знакомых. Я рада, что Этти считает меня родным человеком, очень ценю ее расположение и, честно говоря, совсем не поняла, зачем сейчас вдруг принялась лгать.

— Работа прекрасная, я буду преподавать русский язык в загородной школе, жить там же, мне дают бесплатную квартиру около гимназии. Уезжать надо завтра, более того, я могу сдать свою квартиру!

— Великолепно! — закричала Этти. — Вау! Я всегда говорила, что жизнь наладится. Действуй! Только не забудь дать мне свой новый адрес, приеду на выходные, посмотрю, как ты устроилась. Послушай, в той, новой квартире занавески есть? Может, я сошью, а? На антресолях лежит кусок ткани...

Мне стало слегка не по себе. В этом вся Этти, ну почему бы сейчас честно не признаться:

— Прости, но я тебя обманула, на самом деле все у меня ужасно.

Ведь Этти сразу придет на помощь! А еще у нее аритмия, нарушение сердечного ритма, возникшее после смерти Михаила. Этти разнервничается, ей станет плохо... Нет уж, нужно действовать самой.

— Этти, — быстро сказала я, — не помнишь, сколько было связок ключей от замка моей квартиры?

— С чего бы мне знать такое?

— Но ведь Миша до свадьбы жил тут один, а ты помогала ему по хозяйству, — напомнила я.

— Действительно, — протянула свекровь, — один. Точно. Одна связка была у меня, вторая у Мишани, а когда вы поженились, я отдала свои ключи тебе.

— Странно.

— Что? — мигом насторожилась Этти.

— Обычно ключей к замку прилагается больше, три-четыре, но никак не два.

— Знаешь, — вздохнула Этти, — замок ставили давно, может, Миша потерял часть дубликатов, извини, не припомню. А зачем тебе это?

Я не успела ответить.

— Послушай! — вдруг закричала Этти. — Я сообразила! У Миши есть приятель Игорь, они вместе в армии служили, потом перезванивались, и в конце концов он заявился к вам в гости.

— Да, — прошептала я, — помню.

— Так Михаил ему запасные ключи давал.

— Точно?

— Совершенно.

— Откуда ты знаешь?

Этти вздохнула.

— На несчастье, у меня память, как у слона. Очень хорошо помню, как я позвонила Мишане, а ответил незнакомый голос.

— Вы кто? — удивилась Этти, а мужчина спокойно пояснил:

— Меня зовут Игорь, я в гости приехал, ни Михаила, ни Тани дома нет.

— Передайте, что я звонила, — попросила Этти.

— Не смогу, сейчас уезжаю, а Михаил с женой поздно придут. Мы не увидимся.

— Как же так, — заволновалась Этти, — а кто дверь закроет?

— Я. Мне Миша запасные ключи дал, — ответил Игорь.

В момент разговора свекровь не усмотрела в информации ничего особенного, но сегодня с жаром вопила:

— Лишь сейчас мне в голову пришло! Если Игорь запер квартиру и уехал, то ключи он увез с собой. Ты позвони ему, насколько я помню, он из Подмосковья, вернет связку, если, конечно, не потерял.

— Где же его номер взять? — уныло спросила я.

— В телефонной книжке, — мигом посоветовала Этти.

Оставалось лишь удивляться, почему столь простое решение не пришло мне в голову.

Я уже говорила, что мы с Мишей были не особо общительны, никаких шумных сборищ в нашем доме не случалось. Телефонная книжка у нас была общей, я до сих пор пользуюсь ею. Лежит она на кухне, на подоконнике, поэтому сейчас я сразу отыскала темно-синий блокнот. Глаза побежали по записям, у Миши был четкий, крупный почерк, мечта учителя — иметь в классе детей, именно так пишущих буквы: аккуратно, с правильным наклоном, но, увы, обычно тетради испещрены каракулями. Я листала замусоленные бумажки, телефонов было немного. Я очень быстро наткнулась на нужный — Подаркин Игорь. Это он! Отчего я решила, что вижу координаты Мишиного друга? Ну, во-первых, в книжке больше не нашлось ни одного имени Игорь, и, во-вторых, я вспомнила, как приятель, войдя в нашу квартиру, открыл сумку и начал вытаскивать подарки.

— Ну зачем ты тратился, — укорил его Миша.

— Фамилию свою оправдываю, — засмеялся Игорь, — не зря же она мне досталась!

Я схватила трубку, набрала номер и стала слушать мерные гудки. С каждой секундой радостное оживление таяло. Сколько времени я не виделась с Игорем? Он посетил нас примерно за год до смерти мужа... Да уж, за этот срок он мог поменять квартиру, вообще уехать из России, умереть, в конце концов. Оцепенев, я прижимала к уху пищащую трубку. И вдруг меня осенило: Игорь-то не москвич. Миша, правда, забыл мне сказать, в каком городе живет его друг. Но дело сейчас не в названии местечка, а в том, что я просто набрала цифры, их в номере семь, то есть сейчас я соединюсь со столичной квартирой или учреждением. Чтобы позвонить человеку, находящемуся за пределами Москвы, надо сначала набрать 8, потом код... Нет, найти Игоря невозможно, потому что...

— Алло, — рявкнул сердитый голос, — ну кто там целый час трезвонит, а? Ясно же, коли не беру трубку, то не могу подойти!

— Можно Игоря? — машинально спросила я.

— Слушаю.

— Подаркина Игоря, — уточнила я, ожидая услышать: «Не туда попала, аккуратней набирай номер, дура».

— Сказал же, слушаю!

— Вы Игорь??!

— Верно.

— Подаркин!!

— Девушка, — со вздохом протянул невидимый собеседник. — В принципе, я понимаю вашу радость, но не могли вы все же объяснить, зачем я вам понадобился? Для начала представьтесь.

— Таня.

— Очень мило.

— Сергеева.

— Замечательно.

— Жена вашего покойного друга Михаила. Господи, неужели вы в Москве? Скажите скорей, куда вы подевали ключи от нашей квартиры? — затараторила я.

В трубке повисло молчание, потом Игорь недоуменно воскликнул:

— Татьяна? Ну, здрасте. Где ж мне быть, как не в Москве?

— Но вы же приезжали к нам в гости!

— Верно, а что, столичные жители друг к другу не ходят?

— Жили у нас почти неделю.

— Точно.

— Зачем же было селиться у приятеля, если у вас своя жилплощадь имеется? — недоуменно воскликнула я.

Игорь кашлянул.

— Я окно менял, стеклопакеты ставил и полы лачил, ночевать в квартире было нельзя, вот и попросился к Михаилу.

— Ясно, — протянула я, — только муж говорил, что вы из другого города.

— Наверно, вы не так его поняли, — засмеялся Игорь, — впрочем, я живу в отдаленном районе, Миша все шутил: «Скажи, время у тебя московское? Просто провинция, совсем на столицу не похоже».

— Пусть так, — закричала я, — а где мои ключи?

— Наверное, в сумке.

— Ой, поищите.

— Не получится.

— Почему?

— Ну каким образом я могу заглянуть в вашу сумку?

— В мою?

— Вы спросили: «Где мои ключи?» Вот я и напомнил вам про торбу, — откровенно наглым тоном заявил Игорь.

Внезапно к горлу подкатил горький комок. Встречаются на свете особи, изощренно издевающиеся над другими людьми. Вроде они говорят вежливо, употребляют слова «пожалуйста», «извините», «будьте любезны», но у вас отчего-то создается ощущение униженности и полнейшего морального дискомфорта. Очевидно, Подаркин из этой породы, мне трудно беседовать с этим индивидуумом. Но делать нечего, пока Игорь мне кажется единственным человеком, способным пролить свет на непонятные события.

— Понимаете, мы давали вам связку, ну... тогда... давно, — замямлила я, — где она?

— Кто?

— Кольцо с ключами!

— Чьими?

— Моими.

— Так у вас, наверное.

— Да нет, пожалуйста, вспомните. Мне очень надо...

— Никак в толк не возьму, чего вы от меня хотите!

Я вновь попыталась прояснить ситуацию, но Подаркин или прикидывался идиотом, или на самом деле был таковым. В конце концов меня охватило отчаяние, а потом злость.

— Как тебе не стыдно, — не выдержала я, — Миша считал тебя лучшим другом, а ты, мало того, что не позвонил мне ни разу после его кончины, так еще сейчас издеваешься...

Слезы подкатили к глазам. Железные пальцы перехватили горло, и я внезапно стала кричать полусвязные фразы:

— Никита... труп.... Ключи... фотография... Гри.. да я сейчас пойду и повешусь! Вот прямо немедленно! Хватит, надоело! Никому я не нужна...

Я швырнула трубку о стену. Веер осколков брызнул в разные стороны, на секунду в комнате словно пропал воздух, потом хлынул снова, теплый, густой, как кисель, вязкий и липкий. Мне стало душно, в виски будто вонзился толстый гвоздь. Понимая, что сейчас хлопнусь в обморок, я добрела до дивана, упала на продавленные подушки и внезапно провалилась в сон.

— Эй, Тань, вставай, — донесся из темноты приятный баритон, — ну, открывай глазки.

Я попыталась вырваться из объятий Морфея, невероятная радость накрыла меня волной. Значит, мне привиделся страшный, дурной сон! Миша жив, он приехал домой и нашел вместо горячего ужина дрыхнущую жену.

— Милый, — вырвалось из груди, — господи, как я по тебе соскучилась.

В ту же секунду я села, открыла глаза и увидела высокого стройного блондина с картинно-красивым лицом, просто ожившая картинка из глянцевого журнала, а не нормальный мужик.

— Где Миша? — растерянно спросила я.

Незнакомец ухмыльнулся.

— Хмм, его давно нет. Ты ведь Таня?

— Да, — безнадежно ответила я.

Значит, все случившееся не сон! И тут снова появился страх.

— Вы кто? Как попали сюда? Хотите меня изнасиловать?

Красавец засмеялся.

— Ты забыла запереть входную дверь. Я звонил, звонил, потом толкнул створку, а она открыта... Напугала меня до полусмерти! Неужели не узнала? Ведь мы виделись, правда, давно. Я Игорь Подаркин. Можешь не переживать насчет изнасилования, не в моих привычках нападать на баб. К тому же на таких, как ты, уж извини, но я люблю стройных и молодых. Ты почему к телефону не подходила? Обзвонился весь, пришлось ехать!

— Трубка разбилась, — тихо ответила я и заплакала.

Подаркин дернул меня за плечо.

— Хорош сопли лить, живо говори, в чем дело! Думаю, я сумею решить твои проблемы.

Я не принадлежу к людям, которые любят демонстрировать душевные раны. Мне, человеку стыдливому, легче пройти обнаженной от дома до метро, чем говорить о своих внутренних переживаниях. И еще всю жизнь я была абсолютно одинока, короткий период брака с Мишей не успел дать мне ощущение защищенности, не так уж долго я была семейной дамой. Фразу: «Думаю, я сумею решить твои проблемы» — я ни от кого не слышала. Я привыкла переживать трудности сама. Зная теперь об особенностях моего характера, вы, наверное, очень удивитесь, когда услышите, что я схватила полузнакомого Игоря за руку и выложила ему все, что случилось со мной за последнее время. Впрочем, я сама была потрясена собственной болтливостью.

Игорь оказался замечательным слушателем. Он ни разу не перебил меня. Дождался, пока фонтан моего красноречия иссяк, и лишь потом сказал:

— Я москвич.

— Понятно.

— И не служил с Михаилом в армии.

— Но муж говорил...

— Я брат Дины.

— Кого? — не поняла я.

— Дины, — повторил Игорь, — первой Мишиной жены.

— Чушь! Миша до меня не имел супруги, мы оба вступили в брак впервые.

— Нет, — ответил Игорь, — Михаил прожил с Диной три года, а разошлись они потому, что она хотела ребенка, но рожать боялась, вдруг выйдет похожий на брата.

— На вас?

— Нет, на родственника Михаила, Антона.

У меня закружилась голова.

— Ничего не понимаю! Миша единственный ребенок в семье! Этти никогда не упоминала ни о каких братьях.

— Ясное дело, ей не хочется говорить, сейчас, правда, к такому нормально относятся, но раньше... Вот она и сдала второго сына в детдом, а он потом явился, на Динку налетел, сестра испугалась. Понимаешь, он негр! В смысле чернокожий.

Я вытаращила глаза. Игорь сумасшедший. Какая жена??! Какой брат?! Вот мне повезло, попала я из огня да в полымя. Надо срочно-срочно звонить Этти!

Рука невольно дернулась, Подаркин нахмурился.

— Только не вздумай рассказать о моем визите свекрови!

— Почему? — еле слышно прошептала я.

— Какой смысл беседовать с этой женщиной? — пожал плечами Игорь.

— Она моя лучшая подруга!

— Да ну?

— Да!

— С какой стати она тогда обманывала тебя? Отчего не сказала ни слова правды о прошлом Михаила?

Я не нашлась что ответить. Сначала в голове возникла звонкая пустота, потом в ней появились более или менее разумные мысли. Хорошо, сведения о чернокожем ребенке — это страшная семейная тайна. Естественно, Этти нет никакой радости вспоминать о брошенном сыне. В этом случае понятно, почему она решила не распространяться на пикантную тему. И потом, как бы ни были близки подруги, у каждой обязательно имеются личные тайны, о которых никогда никому не расскажешь. Ну-ка, поройтесь в памяти, пошарьте хорошенько по ее закоулкам, неужели не наткнетесь на тщательно спрятанный скелет? Поэтому ситуация с чернокожим младенцем понятна. Но почему свекровь решила ввести сына в курс дела? Вот уж странная вещь! Как бы я поступила на ее месте?

Мои родители воспитывали дочь просто, постоянно твердили ей: «Лучшее украшение девушки — чистота» и «Старайся прожить честно, никогда никому не лги». Если с первым утверждением трудно поспорить, то второе сейчас вызывает у меня легкую улыбку. Человек, постоянно сообщающий всем абсолютную правду, выглядит либо идиотом, либо хамом. Мы врем, как правило, по двадцать раз на дню, причем очень часто желая сделать другому человеку приятное. Что скажет любящий муж, услыхав от жены вопрос:

— Милый, тебе нравится, как я оделась в гости? Мне идет это новое прелестное платье, не толстит ли?

Неужели она услышит в ответ неприглядную истину:

— Ты похожа на тумбу, что ни натяни — все плохо.

Само по себе платье очень даже ничего, только на твоей жирной заднице оно смотрится, как на корове седло!

Наверное, муж скажет нечто типа:

— Дорогая, ты изумительно выглядишь!

Очень хорошо помню, какой казус приключился на моем последнем месте работы. Наш начальник вышел из кабинета в общую комнату и весело спросил у одного из сотрудников:

— Сергей Иванович, вы верите в жизнь после смерти, или там в привидения, или в покойников, восставших из могилы?

— Нет, — усмехнулся Сережа, — а почему вы спрашиваете?

Начальник потер рукой подбородок.

— Да мне сейчас звонила ваша бабушка, та самая, на похороны которой вы на неделю ездили в Конотоп, и очень просила вернуть милого внучка из длительной командировки в Индию, куда его отправили два года назад по делам фирмы. У старушки никаких родственников, кроме вас, нет, вот она и соскучилась очень. Да еще квартира ее, однокомнатные хоромы возле метро «Варшавская», ремонта требуют. Короче говоря, нуждается бабуля в заботе, а я, гад, услал мальчика на край света.

Под общий хохот красный, как рак, парень убежал в коридор, кличка «Сергей-индей» прилипла к нему потом намертво.

Я могу смело утверждать: на этом свете нет ни одного человека, всегда говорящего правду, и не следует требовать от детей невозможного. Надо просто объяснить им, что ложь бывает разной: корыстной, отчаянной, вежливой, во спасение, для собственного спокойствия, от страха, от горя, от радости, просто фантазия. Но мои родители не классифицировали вранье, мне доставалось по щекам даже за невинные заявления типа: «Нам сегодня по математике ничего не задали». Причем сила пощечин не дозировалась, и этим дело не заканчивалось, далее следовали репрессивные меры, всегда одинаковые: у меня отнимали возможность пойти гулять, смотреть телевизор, читать книги... Меня запирали в темной комнате и заставляли сидеть там целый день. Наверное, поэтому я и выросла такой неуверенной в себе и толстой. Выпущенная наконец-то из заточения Танечка бросалась к холодильнику и начинала горстями есть все, что попадалось на глаза: кашу, творог, конфеты... От переполненного желудка по телу разливалось блаженное тепло, привычка «заедать» стресс осталась со мной на всю жизнь. Конечно, мои родители действовали из благих побуждений, а что вышло?

Но даже я, до сих пор подспудно боящаяся наказания за вранье, не стала бы раскрывать сыну правду о темнокожем братце. Зачем будоражить ребенка? Но Миша-то знал все. И почему мне не сообщили о его предыдущих женах? Отчего врали, что я стала первой, единственной супругой?

Мы живем не в средние века, когда развод считался неким экстраординарным событием, осуждавшимся и светским обществом, и церковью. Расторгнутым браком нынче никого не удивить и не шокировать.

— Что мне делать? — вырвалось у меня.

Игорь вздохнул.

— Хочешь совет?

— Да, очень.

— Ложись спать, завтра выходи на работу, я тебя устрою, а там видно будет!

— Но кто-то втягивает меня в странную ситуацию!

— Вот и погоди, пока рассветет, — ответил Подаркин, — лучше всего затаись и прикинься ничего не понимающей особой.

— Но почему?

Игорь потер рукой затылок.

— Мы ведь пока бродим в темном лесу, да? Не понимаем ничего: кто, по какой причине вдруг решил замутить вокруг тебя странные действия, верно?

— Да.

— У тебя есть любовник?

— Нет, конечно!

— Почему «конечно»?

— Не придирайся к словам, — я потеряла остатки самообладания, — после смерти мужа я живу одна!

— Твои родители умерли?

— Да.

— Оставили большое наследство?

— Издеваешься?

— Ответь, пожалуйста.

— Папа с мамой ничего не имели.

— Может, у тебя есть богатый дядюшка в Африке или тетушка в Израиле?

Я засмеялась.

— Игорь, ничего глупей до сих пор не слышала! Я одна-одинешенька на этом свете!

— И подруг нет?

— Никого ближе Этти я не имею!

Подаркин поежился.

— Ладно, не парься, выходи на работу. Пусть тот, кто затеял спектакль, считает тебя окончательной идиоткой. В этом случае он расслабится, успокоится, решит, что почти достиг успеха, и непременно сделает ошибку. Тут мы его и поймаем.

— Предлагаешь мне роль живца? — возмутилась я.

— Имеешь другой вариант? Знаешь, кто преступник?

— Нет.

— Тогда придется изображать из себя червяка на крючке.

— Но это опасно! Мало ли что придет в голову преступнику!

— Так иного выхода нет, — жестко ответил Подаркин, — было бы более странно сейчас активничать, только вспугнем зверя. Ну что? Выходишь на службу?

В моей голове застучали невидимые молоточки. Внезапно мысли стали четкими, яркими, я словно проснулась после долгого, глубокого сна. Восстала из наркоза, вылупилась бабочкой из кокона.

— Конечно, я так тебе благодарна за совершенно замечательное место, поработаю пока на кассе, думаю, сумею легко обучиться новой профессии, ничего особо сложного в ней нет, — вдохновенно врала я.

— Молодец, — воскликнул Подаркин, — такой ты нравишься мне больше, за счастье следует бороться! Если плакать, лежа на диване, и ждать, что чья-то рука развеет тучи над головой, то ничего путного из этого не получится. Извини за банальность, но каждый сам кузнец своего счастья.

— Только можно мне выйти на службу через три дня? — спросила я.

— Что тебе мешает завтра приступить к исполнению обязанностей? — помрачнел Миша.

Я смущенно улыбнулась.

— Хочу сходить в парикмахерскую, привести волосы в порядок, и еще купить приличную одежду. Знаешь, ты был прав, когда сказал, что встречают по внешнему виду.

— Я говорил такое? — изумился Миша.

— Ага.

— Ну... в принципе... правильно, — протянул Подаркин, — странно, что такая, в общем-то, простая мысль не пришла тебе в голову раньше. Уверенная в себе, ухоженная женщина производит на кадровиков лучшее впечатление, чем тетеха со свалянными, словно войлок, волосами. Только откуда ты возьмешь деньги?

Я потупилась и вытянула вперед руку.

— Вот, видишь кольцо? Оно золотое, с небольшим бриллиантом, подарок Этти на свадьбу. Отнесу его в ломбард, а потом выкуплю.

Секунду Подаркин молчал, потом кашлянул и воскликнул:

— Супер! Наконец-то ты решила из манной каши превратиться в нечто оформленное. Именно так и действуй. Можешь на меня рассчитывать, вместе вычислим того, кто задумал пакость. Спокойно собирайся на новую службу и не высовывайся. Главное же, ничего не бойся, я буду рядом, постараюсь тебе помочь. Ты теперь не одна!

Когда за Подаркиным захлопнулась дверь, я, не в силах сдержать возбуждение, забегала по комнате. Служить наживкой на чужой удочке? Ну уж нет! Спасибо Игорю, он дал мне весьма странный совет. И потом, правду ли он сказал? Информация о чернокожем мальчике звучит, мягко говоря, неправдоподобно! Надо во что бы то ни стало проверить эти сведения! Если Подаркин наврал, то какой смысл ему обманывать меня? Если Этти решила обвести меня вокруг пальца, зачем она все это затеяла? Но каким образом можно установить истину?

Минут десять я металась по комнате, натыкаясь на разваливающуюся от старости мебель, потом вдруг остановилась. Господи, надо поехать к Дине, сестре Игоря, как следует порасспрашивать ее!

Я схватила телефон, набрала номер.

— Алло, — донесся сквозь треск голос Подаркниа.

— Игорь!

— Слушаю.

— Скажи мне адрес Дины!

— Деревня Воронкино, улица... — спокойно продиктовал он. Потом, спохватившись, воскликнул: — Зачем тебе?

Но я уже отсоединилась, ринулась к сумке, заглянула в кошелек. Денег нет совсем. На глаза навернулись слезы... И тут в душе снова окрепла решимость. Эка беда, да у меня никогда нет денег! Неужели столь пустяковое обстоятельство может стать помехой? В портмоне пусто? Значит, я поеду в это Воронкино зайцем, пойду пешком, поползу на животе, но непременно доберусь до Дины!

Воронкино оказалось богом забытым местечком, состоящим из пары покосившихся избушек. Дойдя до первого, завалившегося набок домика, я постучала в окошко.

— Входите, — донеслось изнутри, — открыто, собак нет!

Я дернула ручку, очутилась в сенях, забитых всякой всячиной, а потом прошла в просторную кухню. За длинным столом, накрытым красно-белой клеенкой, сидела симпатичная, слегка полноватая тетка в спортивном костюме. Увидев нежданную гостью, она улыбнулась и воскликнула:

— Если вы за творогом пришли, то, извините, сегодня ничего нет, переезд у нас, видите, на узлах сижу. Наконец-то дом построили! Столько времени, сил и денег потратили! Но, слава богу, мучениям конец. У детей теперь свои комнаты будут, представляете?

Радость изливалась из нее рекой. Несмотря на плохое настроение, я улыбнулась.

— Желаю вам счастья на новом месте.

— Да, да, спасибо!!! Только уж извините, творога нет, приходите через три дня. В Абашкино, теперь там жить станем!

— Воронкино, похоже, умирает, — осторожно продолжила я разговор.

— Вообще народу тут не осталось, — объяснила хозяйка, — две старушки да мы с мужем. Ну какая перспектива у наших детей? А в Абашкине и школа, и больница, и даже кинотеатр, замечательное место!

— Простите, пожалуйста, вообще-то, я не собиралась покупать творог. Ищу Дину.

— Кого? — удивилась женщина.

— Дину, — повторила я, — в девичестве Подаркину, а нынешней фамилии ее я не знаю. Одно время она была замужем за Михаилом Сергеевым, потом развелась, уехала в Воронкино с новым супругом...

— Это я! — воскликнула хозяйка. — Зачем вам понадобилась? Ведь мы совсем незнакомы, впервые видимся!

— Мы в некотором смысле родственники, — вздохнула я, — понимаю, конечно, нелепость происходящего, даже некоторую двусмысленность. Разрешите представиться: Таня Сергеева, вдова Миши.

Дина вскочила.

— Миша умер! Господи, отчего? В катастрофу попал? Он же совсем молодой! Да ты садись! Извини, угостить тебя нечем, кухню увезли.

— Мне совсем не хочется есть, — воскликнула я, — пить тоже. Понимаешь, попала я в идиотскую историю, и, похоже, без твоей помощи из нее не выпутаться.

Дина быстро закивала.

— Сделаю, что могу, только расскажи про Мишу.

— Ты на него в обиде?

— Нет, — затрясла головой хозяйка, — случается такое частенько, живут два хороших человека, а потом разбегаются. Впрочем, думаю, если бы не Этти... В общем, это долгая история.

— Умоляю, расскажи!

— Сначала твой черед, — проявила твердость Дина.

Я устроилась поудобней на колченогой табуретке и постаралась связно и последовательно изложить события. Дина слушала не прерывая. В конце концов, когда я замолчала, она нахмурилась.

— Ну, Игорь! Кто просил его языком молоть, вот болтун!

— Про чернокожего младенца вранье?

— Да нет, правда. И узнала я ее внезапно, настоящий

удар был, — насупилась собеседница. — А причина развода не в невозможности иметь детей. Всему виной Этти.

— Этти?

— Да. Она меня ненавидела, изводила исподтишка, в лицо говорила комплименты, делала подарки, признавалась в любви, а за спиной... Мишке на меня жаловалась, всякую дурь плела, ну, типа, что у меня любовники есть.

— Господи, зачем?

Дина пожала плечами.

— Хотела сыночка в личном распоряжении иметь. Думаю, в отношении тебя та же политика велась. Этти очень ревнива, она просто умело маскируется, но я пару раз видела «мамулю», так сказать, в натуральном виде, без маски!

— Но Миша умер, а Этти по-прежнему моя лучшая подруга!

— Ты так считаешь? — удивилась Дина. — Нет, она просто что-то подлое задумала и сейчас делает все, чтобы подвести тебя под монастырь. Кстати, когда мы разводились, Миша опомнился и решил пойти на попятную. Пришел с цветами и давай о любви петь. Но я совершенно не хотела вновь плавать в той же реке и ответила: «Приговор окончательный, обжалованию не подлежит!» И тут он закричал: «Думаешь, я такой бедный? Вовсе нет! Я сумел разыскать своего отца, он на меня завещание оформил. Получу нехилую сумму. Блудный папашка богат и очень болен, скоро я обрету миллионы». Теперь дошло? — спросила она.

— Что?

Дина округлила глаза.

— Миша умер, его отец тоже. Этти знает о кончине Родригеса, деньги завещаны сыну. Кто наследник?

— Не знаю!

— Да ты! — подскочила Дина. — Первая на очереди супруга покойного, потом — родители. Если тебя в тюрьму посадят за убийство, чьи денежки будут? Скумекала?

— Нет, — ошарашенно ответила я, — не может быть! Этти лучшая... единственная! Она всегда...

— Бойся подруги, дары приносящей, — рявкнула Дина, я замолчала.

И тут в комнату вошел крепкий мужчина.

— Поехали, — велел он, хватая пару сумок.

Началась суета, в которую включили и меня. В конце концов Дина влезла в машину. Напоследок она сказала мне:

— Хочешь совет? Притворись дурой, поезжай к своей распрекрасной Этти и для начала спроси про брошенного младенца, затем обо мне... Увидишь ее реакцию и поймешь, что к чему. Ну, покедова, надумаешь, приезжай в гости.

В город я вернулась почти в предсмертном состоянии и, плохо понимая, что делаю, позвонила в квартиру Этти. Дверь моментально распахнулась, я упала свекрови на грудь и зарыдала.

— Танюшечка, — захлопотала та, которую я любила больше всех, — что произошло? Опять нелады с работой? Ей-богу, ерунда! Плюнь и разотри! В конце концов, мы можем жить вместе, я стану тебе вместо матери. Прекрати плакать. Господи, у меня сердце разрывается!

В голосе Этти звучало столько неподдельной любви и ласки, что мне стало совсем плохо. Боясь потерять сознание, я вцепилась в свекровь и стала выкрикивать нечленораздельные фразы:

— Миша умер... а где чернокожий малыш? Завещание от папы... Никита Дорофеев... Гри... Я не верю. Этти! Не верю! Скажи скорей, немедленно, прямо сейчас!

— Что? — тихо спросила свекровь. — Что я должна сказать?

— Что любишь меня!!! Все врут! Все!

Внезапно мои ноги подкосились, я села на пол, Этти опустилась рядом.

— Милая, — зашептала она, — после кончины Миши ты единственная, кто у меня остался. Успокойся. Я люблю тебя!

— Они все врали? — с надеждой спросила я.

— Нет, — помотала головой Этти.

— Был чернокожий младенец?

— Да.

— Ты оставила его в роддоме?

— Я отказалась от малыша, совершила по молодости и глупости подлый поступок, — ответила свекровь, — слабым оправданием мне служит страх, испытанный при известии о разноцветных близнецах. Второго, черного мальчика, моментально усыновила пара дипломатов из Конго, они хотели соблюсти полнейшую секретность, поэтому взяли ребенка в СССР, а не у себя на родине. Больше я ничего о нем не знаю. Как им удалось добиться разрешения на усыновление, не имею понятия, знаю лишь, что они уехали домой.

— Но почему ты не рассказала мне о предыдущих женах Миши?

Этти потерла ладонями щеки.

— Ладно, иди умойся, мы попьем чаю, съедим мой пирог, кстати, твой самый любимый, с творогом, и я объясню тебе все. Наверное, следовало сделать это раньше, но, увы, не слишком я люблю вспоминать те годы. А потом вместе подумаем, как быть. Иди, моя радость.

Я потрусила в ванную, воодушевленная. Конечно, Этти моя подруга, господи, кто же задумал этот спектакль? Зачем?

Тщательно ополоснув лицо и промокнув его полотенцем, я, забыв закрутить кран с водой и не закрыв за собой дверь в ванную, почапала по коридору. Ноги в мягких тапках ступали бесшумно. Внезапно тело пронзила боль, и я остановилась. Ну вот, стоит понервничать, как моя «любимая» болячка — межреберная невралгия — мигом дает о себе знать. Я не могу даже пошевелиться, надо позвать Этти, но от боли пропал голос.

Я привалилась к стене. Сейчас, наверное, отпустит. Через полуоткрытую дверь кухни было великолепно видно, как Этти готовит чай.

— Таня, — вдруг крикнула она, — ты моешься?

Я не сумела выдавить из груди ни звука.

— Вода шумит, — сама себе сообщила Этти, — следовательно, моя толстая рыбка принимает душ, мой зайчик, любимая дрянь, сволочь с поцелуями...

В голосе Этти послышалась неприкрытая ненависть, я вжалась в стену, наблюдая за свекровью. А та вытащила из кармана пузырек, сосредоточенно потрясла его над чашкой, потом ухмыльнулась и прошептала:

— Ну, думаю, этой дозы для нашей туши хватит.

Затем она села, пододвинула к себе кружку с дымящимся напитком, поставила чашку с ядом на стол возле предназначенного для меня места и крикнула:

— Танюшка, хватит плескаться, вся смоешься, беги скорей, чай стынет!

Я сумела оторваться от стены и, навесив на лицо жалкое подобие улыбки, вошла в кухню. Надо что-то делать! Убежать? Вот уж глупости! Разлить чашку? Столкнуть ее на пол? Закричать? Броситься на Этти и потребовать объяснений? Господи, как мне поступить?

— Танюшка, — щебетала тем временем Этти, — садись скорей, ты так побледнела, все жара проклятая, кого хочешь из колеи вышибет. Глотни каркадэ, легче станет. Знаешь, я давно перешла на этот напиток, вот тахикардия исчезла, и давление не скачет, расчудесный чаек, прошу.

Мне стало жарко до обморока, ледяной пот струей зазмеился по спине, ноги превратились в чугунные тумбы, руки, наоборот, словно охватило огнем, в висках застучало...

Вдруг откуда-то издалека раздался мой собственный голос.

— Этти, будь добра, поджарь в тостере кусочек белого хлеба.

— Конечно, конечно, — подхватилась свекровь и пошла к столику, на котором стоял ряд электробытовых приборов, — хочешь, выжму тебе сок из апельсина?

— Нет, — стараясь говорить обычным тоном, сказала я, — мечтаю о тостике.

Этти отвернулась от меня, взяла батон, положила на доску... Я же тем временем мгновенно слила свой чай назад в заварочный чайник и замерла на табуретке. Свекровь положила румяный сухарик на тарелочку, поставила ее на стол и воскликнула:

— Ну, как каркадэ?

— Отличный, — пробормотала я.

Этти разом осушила свою чашку.

— Мне тоже по вкусу. Ну, ешь гренку! Маслица дать? Или вареньем намажешь?

— Что-то расхотелось, голова кружится.

— Сейчас еще заварю, — заботливо воскликнула свекровь, взяла чайник и с удивлением сказала: — Надо же, тут остался каркадэ, обычно на две порции только хватает. А, я же поставила фарфоровые чашечки, а они меньше кружек. Хочешь свежий или этот допьешь?

— Только новую заварку, — почти в ужасе закричала я, — скорей вылей остатки!

— Зачем? — вскинула вверх аккуратно выщипанные брови свекровь. — Я очень люблю каркадэ, когда он настоялся и остыл.

С этими словами она поднесла ко рту чайничек и стала пить из носика. Я ринулась к свекрови и выбила у нее из рук пузатую емкость, но поздно. Этти сначала замерла с раскрытым ртом, потом ее глаза вывалились из орбит, кожа на лице приобрела серый оттенок, нос заострился...

Она сделала шаг вперед и как подкошенная упала на пол с высоты своего роста. Какое-то время я сидела молча, потом почему-то выбежала на балкон и принялась кричать:

— Помогите, скорей позовите врача, человек умирает...

Простите, но даже сейчас, спустя месяц после произошедшего, мне очень трудно рассказывать о том дне, когда умерла Этти. Я перенесла много неприятных моментов. Во-первых, поняла — та, которую я считала своей единственной подругой, на самом деле меня не любила. Теперь я просыпаюсь среди ночи в холодном поту и начинаю думать, думать, думать, а в голову, как назло, лезут самые ужасные мысли. Этти, похоже, никогда не относилась ко мне хорошо. Да, после смерти Миши она вроде бы поддерживала меня, но, если разобраться... Свекровь давала мне деньги, но я-то старалась изо всех сил, мыла «подруге» полы, бегала на рынок за картошкой, получается, что за тысячу рублей в месяц Этти имела домработницу.

У меня перехватило горло, из глаз хлынули слезы...

— Успокойтесь, — велел сидевший напротив меня мужчина, он налил стакан воды и поставил его на стол, — выпейте и придите в себя.

Вы, наверное, удивляетесь, что за мужчина такой и где я нахожусь? Я в кабинете следователя по имени Вадим Николаевич, в который раз рассказываю ему о том, что произошло со мной и как вышло, что я фактически убила Этти.

— Она сама глотнула из чайника, — вырвалось у меня, — я не предполагала такого поворота событий.

— Конечно, — кивнул Вадим Николаевич.

— Не могла же я выпить яд!

— Нет, естественно.

— И как мне следовало поступить?

— Право, не знаю, — хмуро покачал головой Вадим Николаевич.

— Разлить каркадэ? Сбросить чашку на пол? Налить чаек во фляжку? Но у меня с собой ее не было! И потом, я действовала по наитию, инстинктивно, в шоке, особо не раздумывая, увидела чайник и обрадовалась: вот он — выход, сделаю вид, что все выпила! Ну кто же мог предположить...

— Я очень внимательно и не один раз выслушал вас, — спокойно начал Вадим Николаевич, после того, как мне удалось справиться с очередным приступом рыданий, — теперь хотелось бы изложить вам свои соображения. Вы уже знаете, что история про Родригеса правда.

— Да, — кивнула я, — после смерти Этти у нее в бумагах я нашла письмо из адвокатской конторы. Кстати, оно пришло на адрес Михаила, нотариус сообщал, что умерший Родригес, не имевший близких родственников, завещал все свое состояние незаконнорожденному сыну, а в случае смерти Михаила деньги должны были поделить члены его семьи, ну там мать, жена, отчим, далее по нисходящей. Поскольку у Миши детей не было, то выходило, что капитал отходит мне и Этти, только свекровь решила не делиться и захотела убрать меня. Никогда не думала, что у Этти столь богатая фантазия.

— Да уж, — крякнул Вадим, — с умением фантазировать у некоторых действующих лиц этой истории полный порядок. Ладно, теперь с самого начала. Этти родила мальчика, назвала его Михаилом и сообщила Родригесу о том, что он стал отцом. В СССР переписка с иностранцами, даже с гражданами соцлагеря, не поощрялась, но Этти передавала послания через знакомых, минуя почту, и получала от бывшего любовника не только ответы, но и деньги. Потом Родригес бежал в США, и связь с ним оборвалась. Чей он сын, Этти рассказала Михаилу еще в школе, сообщила правду и велела держать язык за зубами. Этти очень любила сына, Миша был сильно привязан к матери, наверное, поэтому его первый брак, заключенный в раннем возрасте, лопнул. Молодая жена не хотела заниматься хозяйством, свекровь постоянно влезала с нравоучениями, в общем, самая обычная история. Но Этти сделала правильные выводы, и, когда Михаил снова женился, решила ни во что не вмешиваться. Она разменяла квартиру, отселила Мишу и подумала, что теперь у сына начнется счастливая жизнь. Ан нет, Дина оказалась гулящей бабенкой. Очень скоро до Этти, поддерживающей хорошие отношения с бывшими соседями, дошли плохие вести. Люди в один голос твердили:

— Как только Мишка в командировку уезжает, шалава мужиков приводит, вообще обнаглела, к ней даже негр приходил. Пока Этти думала, как поступить, Дина ухитрилась забеременеть. Миша был в восторге, а его мать почти в ужасе, ну где гарантия, что ее сыну не придется воспитывать чужого отпрыска, как узнать, кто истинный отец младенца? Отправить новорожденного на экспертизу? Но если анализ подтвердит отцовство Михаила, это автоматически означает, что Этти и Дина прекратят все взаимоотношения. В общем, пока деликатная свекровь колебалась, невестка угодила в больницу, где на шестом месяце произвела на свет... чернокожего младенца. Ребенок прожил всего пару дней и умер. Михаил, узнав о негритенке, мгновенно подал на развод, Дина исчезла из его жизни. У нее имелся брат, Игорь, к которому она и вернулась, жить-то Дине было негде. Боясь, что родственник надает ей тумаков и выгонит вон, Дина решила найти мало-мальски приличную причину развода, она великолепно знала, что отец Михаила кубинец. После перестройки и падения коммунистической власти Этти перестала скрывать правду, она, естественно, не кричала на всех перекрестках о Родригесе, но близкие люди, в число которых входили и Игорь с Диной, теперь знали правду.

Дина умоляет Михаила и Этти не сообщать ни слова ее брату о негритенке. Бывшие муж и свекровь — люди интеллигентные, поэтому согласились на это и вычеркнули Дину из своей памяти. А та, хитрая, злая и очень изворотливая, вернувшись домой, сообщила Игорю невероятные сведения, умело перемешивая ложь и правду. На самом деле чернокожий младенец родился у Этти, а не у невестки, и это Этти хотела оставить ребенка в роддоме, но, слава богу, он появился на свет недоразвитым и умер. Однако в рассказе Дины ситуация выглядела иначе, и Игорь поверил сестре. Теоретически появление двух «разноцветных» близнецов возможно, в научной литературе описаны подобные факты. Дина подсовывает Игорю одну из таких статей, и тот убеждается в правдивости ее слов. Потом Дина выходит замуж за фермера и уезжает жить в деревню. Новому мужу она, естественно, ни о каких своих шалостях не сообщала, ему была озвучена все та же версия про Этти, бросившую одного из двойняшек. Нового супруга Дины мало волнуют похождения бывшей свекрови жены, и Дина живет совершенно спокойно.

Игорь тоже не вспоминает дурацкую, на его взгляд, историю. Останься Дина незамужней, живи она на шее у брата, Подаркин мог бы, наверное, злиться на Михаила и Этти, но ведь сестра нашла себе пару, нарожала от нового мужа деток и, похоже, вполне счастлива. Поэтому Игорь не таит зла на Михаила, к тому же Подаркин добрый, отходчивый человек, в первую очередь видит в любой ситуации хорошую сторону. Ну не сложилось у Дины с Михаилом, зато потом судьба была к ним благосклонна. Подаркин считает Мишу своим родственником и, ничтоже сумняшеся, приезжает к нему пожить на время ремонта, знакомится с Танечкой и радуется еще больше. Вот как все в жизни удачно складывается: Дина при муже, Миша при жене, отлично дело уладилось. Наивный, бесхитростный и, уж простите, слегка глуповатый Подаркин мало похож на свою родную сестру, хитрую, изворотливую, беспринципную Дину.

Следователь замолчал, я прижала руки к груди:

— Господи! Меня обманули.

— Подаркин рассказал вам правду, — мрачно улыбнулся Вадим Николаевич, — вернее, то, что он считал истиной. Подаркин добрый человек и хочет помочь Тане. Вот Дина, естественно, не собирается откровенничать и озвучивает свою версию событий.

— Откуда же вы узнали правду? — закричала я. — Миша умер, Этти тоже!

Следователь побарабанил пальцами по столу.

— Человек, задумавший всю историю, считает себя самым умным, но он совершил очень много ошибок. В частности, дама...

— Этти!!! Господи, — заплакала я, — ну за что она так со мной поступила! Неужели из-за наследства!

— Преступление и впрямь совершилось из-за немалых денег Родригеса, — ответил милиционер, — они причина всех бед. Знал бы разбогатевший американец кубинского происхождения о том, к каким событиям приведет его желание искупить вину перед оставленными в России Этти и мальчиком, думаю, он бы пустил нажитое на благотворительность. Кстати, почему тело Михаила не кремировали?

Я слегка удивилась перемене темы разговора, потом приложила к глазам платок, промокнула набегавшие при воспоминании о муже слезы и тихо ответила:

— Этти не позволила, кидалась на гроб и кричала, как сумасшедшая: «Только не в печь, ему будет больно!» Пришлось зарывать домовину.

— А вы хотели его кремировать?

Я вздрогнула.

— Муж один раз сказал: «Не хотел бы после кончины гнить в ящике, лучше уж исчезнуть в пламени», я вспомнила его слова и попыталась уговорить Этти, но куда там!

Вадим Николаевич поворошил бумаги, потом протянул мне листок.

— Читайте!

— Что это?

— Акт об эксгумации.

— Простите, не поняла, — прошептала я, ощущая, как к горлу подступает тошнота.

— У меня зародились некие сомнения, — протянул Вадим Николаевич, — поэтому я принял решение... э... откопать останки Михаила и...

— О, нет! Вы потревожили покойного! — закричала я. — Как вы посмели! Варвары! Мой бедный, бедный муж...

— Михаил был отравлен.

— Неправда! Он скончался от неизвестной заразы!

Следователь хмыкнул.

— Прочитайте внимательно бумаги, Михаила планомерно убивали, травили малыми дозами, ясное дело, обычные врачи не понимали, в чем дело, да еще потом больному стали делать химиотерапию. Но преступник не знал, что даже спустя много лет можно найти следы отравляющего вещества в волосах, ногтях...

— Этти! — завопила я, вскакивая. — Этти! Она хотела заполучить все деньги Родригеса! Убила своего сына! Мне плохо! Сердце! Вадим Николаевич, отпустите меня домой, я должна уйти.

— Не получится, Танечка, — неожиданно воскликнул хозяин кабинета, — детали не состыковываются. Если бы Этти отравила Михаила, она бы как раз настаивала на кремации!

— Свекровь не знала, что яд сохранится в теле.

— Вы послушайте дальше. Дела Завьяловых нет. Сестер не существует, в действительности девочки Ани, отравившейся персиковым йогуртом, нет, как нет и Насти, решившей разобраться в преступлении. Все вранье.

— О-о-о!

— У Никиты Дорофеева не было соседки бабы Маши, которая узнала вас у подъезда. Рядом с парнем две квартиры, в одной и впрямь жила пожилая дама, но она умерла в марте, а вторые апартаменты закрыты, их владельцы живут в Израиле.

— А-а-а! Все подстроено! Кто-то планомерно изводил меня! Этти! Понимаю! Она хотела довести меня до самоубийства, запутать, запугать, сделать так, чтобы невестка сама выпрыгнула из окна или полезла в петлю. Наняла небось безработных актеров и устроила спектакль. Григория Семеновича Рыбаконя в природе тоже нет?

— Нет, — кивнул Вадим Николаевич, — он миф.

— Господи! А Никита Дорофеев? Он тоже лицедей, изображавший труп? Да? Меня специально впутывали. Теперь я поняла! Все! Этти знала, что я робкий человек, боящийся собственной тени, вот она и сообразила, как заграбастать деньги Родригеса целиком. Она наняла людей, которым следовало пугать меня, доводить до отчаяния, но я неожиданно проявила активность. И тогда Этти решила меня убить. Небось, увидев, что я свалилась без чувств, свекровь бы ринулась в милицию и рассказала, что я после кончины мужа страдала глюками и в какой-то момент не вынесла, покончила с собой у нее на кухне, выпила чай с отравой. О-о-о! Никита! Его что, взаправду убили?

— Дорофеев живет у жены, — рявкнул Вадим Николаевич, — свои хоромы он сдает парочкам, желающим уединиться, сделал в квартире нечто вроде отеля.

— Слава богу, хоть этот был актер, — облегченно выдохнула я.

Вадим Николаевич не моргая уставился на меня, потом вдруг заорал:

— Хватит! Расскажу, как дело обстояло? Слушай молча! Ты великолепно знала правду об отце Михаила и о ситуации с Диной. Видно, ты не слишком любила мужа, но шансов найти другого супруга не имела, вот и пошла под венец с тем, кто попался, чтобы не куковать одной. Жили вы, как все, но молодой жене хотелось денег. И тут в почтовом ящике оказалось письмо от адвоката. Ты находилась дома одна, когда пришло послание. Ты вскрыла конверт и ахнула: вот оно, богатство! Но к нему, увы, прилагаются муж и свекровь. Не сказав ничего родственникам о завещании, госпожа Сергеева стала действовать. Сначала отравила мужа...

— Господи, — еле слышно прошептала я, — понимаю, конечно, что нужен козел отпущения, мертвая преступница Этти вас не устраивает, но это уж слишком, я любила Мишу, до смерти.

— Именно, что до смерти.

— Где я могла взять яд?

Вадим Николаевич скорчил гримасу.

— Не следует считать окружающих идиотами. Ты ушла из школы и пристроилась секретарем директора в НИИ, где разрабатывают новые лекарства, там полно ядов, и ты прекрасно знала, из какой емкости можно отсыпать незаметно малую толику. Кстати, директор института до сих пор жалеет о Танечке, у которой смертельно заболел муж, только вот на момент написания тобой заявления об уходе Михаил был здоров. Занедужил он лишь спустя месяц после увольнения жены из НИИ. Не следовало тебе указывать такую причину, чтобы уйти, ошибка вышла. Отравив мужа, ты решила избавиться и от Этти. Госпожа Сергеева очень хитра, отправить на тот свет свекровь тем же образом, что и мужа, нельзя, вторая смерть от таинственной болезни вызовет подозрения. К тому же тебе хотелось отомстить Этти за все полученные от нее замечания типа: «Не ешь много. Лучше сядь на диету». Это неправда, что Этти никак не донимала тебя, еще как донимала! И ты ненавидела мать Михаила, наверное, поэтому у тебя и зародился план: представить дело так, будто сама ничего не знаешь, а Этти, желая получить наследство, пытается довести тебя до рокового шага из окна...

Чем дальше в лес, тем больше дров. Ты приезжаешь во двор к Дорофееву, потом поднимаешься наверх и пару раз хватаешься за ручку. Никита живет у жены, ты это великолепно знаешь, потому что супруга Дорофеева работает парикмахером, она причесывает Этти и, пару раз приезжая к той домой, встречалась с тобой. И даже делала тебе стрижку. Ловко, да? Чтобы версия выглядела убедительно, ты звонишь Подаркину, тот и впрямь прилетает на зов и говорит именно то, что желает услышать хозяйка. Еще ты катишь к Дине и снова точно просчитываешь ситуацию: бывшая жена Михаила, естественно, не рассказывает правды.

Наступает кульминация. Ты едешь к Этти, подсыпаешь яду в чайничек, великолепно зная, что свекровь может хлебать заварку из носика, а когда она замертво падает, начинаешь кричать... Знаешь, кто ты? Британец китайского производства! Моя жена на Птичке приобрела кота, его выдавали за британца, заплатила немалые деньги, а выросло невесть что. Ну вроде «золотых часов», сделанных в Китае, подделка чистой воды. Британец китайского производства, и ты такая! С виду настоящая, милая, интеллигентная, недотепа, тихая... В общем, британец чистых кровей. А на самом деле ты фальшивка, злобная, завистливая, гадкая баба — вот твоя сущность. И не вздумай сейчас снова врать, я очень внимательно слушал твой рассказ, в нем много нестыковок, как мелких, так и больших. Ну вот, к примеру, описывая свой визит в квартиру Никиты, ты сказала: «На холодильнике стояла хлебница».

— И что? — прошептала я.

— А потом, спустя пару минут, заявила: «Я, словно пружина, вылетела из укрытия, на пол обвалились все стоявшие на столе предметы: солонка, чайник, блюдце, хлебница». Так где же она находилась? На холодильнике или на столе? Маленькая ложь рождает большое подозрение.

— Просто я оговорилась, — прохрипела я.

— Может, и так, — вдруг улыбнулся следователь, — только подобных оговорок, больших и маленьких, слишком много. Вот еще пример: вначале ты сообщаешь, у Никиты в квартире играло радио, но потом заявляешь: «Тишина, стоявшая в апартаментах, поражала». Так работал приемник или нет, а?

Меня затрясло.

— Вот я и задал себе вопрос, — протянул следователь, — была ли Танечка в квартире на днях? Вообще-то ты один раз приезжала к Дорофееву, вернее, к его жене, тогда они еще не сдавали квартиру и парикмахерша иногда принимала клиентов на дому. Но была ли ты там недавно, а? Никаких следов!

— Я вытерла все!

— Кроме дверной ручки снаружи? Там есть отпечатки пальцев.

— Ну... я про них забыла! Я вошла в квартиру, меня туда заманили обманом!

Следователь хмыкнул.

— Ошибок допущено много, не стану сейчас распространяться о твоих просчетах, но имелось одно, совершенно трагическое обстоятельство, о котором тебе, посещавшей квартиру Никиты довольно давно, неизвестно. Ты нашла труп Дорофеева на кухне?

— Да!

— И не поняла, что это не хорошо тебе известный Никита, а актер?

— Ну... он был загримирован, и потом, я так испугалась, труп! Ужас!

— Татьяна, — вздохнул Вадим Николаевич, — в принципе ты рассчитала все верно, у людей должна быть кухня, а в ней холодильник и чайник. Даже не побывав у человека дома, я смело скажу: «Видел стол, плиту», и окажусь прав... Но вот беда: у Дорофеева нет кухни.

Я отшатнулась.

— Как?!

Следователь потер затылок.

— Просто. Они с женой сдавали жилплощадь бездомным парочкам по часам. Кстати, в тот день, когда «убили» Никиту, он с женой отъехал в Турцию, а ключи от апартаментов лежали у Этти, так, на всякий случай. Вдруг трубу прорвет!

— Вот видите, моя свекровь знала, что в доме никого не будет, и привела актера!

— Нет, это ты знала про ключи и закрутила действие, только попалась. Дорофеевы убрали кухню, чтобы временные постояльцы не готовили. Они сделали из пищеблока еще одну комнатку, оставили лишь чайник, ни холодильника, ни стола там нет. Все, финита ля комедия. Об остальных ошибочках, допущенных тобой, говорить не стану, если честно, мне сейчас противно общаться с британцем китайского производства. Потом вернемся к теме твоей лжи.

Вадим Николаевич ткнул пальцем в кнопку. Мигом распахнулась дверь, и на пороге появилась здоровенная тетка в форме.

— Можно уводить и оформлять, — буркнул следователь.

Я вцепилась пальцами в стол.

— Нет, не хочу. Я не виновата!

— Пошли, — велела бабища, она легко, одной рукой стащила меня со стула, — топай к двери.

Я моментально послушалась, сделала пару шагов и закричала:

— Этти ненавидела меня. Миша считал дурой, они получили по заслугам! Так им и надо, я оказалась иной, чем они думали, умной, расчетливой, почти сумела обмануть всех. Оставалось чуть-чуть! Скажите, в чем еще я ошиблась, а? В чем? В чем?

Горло перехватили рыдания, слезы потекли по щекам, мне стало жарко, страшно захотелось есть, пить, спать...

Вадим Сергеевич молча смотрел в окно, сотрудница милиции равнодушно обронила:

— Шевелись.

Я вышла в коридор, увидела стены, выкрашенные темно-синей краской, ободранные стулья, протертый линолеум и внезапно, захлебываясь отчаяньем, поняла: все случилось всерьез, второго дубля не будет.

Содержание

Донцова Д.А.

Д 67 Старуха Кристи — отдыхает!: Роман. Британец китайского производства. Народный детектив: Повесть. — М.: Изд-во Эксмо, 2005. — 384 с. — (Иронический детектив).

Старуха Кристи — отдыхает! Жизнь иногда придумывает такие детективы, что даже самым крутым писателям слабо! На голову Татьяны Сергеевой в одночасье обрушился водопад несчастий. Внезапно умер муж, она осталась без работы, сгорела квартира, в кошельке лежат последние сто рублей. Казалось бы, хуже некуда! Что делать бедной закомплексованной толстушке? От отчаянья она нанимается помощником частного детектива к проворному старичку по имени Гри. Стоически перенеся несколько покушений на свою жизнь и здоровье, Татьяна понимает, что черная полоса закончилась, а старичок еще ого-го-го!!!

УДК 82-3
ББК 84(2Рос-Рус)6-4

ISBN 5-699-13445-X

Оформление серии художника *В. Щербакова*

Литературно-художественное издание

Донцова Дарья Аркадьевна

СТАРУХА КРИСТИ — ОТДЫХАЕТ!

Ответственный редактор *О. Рубис*
Редактор *Т. Семенова*
Художественный редактор *В. Щербаков*
Художник *Е. Рудько*
Технический редактор *Н. Носова*
Компьютерная верстка *Т. Жарикова*
Корректоры *Е. Дмитриева, С. Игнатова*

ООО «Издательство «Эксмо»
127299, Москва, ул. Клары Цеткин, д. 18/5. Тел.: 411-68-86, 956-39-21.

Оптовая торговля книгами «Эксмо» и товарами «Эксмо-канц»:
ООО «ТД «Эксмо». 142700, Московская обл., Ленинский р-н, г. Видное, Белокаменное ш., д.1. Тел./факс: (095) 378-84-74, 378-82-61, 745-89-16.
Многоканальный тел. 411-50-74. **E-mail: reception@eksmo-sale.ru**

Подписано в печать 30.08.2005. Формат 84×108 $^1/_{32}$. Гарнитура «Таймс».
Печать офсетная. Бумага тип. Усл. печ. л. 20,16.
Тираж 260 100 экз. Заказ № 725.

Отпечатано в полном соответствии
с качеством предоставленных диапозитивов
в ОАО «Можайский полиграфический комбинат».
143200, г. Можайск, ул. Мира, 93.